HEYNE BÜCHER

06/2500

Über 40 Jahre
Heyne Science Fiction
& Fantasy

2500 Bände
Das Gesamt-Programm

Fantasy

Herausgegeben von Friedel Wahren

Von **Tom Holt** erschienen in der Reihe
HEYNE SCIENCE FICTION & FANTASY:

Wer hat Angst vor Beowulf? · 06/5059
Der Fliegende Holländer · 06/5079
Wir haben Sie irgendwie größer erwartet · 06/5107
Der Ziegenchor · 06/5191
Der Garten hinter der Mauer · 06/5192
Liebling der Götter · 06/5193
Wenn die Zeit aber nun ein Loch hat … · 06/5326
Im Himmel ist die Hölle los · 06/5359
Faust und Konsorten · 06/5426
Snottys Gral · 06/5499
Auch Götter sind nur Menschen · 06/5630
Flaschengeister · 06/5896 (in Vorb.)
Immer Ärger mit Georgie · 06/9009
Mein Held · 06/9025
Sesam, öffne dich · 06/9042 (in Vorb.)

Richards Blockbuster
(enthält die Romane ›*Der Fliegende Holländer*‹ und
›*Wir haben Sie irgendwie größer erwartet*‹) · 06/5679

Weitere Bände in Vorbereitung

TOM HOLT

Mein Held

Roman

Deutsche Erstausgabe

WILHELM HEYNE VERLAG
MÜNCHEN

HEYNE SCIENCE FICTION & FANTASY
Band 06/9025

Titel der Originalausgabe
MY HERO
Übersetzung aus dem Englischen von
MICHAEL KOSELER
Das Umschlagbild malte
KRZYSZTOF WLODKOWSKI

Umwelthinweis:
Dieses Buch wurde auf chlor- und säurefreiem Papier gedruckt

Deutsche Erstausgabe 1/2000
Redaktion: Friedel Wahren

http://www.heyne.de
Printed in Germany 1999
Umschlaggestaltung: Atelier Ingrid Schütz, München
Technische Betreuung: M. Spinola
Satz: Schaber Satz- und Datentechnik, Wels
Druck und Bindung: Presse-Druck, Augsburg

ISBN 3-453-14933-5

ERSTES KAPITEL

Die beiden Kämpen, die sich gegen den grünen Himmel abhoben, umkreisten sich vorsichtig.

Tiefes Schweigen lag über der Arena. Einhunderttausend Zuschauer hielten den Atem an. Niemand in dieser ganzen riesigen Menschenmenge bewegte sich, niemand hustete, niemand kaufte Popcorn. Und was noch viel bemerkenswerter war: Niemand *verkaufte* Popcorn.

Der längste Tag des Jahres neigte sich dem Ende zu, der für einen der beiden Männer in der Mitte des Kampfplatzes – Regalian aus Perimadeia, den amtierenden Champion, und Gordian aus Saressus, den Herausforderer – auch der letzte Tag seines Lebens war. Das war faktisch die einzige Gewißheit, die es gab, denn in den bisherigen neun Runden hatten diese beiden absolut ebenbürtigen Gegner einander derart fertiggemacht, daß keiner von ihnen mehr die Kraft hatte, aufrecht zu stehen, und wenn die staatliche perimadeianische Lotterie etwas nicht zulassen konnte, dann waren es zehn aufeinanderfolgende Runden, die unentschieden und ohne Treffer ausgingen.

Die letzte Runde. Von seiner Loge aus sah Kaiser Maxen, wie im ersten Strahl der untergehenden Sonne zwei Schwertklingen blutrot aufblitzten, und ihn schauderte.

Regalian griff als erster an, indem er eine glänzende Finte nach links ausführte, der er, den Ellbogen nach unten reißend, eine elegante Rückhand folgen ließ (»Das erinnert«, murmelte der Sportberichterstatter des *Perimadeianischen Anzeigers* leise vor sich hin, »an Mazentius in seiner Glanzzeit, auch wenn man hier die echte Raffinesse vermißt ...«), die Gordian hastig parierte, nur um festzustellen, daß er die Klinge seines Gegners irgendwie verfehlt hatte. Für den Bruchteil einer Sekunde standen beide Männer wie versteinert da und starrten auf die klaffende rote Wunde in Gordians Unterarm, aus der Blut hervorquoll ...

(Verzweifelt durchstöberte der Sportberichterstatter sein Hirn nach einem erhellenden Bild, einem Tropfen verbalen Bernsteins, in dem er diesen flüchtigen Moment einfangen konnte. »Wie ein lädierter Papagei«, notierte er.)

... dann senkte Regalian die Schulter, in die er sein ganzes Gewicht verlagerte, und setzte zum letzten, entscheidenden Stoß an.

Klick.

Das Licht ging aus.

Jane gab ein lautes »T-t-t« von sich und ließ die Maus in das entsprechende Fenster huschen.

Siebzig Seiten fehlten noch. Sie konnte es sich einfach nicht erlauben, jetzt eine Hauptfigur zu verlieren. Ihr blieb nichts anderes übrig, als die Arbeit des ganzen Abends zu löschen und noch einmal anzufangen.

»Nun macht mal halblang, Jungs«, seufzte sie. »Man könnte ja meinen, ihr *wollt* euch gegenseitig umbringen.«

»Okay«, sagte eine Stimme in der Dunkelheit, »wer hat vergessen, die Taschenlampe mitzubringen?«

»Heute ist Dave dran.«

»Nein, bin ich nicht, verdammt noch mal, ich war gestern dran.«

»Und hast es vergessen.«

»Geb ich ja zu, aber trotzdem war ich gestern dran. Heute ist jemand anders dran.«

Jemand entzündete ein Streichholz, dessen unheimlicher orangefarbener Schein ein leeres Areal beleuchtete. Am Rande des Lichtkreises standen fünf oder sechs Gestalten schlapp herum. Die Arena, die ansteigenden Sitzreihen, die Altäre und die kaiserliche Loge waren alle verschwunden.

»Wir müssen auf jeden Fall einen Dienstplan aufstellen«, sagte Regalian verdrossen. »Das wird langsam absolut lächerlich.«

»Neville war dran, ganz bestimmt.«

»Nein, war ich nicht, ich war am Donnerstag dran«, entgegnete der hochgewachsene junge Mann, der in der Mitte stand und den Saum seines Umhangs fest gegen den Unterarm preßte, um die Blutung zu stillen. »Und außerdem sind die Batterien leer.«

»Na prima«, seufzte sein ehemaliger Gegner. »Dann brauchen wir also auch noch einen Batteriedienstplan. Und wer muß sich schließlich wieder um alles kümmern, wenn man fragen darf? Meine dußlige Wenigkeit, wer sonst.«

»Nun hört schon auf, ihr beiden«, schnauzte Kaiser Maxen und schrie plötzlich auf, weil die Flamme des Streichholzes seine Finger erreichte. Dann trat wieder Finsternis ein. »Zum Teufel damit«, sagte er. »Wer als letzter im Pub ist, zahlt 'ne Lage. Ich nehme ein Guinness.«

Woher sie kommen, weiß niemand. Wohin sie hinterher gehen – wen kümmert's? Sie sind dazu da, um einen Job zu erledigen. Sofern das geschieht, ist es einzig und allein ihre Sache, was sie in ihrer Freizeit anstellen.

Literarische Figuren. Tolstoi soll einmal gesagt haben: Einige meiner besten Freunde sind tolle Figuren, aber wäre es Ihnen recht, wenn Ihre Tochter eine dieser Figuren heiraten würde?

»Herrgott noch mal«, empörte sich Regalian, während er die Zitronenscheibe aus seinem Gin-and-Tonic fischte und im Aschenbecher ablegte, »kleb dir doch ein Stück Heftpflaster oder so was drauf, bevor du verblutest. Du kleckerst dauernd auf meine Sandwiches.«

Der junge Mann (den die zahllosen Fans von Jane Armitages Trilogie *Kreislauf des Chaos* unter dem Namen Gordian kannten; für seine Mutter hieß er Neville, und hinter seinem Rücken nannte man ihn allenthalben *dieser große Schwachkopf*) schüttelte heftig den Kopf. »Ich kann morgen nicht weitermachen, wenn mein Arm bepflastert ist«, erwiderte er. »Außerdem klebt das Zeug an den Haaren fest, und wenn man es abreißt, tut es höllisch weh.«

»Ich habe etwas Jod in meiner Handtasche«, warf Doris ein, während sie ihr Strickzeug hinlegte. »Wenn du willst, kann ich dir …«

Bei dem Wort *Jod* war Neville weiß wie ein Laken geworden. Doris (die auf zweitrangige Zauberinnen des Artuskreises und keltische, mit Unmengen von Silberschmuck behangene Fruchtbarkeitsgöttinnen spezialisiert war) zuckte die Achseln und wandte sich wieder ihrem Morgenjäckchen zu. Regalian ging mit seinen Sandwiches demonstrativ zu einem anderen Tisch.

»Es ist deine Schuld«, sagte Neville gereizt zu Regalian, der ihm den Rücken zukehrte. »Wenn du dich nicht ganz so hättest hinreißen lassen, wäre ich gar nicht erst verwundet worden. Ich habe immer gewußt, daß du mit diesem Ding eines Tages jemanden verletzen würdest.«

»Tut mir schrecklich leid«, antwortete Regalian mit

vollem Mund. »Irgendwie hatte ich den Eindruck, daß wir einen Schwertkampf austragen, während wir in Wirklichkeit traditionelle perimadeianische Volkstänze aufgeführt haben. Wie dumm von mir, ich bitte um Vergebung.«

»He, ihr beiden, spart euch das für die Show auf. Vergeßt nicht, daß wir den ganzen Mist morgen noch mal durchziehen müssen.«

Namen können furchtbar verwirrend sein. Kaiser Maxens richtiger Name lautete Max, was theoretisch eigentlich kein Problem war. In der Praxis sah es jedoch meistens so aus, daß er sich auf der Innenfläche des Handgelenks notieren mußte, wer von beiden er jeweils war. Infolgedessen verbrachte er viel Zeit damit, verstohlen nach unten zu schauen, und schaffte es deshalb nicht, die offenen, furchtlosen Blicke anderer zu erwidern, was bedeutete, daß er gewöhnlich die Rolle des verschlagenen Kaisers bekam.

»Und wessen Schuld ist das?« fuhr Neville unnachgiebig fort. »Wenn ein gewisser Jemand, der hier ungenannt bleiben soll, nicht völlig ausgeflippt wäre und nicht angefangen hätte, mit einem Mordstrumm von Schwert um sich zu schlagen ...«

Regalian blickte hoch. »Nun hör endlich auf damit, Nev«, sagte er gereizt, »diesmal geht es dir an den Kragen, und das weißt du auch.«

»Ach, wirklich?«

Regalian nickte. »Ja«, erwiderte er. »Nicht daß du etwas dafür kannst, wohlgemerkt«, fügte er hinzu. »Es liegt einfach daran, daß die blöde Kuh sich diesmal wirklich in eine ausweglose Situation geschrieben hat.«

»Typisch«, kommentierte Doris. »Bei der Durchführung von Aktionen ist sie ungefähr so gut wie Guy Fawkes.«

»Aber eigentlich ...« Linda (Lady Helionassa; begriffsstutzige Prinzessinnen und pummelige Elfenmaiden) legte die Stirn in Falten, was bei ihr stets peinliche

Platitüden ankündigte. »Aber eigentlich muß Guy Fawkes bei der Durchführung von Aktionen doch ganz gut gewesen sein, denn wie hätte er denn sonst das Schießpulver in den Keller schaffen können?«

Schweigen trat ein. Immer wenn Linda an einem Gespräch teilnahm, tendierte es dazu, kurz darauf zum Erliegen zu kommen, etwa so wie die drei an der Bar lehnenden schweren Jungs plötzlich verstummen, wenn Clint Eastwood den Saloon betritt. Regalian wandte sich wieder seinen Sandwiches zu. Neville betupfte seinen Arm mit einem Geschirrtuch. Max starrte vielsagend, wenn auch vergeblich in sein leeres Glas. Doris kettelte ihre Maschenreihe ab und konsultierte das Strickmuster.

»Obwohl«, fuhr Linda fort, »ich vermute ...«

»Meine Güte«, sagte Regalian und stand auf. »Ist es schon so spät? Tja, muß noch meinen Text lernen und mir meine nächsten Manöver ausdenken. Bis morgen dann allerseits.«

Rasch entfloh er, begleitet von einem vielstimmigen »Nacht, Reg«, in die relative Sicherheit des Biergartens. Früher hatte er etwas dagegen gehabt, Reg genannt zu werden, mit der Begründung, daß Reg nicht sein Name sei. Regalian auch nicht, war ihm bedeutet worden; so hieß lediglich die Figur, die er verkörperte. Schon möglich, aber er war jetzt bereits so lange Regalian, daß er sich nicht mehr erinnern konnte, wie er vorher geheißen hatte. Inzwischen neigte er dazu, auf jeden Namen zu hören, der mit R anfing, mit Ausnahme von Rex.

Er war gerade im Begriff, den langen, beschwerlichen Weg nach Hause anzutreten, als er unvermittelt stehenblieb, die Stirn runzelte und nach oben blickte. Natürlich war außer dem finsteren Himmel nichts zu sehen, aber es gab Zeiten, da fragte er sich ...

»Du beobachtest mich, nicht wahr?« fragte er laut, ohne jedoch eine Antwort zu bekommen. Nur das leise

Zirpen der Grashüpfer und der Flügelschlag einer hastig vorüberschwirrenden Fledermaus waren zu hören. Trotz all ihrer Fehler vermochte Ms. Armitage einen recht angenehmen Abend zu schreiben.

»Wenn du mich tatsächlich gerade beobachtest«, fuhr er wesentlich befangener fort, »dann tu mir einen Gefallen und laß den jungen Neville noch nicht ins Gras beißen. Er mag ja ein ausgemachter Schwachkopf sein, aber er braucht den Job.«

Zirp zirp, flatter flatter; und irgendwo, jenseits der Buchseite und weit entfernt, blökte in der samtigen Dunkelheit leise ein Schaf. Regalian zuckte mit den Achseln, streckte dem Himmelsgewölbe die Zunge raus und ging nach Hause.

Jane schlief.

Australien, der Kontinent der Superlative, hat im Lauf der Jahre zahlreiche hervorragende Sportler hervorgebracht, in so gut wie jeder erdenklichen Disziplin. Jane Armitage (geboren am 16. Juni 1959 in Perth) war im Schlafen das, was Cassius Clay im Boxen oder Boris Becker im Tennis war. Als sie ihr Geburtsland verließ, um nach England überzusiedeln, äußerten Experten auf der ganzen Welt ernste Bedenken. Würde das kalte, feuchte Klima ihren angeborenen Fähigkeiten zuträglich sein? Würde sie Federbetten zu schwer finden? Würde der Wechsel der Lebensbedingungen dieses phantastische Naturtalent zugrunde richten und die Steffi Graf der Steppdecke zu einer Durchschnittsperson degradieren, die jede Nacht nur ihr neunstündiges Nickerchen absolvierte? Alle diese Befürchtungen waren unbegründet. Nach acht Jahren in England schlief Jane immer noch wie ein in Laudanum eingelegter Klotz.

Allerdings träumte sie selten, und wenn sie sich diesen Luxus tatsächlich einmal gönnte, dann handelte es sich gewöhnlich um etwas Leichtes und Triviales, des

Träumers Pendant zu einer knallbunten Zeitschrift, die man am Zeitungskiosk eines Bahnhofs kauft. Wenn Freud Jane fünf Jahre lang studiert hätte, wäre er wieder praktischer Arzt geworden.

Diesmal jedoch war es anders. Sie träumte, sie liege auf dem Rücken und blicke zu einem Glasdach oder vielleicht einem Zweiwegspiegel hoch. Über ihr stand ein Mann und schaute herunter. Es war nicht gerade der Mann, den man in einem Traum willkommen hieße; vielmehr würde man hoffen, daß er nur gekommen sei, um etwas zu liefern oder den Stromzähler abzulesen, und dann wieder gehen würde. Kahlköpfig, kräftig gebaut und fett, wirkte er durch das Glas hindurch bedrohlich auf Jane. Seine Augenbrauen wären bei einem hochkarätigen Hindernisrennen ziemlich schwierig zu bewältigen gewesen.

»He«, sagte er, »du da.«

Wer, ich?

»Ja, du«, antwortete der Mann. »Ich weiß, daß du mich hören kannst. Also, paß auf, du mußt mich hier rausholen.«

Wo ist hier? Wer bist du? Und wo sind die plüschigen Kaninchen? Normalerweise treten in dieser Phase immer plüschige Kaninchen auf.

»Hast du eine Ahnung«, fuhr der Mann fort, »wie lange ich schon hier bin? Sechsunddreißig Jahre. Sechsunddreißig *Jahre* in dieser gräßlichen Gegend. Du kannst dir überhaupt nicht vorstellen, wie das gewesen ist.«

Meine Güte.

»Und diesmal«, sagte der Mann, während er nervös über die Schulter blickte, »sind sie mir, glaube ich, wirklich auf den Fersen. Die Scheißkerle haben nämlich einen Preis auf meinen Kopf ausgesetzt.«

Bitte fluch nicht in meinem Traum. Das könnte die Kaninchen erschrecken.

»Du weißt, was es bedeutet, wenn sie mich erwischen«, zischte der Mann. »Besonders dieses kleine Arschloch LaForce. Warum ich ihn nicht abserviert habe, solange ich noch die Möglichkeit hatte, weiß Gott allein.«

Meine Güte.

»Wie dem auch sei«, sagte der Mann verschwörerisch zu der Glasscheibe, »ich habe alles genauestens ausgearbeitet. Selbst dir dürfte das Ganze keine Schwierigkeiten bereiten. Das Geld kannst du behalten, das interessiert mich nicht.«

Was denn für Geld?

»Bist du soweit? Okay. Erstes Kapitel. Erbarmungslos knallte die Sonne vom wolkenlosen blauen Himmel über Arkansas … Warum schreibst du denn nicht mit?«

Wie bitte?

»Du sollst mitschreiben«, sagte der Mann unwirsch. »Herrgott noch mal, nun mach schon. Ich habe nicht die ganze Nacht Zeit.«

Tut mir leid, aber mir ist nicht ganz …

»Mensch, das ist ja zum …« Der Mann verstummte plötzlich, warf hastig einen Blick über die Schulter und fuhr zusammen. »O Gott, da ist LaForce mit seinen Leuten. Hör zu, ich komme morgen nacht wieder. Und sorg um Himmels willen dafür, daß du Papier und Kugelschreiber zur Hand hast. Noch besser wäre ein Diktafon. Dann kann das Ganze direkt vom Band getippt werden und … Scheiße, sie *kommen*!«

Hellwach und schweißgebadet setzte sich Jane kerzengerade im Bett auf. Ihr Mund war so trocken wie ein raffinierter Cocktail, und ihre Nase juckte.

Alles okay, beruhigte sie sich, es war bloß ein Traum.

Von wegen, erwiderte sie.

Sie schaltete das Licht an. Der Anblick ihrer vertrauten Umgebung erfüllte sie unverzüglich mit der Gewißheit, daß es doch nur eine Ansammlung willkürlicher elektrischer Impulse gewesen war, die in ihrem

Unterbewußtsein verrückt gespielt hatte, und daß sie sich deswegen keine Sorgen zu machen brauchte. Überdies brachte der Anblick ihr auf deprimierende Weise und mit großem Nachdruck in Erinnerung, daß sie sich früher oder später mal ans Bügeln machen mußte.

Sie trank ein Glas Wasser und legte sich wieder schlafen.

Die Menschen sind natürlich Dummköpfe.

Sie verbringen Hunderte von Jahren, Hunderttausende von Arbeitsstunden in ihren Forschungseinrichtungen damit, Hilfsmittel zu ersinnen, die ihnen den nahezu mühelosen mechanischen Transport gestatten, und bringen dann ihre Ferien damit zu, über windumtoste Moore zu wandern. Sie wenden unendlich viel Scharfsinn darauf, das holographische Fax zu vervollkommnen, verstehen aber nichts von Träumen. Doch was kann man schon von einer Rasse erwarten, die die Haut anderer Tiere trägt und ihre ganze Nahrung vorsätzlich verbrennt?

Nachdem Carson Montague (eigentlich Albert Skinner; Montague war sein *nom de plume*) sein Fax abgeschickt hatte, kauerte er sich hinter einen großen Felsen und schloß fest die Augen. Es bestand immer noch die Chance, daß sie ihn nicht gesehen hatten.

Eine Kugel ließ ein Stück Gestein absplittern und schwirrte über ihn hinweg. Von wegen Chance.

»Na?« sagte eine Stimme an seiner Seite.

»Na was?«

»Willst du denn nicht zurückschießen?«

Skinner knurrte leise. »Halt die Klappe«, knurrte er.

Der fünfundvierziger Scholfield von Smith & Wesson im Halfter an seiner Hüfte ruckelte hin und her und versuchte, sich selbst zu spannen. Vor vielen Jahren hatte er Wild Bill Hickock gehört, und obwohl es seitdem mit ihm bergab gegangen war, hatte er nach wie vor seinen Stolz.

»Feigling«, sagte der Revolver.
»Hör mal, sprich ein bißchen leiser, ja?«
»FEIGLING!«
»Wenn du noch einen Mucks von dir gibst, wirst du entladen.«
»Dreckskerl.«
Einer der kleineren Nebeneffekte des schrecklichen Fehlers, den Skinner gemacht hatte, bestand darin, daß der Scholfield eine unsterbliche Seele mit dazugehöriger Stimme bekommen hatte. Das war zwar im Vergleich zu anderem das geringste von Skinners Problemen, trotzdem aber verdammt lästig, besonders da das vermaledeite Ding ihm sechsunddreißig Jahre lang nicht von der Seite gewichen war und er keinen anderen Gesprächspartner hatte.
»Von hier aus«, murmelte der Revolver, »könnte ich drei von ihnen erwischen, vielleicht sogar vier, gar keine Sache. Dann blieben nur noch sechs übrig, und ...«
»*Sei still!*«
Skinners gezischter Befehl hallte in der unbewegten warmen Luft des Canyons auf besorgniserregende Weise wider. Einer der Vorreiter des Verfolgertrupps hob den Kopf.
»Bill hätte keine Sekunde lang gezögert«, flüsterte die Waffe vorwurfsvoll. »Bill hätte mich sofort gezogen und losgeballert, ehe man auch nur ...«
Was Skinner wirklich auf die Nerven ging und ihn am meisten verdroß, war gar nicht einmal so sehr der Umstand, daß Menschen in ihrer Eigenschaft als mehr oder weniger gut zu treffende bewegliche Ziele den einzigen Gesprächsgegenstand der Waffe darstellten, sondern die unaufhörliche Geschwätzigkeit des verdammten Dings. Er hatte schon alles versucht – Watte in die Geschoßkammern gestopft, eine alte Socke, sogar einen Schalldämpfer zu Hilfe genommen –, und trotzdem ging es immer weiter, trotzdem riß der Strom blutdürstigen Geschnatters nicht ab, nicht einmal wenn er zu schlafen versuchte.

»Ich warne dich jetzt zum letztenmal«, knurrte Skinner mit einer Stimme, die rauh wie ein Reibeisen war. »Wenn du noch einen Pieps von dir gibst, wirst du eingeschmolzen. *Capisce?*«

»Die besten Jahre meines Lebens habe ich dir geopfert, und was ist der Dank ...?«

Äußerst vorsichtig wagte Skinner es, rasch hinter dem Felsen hervorzulugen. Der Mann, der auf ihn gefeuert hatte, stand in seinen Steigbügeln und blickte umher. Die anderen waren in einem losen Halbkreis verteilt, jederzeit bereit, schnellstens auszuschwärmen. In der Mitte der Gruppe lümmelte Jonah LaForce im Sattel, den weißen Stetson tief ins Gesicht gezogen. In der Beuge seines linken Arms ruhte ein langes Sharps-Gewehr.

Scheiße, dachte Skinner. Da war ich nun ständig auf der Flucht, habe mich dauernd verstecken müssen und wie ein Schwein in dieser gottverlassenen Wildnis eines Potboilers gelebt, um schließlich hier zu enden. Erschossen von einer gottverdammten Klischeefigur.

Widerwillig griff er langsam nach unten und schloß seine Finger um den Griff des Revolvers.

»Okay«, rief Regalian, »sind wir uns alle einig?«

Linda kicherte. »Du siehst wirklich lächerlich aus«, sagte sie, »wenn du auf dem Stuhl stehst. Ich kann deine Socken sehen.«

Regalian beachtete sie nicht. »Es ist an der Zeit«, verkündete er, »aufzustehen, um mitgezählt zu werden. Viel zu lange ...«

»Heißt das, daß wir uns alle auf Stühle stellen müssen? Oder können wir auch mitgezählt werden, wenn wir sitzen bleiben?«

Ein weiteres Tagewerk vollbracht, ein weiterer Abend im Pub. So geht es zu in der Belletristik.

»Viel zu lange«, fuhr Regalian unbeirrt fort, »haben Autoren auf der ganzen Welt uns als selbstverständlich hingenommen. Nun, es ist Zeit, daß wir alldem ein Ende machen. Wenn wir literarischen Figuren zusammenhalten, sind wir unschl…«

»Sperrstunde, Ladies und Gentlemen«, trällerte der Wirt im Hintergrund. »Nun macht schon, Leute, habt ihr keine Handlung, die euch erwartet?«

»Wenn wir zusammenhalten«, sagte Regalian schneidig, »sind wir unschlagbar, und ich schlage deshalb vor, daß wir, bis unsere völlig berechtigten Forderungen erfüllt werden, strikt Dienst nach Vorschrift machen. Wir fordern folgendes …«

»Kann dem nicht mal jemand 'ne Socke ins Maul stopfen?« schrie Alf (Jotapian der Hohepriester; spezialisiert auf Schurken und Großwesire, obwohl ihm keine Figur zu groß oder zu klein war). »Ich will noch hier weg, bevor die Imbißbude zumacht.«

»Erstens: Mitbestimmung bei allen Entscheidungsprozessen. Es ist unerträglich, daß in der heutigen Zeit das Schicksal einer Figur immer noch völlig von der Laune irgendeines hochnäsigen kleinen Schreiberlings abhängt. Zweitens …«

»Eine Socke, ausgerechnet eine *Socke*«, stieß Linda hervor, der ihr eigener Esprit schier den Atem benahm. Niemand sonst schien den Witz zu verstehen, aber das war sie gewohnt.

»Zweitens: Keine Figur darf getötet oder verheiratet werden, ohne vorher schriftlich ihre Zustimmung gegeben zu haben. Drittens …«

Der Wirt schaltete das Licht aus. Langsam und mit einem tiefen Seufzer kletterte Regalian von seinem Stuhl herunter und tastete sich zur Tür. So weit er zurückdenken konnte, hatte er jeden Abend das Thema einer Gewerkschaft für literarische Figuren angeschnitten, und weiter als bis zu Forderung vier war er dabei nie gekommen.

Das Leben einer literarischen Gestalt ist von Natur aus unstet, und für die Dauer der Trilogie bewohnte

Regalian in der Tolkien Street, Ecke Moorcock Avenue ein möbliertes Zimmer, das über einer Apotheke lag. Das Zimmer war so klein, daß die von seiner Wirtin gestellte Sechzig-Watt-Birne mehr als genug Licht spendete, um es vollständig zu beleuchten, aber es war billig (dreißig Zloty in der Woche, inklusive Verpflegung) und ziemlich zentral gelegen, und außerdem suchte er es nur zum Schlafen auf. Seine Sammlung eselsohriger Buchumschläge verdeckte die sich ablösende Tapete, und der Umstand, daß das ganze Gebäude so baufällig war, daß nur die Macht der Gewohnheit es am Einstürzen hinderte, kümmerte ihn nicht weiter. Er schleuderte die Schuhe von den Füßen, drückte den Folienverschluß einer Flasche Milch mit dem Daumen ein und setzte sich aufs Bett. Für morgen war noch Text zu lernen, dann ging es schlafen.

Die Textseiten lagen, ordentlich gestapelt, auf dem schäbigen Kunststoffnachttisch für ihn bereit. Er nahm das Konvolut in die Hand und begann zu lesen.

In seiner ganzen langen Karriere war es ihm nie in den Sinn gekommen, sich zu fragen, wie die Textseiten dort hingelangten. Materialisierten sie sich einfach, oder lieferte sie ein transdimensionaler Kurier, still und unauffällig wie der Milchmann, oder brachte die Wirtin sie mit, wenn sie zum Staubsaugen ins Zimmer kam? Er wußte es nicht, und es war ihm auch egal.

Kampfszene, las er. *Regalian kämpft mit Gordian in der Arena. Einer von ihnen wird getötet.*

Na großartig, dachte er. Und wie, zum Teufel, soll das im einzelnen vor sich gehen? Sollen wir eine Münze werfen? Im Grunde seines Herzens wußte er jedoch, daß es nicht ihn treffen würde, weil er der Held war und niemand seinen Helden sterben läßt, wenn noch siebzig Seiten fehlen. In Wirklichkeit bedeutete das Ganze, daß die kreuzdämliche Autorin beim Aufbau der Geschichte wieder mal Pfusch gemacht hatte, so daß der große Kampf nicht auf den Seiten 241–244 stattfand, sondern schon auf den Seiten 180–183. Um sich aus der Affäre zu ziehen, würde sie die Kampfszene an dem Punkt, wo einer von ihnen getötet wurde (wer, blieb offen), abbrechen und etwa zwanzig Seiten lang in die Nebenhandlung ausweichen oder Rückblenden oder sonst was einbauen müssen, bevor sie Farbe bekannte und mit der Story fortfuhr. Der Terminus technicus für dergleichen lautet *Unerträgliche Spannung*, obwohl sich schwerlich ein sichererer Hinweis darauf finden ließe, daß leeres Stroh gedroschen wird. Regalian seufzte. Zumindest hieß das, daß er einen Tag oder so frei haben würde, während ein paar andere arme Schweine (Linda vermutlich, und Doris) Doppelschichten machen müßten, um für Füllmaterial zu sorgen. Aber das war nicht sein Problem, fand er. Die Milch hatte einen ganz leichten Stich.

Der Rest des Textes bestätigte seinen Verdacht in so großem Maße, daß er ihn lediglich überflog. Dann ging er im Text zurück und studierte mit einer Mischung aus professioneller Gründlichkeit und abgrundtiefer Verachtung die Einzelheiten des Kampfs. *Das* zum Beispiel konnte man nicht machen, nicht mit einem sechs Pfund schweren Zweihänder. Dabei würde man sich das Handgelenk verstauchen.

Er warf die Seiten zu Boden, streckte sich auf dem Bett aus und tastete nach dem Lichtschalter. Was soll's, sagte er zu sich, ist ja nur Arbeit. Viel wichtiger war die Frage, was er an seinem freien Tag anstellen sollte.

Jane setzte sich vor ihren Bildschirm, machte mit ihren Fingern Lockerungsübungen und schob die Diskette ein.

Die üblichen grünen Linien, Pieptöne und spaßigen benutzerfreundlichen Kommentare; dann wurde der Bildschirm einen Moment lang dunkel. Jane zog ein finsteres Gesicht und beugte sich vor.

Hei! Mein Name ist Hamlet, du hast vielleicht schon von

mir gehört. Ich wüßte gern, ob du wohl zufällig einen Job für mich hättest.

Ein oder zwei Sekunden lang starrte Jane die Schrift auf dem Bildschirm an, dann griff sie nach dem Benutzerhandbuch. Ein Computervirus? überlegte sie. Hacker?

Ich weiß, daß es nicht ganz korrekt ist, sich so direkt an einen Autor zu wenden, aber ich hab absolut die Nase voll davon, für Bill Shakespeare zu arbeiten. Ich glaube, wir beide könnten einander von Nutzen sein.

»Tatsächlich?« erwiderte Jane. »Wie kommst du darauf?«

Nun, hieß es auf dem Bildschirm, *ich bin jetzt schon seit ewigen Zeiten ein Fan der Sachen, die du schreibst. Ich finde, deine Figuren sind einfach klasse. Leute nach meinem Herzen.*

»Danke.«

Nichts zu danken. Wenn bei dir jemandem der Schädel eingeschlagen werden muß, dann stehen deine Figuren nicht bloß händeringend da und zerbrechen sich in Blankversen darüber den Kopf, sondern krempeln sich einfach die Ärmel hoch und packen's an. Schlappschwänze haben keine Chance. Das ist ganz meine Welt.

»Verstehe.«

Ich sollte das zwar nicht selbst sagen, hieß es auf dem Bildschirm weiter, *aber ich habe durchaus eine gewisse Anhängerschaft. Überleg doch mal, wie das alles auf die Jungs und Mädels da draußen wirkt. Da ist zum Beispiel die Szene, wo ich in der Kapelle unvermutet auf den Schurken stoße.*

»Ich kenne die Szene, die du meinst.«

Na, ich bitte dich. Wenn das eine von deinen Szenen wäre, dann hieße es gleich, raus mit dem Hackebeilchen, zack zack, und weiter zur großen Liebesszene, null problemo. Und weißt du, was diese Schwuchtel mich tun läßt? Ich muß mir Gedanken darüber machen, daß der Dreckskerl in den Himmel kommt, wenn ich ihn abserviere. Ich meine, wo sind wir denn hier? In einem ordentlichen Thriller für Erwachsene oder im Kinderfunk?

»Ähm ...«

Und dann die Frauen, fuhr der Bildschirm fort, auf dem die Worte so schnell und zahlreich erschienen wie ein großer Krähenschwarm, der von einem gepflügten Feld aufgescheucht worden ist. *Versteh mich nicht falsch, aber die sind einfach nicht mein Typ. Kein Vergleich zu den Puppen in deinen Sachen. Ich meine, du dächtest doch sicher nicht im Traum daran, deinem Helden eine lahme Tussi an die Seite zu geben, die stachelbeergroße Titten hat und mit Blumen spricht, wie?*

»Danke für das Angebot«, sagte Jane. »Ich gebe dir dann Bescheid.«

Aber ...

»Auf Wiedersehen.« Sie schaltete den Apparat ab und zog die Diskette heraus. Während sie das tat, setzte sich der Drucker plötzlich kreischend in Gang, jagte das Typenrad einige Male hin und her und verfiel wieder in Lethargie. Jane zog das Blatt heraus.

ICH KANN AUCH KOMÖDIEN SPIELEN, stand da. UND BEI BAR-MIZWAS MITWIRKEN.

Nachdem sie das Blatt in den Papierkorb geworfen, den Apparat wieder angeschaltet und das Arbeitsergebnis des gestrigen Tages gelöscht hatte, saß Jane einen Moment lang da und fragte sich, was, zum Teufel, sie jetzt tun solle. Schon vor langer Zeit war sie zu dem Schluß gekommen, daß es beim Schreiben zuging wie in den Schulferien: ein geräuschvolles Durcheinander quengelnder Stimmen, die sagen, daß sie sich langweilen, und verlangen, daß sie ihnen etwas zu tun gibt. Das ist das Problem bei literarischen Figuren – keine Initiative.

Skinner lehnte sich mit dem Rücken gegen den Felsen. Er war benommen und kam sich extrem albern vor, was bei einem Mann, der gerade seinen eigenen Schurken erschossen hat, durchaus verständlich ist.

»Hab's dir ja gleich gesagt«, krähte der Scholfield in seiner Hand. »Ein Kinderspiel, hab ich gesagt. So leicht wie …«

»Oh, klar«, fauchte Skinner. »Wirklich keine große Sache. LaForce feuert auf mich und pustet mir beinahe den Kopf weg; ich taumele erschrocken zurück, wobei meine Hand zufällig gegen den Felsen schrammt; du gehst los; die Kugel prallt von seinem linken Steigbügel, seiner Gürtelschnalle, dem Holzbein seines Kumpans und einem flachen Stein ab und fährt ihm schließlich geradewegs in den Hinterkopf, womit der einzigartige Fall eingetreten ist, daß ein Mann von jemandem, der ihm direkt gegenüberstand, von hinten erschossen wurde. So was mach ich zum Zeitvertreib.«

»Na«, maulte der Scholfield, »auf Seite 86 von *Scheckige Sättel* läßt du den Helden doch auf das Spiegelbild des Schurken schießen, und zwar durch zwei verschlossene Türen und ein Klavier hindurch.«

»Ja«, brüllte Skinner, »aber das ist *Literatur!*«

»Das hier auch.«

Skinner setzte sich schwerfällig hin und starrte traurig auf die Leichen, die auf dem Boden des Cañons herumlagen. »Ja«, murmelte er bedrückt, »das ist es wohl noch obendrein.«

Ein Revolver kann zwar nicht die Stirn runzeln, aber jemand mit äußerst lebhafter Phantasie hätte sich einbilden können, er sähe, wie der Abzugsbügel sich leicht in Falten legte. »Ich verstehe nicht, warum du plötzlich so niedergeschlagen bist«, sagte die Waffe. »Ich dachte, du seist froh, daß dein schlimmster Feind tot ist. Das dürfte das Leben insgesamt ein bißchen leichter machen.«

Pfeifend prallte eine Kugel etwa sechs Inch über Skinners Kopf vom Felsen ab. Er warf sich zur Seite, stolperte über die eigenen Füße und fiel hinter einen kleinen runden Felsblock.

»Meinst du?« sagte er.

»Wer, zum Teufel, ist denn das?«

»Es ist zwar nur eine Vermutung von mir«, entgegnete Skinner, »aber vielleicht ist es einer von den Verfolgern, die weggeritten sind, als du mit dem Schießen angefangen hast.«

»Und du glaubst, jetzt sind sie zurückgekommen?«

»Wäre doch naheliegend, meinst du nicht?«

»Jippie!«

Ein Ausdruck des Abscheus glitt über Skinners Gesicht, und er starrte den Revolver in seiner Hand wütend an. »Du Miststück«, sagte er. »Hast du denn nie genug vom Kämpfen?«

»Nein. Ich bin eine Waffe, vergiß das nicht.«

Skinner seufzte. »Nun ja«, erwiderte er, »ich bin ein Mensch, und ich *habe* genug vom Kämpfen. Irgendwelche Vorschläge?«

Die Waffe schwieg.

»Du könntest zum Beispiel zurückschießen«, antwortete sie fröhlich.

»Dachte mir schon, daß das käme.«

ZWEITES KAPITEL

Heute abend waren die Tauben unruhig. Nervös rutschten sie auf ihren Stangen hin und her, während blaue Blitze den nächtlichen Himmel über den dicht an dicht liegenden Vororten von Dewsbury durchzuckten. Von Zeit zu Zeit warf ein fahlgrelles Aufleuchten, hell und jäh wie ein Blitzlicht, ihre langgezogenen Schatten auf die hintere Wand von Norman Frankenbothams Taubenschlag, so daß es aussah, als hockten Pterodaktylen auf der Stange.

Von seinem Werkstattschuppen aus starrte Frankenbotham durch die dicken Gläser seiner Kassenbrille zu dem am Himmel tobenden Unwetter hinauf. Er lächelte zwar nicht – schließlich stammte er aus Yorkshire –, doch im tiefsten Innern seines Herzens war er zufrieden. Jetzt wäre sehr bald alles vorüber, vielleicht sogar schon heute nacht.

Er drehte das in braunes Packpapier eingeschlagene Päckchen in den Händen hin und her, nahm mit mürrischer Genugtuung den Sheffielder Poststempel zur Kenntnis und griff dann nach einem Stanleymesser, um die Verpackung aufzuschlitzen. Fünf Jahre hatte er gebraucht, um einen lateralen Wärmeumwandler ausfindig zu machen – fünf lange Jahre, in denen er die *Gelben Seiten* durchkämmt, Kleinanzeigen sowie die Angebote in den Schaufenstern von Zeitungshändlern studiert und in ganz Yorkshire in Pubs und Wettbüros herumgefragt hatte. Oh, natürlich hätte er postwendend einen aus Genf oder Kioto bekommen können, aber das wäre in keiner Weise angegangen. Das hätte den ganzen Zweck der Übung verfehlt.

Nur echte Teile kamen in Frage. Absolut echte Teile aus *Yorkshire.*

Vor sechs Jahren hatte Norman Frankenbotham auf der Tribüne von Headingley gesessen und erleben müssen, wie das einstmals unschlagbare Yorkshirer Kricket-Team schmählich von einer Bande südenglischer Söldlinge, angeführt von einem abtrünnigen Neuseeländer, besiegt wurde. Daraufhin hatte er bei allen seinen Göttern einen Eid geschworen, daß er, er persönlich, Abhilfe schaffen werde. Er würde seiner Region den flinken Werfer besorgen, den sie so dringend brauchte.

Wäre er dreißig Jahre jünger gewesen, hätte alles sehr einfach ausgesehen, denn dann hätte er die Sache selbst übernommen – hätte am frühen Morgen Trainingsläufe gemacht, unermüdlich stundenlang auf dem Spielfeld hinter dem Gedenkpavillon für Stadtrat Dewhurst geübt, sich von rohem roten Fleisch ernährt und wäre jeden Tag zeitig zu Bett gegangen. Doch das kam nicht in Frage, und nachdem er hier und da einen flüchtigen Blick auf die ohrringtragenden, buntgekleideten Jünglinge geworfen hatte, die in den Parks und auf den Sportplätzen der Umgebung so taten, als spielten sie Kricket, war er zu der Überzeugung gelangt, daß es hier keinen neuen Trueman oder Old zu entdecken gab, auf den man den örtlichen Kricketverband hätte aufmerksam machen können. Kurzum, es blieb nur eines übrig.

Er würde selbst einen machen müssen. Aus Einzelteilen.

Frankenbotham schüttelte den Kopf, als ihm das alles wieder einfiel, und streckte die Hand nach einem kleinen Schraubenzieher aus. Draußen ächzte der Himmel wie eine mächtige Eiche, die in einem Orkan birst. In aller Seelenruhe schraubte er eine Inspektionsklappe ab und studierte den Schaltplan.

Gehen Sie zu Anschluß A an Pol B und ziehen Sie die Sicherungsschrauben (C) fest. Vorsicht: Schrauben nicht zu stark anziehen! Dann führen Sie mit dem beigelegten Werkzeug Widerstand D ein.

Sobald er die schicksalhafte Entscheidung getroffen hatte, ging es nur noch darum, sich tüchtig ins Zeug zu legen und mit der Arbeit voranzukommen. Nach sechs Jahren und einer in die Brüche gegangenen Ehe und nachdem er seine gesamten Ersparnisse aufgebraucht hatte, sah er nun die endgültige Verwirklichung seiner Träume vor sich. Jetzt noch ein paar kleine Lötarbeiten, einige geringfügige Änderungen, ein bißchen Formaldehyd, ein mächtig gewaltiger Blitzschlag – und er hätte es geschafft.

Leidenschaftslos betrachtete er seine Schöpfung, die ausgestreckt vor ihm auf der Werkbank lag, und faßte einen Entschluß. Er würde sie, entschied er, Stanley nennen. Stanley Earnshaw.

Sorgfältig und geschickt, ohne etwas zu überstürzen, verlötete er den letzten Anschluß und schraubte die kleine Metallplatte an Stanleys Hinterkopf fest. Fünf Minuten brachte er mit der Formaldehydflasche zu, dann nahm er einige letzte Handgriffe mit der Neutronenlanzette (trödelte er herum, so fragte er sich, und fand noch dieses und jenes zu tun, um den Moment der Wahrheit hinauszuschieben?) sowie eine abschließende Systemüberprüfung vor, bei der er jeden Punkt des auf der Rückseite eines zerknitterten Umschlags dargestellten Gesamtplans abhakte. Dann war er fertig. Langsam, mit klopfendem Herzen brachte er die Elektroden an und wartete.

Ein Blitz erhellte die Umgebung, und er zählte – zwei, drei, vier –, bis der Donner folgte. Das Gewitter steuerte in seine Richtung, kam immer näher. Bald, bald. Um sich abzulenken, überprüfte er ein letztes Mal die Schalttafel für das zentrale Nervensystem und führte dabei die Tastsonden mit einer Lässigkeit ein, wie man sie nur durch lange Übung erwirbt. *Blitz!* – eins, zwei. Beim nächsten, versicherte er sich. Gleich war das Gewitter da!

Nur ruhig Blut, Norman, mein Junge, flipp nicht gleich aus. Mit übertriebener Sorgfalt bereitete er die Entlastungsschaltkreise vor und setzte das Hauptschaltpult in Betrieb. Die Luft summte und knisterte.

Erst Gott und jetzt ich, dachte er. Allerdings mußte Gott sich sein ganzes Material nicht auf den letzten Seiten von *Tausch und Kauf* zusammensuchen.

Jetzt! Er spürte durch die Sohlen seiner Stiefel, wie der Blitz einschlug. Mit einer raschen, hektischen Bewegung legte er den Haupthebel um. Die unglaubliche Energiewelle, die durch das Schaltsystem strömte, warf ihn beinahe um. Fette Würmer aus blauem Feuer krochen die Drähte auf und ab, die Stanleys Handgelenke mit dem Transformator verbanden. Es roch auf übelkeiterregende Weise nach Verbranntem.

»Werd lebendig!« kreischte Frankenbotham. »Stanley, werd lebendig! Nu mach schon, Stanley, du blödes Arschloch!«

Und Gott schuf den Menschen nach seinem Bilde.

Sein Bild beziehungsweise Image war für Ihn kunstvoll von der Firma Kraftig & Stein (gegründet im Jahre –1) entworfen worden, PR-Berater der *wirklich* wichtigen Leute. Es war ein heikler Auftrag gewesen.

»Klar«, hatte der erste Mr. Stein gesagt, »Allwissenheit muß sein. Ebenso Allgegenwart und Allmacht. Das ist positiv. Das paßt zu dir. Aber ist das auch genug?«

GENUG?

»Jawollo.« Mr. Stein legte die Fingerspitzen aneinander und lehnte sich in seinem Stuhl zurück. »Denk doch mal nach. Was *sagt* mir Allmacht, frage ich mich. Welchen Nimbus hat das Wort?«

NIMBUS?

»Genau«, warf Mr. Kraftig ein und nickte. »Ebendas haben wir uns überlegt. Und deshalb meinen wir, du solltest ...«

Die beiden Imageberater wechselten einen flüchtigen Blick. Ihnen war klar, daß sie hier ein Risiko eingingen, aber wenn man den Ruf haben möchte, kühn und innovativ zu sein, bleibt einem nichts anderes übrig.

»Irgendwie *fürsorglicher* sein«, säuselte Mr. Stein. »Mitleidig. Zugänglich.«

»Liebenswert.«

»Knuddelig.«

Der brennende Dornbusch zog zwei glühende Zweige wie Augenbrauen in die Höhe. VERSTEHE.

Mr. Kraftig holte tief Luft. »Allwissend und allmächtig und allgegenwärtig und so sollst du natürlich ebenfalls sein, gar keine Frage. Wir sind der Ansicht, du solltest bei allem, was mit *all* anfängt, ganz groß sein. Aber gleichzeitig auch ...«

»Knuddelig.«

Der Busch prasselte nachdenklich. Dies war wohl die bedeutungsvollste Pause der Weltgeschichte.

GEFÄLLT MIR GUT.

»Na prima«, sagte Mr. Stein, während der Kosmos einen Seufzer der Erleichterung ausstieß. »Also, der erste Schritt ...«

All das hat sich natürlich vor langer Zeit zugetragen; um genau zu sein, war es die um sieben Uhr morgens stattfindende Frühstückskonferenz am ersten Tag der Schöpfung. Die mit Schöpfungen verbundenen Probleme haben sich seitdem jedoch nicht allzusehr geändert. In gewissem Sinne ist jeder darauffolgende Schöpfungsakt eine Art Wiederholung des allerersten gewesen – ein willkürlicher Griff in die Wundertüte der Möglichkeiten, eine wilde Vermutung im endlosen Quizspiel des Schicksals. Das Problem dabei ist natürlich, daß sich Schöpfungen nicht rückgängig machen lassen. Sobald einmal etwas erschaffen worden ist, ist es für immer irgendwo vorhanden. Ganz gleich, was man hinterher dagegen zu unternehmen versucht, es wird immer irgendeinen Armleuchter mit einer Arche und einer Taube geben, der sich einmischt und dafür sorgt, daß das Ganze erhalten bleibt.

Jane schaltete den Computer an und konzentrierte sich. Jetzt, da nichts außer einer dünnen Glasplatte und einigen leuchtenden grünen Buchstaben zwischen ihr und ihren Figuren stand, war sie wieder allein und hatte niemanden, an den sie sich wenden konnte.

Also, dachte sie, was, zum Teufel, kann ich diese Idioten als nächstes tun lassen?

Sie merkte, daß der Bildschirm sie anstarrte wie eine übereifrige Sekretärin, die darauf wartet, daß ihr unrasierter, verkaterter Chef ihr etwas diktiert. Sie runzelte die Stirn.

Welche Art von Buch möchtest du denn schreiben?

Woher die Frage kam und was sie überhaupt in ihrem Kopf zu suchen hatte, war ihr schleierhaft. Sie rannte in ihrem Hirn umher wie ein entlaufener Hund, kläffend und mit nachschleifender Leine.

Ein gewinnbringendes, antwortete sie. Ich möchte, daß dieses Buch sich besser verkauft als David Eddings und Storm Constantine und Dragonlance *zusammen*. Mehr gibt es dazu nicht zu sagen. Können wir jetzt bitte mit diesem Unsinn aufhören und mit der Arbeit fortfahren?

Ja, aber denk doch mal nach. Als du ein kleines Mädchen warst, wolltest du Schriftstellerin werden. Du wolltest eine magische Welt erschaffen, in die die Leser sich zurückziehen können, eine Welt voller Wunder und Zauberei und tiefer kräftiger Töne. Du wolltest eine Welt kreieren, die es wert ist, daß Helden darin leben. Hast du das geschafft?

Halt die Klappe, erwiderte sie, und red nicht solchen Müll. Sag mir lieber, wie ich Gordian lebendig da rauskriege *und* Maldezar nach Perimadeia bekomme, bevor Dunthor bemerkt, daß der Stein des Schicksals verschwunden ist.

Schweigen.

Das, dachte Jane, ist absolut typisch für innere mystische Stimmen. Praktische Hilfeleistung gleich Null. Ist man sich über diesen Umstand im klaren, kann man nicht viel falsch machen. Wenn Johanna von Orléans einen Augenblick lang innegehalten und dann gefragt hätte: »Die Engländer aus Aquitanien vertreiben, ja, prima. Und wie?«, wäre sie wahrscheinlich neunzig geworden.

In ihrem Hinterkopf klickte etwas. Das ist eine Idee, überlegte sie, ich könnte eine Erscheinung auftreten lassen. Regalian steht mit erhobenem Schwert über dem daliegenden Gordian, um ihm den Gnadenstoß zu versetzen, als sich plötzlich eine Erscheinung einstellt und ihm befiehlt, es nicht zu tun.

Ja? Und?

Jane schüttelte den Kopf. Eins nach dem anderen.

Sie zündete sich eine Zigarette an, nahm einen kräftigen Schluck kalten, klebrigen Tees und fing an zu tippen. Unterdessen begann man im Zentralen Besetzungsbüro, nach einem geeigneten Darsteller für die Erscheinung zu suchen.

»Nicht Sie schon wieder.«

Hamlets Miene verdüsterte sich. »Diese ablehnende Haltung ist völlig ungerechtfertigt«, sagte er. »Bei Erscheinungen bin ich nämlich große Klasse, müssen Sie wissen. In Akt eins, Szene …«

»Vielleicht wenn es darum geht, sie zu sehen. Sie zu verkörpern ist etwas ganz anderes.«

»Also, soll ich nun vorspielen, oder wollen wir bloß den ganzen Tag hier rumstehen und schwatzen?«

Die Angestellte des Besetzungsbüros seufzte. »Dann legen Sie mal los, Mr. Hamlet.«

»Ach du liebe Zeit«, sagte Skinner fröhlich. »Ich scheine keine Munition mehr zu haben.«

»Davon ist noch reichlich in den Sattelta...«

Mit einer raschen, entschlossenen Bewegung rammte Skinner seine Waffe ins Halfter, machte den Riemen fest und stand auf. In der Ferne ritt der letzte Überlebende des Verfolgertrupps wie eine gesengte Sau am Horizont entlang. Vor nur achtundvierzig Stunden hatte er noch seine Zeit damit totgeschlagen, zu kellnern und Autos auf den Parkplatz zu fahren, und sehnsüchtig auf die große Chance, auf ein Rollenangebot gewartet. Wenn ich hier lebendig rauskomme, murmelte er, tief über den Nacken seines Pferdes gebeugt, schreibe ich mich gleich morgen früh an der medizinischen Hochschule ein, wie es ursprünglich geplant war.

Endlich allein. Mit einem Seufzer nahm Skinner seine Satteltaschen auf, packte sie sich auf die Schulter und setzte sich in Gang. Unterwegs grübelte er darüber nach, wie alle seine Figuren, wenn sie nach einer wilden Schießerei mitten in der Wüste gestrandet waren, es geschafft hatten, rechtzeitig zur nächsten Szene in den Lucky Dollar Saloon zu gelangen, ohne auch nur eine Blase am Fuß zu haben. Er mußte ihnen sehr bequeme Stiefel geschrieben haben.

Sieben Stunden später wankte er schließlich hundemüde und mit wunden Füßen in die Stadt – gerade rechtzeitig, um zu erfahren, daß das letzte Zimmer im Hotel vor zwanzig Minuten vermietet worden war. Aber er könne gern in der Scheune schlafen. Das koste nur drei Dollar fünfzig. Für ein paar Dollar mehr könne er eine Decke haben.

Drei Dollar fünfzig, dachte er erbittert, während er das Stroh so zurechttrat, daß es irgendwie einer Matratze ähnelte, für eine Nacht in einer lausigen Scheune. Er setzte sich, öffnete die Satteltasche und zählte sein Geld, das allmählich zur Neige ging. Als er im ersten Kapitel von zwanzigtausend Dollar in Gold geschrieben hatte, die von den Konföderierten in einem verlassenen Minenschacht bei Las Monedas versteckt worden waren, hatte er nicht geahnt, daß er mit dieser Summe sechsunddreißig Jahre lang würde auskommen müssen.

Ich muß hier raus, dachte er, und zwar bald. Was bedeutet, ich muß es schaffen, die Botschaft zu übermitteln. Was wiederum heißt …

Am nächsten Morgen packte Skinner in aller Frühe seine Satteltaschen – die Besitzer von Finnegan's Hotel haben für ihre Gäste einen äußerst wirksamen Weckdienst eingerichtet, der so aussieht, daß eine große Ratte sie um *genau* sechs Uhr einunddreißig in die Zehen beißt – und brach zu seinem nächsten Ziel auf. Wäre ihm nach einem Begleiter zumute gewesen, so hätte er wohl schwerlich einen gefunden. Leute, die sich freiwillig in das Gebiet der Schwarzfußindianer begaben, waren so selten wie Tausenddollarnoten und wesentlich entbehrlicher als diese.

Ein Pfeil, der sich durch die Krone seines Hutes bohrte und ihm einen sauberen Scheitel durch die spärlichen Haare zog, teilte ihm mit, daß er sein Ziel erreicht hatte. Er zügelte sein Pferd – das er an diesem Morgen in *Hanks Pfundigem Pferdecenter* (Spottbillig! Nette Bedienung!) gekauft hatte und das jeden Cent eines Zehntels dessen wert war, was er dafür bezahlt hatte –, blieb völlig reglos im Sattel sitzen und wartete.

Etwa dreißig Sekunden später tauchte am Horizont wie aus dem Nichts eine Horde Krieger auf Ponys auf, ritt auf ihn zu und umkreiste ihn schreiend und Schlachtrufe ausstoßend. Skinner tat sein möglichstes, um gelangweilt zu wirken. Er nahm eine Nagelfeile heraus und widmete sich einem lästigen Niednagel, bis schließlich der Anführer der auf dem Kriegspfad befindlichen Gruppe die anderen verließ und langsam zu ihm herüberritt.

»How«, sagte er.

Skinner steckte die Nagelfeile weg und lächelte. »Ganz recht«, erwiderte er. »Hör mal, ich möchte bloß mal kurz euren Häuptling sprechen, okay? Wenn wir also einige der Formalitäten einfach überspringen können ...«

»How.«

Skinner runzelte die Stirn. »He«, sagte er, »heb dir das für die Kunden auf. Ich weiß mit Sicherheit, daß du englisch sprichst, also warum können wir nicht einfach ...?«

»Bleichgesicht kommen von weither und tragen Stock-der-sprechen-wie-Donner ...«

»Also, paß mal auf.« Skinner beugte sich im Sattel vor und blickte den anderen finster an. »Ich kenne dich«, sagte er. »Vor fast vierzig Jahren habe ich dich für das sechste Kapitel von *Letzte Postkutsche nach Tombstone* geschrieben. Davor warst du Angestellter bei einem Schiffsmakler. Bring mich zum Obermimer, dann verrate ich niemandem dein Geheimnis.«

Während sie schweigend in Richtung Dorf ritten, hatte Skinner Zeit, voller Erbitterung darüber nachzusinnen, wie in der hiesigen Gegend alles ablief. Vierzig Jahre waren vergangen, seit er die Figur namens Der-mit-den-Tauben-tanzt erschaffen hatte, vierzig Jahre, in denen die Zeit stillgestanden oder eher untätig herumgelungert hatte. Man bedenke, daß dies das Jahr 1878 sein sollte. Seit sechsunddreißig Jahren war er hier. Von Rechts wegen mußte jetzt 1914 sein; falls das zutraf, dann brauchte er bloß einen Zug nach Chicago zu nehmen, zur Paradise Street 354 zu gehen und seinem sieben Jahre alten Selbst dringend zu raten, sich später unter keinen Umständen seinen Lebensunterhalt mit dem Schreiben von Wildwestromanen zu verdienen beziehungsweise, falls er es doch nicht lassen konnte, nie und nimmer einen Roman mit dem Titel *Scheckige Sättel* anzufangen, in dem der Held …

»How.« Eine vertraute Stimme riß ihn aus seinen Gedanken, und er sah, daß er im Dorf angekommen war. Vor ihm stand ein alter und unglaublich würdevoller Schwarzfußhäuptling, flankiert von einer Eskorte hochgewachsener junger Krieger. Skinner nickte höflich und sagte: »Hei.«

»Ich Häuptling Zackiger Zeisig«, erwiderte der Indianer. »Du rauchen Friedenspf…«

»Später.« Mühsam und nicht ohne Schmerzen schraubte Skinner sich aus Hanks superbequemem de Luxe-Sattel (das Sonderangebot des Tages), drückte das linke Knie mit der Hand gerade und massierte das Bein, um die Durchblutung zumindest ansatzweise wieder in Gang zu bringen. »Schön, dich wiederzusehen, Zeisig, du siehst gut aus. Also, ich möchte dich um einen kleinen Gefallen bitten. Okay?«

Das Gesicht des Häuptlings war so ausdruckslos, seine Körperhaltung so starr, daß Skinner instinktiv an ihm vorbeiblickte, weil er hoffte, hinter ihm einen Zigarrenladen zu erspähen. »Ist nur eine Kleinigkeit, Zeisig, die ganz schnell geht. Oder soll ich den Jungs und Mädels von der Episode in *Stürmische Steigbügel* erzählen, die wir aus der Endfassung herausgenommen haben? Die mit dem Büffelfell und dem Topf voll …?«

»Das Bleichgesicht folge mir.«

»Mit dem größten Vergnügen.«

Im Tipi des Zackigen Zeisigs nahmen die beiden Männer links und rechts von einem schwelenden Feuer Platz.

»Du elender Dreckskerl«, fauchte der Häuptling. »Was denkst du dir eigentlich, so hier aufzukreuzen und mir vor dem ganzen verdammten Stamm zu drohen? Dafür sollte ich dich mit dem nackten Arsch in einen Ameisenhaufen rammen lassen.«

Skinner zuckte die Achseln. »Freu mich auch, dich zu sehen, Zeisig. Geht es dir gut?«

»Gut?« Der Zackige Zeisig lachte höhnisch. »Wegen dir und dieser beschissenen Kampfszene am Ende von *Fünf Gewehre für Texas* kann ich nur noch flüssige Nahrung zu mir nehmen und muß dreimal in der Stunde zum Klo rennen. Und du fragst mich, ob es mir ...«

»Hey, nun beruhige dich doch«, entgegnete Skinner sanft. »Die meisten Leute wären hin und weg, wenn sie die Möglichkeit hätten, ihrem Schöpfer von Angesicht zu Angesicht zu begegnen. Manch einer ist schon für wesentlich weniger auf dem Scheiterhaufen verbrannt worden.«

Der Häuptling schnitt eine Grimasse. »Die meisten Leute haben einen Schöpfer, den sie respektieren können, Skinner«, erwiderte er unwirsch. »Bloß ich nicht. Ich muß ausgerechnet dich haben.«

»Zumindest weißt du, daß es mich gibt, Zeisig.«

»Klar. Aber das trifft auch für die Pocken zu.«

Skinner breitete die Arme in einer großmütigen Geste aus. »Wie dem auch sei, Zeisig, ich muß dich um einen Gefallen bitten. Also, es geht um folgendes ...«

Jane setzte sich kerzengerade auf und tastete nach dem Lichtschalter. Dann wurde ihr klar, daß sie noch schlief. In Anbetracht der Umstände war das bedauerlich.

Hei.

»Du schon wieder.«

Ich schon wieder. Hör mal, ich habe über unser letztes Gespräch nachgedacht, und da ist mir der Gedanke gekommen, daß du meinen Brief vielleicht noch nicht erhalten hast.

»Welchen Brief?« Janes Augen bewegten sich unter den geschlossenen Lidern hin und her. »Und wer sind diese Leute hinter dir?«

Das Traumbild machte ein betretenes Gesicht. *Das sind Schwarzfußindianer, die einen magischen Tanz aufführen, wenn du's unbedingt wissen willst. Sie helfen mir. Irgendein gottverdammter Schlangenölkönig von einem Medizinmann hat meinen Geist aus meinem Körper treten lassen, damit ich mit dir sprechen kann.* Er machte eine Pause, warf einen Blick über die Schulter und fuhr fort: *Ehrlich gesagt bin ich mir in keiner Weise sicher, daß sie wissen, was sie tun, also wenn wir uns vielleicht ein bißchen ranhalten könnten …*

Jane versuchte die Augen zu öffnen, hatte damit aber ebensoviel Erfolg, als bemühe sie sich, eine Coladose aufzumachen, von der gerade der kleine Aluminiumring abgebrochen ist. »Wer bist du?« fragte sie.

Mein Name ist Skinner, antwortete das Traumbild. *Ich bin Schriftsteller und habe furchtbare Probleme. Und nur du kannst mir helfen. Soweit alles klar?*

Jane nickte. Praktisch alle Schriftsteller, die sie kannte, sie selbst eingeschlossen, hatten furchtbare Probleme der einen oder anderen Art, gewöhnlich mit dem Ehepartner oder der Kreditkartenanstalt. Der Schnabel der Sympathie klopfte von innen gegen die Schale der Verblüffung.

Prima. Also, wo fange ich jetzt am besten an? Im Grunde ist es ganz einfach. Ich habe früher Wildwestromane geschrieben, unter dem Pseudonym Carson Montague. Vielleicht hast du den Namen schon mal …?

Ein leichter Schauder überlief Jane. »Tut mir leid«, erwiderte sie, »sagt mir nichts.«

Oh. Das Traumbild blickte ein wenig wehmütig drein. *Na ja, macht ja nichts. Die Leute sagten damals, daß ich auf dem besten Wege sei, ein zweiter Zane Grey zu werden …*

»Wer ist Zane Grey?«

Das Traumbild warf ihr einen eisigen Blick zu. *Jedenfalls bin ich,* fuhr es fort, *infolge eines Mißgeschicks – mit den Einzelheiten will ich dich jetzt nicht langweilen – in einem meiner eigenen Bücher steckengeblieben.*

»Steckengeblieben?« Jane versuchte trotz der geschlossenen Augen erstaunt zu blinzeln. »In einem deiner eigenen …«

Jawollo. In Scheckige Sättel. *Obendrein keins meiner besten. Und seitdem bin ich hier. Am sechzehnten Juni werden es sechsunddreißig Jahre.* Das Traumbild schluckte mühsam und fuhr mit dem Finger die Innenseite seines Kragens entlang. *Das war kein Zuckerlecken, das versichere ich dir.*

»Kann ich mir vorstellen.«

Und deshalb, fuhr das Traumbild eindringlich fort, *brauche ich deine Hilfe. Du mußt mich hier rausholen, bevor ich getötet werde oder den Verstand verliere.*

»Wie kann ich dir behilflich sein?«

Einen Augenblick lang schien das Traumbild fast zu lächeln. *Du bist ein gutes Mädchen,* sagte es. *Das ist sehr einfach. Du brauchst das Buch nur neu zu schreiben.*

»Moment mal.« Jane leckte sich die Lippen, die so trocken waren wie sehr altbackenes Brot. »Du willst, daß ich einen Wildwestroman schreibe?«

Das Traumbild nickte. *Das ist ein Kinderspiel, ehrlich. Das kann jeder Schwachkopf. Ich hab's doch auch gemacht, Herrgott noch mal, obwohl ich kein Dostojewski bin. Falls es dir die Sache erleichtert, kann ich dir sagen, wo mein Manuskript ist. Oder wo es war. In den letzten fünfunddreißig Jahren könnte es allerdings jemand von dort entfernt haben, schätze ich.*

Traurig schüttelte Jane den Kopf. »Tut mir leid«, sagte sie, »das kann ich nicht machen. Auf Pastichen verstehe ich mich nicht.«

Ey! Das Traumbild preßte die Nase gegen die Trennscheibe zwischen den Wirklichkeitsbereichen und sah sie finster an. *Red doch nicht solchen Schrott. Schau mal, was du schreibst, muß ja nicht gut sein. Meine Güte, von Wildwestromanen erwartet man ja, daß sie miserabel sind. Du brauchst lediglich etwas zu schreiben, das mir die Möglichkeit gibt, aus dieser Scheißgegend rauszukommen und …*

Jane schüttelte erneut den Kopf. »Du verstehst nicht, worum es geht«, sagte sie. »Außer Hardcore-Fantasy kann ich nichts schreiben. Ich würde vermutlich nur noch alles schlimmer für dich machen. Ich verstehe nicht das geringste von Pferden und weiß nicht mal mit Sicherheit, wo Arizona liegt, geschweige denn, wie es beschaffen ist, und ich habe keinen Schimmer, ob eine fünfundvierziger Winchester eine Büchse oder eine Pistole ist, deshalb ...«

Das Traumbild blickte gedankenvoll drein. *Da mag was dran sein,* sagte es nachdenklich. *Das habe ich alles nicht bedacht. Okay, wart mal einen Moment, ich will nur schnell ...*

Das Traumbild trat von der Trennscheibe zurück, und etwa zwei Minuten lang träumte Jane auf nicht sehr angenehme Weise von Schwarzfußkriegern, die verbissen um ein schwelendes Feuer tanzten und dabei ohne jede Spur von Begeisterung seltsame Laute ausstießen. Dann erschien das Traumbild wieder.

Alles klar. Du brauchst mir nur deinen Helden zu schicken. Er wird dann einen Weg finden, mich hier rauszuholen.

»Wie bitte?«

Deinen Helden, sagte das Traumbild ungehalten. *Du wirst doch wohl einen Helden haben, oder?*

Einige Sekunden lang blickte Jane verständnislos drein. »Oh«, sagte sie schließlich, »du meinst den Helden meiner Bücher. Aber das ist ein Fantasyheld. Ich weiß wirklich nicht, ob er ...«

Na und? Das Traumbild zuckte die Achseln. *Ich habe keine Vorurteile. Selbst wenn er absolut beknackte Kleidung trägt und wie jemand aus Grimms Märchen oder der Bibel spricht, wen stört's? Du mußt mich lediglich aus diesem Buch rausholen und über die Distriktgrenze in eines deiner Bücher bringen. Von dort kannst du mich dann nach Hause schreiben. Was könnte einfacher sein?*

»Aber ...«

Sieh mal, er ist ein Held, richtig? Das bedeutet: Er ist tapfer, einfallsreich, gerissen, uneigennützig, edelmütig, versteht was von Pferden und Waffen, dieser ganze Stuß. Na, stimmt das etwa nicht?

Jane schwieg und dachte an ihre Hauptfigur. »Tja«, erwiderte sie, »irgendwie schon. Ich meine, er gibt sich große Mühe.«

Ach, du Schande! Willst du damit sagen, dein Held ist ein Schlappschwanz?

»Nein«, antwortete Jane nachdenklich, »ein Schlappschwanz ist er nicht. Nicht im eigentlichen Sinne«, fügte sie hinzu. »Ich meine, er ist ein unergründlicher und eigentlich sehr komplexer Charakter.«

Mist.

»Wie bitte?«

Also, das ist schon okay. Besser als gar nichts. Wenn er reiten und eine Karte lesen kann, reicht das völlig. Ich bin durchaus bereit, es mit ihm zu versuchen; Hauptsache, du schickst ihn rasch her. Du hilfst mir doch, ja?

»Ich …«

Neben Janes Bett klingelte der Wecker.

Fahlblaue Feuerflächen waberten, gräßlich flackernd, durch den Werkstattschuppen. Ohne darauf zu achten, kniete Norman neben der Werkbank und schrie sein Geschöpf an.

»Stanley! Stanley, mein Junge! Werd lebendig! Wach auf, du verdammter großer Schwachkopf!«

Der Körper auf der Werkbank zuckte. Dann, als ein weiterer Blitz durch die vor Spannung bereits knisternde Luft zischte, krümmte er sich krampfhaft zusammen, zerbrach die Klemmschellen, als bestünden sie aus dünnem Porzellan, und setzte sich auf.

Er war lebendig. Das Herz schlug. Die Lungen arbeiteten. Sehnen und Muskeln waren gespannt.

Alles, was er jetzt noch brauchte, war eine Seele.

Mr. Hamlet?

»Jaa. Werisnda? Sagen Sie mal, wissen Sie eigentlich, wie spät es ...?«

Hier ist das Zentrale Besetzungsbüro. *Wir hätten einen Job für Sie, falls Sie interessiert sind.*

»Bin SOFORT bei Ihnen.«

DRITTES KAPITEL

Langsam drehte das Wesen den Kopf und starrte seinen Schöpfer an, der jetzt zum allererstenmal den Wunsch verspürte, der ästhetischen Seite des Ganzen ein klein wenig mehr Aufmerksamkeit geschenkt zu haben. Gewiß, wenn man einen flinken Werfer aus allem zusammensetzt, dessen man habhaft werden kann, nimmt man, was man bekommt, und ist obendrein noch dankbar. Trotzdem …

»Also, Stanley, mein Junge«, murmelte Norman, während er zurückwich und dabei feststellte, daß der Werkstattschuppen wesentlich kleiner war, als er es in Erinnerung hatte. »Bleib schön auf der Werkbank und steh erst auf, wenn ich's dir sage. Stanley! Sei brav!«

Mit einem gräßlichen Knirschen (*O Mist,* dachte Norman, *hab vergessen, die Zapfenlager der Augenlider zu ölen*) öffneten sich die Augen des Geschöpfs. Und – *knirsch, knirsch, quietsch, quietsch* – blinzelten zweimal. Seine Lippen formten lautlos Worte, als hätte es mitten im Satz plötzlich festgestellt, daß es vergessen hatte, wie man spricht.

»Wie wär's denn mit einem schönen Täßchen Tee?« krächzte Norman.

Ein Schauder durchlief das Wesen, und es gab einen gurgelnden Rachenlaut von sich. Norman versuchte vergeblich, rückwärts durch die Schuppenwand zu entweichen.

»... und zu wissen, daß ein Schlaf das Herzweh und die tausend Stöße endet, die unsers Fleisches Erbteil – 's ist ein Ziel, Himmel, Arsch und Zwirn, wo zum Geier bin ich?« sagte es.

»In Dewsbury«, antwortete Norman.

»Dewsbury?«

»In Yorkshire.«

»Yorkshire.« Langsam hob das Wesen die Hand, rieb sich die Augen und schrie auf. Extrarauhe Handflächen, mit denen sich ein nasser Kricketball besser packen ließ, gehörten zu Normans überzeugenderen Design-Modifikationen. »Das liegt in England, nicht wahr?«

Gewöhnlich hätte Norman zu einer solchen Bemerkung einiges zu sagen gehabt. In Anbetracht der Umstände nickte er jedoch bloß.

»Heiliger Bimbam«, stieß das Wesen hervor, während es die Beine von der Werkbank schwang und unsicher aufstand, »sie haben's geschafft! Die schleimigen kleinen Arschlöcher haben es tatsächlich geschafft! Na, wenn ich die in die Finger ...«

»Die wer?« fragte Norman.

»Rosenkranz und Güldenstern«, erwiderte das Wesen. »Diesmal haben sie es tatsächlich geschafft, mich nach England zu bringen, trotz des ganzen Unsinns mit den Piraten. Ich werde ...« Irgend etwas schien ihm zu Bewußtsein zu kommen, und es blickte an sich hinab. »Holla!« sagte es. »Das ist ja gar nicht mein Körper. Welcher verdammte Witzbold hat denn da an meinem Körper herumgepfuscht?«

Das war zuviel für Norman. Mit einem spitzen Entsetzensschrei sprang er zurück und verbarg sich hinter dem Vorhang, der vor der Tür des Schuppens hing, um Zugluft abzuhalten. Das Wesen seufzte.

»Das darf doch wohl nicht wahr sein«, sagte es

verdrießlich. »Nicht noch einer. Nicht noch so ein Schwachkopf, der meint, wenn er hinter den Wandteppichen rumschleicht, sei er unsichtbar. Komm raus da, du Clown, ich sehe deine Schuhe unter dem Vorhang hervorgucken.«

Der Vorhang bewegte sich ganz leicht, aber das war alles. Das Wesen schüttelte traurig den Kopf (*und der Hals dreht sich um dreihundertsechzig Grad,* murmelte Normans Unterbewußtsein. *Nun ja, jetzt ist es zu spät*), nahm einen Gummihammer aus dem Werkzeugregal und schlug mit mäßiger, wenn auch spürbarer Kraft gegen die Stelle, wo seinen Berechnungen nach Normans Kniescheiben sein mußten. Norman fiel durch den Vorhang nach vorn über, schürfte sich das Schienbein an der Ecke der Werkbank ab und plumpste mit dem Gesäß in einen großen Pappkarton voller Reste und Abfälle.

»Meiner Treu«, fuhr das Geschöpf fort, während es sich im Schuppen umsah. »Das ist ein verdammt seltsames Buch, in dem wir uns da befinden, wenn du mich fragst.«

»Buch?«

Das Wesen nickte. »Ja«, sagte es. »Du weißt schon, das Buch, in dem wir als Figuren auftreten. Worum geht es darin eigentlich? Man hat es nämlich nicht für nötig erachtet, mir das mitzuteilen, bevor ich herkam. Tut mir übrigens leid, wenn ich dich vorhin erschreckt habe, aber das kam alles ein bißchen überraschend für mich. Wußte momentan nicht, wo ich bin. Weiß ich allerdings immer noch nicht«, fügte es hinzu.

»Was meinst du denn mit *Buch?*« brummelte Norman. »Das ist kein Buch hier, du Pinsel, sondern Dewsbury, wie ich dir schon gesagt habe.«

Die Kreatur runzelte die Stirn, was ein knisterndes Geräusch hervorbrachte und Norman zu dem Entschluß veranlaßte, bei einer derartigen Arbeit nie wieder billigen Leim zu verwenden. »Ist das ein Schauspiel oder so was?« fragte sie. »Denn wenn es kein Buch ist, dann …«

»Es is kein Buch!« schrie Norman aufgebracht. »Verstehste denn nich? Du bist hier im wirklichen Leben, verdammt noch mal!«

Der Unterkiefer des Geschöpfs klappte herunter (dank Normans in langen Jahren erworbenem Geschick mit dem Lötkolben, jedoch ohne gänzlich abzufallen). »Im wirklichen Leben?«

»Na, selbstverständlich, Herrgott noch mal.«

»Oh.« Das Wesen zog erneut die Augenbrauen zusammen. »Das kann doch wohl nicht stimmen. Willst du mich hochnehmen?«

Norman, der eine ziemlich genaue Vorstellung davon hatte, was passieren würde, wenn jemand versuchte, das Geschöpf hochzunehmen (zumindest bevor das Kunstharz getrocknet war), unterdrückte ein unwillkürliches Schaudern. »Is aber so«, antwortete er.

»Aber das ist verrückt. Ich bin eine literarische Figur. Ich kann nicht ins wirkliche Leben übertreten.«

Inmitten all dessen fiel Norman etwas auf, das ihn veranlaßte, weiß wie ein Laken zu werden, während ihm die Knie zitterten. Etwas, das er schon vorher – eigentlich sofort – hätte bemerken müssen, wenn er nicht abgelenkt gewesen wäre …

»Ey«, sagte er, »du hörst dich nich an wie aus Yorkshire.«

Die Kreatur legte die Stirn in Falten. »Was, zum Teufel, redest du denn jetzt wieder für einen Quatsch daher?« fragte sie.

»Du hörst dich nich an wie jemand, *der aus Yorkshire kommt*«, kreischte Norman. »Du hörst dich an«, stieß er hervor und verlieh einer Angst Ausdruck, die an seinem Hirn zu nagen begann wie Würmer an einem verwesten Kadaver, »wie einer von den Dreckskerlen im Fernsehen.«

Das Wesen schüttelte den Kopf. »Natürlich höre ich

mich nicht wie jemand aus Yorkshire an. Ich bin schließlich Däne«, sagte es. »So eine dämliche …«

Normans Verstand, der jetzt schon seit Monaten auf unsicheren Füßen stand, sackte endgültig zusammen, was unter den Umständen nur natürlich war. Da hatte er diesem Projekt sein ganzes Leben gewidmet, hatte alles dafür geopfert und es schließlich auch verwirklicht – nur um dann feststellen zu müssen, daß er einen *ausländischen* Spieler erschaffen hatte … Heulend wie eine Banshee, der plötzlich einfällt, daß ihre Parkuhr gerade abgelaufen ist, riß er die Tür des Schuppens auf und floh schreiend in die Nacht.

Hamlet kratzte sich am Kopf, wobei er versuchte, die Tatsache zu übersehen, daß sich dabei größere Stücke ablösten und in seiner Hand zurückblieben. »Tu dir keinen Zwang an«, sagte er. »Ist mir völlig schnuppe.«

Er stand da und schaute sich um. In der Ecke des Schuppens bemerkte er den Deckel einer Keksdose, und ihm fiel ein, daß dessen glänzende Innenseite ihm vermutlich als Spiegel dienen konnte …

»O mein *Gott!*« rief er aus.

Was, um ganz ehrlich zu sein, keineswegs eine Überreaktion war. Wenn ein schlichter, ungekünstelter Mann aus Dewsbury einen Menschen bastelt, gibt er sich nicht groß mit Verzierungen und sonstigen Kinkerlitzchen ab. Ihm kommt es in erster Linie auf die Funktion an, weniger auf die Form. Wo Leonardo oder Benvenuto Cellini noch einige Stunden mit Moltofill, einem Spachtel und feinster Stahlwolle gearbeitet hätten, hatte Norman sich damit begnügt, ein bißchen Farbe aufzutragen und kurz mit grobem Sandpapier drüberzugehen. Das Ergebnis war ein Gebilde, vor dem sich selbst die Trickspezialisten des Films *Alien* unter dem Bett versteckt hätten, laut nach ihrer Mutti rufend.

Hamlet setzte sich schwerfällig hin und vergrub das

Gesicht in den Händen. Leicht angewidert ließ er die Hände wieder sinken und wischte sie sorgfältig an einem Lappen ab. Er war zwar nicht unbedingt eitel, aber wenn man daran gewöhnt ist, wie Olivier, Gielgud, Richardson oder Mel Gibson auszusehen, entwickelt man im Lauf der Zeit ein bestimmtes Bild von sich selbst. Wenn man dann in einen Spiegel blickt und etwas sieht, das starke Ähnlichkeit mit dem Inhalt eines Präsentkorbes für Aasgeier hat, ist das ein ziemlich schwerer Schlag.

»Großartig«, murmelte er. »Einfach toll. Und was, zum Teufel, soll ich jetzt machen?«

Hei, hier ist Cheryl vom Zentralen Besetzungsbüro. *Gehe ich recht in der Annahme, daß Sie von der Rolle nicht gerade entzückt sind?*

Wütend blickte Hamlet auf. »Das kann man wohl sagen, verflucht noch mal. Was, zum Teufel, mache ich überhaupt hier? Es ist vielleicht Ihrer Aufmerksamkeit entgangen, aber ich bin hier im wirklichen Leben.«

Tja, also …

»Außerdem«, tobte Hamlet weiter, »scheine ich an einem Ort gelandet zu sein, der aussieht wie Burke und Hares Warenlager mit Sonderangeboten. Bitte bringen Sie mich sofort dorthin zurück, wo ich hingehöre.«

Nix zu machen. Tut mir leid.

»Was?«

Anscheinend gibt es einen Grund dafür, der mir übrigens gerade durchgefaxt wird. Wenn Sie sich für einen Moment gedulden können …

»In Ordnung.«

So, da bin ich wieder. »Geschieht dir recht«, steht hier. Hm. Haben Sie verstanden?

Hamlets Gesichtszüge entgleisten, soweit es da noch etwas zum Entgleisen gab. »Ich möchte bitte mit Ihrer Chefin sprechen«, sagte er. »Und zwar sofort.«

Tut mir leid, die ist gerade beim Lunch. Hören Sie, wir melden uns bei Ihnen, sobald …

»Nein, nein, nein, so geht das nicht. Sagen Sie mir einfach, wie ich hier rauskomme, und dann Schwamm drüber.«

Tja, wie soll ich es ausdrücken? Sie stecken fest.

»Ich stecke fest?«

Sie sind gestrandet. Wir haben zwar keine Ahnung, wie Sie dort hingelangt sind, sind uns aber hundertprozentig sicher, daß Sie nicht zurückkommen können. Na ja, es gibt einen Weg, aber der ist ausgeschlossen. Deshalb schlagen wir vor, daß Sie, äh, das Beste draus machen und versuchen, Ihr Leben zu genießen, indem Sie, ähm, sich einen Job suchen, heiraten, einen Hausstand gründen – so in der Richtung.

»Hören Sie mal ...«

Sie können wirklich nur zwischen zwei grundsätzlichen Möglichkeiten wählen, fuhr Cheryl fort, in deren Stimme etwas nicht ganz Definierbares anklang. *Entweder Sie erdulden die Pfeil' und Schleudern des wütenden Geschicks, oder Sie enden, sich waffnend gegen eine See von Plagen, im Widerstand. Okay? Ciao.*

»Hören Sie ...« Hamlet wartete kurz, dann seufzte er tief. Cheryl hatte die Verbindung unterbrochen und war weg. Er saß fest.

Kurz darauf fand er eine Papiertüte, in die er zwei Löcher für die Augen bohrte. Normans abgetragener alter Regenmantel, ein Paket Sandwiches, das er auf der Werkbank entdeckte, zwanzig Pfund in kleiner Münze, die er dem Stromzähler entnahm, und eine simple Nadel vervollständigten seine Ausrüstung. Dann machte er sich auf, um die Wirklichkeit zu erkunden.

Er hatte das Gefühl, daß sie ihm nicht sonderlich gefallen würde.

Es war keinesfalls so, daß Jane Signieraktionen nicht mochte. Gott behüte! Jede Gelegenheit, mit ihrer Leserschaft draußen im Land zusammenzutreffen, war per definitionem ein exquisites Vergnügen. Schließlich ist es die Begegnung mit den Jungs und Mädels, die das Zeug tatsächlich lesen, um derentwillen sich die ganze Mühe lohnt.

Allerdings, so überlegte sie, während sie durch das Fenster der Buchhandlung auf den strömenden Regen starrte, schien es in ihrem Fall nicht so zu funktionieren. Ihr war schmerzlich bewußt, daß die Fähigkeit, in einem Buchladen für gähnende Leere zu sorgen – sah man einmal von den Leuten ab, die dort arbeiteten –, ihr den Spitznamen Vakuum-Jane eingetragen hatte, und es kam ihr ein bißchen happig vor, um eines solchen Effektes willen um sechs Uhr früh aufstehen und eine vierstündige Bahnfahrt hinter sich bringen zu müssen.

Gerade als sie in Erwägung zog, sich aus den Exemplaren ihres Buches ein kleines Nest zu bauen und eine Runde zu schlafen, fiel ein Schatten über den Signiertisch. Sie blickte auf.

Ein Kunde.

Gewiß, er trug einen alten Mantel, der selbst die mutigste Krähe verscheucht hätte, und schien sich eine Papiertüte über den Kopf gestülpt zu haben, aber da sie sich hier in einer Spezialbuchhandlung für Fantasy und Science Fiction befanden, war das an sich nicht weiter überraschend. Was Jane jedoch ziemlich aus der Fassung brachte, war der starke Geruch nach Formaldehyd. Trotzdem …

»Hei«, sagte sie. »Für wen darf ich es denn signieren?«

Die Papiertüte gab ein leichtes Zucken von sich. »Schreib bitte einfach *Für Hamlet.*«

Sie hatte bereits *Für Ham* aufs Papier gebracht, als die berühmte Glühbirne aus den Comics in ihrem Kopf aufleuchtete. »Hamlet?« fragte sie.

»Jawollo.« Die Augen, die durch die Löcher in der Tüte zu sehen waren, leuchteten gefährlich. »Wir haben erst neulich miteinander geredet. Oder zumindest hast du geredet, ich habe mich schriftlich geäußert. Auf deinem Bildschirm, erinnerst du dich?«

Jane nickte. »Hei«, wiederholte sie. »Nun, ich hoffe, das Buch gefällt dir.«

»Es war purer Zufall«, fuhr Hamlet fort, während er sich auf die Kante des Tisches setzte. »Ich bin am Laden vorbeigekommen und hab das Plakat gesehen. Und da hab ich gedacht, das ist genau die richtige Person, die mir aus dieser Klemme heraushelfen kann.«

Heiliger Strohsack, dachte Jane, nicht noch einer. »Du bist in der Klemme?« fragte sie so ruhig, wie sie es vermochte.

»Im metaphorischen wie im wörtlichen Sinne«, entgegnete Hamlet. »Es gefiele dir nicht, wenn ich die Tüte abnähme, das kann ich dir versichern. Hör mal, wie bald bist du hier fertig?«

Als Variante der alten Wann-haben-Sie-Feierabend-Masche war das nicht gerade brillant, fand Jane. »Eigentlich habe ich es heute ziemlich eilig«, sagte sie, »also …«

Hamlet lachte bitter. »Das ist keine Anmache«, erwiderte er, »das kannst du mir glauben. Paß auf, du mußt mir wirklich helfen, okay? Ich täte alles für dich, um mich erkenntlich zu zeigen, wenn du bloß …«

»Du könntest schon mal damit anfangen, indem du ein Exemplar meines Buches kaufst.«

»Dann warte hier. Ich bin gleich zurück.«

Jane hatte gehofft, daß das Ablenkungsmanöver ihr die Möglichkeit geben würde, in den Lagerraum zu verschwinden und sich hinter den Stapeln von Stephen Donaldson-Büchern zu verstecken, bis er gegangen war, doch wie sich herausstellte, war er schneller an der Kasse fertig, als sie erwartet hatte, und außerdem verhedderte sich auch noch der Riemen ihrer Handtasche am Stuhlbein. Als er ihr das Buch und den Kassenbon unter die Nase hielt, blieb ihr nichts anderes übrig, als sich wieder hinzusetzen und hilflos zu lächeln.

»Also«, sagte Hamlet, »es geht um folgendes.«

»Ich bin ganz Ohr.«

»Wär' mir's nicht untersagt«, fuhr Hamlet fort, »so höb' ich eine Kunde an, von der das kleinste Wort die Seele dir zermalmte, dein junges Blut erstarrte, deine Augen wie Stern' aus ihren Kreisen schießen machte, dir die verworrnen krausen Locken trennte und sträubte jedes einzle Haar empor, wie Nadeln an dem zorn'gen Stacheltier.«

»Würdest du machen, ja?«

»Klar. Ohne Hemmungen. Also, hör zu.«

Am Anfang …

… war das WORT? Nicht ganz. Am Anfang war, um völlig korrekt zu sein, der BILDSCHIRM, und der Bildschirm war bei GOTT, und der Bildschirm *war* GOTT. Und zugegebenermaßen bewegte das WORT sich auf der Fläche des Bildschirms, erschien in der und der Schrifttype, kursiv, fett oder in Großbuchstaben, mit einem bestimmten Abstand zum rechten Rand, und so weiter, aber das kam erst später.

Heutzutage *hält* sich der Bildschirm bloß für Gott, insbesondere dann, wenn man ausdrucken möchte. In der dazwischenliegenden Zeit ist Schöpfung zur Routine geworden, zu einer simplen Arbeit, die jeder ausführen kann, vorausgesetzt, er verfügt zumindest über ein Blatt Papier und einen Bleistift.

Eine kleine, aber fanatische Sekte irgendwo in Nevada glaubt, daß die Menschen nach ihrem Tod als Figuren in Büchern wiedergeboren werden. Gute Menschen werden Helden, schlechte Menschen Schurken, und Leute, die ein sinn- und nutzloses Leben geführt haben, kommen als Gestalten in Romanen zurück, die von Beamten während der Dienstzeit geschrieben wurden und für die sich partout kein Verlag findet. Die

Angehörigen der Sekte halten sich für die Auserwählten Gottes und glauben fest daran, daß sie als Figuren in den Werken von Jackie Collins wiedergeboren werden. Zutritt zu ihren Gebetsversammlungen bekommt man nur durch den Kauf einer Eintrittskarte, und außerdem gibt es eine stattliche Warteliste.

Die Vorstellungen dieser Sekte sind ein wenig übertrieben. In Wirklichkeit ist es so gut wie unmöglich, daß ein Mensch zur literarischen Figur wird oder umgekehrt; und wenn es doch einmal geschieht – was selten vorkommt –, ist es darauf zurückzuführen, daß irgendwo im System ernsthaft Mist gebaut wurde, was dann den Austausch recht freimütiger Noten zwischen den einzelnen Dienststellen und gelegentlich auch eine Untersuchung in der betreffenden Abteilung nach sich zieht.

Die überwiegende Mehrheit literarischer Figuren sind jedoch kleine Konzentrate von Lebensenergie. Sie rangieren in der Hierarchie ein ganzes Stück unterhalb von Menschen und Engeln, wenn auch mehrere Stufen über Gespenstern, Poltergeistern und sonstigen Erscheinungen, die nächtens herumrumoren. Obwohl sie das Potential fürs ewige Leben haben, hängen ihre Chancen auf Unsterblichkeit völlig vom Können ihrer Schöpfer und von der Geschäftstüchtigkeit der Verleger ihrer Schöpfer ab. Nominell sind sie den normalen physikalischen Gesetzen und den Regeln der Kausalität unterworfen, doch wenn der Lektor und der Korrektor nicht aufpassen, bringen sie es durchaus fertig, auf einer Seite ein grünes Hemd und auf der nächsten einen roten Pullover zu tragen, ohne daß sie sich vorher zum Umziehen wenigstens in eine Telefonzelle begeben müßten.

Wo sie herkommen, ist im großen und ganzen ein Rätsel. Einige Experten behaupten, sie entstünden durch Jungfernzeugung im Hirn des Autors. Andere wiederum vertreten die These, daß jedes menschliche

Wesen Millionen unbefruchteter Figureneier in sich trage, die lediglich darauf warten, daß irgendein Erlebnis oder eine bestimmte Formulierung durch die Augen oder die Ohren eindringt und den ganzen Prozeß in Gang setzt.

Eine dritte Gruppe von Fachleuten glaubt, daß der Storch sie bringt (was zufällig stimmt).

Regalian war schon so lange Regalian, daß er sich kaum noch an sich selbst erinnern konnte.

Das ist ein Berufsrisiko bei Helden der Fantasyliteratur, einem Genre, das dazu neigt, in Trilogien von achtzehnhundert Seiten aufzutreten, und das Syndrom wird von den Angehörigen der Branche gemeinhin als ›gute dauerhafte Tätigkeit‹ bezeichnet. Trotzdem hat das Ganze seine Nachteile, wobei insbesondere der Desorientierungseffekt zu nennen ist, der sich einstellt, wenn ein Held dienstfrei hat. Es ist schon verwirrend und oft auch demütigend, wenn man, nachdem man einen ganzen Tag lang mit bloßen Händen Drachen erwürgt hat, nach Hause kommt und feststellt, daß man den Deckel nicht vom Gurkenglas bekommt.

Regalian hatte vor allem Schwierigkeiten mit Türen. Die Figur, die er in der Trilogie verkörperte, war drei Inch kleiner als er, so daß er sich dauernd an niedrigen Türstürzen die Birne stieß.

Eine wesentlich üblere Begleiterscheinung war die schwere Persönlichkeitskrise, die er gewöhnlich durchmachte, wenn er mehr als achtundvierzig Stunden frei hatte. Je länger er seine Rolle nicht spielte, desto stärker versuchte seine eigene unterdrückte Persönlichkeit, sich wieder geltend zu machen, aber da er nicht mehr genau wußte, wie diese Persönlichkeit beschaffen war, führte dies zu mannigfaltigen Problemen, die er gewöhnlich dadurch löste, daß er im Bett blieb und Radio hörte.

Janes viertägige Signiertour war deshalb für ihn eine

ziemliche nervliche Belastung – eine Mischung aus eiskaltem Turkey und vierzehn Tagen in einer Dekompressionskammer. Gegen Ende des zweiten Tages, nachdem seine Wirtin ihn gezwungen hatte, das Radio abzustellen, wußte er nicht mehr mit hundertprozentiger Sicherheit, wo er war, und verspürte im tiefsten Innern das unerklärliche Verlangen, jemanden namens Valerie anzurufen und ihr zu erklären, daß die ganze Sache mit dem Wellensittich nur ein dummes Mißverständnis gewesen sei. Es erleichterte ihn deshalb ungemein, als sein Funkrufempfänger piepte, was darauf schließen ließ, daß seine Schöpferin eine dringende Nachricht für ihn hatte.

Dennoch muß die Form gewahrt werden.

»Ich hoffe sehr, daß es was wirklich Wichtiges ist«, knurrte er ins Telefon. »Mich an meinem freien Tag zu stören! Ich denke, du bist in Stockport.«

»Bin ich ja auch«, entgegnete Janes Stimme pikiert. Aufgrund der transdimensionalen Umschaltung und des eigenartigen Effekts, den sie auf Telefonsignale hat, hallte Janes Stimme wider wie die Stimme Gottes, der sagt *Und jetzt ein Sprechpröbchen, eins, zwei, drei, können Sie da hinten mich hören?* »Hör mal, ich brauche deine Hilfe. Etwas Merkwürdiges hat sich ereignet.«

Der Ausdruck *etwas Merkwürdiges* kann sehr beunruhigend klingen, wenn er, weil er sich durch das Gefüge der Realitätsebenen gequetscht hat, verstärkt, widerhallend und verzerrt am anderen Ende der Leitung ankommt. Regalian zog eine Augenbraue hoch und legte die Hand an die linke Schläfe, damit das Dröhnen in seinem Schädel aufhörte.

»Könntest du wohl ein bißchen leiser sprechen?« fragte er freundlich.

»Schuldigung. Ich behellige dich wirklich nur äußerst ungern, aber die Sache könnte ziemlich wichtig sein.«

»Schieß los.«

»Also, es geht um folgendes. Da ist … ach, Mist, ich hab kein Kleingeld mehr. Könntest du mich zurückrufen, die Nummer lautet 0167 …«

Dann war die Leitung tot.

Regalian runzelte die Stirn. Jane war im großen und ganzen eine ziemlich rücksichtsvolle Autorin, und es war wirklich sehr ungewöhnlich, daß sie eine ihrer Figuren zu Hause anrief – wie allgemein vermutet wurde, lag das daran, daß es sie schon genug ankotzte, mit ihnen während der Arbeitszeit zu tun zu haben. *Ziemlich wichtig* konnte in diesem Kontext alles mögliche sein, von einem Atomkrieg bis zu einem festen Angebot für die Filmrechte. Er mußte mehr wissen.

Als fünf Minuten vergangen waren und das Telefon nicht wieder geklingelt hatte, kam Regalian zu dem Schluß, daß es an der Zeit war, ein wenig Initiative an den Tag zu legen. Auch hier forderte wieder der Dislokationseffekt seinen Tribut. Regalian der Held hatte mehr Initiative als eine Busladung Managementtrainees an einem Schulungswochenende und wußte, daß ihm etwas einfallen würde. Der andere Regalian kratzte sich am Kopf und fragte sich, als was genau sich *etwas* wohl entpuppen würde.

Wollen mal überlegen. Was täte *ich* in einer solchen Situation?

Tja. Ich wüßte, daß sie in Stockport ist.

Konzentrier dich. Ich ritte in die Berge hinauf, vermutlich mitten in der Nacht und während des seit Menschengedenken schlimmsten Unwetters, und würde irgendeine alte Hexe um Rat fragen, die die Geister der Toten beschwören würde, und die würden uns dann mitteilen, wo sie sich befindet. Wirklich ein Kinderspiel.

Regalian war länger Regalian gewesen, als man ohne Gefahr jemand sein kann, doch selbst er hatte die dumpfe Ahnung, daß es im wirklichen Leben nicht ganz so zugeht.

Der Teil von ihm, der nicht Regalian war, flüsterte: *Ruf den Verlag an.*

Was er auch tat. »Ich hätte gern die Presseabteilung«, sagte er. »So schnell wie möglich. Hallo? Hier ist die Buchhandlung Tollkühn & Horrorwitz in Stockport. Wo, zum Teufel, bleibt sie denn?«

Dem undeutlichen Gemurmel am anderen Ende der Leitung vermochte Regalian zu entnehmen, daß Jane um halb eins bei Dillons und um zwei bei Waterstone's in Cheadle erwartet wurde. Er warf einen Blick auf seine Uhr, nahm die erforderlichen Umrechnungen vor (seine Uhr zeigte natürlich postmoderne Fantasyzeit an, die der Greenwicher Normalzeit um drei Stunden und eine Minute voraus ist) und rief die Auskunft an, um die Nummer von Dillons in Stockport zu erfahren.

»Hallo, könnte ich bitte mit Jane Armitage sprechen? Ja, sie ist bei Ihnen, um ihre Bücher zu signieren. Ja, *die* Jane Armitage. Ja, ich bleibe am Apparat. Regalian. Ähm. Harvey Regalian. Besten Dank.«

Eine lange Pause trat ein. Regalian stellte sich vor, wie das Personal der Buchhandlung unter Bücherstapeln und in den dunklen Ecken des Lagerraums nach Jane suchte. Dann kam diese selbst endlich an den Apparat und sagte: »Ja bitte?«

»Ich bin's.«

»Mensch!« Beeindrucktes Schweigen. »Woher wußtest du denn, daß ich hier bin?«

»Nenn es heroische Intuition. Also, was gibt's denn für Probleme?«

Am anderen Ende der Leitung herrschte längere Zeit Stille, die Regalian freundlicherweise darauf zurückführte, daß Jane gerade ein Buch signieren mußte. »Das ist eine lange Geschichte«, sagte Jane schließlich. »Und es wird dir vielleicht ein bißchen schwerfallen, sie zu glauben. Bist du bereit, sie dir anzuhören?«

Regalian legte die Stirn in Falten. Einerseits wollte er

unbedingt wissen, was los war. Andererseits ging das Gespräch auf seine Rechnung.

»Ruf mich zurück«, sagte er. »Die Nummer hast du ja.«

Wir befinden uns in Amerika.

Genauer gesagt befinden wir uns in Chicopee Falls, Mass. und schreiben das Jahr 1959. Im Roxy läuft gerade *Die Hinterlader des Häuptlings,* während das Autokino *Schüsse aus der Satteltasche* zeigt. In den hinterm Haus gelegenen Gärten der ganzen Stadt fuchteln kleine Jungs mit hölzernen Tomahawks herum und erschießen einander mit Spritzgußcolts, die sie aus ihren Papphalftern reißen. Und in einem hübschen Haus am Rande der Stadt blickt ein Mann, der eigentlich Schriftsteller werden wollte, jetzt aber Wildwestromane verfaßt, finster seine Schreibmaschine an und versucht, sich eine halbwegs originelle Methode auszudenken, um den Guten etwas schneller ziehen zu lassen als den Bösewicht.

Peng! Peng! Peng! Wie ein wilder Mustang bäumte sich der schwere Colt in Slims Hand auf, während er mit der Linken immer wieder den Hahn zurückriß ...

Herrgott noch mal. Er stand auf, drückte die zwölfte Zigarette des Tages aus und starrte aus dem Fenster. In der Scheibe sah er sein eigenes Gesicht, das sich, während er es gequält betrachtete, in das seines Helden zu verwandeln schien. Seines nichtsnutzigen, versoffenen, tolpatschigen Trottels von einem Helden.

Tag, Partner.

»Verzieh dich«, knurrte Skinner.

Will dir nur ein bißchen Gesellschaft leisten, Partner. Scheinst ja 'ne Stinklaune zu haben, und das an so 'nem schönen Aprilmorgen.

»Und wessen Schuld ist das?« entgegnete Skinner. »Warum kannst du nicht wenigstens einmal tun, was man dir sagt, verflixt noch mal?«

Ich muß an meine Leser denken, Kumpel.

Skinners Augenbrauen drängten sich zusammen wie erschrockene Schafe. »Eines Tages«, sagte er, »werde ich dich einfach mal machen lassen, und dann werden wir ja sehen, wie schnell du wirklich bist. Aber was rede ich denn? Wahrscheinlich schießt du dir schon den Fuß ab, wenn du bloß versuchst, die Waffe aus dem Halfter zu bekommen.«

Willst du etwa sagen, ich bin nicht schnell?

Der Idiot im Fenster sah ihn provozierend an, und Skinner kam plötzlich zu Bewußtsein, daß er all die Jahre einen Fehler gemacht hatte. Diese miese Figur war eigentlich ein Schurke und als Held irgendwie eine Fehlbesetzung. Das würde auch erklären, warum er gewöhnlich vor Showdowns auf der Main Street davonlief und einen schwarzen Hut trug.

»Du? Schnell? Im Vergleich zu dir ist jede Schnecke schnell wie der Blitz.«

Willst du die Probe aufs Exempel machen?

Obwohl er sich unglaublich blöd vorkam, streckte Skinner die Hand aus und zog die Schublade auf, in der er den Scholfield aufbewahrte. Vor acht Jahren hatte er ihn als Publicity-Gag gekauft, mit dem Vorschuß für *Geronimos Neffe*, und sich seitdem bemüht, so wenig wie möglich damit zu schaffen zu haben. Feuerwaffen machten ihn nervös, und von Rohleder bekam er einen pickligen Ausschlag. Vor Pferden hatte er mordsmäßigen Schiß.

Trotzdem. Das Gesicht im Fenster hatte ihn irgendwie auf die Palme gebracht, und es war höchste Zeit, daß er dem Mistkerl zeigte, wer hier der Boß war. Er schnallte sich den Revolvergurt um die Taille – was ihm einige Schwierigkeiten bereitete; Wild Bill war offensichtlich kein Anhänger regelmäßiger Mahlzeiten und kalorienreicher Kost gewesen –, nahm die Waffe heraus, überzeugte sich davon, daß sie nicht geladen war, und ließ sie ins Halfter zurückgleiten.

»Du bist langsam, Slim«, sagte er mit ruhiger Stimme. »Du bist so langsam, daß ich mir, wenn ich dich zum Kampf herausfordere, erst noch den dritten Akt von *Lohengrin* anhören könnte, bevor ich dir den häßlichen Kopf wegpuste. Klar?«

Blanker Haß flackerte in den Augen im Fenster auf, und Skinner bekam plötzlich große Angst, obwohl er nicht genau wußte, wovor. Aus eigenem Antrieb langte seine Hand nach der Waffe an der Hüfte. Das Spiegelbild in der Fensterscheibe machte es ebenso, wie Spiegelbilder es zu tun pflegen …

PENG!

In der Scheibe war ein Loch, um das sich konzentrische Risse zogen, die wie das Netz einer schlampigen Spinne wirkten. Das Spiegelbild blickte auf seine Hemdbrust.

Schätze, du hast mich getötet, Skinner. Das wird dir noch leid tun.

Skinner betrachtete das Fenster und dann die Waffe in seiner Hand. Aus der schmalen Ritze zwischen Trommel und Lauf stieg feiner grauer Rauch auf.

»Hey!« sagte er. »Die Waffe war doch gar nicht geladen.«

Von wegen, Partner. Zumindest auf dieser Seite der Scheibe war sie verdammt gut geladen.

»Mensch, Slim, das tut mir leid. Ich hätte nicht gedacht …«

Wie ich schon sagte, Skinner, das wird dir echt leid tun.

Die Gestalt in der Fensterscheibe sackte zusammen und verschwand unterhalb des Fensterbretts. Automatisch machte Skinner einen Schritt nach vorn und …

… stolperte über einen Körper.

»Klasse Schuß, Mister.«

Skinner blickte auf die Leiche zu seinen Füßen, doch dann begriff er. Die Stimme war von dem Revolver gekommen.

»Hast du eben etwas gesagt?«

»Ich habe gesagt, klasse Schuß, doch das war eine freundliche Übertreibung.«

»Hey …«

»Ich hab mir gedacht, der Junge schießt zum erstenmal, man muß sein Selbstvertrauen ein bißchen stärken. Aber wenn ich nicht gewesen wäre, hättest du bloß ein Loch in die Normaluhr geschossen.«

Skinner schaute sich um. Er befand sich in der Main Street, allerdings nicht in der von Chicopee Falls, sondern in einer Main Street, wie die Regeln des Genres sie vorschreiben, und ganz nach Vorschrift stand schräg gegenüber ein Mann mit schwarzem Hut auf einem Balkon im ersten Stock und zielte mit einem Gewehr auf ihn.

PENG!

Und wie laut Vorschrift nicht anders möglich, kippte der inzwischen verstorbene Mann mit schwarzem Hut nach vorn über und fiel durch das Balkongeländer, das wie Balsaholz zersplitterte. Das Geräusch, das er verursachte, als er unten ankam, war ein dumpfer Knall, als plumpse ein Apfel vom Baum.

»Also, das war ein guter Schuß, muß ich wirklich zugeben.«

»Ey, du!« kreischte Skinner. »Hör auf damit, verstanden?«

»So was Undankbares«, murrte der Scholfield. »Könntest du jetzt bitte den Finger von meinem Abzug nehmen, sonst erdrosselst du mich noch.«

Skinner kam der Gedanke, daß es an diesem Punkt klug sein mochte, wegzurennen und sich hinter irgend etwas zu verstecken.

Nachdem er dies getan hatte (*irgend etwas* entpuppte sich als das Tor des Mietstalls; irgendwo da drinnen waren Pferde, die aber nicht geneigt schienen, ihn zu behelligen), setzte er sich auf einen Heuhaufen und zitterte eine Weile heftig vor sich hin. Das brachte zwar nicht viel, aber er wußte, was man von ihm erwartete.

»Hast du die Absicht, den ganzen Tag hier rumzusitzen? Ich weiß ja nicht, wie es bei dir ist, aber ich brauche jetzt ein Bad und einen Schluck Öl. Du solltest lieber den Kessel aufsetzen.«

»Den Kessel?«

»Du mußt mich mit kochendem Wasser ausspülen, sonst roste ich. Ich hätte gedacht, daß du das weißt.«

»Hey.« Skinner schloß die Augen. »Hast du 'ne Ahnung, was mit mir passiert ist?« fragte er.

»Klar.«

»Nämlich?«

»Kochendes Wasser. Außerdem ein Tropfen Rangunöl, wenn du welches hast. Und du mußt eine Feder oder so was benutzen, um die Staub- und Dreckteilchen aus meinen Innereien zu bekommen. Danach erklär ich dir vielleicht alles.«

Skinner hatte nicht den blassesten Schimmer, was Rangunöl war, entdeckte aber einen Kaffeetopf und einen eisernen Ofen mit kaputtem Bein, und in den Trögen der Pferde fand er Wasser. Er verbrühte sich schmerzhaft die Finger, als er versuchte, Wasser aus dem Topf in den Lauf des Revolvers zu träufeln.

»Das ist schon wesentlich besser. Die Trommel hast du zwar nicht richtig durchgespült, aber darum kannst du dich später noch kümmern. Also dann, warum bist du hier?«

Skinner schüttelte den Kopf. »Das frage ich dich«, entgegnete er.

»Du hast deinen Helden erschossen. Das ist nicht zulässig.«

»Aber das ist doch verrückt«, antwortete Skinner. »Schriftsteller bringen in einem fort ihre Helden um. Herrgott noch mal, sieh dir doch bloß Shakespeare an.«

»Ah, aber nicht persönlich. Das lassen sie andere Figuren für sich erledigen. Sich eine Waffe zu nehmen und sie selbst zu erschießen, verstößt gegen die Regeln.«

»Was für Regeln?«

»Was bedeutet«, fuhr der Scholfield fort, »du mußt seinen Platz einnehmen. Natürlich nur, wenn er darauf besteht. Ich vermute, Slim *hat* darauf bestanden. Wahrscheinlich mochte er dich nicht besonders.«

»Aber …«

»Und wer könnte ihm das verübeln? Du hast dem Typ das Leben wirklich zur Hölle gemacht, das kannst du mir glauben. Wie um Himmels willen konnte dir bloß entgehen, daß er zum Schurken bestimmt war?«

Skinner schüttelte den Kopf. Als Methode, um die Maxime ›Die Wirklichkeit ist seltsamer als jede Dichtung‹ praktisch unter Beweis zu stellen, war das Ganze zweifellos überzeugend, aber er konnte nicht umhin, sich zu wünschen, daß die Aufgabe jemand anderem übertragen worden wäre.

»Na schön«, sagte er verdrossen. »Was soll ich denn jetzt tun? Und wie komme ich zurück nach Hause?«

Einen Moment lang herrschte Schweigen, während der Scholfield sich seine Antwort überlegte. Takt fällt schweren Handfeuerwaffen so leicht wie zum Beispiel afrikanischen Elefanten das Eislaufen, doch es kann geschehen, daß ein außergewöhnliches Individuum bereit ist, aus der Reihe zu tanzen und wider den Stachel zu löcken.

»Um deine zweite Frage zu beantworten: überhaupt nicht. Was die erste Frage betrifft …«

»Ja?«

»Mal angenommen, du suchst nach einer glatten, einfachen, relativ schmerzlosen Lösung deiner Probleme …«

»Na?«

»… dann könntest du ja dein Glück damit versuchen, daß du dich erschießt.«

»… und er ist immer noch dort«, sagte Jane abschließend. »Nach über dreißig Jahren.« Sie machte eine Pause. »Ist das nicht *schrecklich?*«

Sie wartete auf eine Antwort. Nach einer Weile hörte sie, wie Regalian einen tiefen Seufzer ausstieß.

»Ist es dort, wo du bist, sehr sonnig?«

»Nein, nicht besonders.«

»Gut, einen Sonnenstich können wir also ausschließen. Und den ersten April haben wir auch nicht, obwohl es vorausschauende Menschen geben mag, die ihre Scherze vorzeitig vom Stapel lassen, um den saisonbedingten Andrang zu vermeiden. Ansonsten kann ich nur annehmen, daß du ein Glas zuviel getrunken hast.«

»Aber …«

»In dem Fall«, fuhr Regalian fort, »wünsche ich dir alles Gute. Ich habe durchaus Verständnis für dein Verhalten. Trotzdem zöge ich es vor, daß du dir nicht gerade meinen freien Tag aussuchst, wenn du mich das nächste Mal anrufst, um Gindünste durch die Leitung zu blasen. Adieu.«

»Moment mal, *ja?*«

Die Stimme seiner Autorin. Widerwillig hielt Regalian inne. Dann legte er den Hörer wieder ans Ohr.

»Sieh mal«, sagte Jane, »ich weiß, daß das alles ein bißchen verrückt klingt …«

»Ein bißchen!«

»… aber ich bin überzeugt, daß es stimmt. Ich weiß nicht, warum, aber ich bin es.«

»Du bist schließlich die Fantasy-Expertin.«

»Ja«, entgegnete Jane, »aber damit hat das nichts zu tun. Ich schwöre dir, daß ich ihm geglaubt habe und es immer noch tue.«

»Sperr mal die Ohren auf«, sagte Regalian. »Ich halte meine Uhr ans Telefon, damit du das Ticken hörst. Siebendundfünfzig, achtundfünfzig, neunundfünfzig – so, gerade ist ein weiterer leichtgläubiger Idiot geboren worden – du hast Gesellschaft bekommen.«

»Paß mal auf …«

Regalian seufzte erneut. »Ich weiß, was du sagen

willst. Du willst sagen, daß du die Schriftstellerin bist und ich nur eine armselige literarische Figur bin, die verdammt noch mal zu tun hat, was man ihr befiehlt.«

»Nein«, erwiderte Jane, »eigentlich wollte ich nichts dergleichen sagen.«

»Tatsächlich nicht? Wolltest du lieber mit versteckten Andeutungen und unausgesprochenen Drohungen arbeiten?«

»Ich wollte sagen«, fuhr Jane fort, »daß das noch nicht alles ist.«

»Du meinst, es kommt noch was?«

»Genau.«

»Meine Güte!« rief Regalian aus. »Glaubst du nicht, daß du Gefahr läufst, deine Phantasie zu verschleißen, wenn du so weitermachst? Ich meine, schließlich brauchst du sie für deine Arbeit.«

»Nun hör doch mal ...«

»Na dann los.« Regalian legte die Füße auf den Tisch und wickelte ein Sahnebonbon aus. »Ich bin ganz Ohr.«

VIERTES KAPITEL

Nachdem Hamlet Jane das feierliche Versprechen, ihm zu helfen, sowie Kleingeld im Wert von zehn Pfund abgenommen hatte, machte er sich auf die Suche nach etwas, das Leib und Seele zusammenhielt. Er wog die zur Verfügung stehenden Möglichkeiten gegeneinander ab und entschied sich dann für reichlich Klebeband.

Um vier wollten sie sich wieder treffen, in Cheadle unter der Bahnhofsuhr. Bis dahin mußte er lediglich zusehen, daß er keine Scherereien bekam und nicht allzu viele Bestandteile verlor. Keine große Sache, wie er meinte, für jemanden, der die letzten vierhundert Jahre damit verbracht hatte, unlösbare moralische Probleme zu wälzen und Leute zu erstechen. Eine Abwechslung ist schließlich ebenso gut wie eine Ruhepause.

Er fand eine öffentliche Toilette mit einer leeren Kabine, wo er etwa zehn Minuten lang auf dem Klodeckel saß, um sich mit Klebeband zu umwickeln, bis er einer transparenten Mumie oder, wenn man so will, einem Würstchen mit Darm glich. Sofern er jähe Bewegungen vermied und es nicht regnete, war zunächst einmal alles in Ordnung.

Er verließ die Toilette und schlenderte die Straße hinunter. Bisher war er zu sehr mit seinen Problemen beschäftigt gewesen, als daß er seiner Umgebung viel Aufmerksamkeit hätte schenken können, und ihm kam plötzlich zu Bewußtsein, daß er sich mitten im Wirklichen Leben befand.

Junge, Junge!

O wackre neue Welt, die solche Bürger trägt! Sein bisheriges Leben hatte er in der Gesellschaft von literarischen Figuren verbracht, die sich in mancherlei Hinsicht von Menschen unterschieden, unter anderem auch im Aussehen. Wie Filmstars sind literarische Figuren durch die Bank auffallend attraktiv, hinreißend schön oder zumindest entzückend häßlich. Normal aussehende literarische Gestalten muß man mit der Lupe suchen. Selbst der *Zweite Bürger* und *Ein Höfling* sehen gewöhnlich so aus, als seien sie gerade aus einem Reklamebild für Unterwäsche getreten. Erst als die Passanten anfingen, ihn sonderbar anzusehen und die Straßenseite zu wechseln, bemerkte er, daß er sie anstarrte.

Eine weitere Sache, die ihn enorm verblüffte, war die totale Ziellosigkeit von allem, was sie taten. Wo er herkam, war die ganze Welt eine Bühne, und jeder Mann und jede Frau waren lediglich Schauspieler; sie traten ab und auf, und alles, was sie taten oder sagten, brachte entweder die Handlung voran, trug zur Charakterisierung der jeweiligen Figur bei oder diente als humoristisches Füllmaterial. Das hieß, daß das Leben zunächst einmal hektisch war, dann aber, nachdem man einige Male im Spiel aufgetreten war, zermürbend monoton. Hier war nicht im geringsten zu ahnen, was dieser oder jener als nächstes tun würde. Es war berauschend.

»Mein Gott«, sagte er laut (immerhin war er Hamlet, und alte Gewohnheiten sind nicht tot zu kriegen), »das ist absolut erstaunlich! Hier möchte ich für alle Zeiten bleiben.«

Er drehte sich zur Seite und lächelte gewinnend

einem kleinen Kind zu, das seine Mutter in die Rippen stieß und auf die Tatsache aufmerksam machte, daß da drüben ein Mann mit einer Papiertüte über dem Kopf ging. Wegen der Tüte erzielte das Lächeln keine große Wirkung, und die Mutter zog das Kind ohnehin mit der routinierten Geschwindigkeit eines im Akkord arbeitenden Kellners weg, doch das machte Hamlet nichts aus. Es war alles wirklich sehr vergnüglich, viel schöner als Arbeit.

Apropos Arbeit, dachte er. Wollen mal überlegen. Jetzt ist es halb vier. Nachmittagsvorstellung. Genau jetzt finge diese elend langweilige Szene mit den Schauspielern an. Die kann mir wirklich gestohlen bleiben.

(Und in genau dem Augenblick erklärte im Theater von Stratford on Avon der äußerst verwirrte Polonius-Darsteller den Schauspielern, daß Hamlet, wäre er anwesend, statt zu einer enorm wichtigen geschäftlichen Besprechung gerufen worden zu sein, sie jetzt auffordern würde, der Natur gleichsam den Spiegel vorzuhalten ...)

Unvermittelt blieb er stehen. Mußte er wirklich zurück? Warum sollte er nicht einfach hierbleiben, einen Hausstand gründen, ausnahmsweise einmal sein Leben genießen? Sich einen Job bei einer Bausparkasse suchen und der *Halbwegs Heitere Däne* werden?

Ein winziges Pollenpartikel verirrte sich in seine Nase, und er nieste.

Es ist eine traurige Tatsache des menschlichen Lebens, daß gute Nasen schwer zu bekommen sind, und in der Ersatzteilchirurgie erhält man erst recht nur das, wofür man bezahlt. Norman Frankenbotham, der mit einer bescheidenen Rente auskommen mußte, hatte sich mit einem Sonderangebot an Nasenzubehör begnügen müssen, das schon bessere Tage gesehen hatte, und das war bereits eine Weile her. Mit Hilfe von Polyurethanfirnis und Nahtmaterial hatte er sein möglichstes getan, und das Ergebnis war einwandfrei, solange es nur um normales, gewöhnliches Atmen ging. Nieser sind jedoch etwas ganz anderes, und hätte Norman die Möglichkeit zu einem stillen Plausch mit seinem Geschöpf gehabt, dann hätte er ihm eingeschärft, daß es von entscheidender Bedeutung war, Staub, Pollen und ähnliche Reizstoffe zu meiden, wenn es zum Schluß nicht mit einem Gesicht herumlaufen wollte, das aussah wie etwas, das Stephen King nach dem spätabendlichen Verzehr von überreifem Cheddarkäse zusammengeträumt hatte.

Hamlet erstarrte vor Schreck; dann, nachdem er kurz umhergeblickt hatte, um sich davon zu überzeugen, daß ihn niemand beobachtete, bückte er sich rasch, merkte, wie dabei einige Streifen Klebeband platzten, hob die Nase auf und trat unauffällig in den Türeingang eines Geschäfts, um den Schaden in der Schaufensterscheibe zu begutachten.

»O *Mift!*« rief er aus. »Beine Nafe!«

Nachdem er die Tüte wieder aufgesetzt hatte, trat er auf die Straße zurück und ging vorsichtigen Schrittes und durch den Mund atmend weiter. Er war zu einem Entschluß gekommen. Er würde, koste es, was es wolle, nach Hause zurückkehren. Mochte der Geist auch willig sein, so war das Fleisch für seinen Geschmack doch ein klein bißchen zu schwach.

»Vergiß es«, sagte Regalian. »Kommt überhaupt nicht in Frage …«

»Bitte.«

Regalian holte tief Luft, weil er beabsichtigte, Jane mit genauen topographischen Angaben mitzuteilen, wo sie sich ihren Vorschlag hinstecken könne. Dennoch zögerte er.

»Hast du gesagt ›Cowboys‹?« flüsterte er.

»Ganz recht.«

»So wie, ähm, John Wayne und, äh, Gary Cooper und, du weißt schon, ähm, der Dings?«

»Welcher Dings?«

»Audrey Murphy.«

»Audie heißt der, nicht Audrey. Ja, genau wie die. Warum?«

»Ach, nur so.«

Wie ein Angler, der ein ganz leises Zucken in der Angelschnur bemerkt, wurde Jane plötzlich sehr aufmerksam. »Da steckt doch etwas dahinter, oder?« fragte sie. »Dir gefällt die Idee, nicht wahr?«

»Die Sache ist der dämlichste Vorschlag, den ich in meinem ganzen Leben ...«

»Clint Eastwood.«

»Von allen hirnrissigen Plänen, die mir je ...«

Jane lächelte ins Telefon. »Gib's ruhig zu«, sagte sie, »die Sache interessiert dich. Du bist ein heimlicher Westernfan, richtig?«

»Überhaupt nicht. Filme kriegen wir hier bei uns gar nicht rein. Die interdimensionale Trennfläche stört den Empfang, so daß man nur Schneegestöber auf dem Bildschirm sieht.«

»Was ist es dann? Bücher?«

»Ich weiß mit meiner Zeit was Besseres anzufangen. Zum Beispiel krank zu sein, von Bäumen zu fallen oder Diphtherie zu bekommen ...«

Janes Grinsen wurde breiter. »Ich weiß!« sagte sie. »Es ist die Musik, nicht wahr? Du bist ein Country-and Western-Fan.«

»Nein!« Er schwieg für einen Moment. »Kein *Fan*, Gott behüte. Noch nicht mal von weitem.«

»Aber?«

»Gelegentlich«, antwortete Regalian abwehrend, »spielt die Musikbox hier im Pub den einen oder anderen Country-Song. Einmal alle Jubel...«

»Und dann singst du mit, ja?«

»Mach ich nicht.« Abermals schwieg er. »Kann sein, daß ich manchmal mitsumme, aber ...«

»Na also. Nun sei doch mal ehrlich. Du brennst darauf, endlich deine Cowboystiefel tragen zu können.«

»Ich besitze gar keine …«

»*Und* deinen breitrandigen Cowboyhut. *Und* dein Buckskinhemd.«

»Ein Buckskinhemd besitze ich auch nicht. Von dem Material bekomme ich Ausschlag.«

»Du hast es also wirklich schon einmal mit einem versucht, ja?«

Die Stimme am anderen Ende der Leitung wurde steif vor geronnener Würde. »Ich bin es meinem Beruf schuldig, so viele ungewöhnliche Erfahrungen wie möglich zu sammeln, das gebe ich gern zu. Aber irgendwo hört es bei mir auf …«

»Ich kann dir noch ein Paar fünfundvierziger Colts schreiben.«

»Nein, danke.«

»Mit Griffen aus Perlmutt.«

»Das ist anachronistisch.«

»Wie bitte?«

»Aus Horn«, antwortete Regalian. »Oder auch aus Elfenbein. Aber nicht aus Perlmutt.«

»Woher weißt du denn das?«

»Ähm, das ist doch allgemein bekannt. Hab ich in einer Zeitschrift gelesen, beim Zahnarzt im Wartezimmer. Hör mal …«

»Du kannst jeden Namen haben, der dir gefällt«, sagte Jane, um ihn zu verlocken. »Kansas City-Joe. Blitzschuß-Billy.«

»Würdest du bitte aufhören? Ich habe gerade erst gegessen.«

»Na gut, dann kannst du dich Jedediah Soundso nennen. Ist dir das authentisch genug?«

»Kann ich wirklich nicht beurteilen«, entgegnete Regalian mit strenger Stimme. »Wie ich schon gesagt habe, sind mir lediglich ein paar nicht ganz so peinliche Lieder eines bestimmten populären musikalischen Genres flüchtig bekannt …«

»Du machst es also?«

»Eskapistische Nichtigkeiten, Opium fürs Volk …«
»Ich setz mich sofort an die Arbeit«, sagte Jane.
Ein langes Schweigen trat ein. Jane hielt den Atem an. Als ein Kunde mit drei Hardcoverexemplaren ihres Buches zum Tisch kam, um sie signieren zu lassen, beachtete sie ihn gar nicht.
»Wenn es denn unbedingt sein muß«, seufzte Regalian. »Aber ich verlange eine schriftliche Erklärung, daß ich für nichts hafte, außerdem noch …«
»In den Sattel, Cowboy.«
»Ach, leck mich doch am Steigbügel.«

»Wo fum Geier bleibft du denn?« fragte Hamlet. »If warte fon feit Ftunden auf dif.«
Jane zog eine Augenbraue hoch. »Wieso sprichst du denn so komisch?« erwiderte sie.
»Daf geht dif nifts an. Alfo, if braufe eine Nadel und etwaf Fwirn …«
»Später. Wir müssen noch den Zug erwischen.«
»Nift fo fnell, ja? Follen mir auf nof die Beine abfallen?«

Regalian, eine voll motivierte Figur, stolzierte in die Bar.
Einen Augenblick lang herrschte verblüfftes Schweigen, welches so tief war, daß man eine Stecknadel auf ein Satinkissen hätte fallen hören können. Dann folgte das erste Kichern, dem sich bald unbändiges Gelächter anschloß.
Regalian achtete nicht darauf. Er stellte sich an die Theke, plazierte die spitz zulaufende Kappe seines Stiefels auf die Fußstange aus Messing und verlangte Whisky.
»Wie bitte?« fragte die Bardame. Ihr Name war Trish, und wenn wenig Gäste da waren, strickte sie Sachen für das Baby ihrer Nichte.
»Wohl schwerhörig, was?« knurrte Regalian. »Whisky.

Und zwar ein bißchen dalli.« Er knallte einen Silberdollar auf den Tresen, wobei er eine kleine Schale mit Erdnüssen umstieß.

»In welchem Ton reden Sie mit mir?« empörte sich Trish. »Und passen Sie bitte auf, ja? Sie zerkratzen sonst das ganze Resopal.«

Nachdem der Umstand, daß Regalian sich mal auf andere Art und Weise lächerlich machte, den Reiz des Neuen verloren hatte, zerstreuten sich die anderen Gäste und überließen ihn seinem Drink, seiner ziemlich unbequemen Kleidung (das Hemd kratzte) und seinen Gedanken.

Das Ganze warf ein interessantes technisches Problem auf. In der Theorie ist es unmöglich, daß eine Figur aus den Büchern eines Schriftstellers in das Buch eines anderen gelangt (das wäre ein Plagiat). In der Praxis freilich geschieht dies dauernd, wenn auch meistens zufällig oder zumindest unabsichtlich. Es vorsätzlich zu versuchen, ist eine der schwersten Aufgaben, die ein Autor übernehmen kann. Wenn er sich daranwagt, entsteht in neunundneunzig von hundert Fällen eine neue Figur in einem völlig neuen Buch. Sowohl das Buch als auch die Figur ähneln den Originalen zwar stark, weisen aber feine Unterschiede auf, die die ganze Unternehmung normalerweise zum Scheitern bringen.

Während er ein zweites Glas Whisky trank, tat Regalian sein möglichstes, um sich wieder in Erinnerung zu rufen, was er am Institut zur Ausbildung literarischer Figuren im theoretischen Unterricht gelernt hatte. Das bereitete ihm einige Mühe (die meisten Theoriestunden hatte er mit dem Versuch verbracht, die Motivation des ihm gegenübersitzenden Mädchens zu analysieren), doch beim dritten, vierten und fünften Whisky stellten sich die Erinnerungen allmählich wieder ein, wenn auch arg mitgenommen und mit Dreitagebart. Er dachte nach.

Die Verfasserschaftstheorie, so erinnerte er sich, ist eine Unterabteilung der allgemeinen Schöpfungstheorie. Letztere ist völlig unkompliziert.

In einem unendlichen, gekrümmten Universum ist alles möglich. Man braucht nur die Möglichkeit einer bestimmten Konstellation von Umständen zu erkennen, und schon existieren sie, irgendwo und in irgendeiner Form. Das ist die Schöpfungstheorie. Es werde Licht, und es wird Licht. Soll es riesige einzellige Lebewesen – genannt Griebel – geben, die in Lüftungsschächten leben und sich von Käseduft ernähren, dann gibt es sie auch, aus dem gleichen Grunde. Der Unterschied ist bloß der, daß Licht eine recht vernünftige, praktische Konzeption ist, die sich in so gut wie alle Wirklichkeitssysteme einpassen läßt, während Griebel nur in den Slums der Realität existieren können, wo den Leuten alles piepe ist und wo sich niemand mit einem Rest von Vernunft hinbegibt, es sei denn, ihm unterläuft ein gräßliches Versehen.

Okay, sagte Regalian zu sich, das ist die allgemeine Schöpfungstheorie. Er entdeckte eine halbleere Tüte Chips mit Räucherschinkengeschmack in seiner Jakkentasche und begann zu mampfen.

Die Autoren machen mit der Schöpfungstheorie das, was hochbezahlte Steuerberater mit den Steuergesetzen machen: Ohne gegen die Regeln zu verstoßen, bringen sie es fertig, sie in einem solchen Maße hinzubiegen, als bestünden sie aus Knete.

Die Autoren warten mit unwahren Dingen auf – mit Leuten, die nicht existieren, und Ereignissen, die nie geschehen sind – und bringen andere Menschen dazu, daran zu glauben. Glaube ist Wasser auf die lodernde Friteuse der Schöpfung. Etwas Fiktives, woran die Menschen glauben, kann nie real vorhanden sein, aber es kann auf wesentlich intensivere Art und Weise existieren als unzählige reale Dinge, die so langweilig sind, daß sich niemand dafür interessiert. Der Seewetterbericht ist etwas Reales, doch die Einwohner der Lindenstraße leben, weil die Zuschauer es so wollen.

Soviel zur allgemeinen Verfasserschaftstheorie.

»Noch 'n Whisky.«

»Das macht dann ein Pfund vierzig, bitte.«

»Hier.«

»Tut mir leid, aber wir nehmen kein ausländisches Geld.«

»Ey, wir sind doch hier in einem Saloon, oder?«

»Na ja, jedenfalls steht *Saloon Bar* an der Tür.«

»Eben. Also, in jedem Saloon diesseits des Rio Bravo bekommt man für einen Silberdollar eine Flasche unverdünnten Whisky. Oder glauben Sie mir das etwa nicht?«

Trishs Stirn legte sich in Falten. Einerseits sagte ihr die überwiegende Mehrheit ihres Verstandes, daß es sie morgen früh einige Mühe kosten werde, die Leute auf der Bank zu überreden, Silberdollars anzunehmen. Andererseits sah eine einflußreiche Minderheit in ihrem Gehirn die Logik des Ganzen ein; und außerdem – eine große Münze aus purem Silber muß doch viel wert sein, nicht wahr?

»Na schön, geben Sie her«, sagte sie.

Fernerhin heißt es in einem Zusatzartikel, der auf Betreiben der Verlagsanwälte in die allgemeine Verfasserschaftstheorie aufgenommen wurde, daß literarische Figuren zwar existieren können, ohne real zu sein, jedoch nur unter der Bedingung, daß sie innerhalb ihrer Bücher bleiben und diese nie verlassen, weil sie sonst diesseits der Trennwand zwangsläufig großen Schaden anrichten würden.

Ein weiterer Zusatzartikel, für den die Agenten der Autoren verantwortlich zeichnen, legt fest, daß eine literarische Figur in jedem Fall mit Leib und Seele ihrem Verfasser gehört (inklusive Vermarktungsrechte) und genau das tun muß, was man ihr sagt, will sie nicht Gefahr laufen, gestrichen zu werden.

Die Agenten der Figuren wiederum haben die allgemeine Verfasserschaftstheorie um einen Artikel in Form einer Klausel ergänzt, die besagt, daß die Figuren, um glaubhaft zu bleiben, nur Dinge tun dürfen, die zu ihrem Charakter passen, und daß jeder Versuch, aus dem ihnen zugewiesenen Buch zu gelangen, eine Verletzung der Glaubwürdigkeit darstellen würde, die zu sofortiger Implosion führt.

Ein letzter Zusatzartikel in Form einer Brechstange, die man an einer Schwachstelle ansetzt und die man dann nach unten drückt, besagt, daß es Hintertürchen gibt. Diese reichen von den wohlbekannten geringfügigen technischen Einzelheiten, die es erschöpften und überarbeiteten Autoren ermöglichen, gelegentlich einen unauffälligen Raubzug in das Ideenlager eines benachbarten Autors zu unternehmen, bis zu der allseits berühmten und gänzlich dem Bereich des Mythos angehörigen Luftschleuse in den Kellergewölben unterhalb des westlichen Flügels der Library of Congress.

Es ist jedoch kein Hintertürchen bekannt, das es der Figur eines Buches gestattet, wann immer es ihr paßt, in ein anderes Buch zu schlüpfen. Desgleichen gibt es auch keine Möglichkeit, in die Gewölbe der Ersten Staatsbank von Idaho zu gelangen, ohne erst einmal die Sicherheitskontrolle zu passieren – aber nur deshalb, weil bisher noch niemand eine Wagenladung Dynamit gegen die Mauer gepackt und die Zündschnur angezündet hat.

Just zu diesem Zeitpunkt fand in einer lange zurückliegenden und weit entfernten Dimension zwischen dem Seniorpartner von Shark, Shark und Shark, einer hochspezialisierten, aber extrem lukrativen Anwaltspraxis, und einem seiner Klienten ein Beratungsgespräch statt.

»Also«, sagte Mr. Shark, »ich gehe wohl recht in der

Annahme, daß Sie sich über eine formaljuristische Regelung der Erbschaftssteuer noch keine konkreten Gedanken gemacht haben. Oder doch?«

König Lear biß sich auf die Unterlippe. »Leider nicht, wie ich gestehen muß«, antwortete er.

Mr. Shark schüttelte bedauernd den Kopf. »Meinen Sie nicht, daß es langsam Zeit wird? Ich würde Ihnen raten, Ihr Königreich Ihren beiden ältesten Töchtern zu schenken. Dann wird es, vorausgesetzt, Sie überleben die Schenkung um sieben Jahre, überhaupt keine Steuern abzuführen geben.«

»Tatsächlich?«

»Tatsächlich.«

König Lear rieb sich nachdenklich das Kinn. »Hört sich gut an. Bloß – na ja, ein bißchen drastisch ist das Ganze schon, wie? Es ihnen einfach so, ohne Bedingungen zu schenken. Was, wenn ...«

Mr. Shark runzelte die Stirn. »Wo gehobelt wird, fallen nun mal Späne, nicht wahr? Ich meine, sind Sie denn *scharf* darauf, einen happigen Steuerbescheid am Hals zu haben?«

»Nein, nein, natürlich nicht. Aber könnte ich nicht wenigstens ein bißchen behalten? Sagen wir, hundert Ritter oder so?«

Mr. Shark seufzte. »Tut mir leid«, sagte er, »aber das wäre eine Schenkung mit Vorbehalt, die unter die Widerrufsbestimmungen fällt, und das würde den ganzen Plan zunichte machen. Und wenn eine Sache es wert ist ...«

»Ja, vermutlich haben Sie recht. Aber warum nur meine beiden ältesten Töchter? Ist das nicht ein bißchen ungerecht gegenüber der jüngsten? Sie ist ein gutes Kind und ...«

»Schon richtig«, warf Mr. Shark genervt ein, »aber sie ist doch mit dem König von Frankreich verheiratet, nicht wahr? Was sie zu einer ausländischen Staatsangehörigen macht, und durch die gesetzlichen Bestimmungen zur Besteuerung ausländischen Grundeigentums würde der ganze Plan schlichtweg zum Witz. Das sehen Sie doch wohl ein?«

»Ja. Ja. Wenn Sie das sagen, wird es wohl ...«

»Gut. Dann mache ich mich gleich daran, die nötigen Papiere vorzubereiten, und gebe Ihnen Bescheid, wenn alles fertig ist. Danke, daß Sie vorbeigekommen sind. Wiedersehn.«

Kaum hatte die Tür sich geschlossen, als das Telefon klingelte.

»Ja bitte?«

»Ich habe zwei Klienten am Apparat, die Sie sprechen wollen, Mr. Shark«, sagte seine Angestellte. »Der eine ist Macbeth, der Sie wegen der Geschäftsübernahme, die man ihm vorgeschlagen hat, um Rat fragen will. Er sagt, er verstehe zwar, warum Sie die Idee für gut halten, wird aber das Gefühl nicht los, daß es eine blutige, greuliche und unnatürliche Fusion wäre, und befürchtet, nachts dann nicht mehr richtig schlafen zu können. Und am anderen Apparat ist Hamlet, der aber nicht sagen will, worum es geht.«

»Verstehe. Richten Sie Macbeth aus, er möge blutig, kühn und fest sein und daß wir ihm eine Zwischenrechnung schicken. Und dann geben Sie mir Hamlet.«

Summ. Klick.

»Hallo, Mr. Shark?«

»Am Apparat. Wie geht's, wie steht's? Hören Sie, in Sachen Ihres Erbanspruchs ...«

»Deswegen rufe ich eigentlich nicht an«, sagte Hamlet, »sondern ...«

»Ich glaube«, fuhr Mr. Shark unverdrossen fort, »daß Sie ausreichend Grund haben, den Letzten Willen Ihres Vaters anzufechten, und wenn ich Sie wäre, zöge ich die Sache durch. Ich weiß zwar, daß Sie Ihren Onkel gern haben und Ihrer Mutter keinen Kummer machen wollen, aber hier geht es ums Prinzip. Ihr Vater würde sich zweifellos im Grabe umdrehen, wenn er wüßte, was da vor sich geht.«

»Okay«, erwiderte Hamlet, »machen Sie, was Sie für richtig halten. Worüber ich eigentlich mit Ihnen sprechen wollte ...«

»Ich meine« – Mr. Shark war nicht zu bremsen –, »Ihre Skrupel gereichen Ihnen durchaus zur Ehre, offensichtlich sind Sie ein sehr verantwortungsbewußter junger Mann, und ich weiß, daß Sie eigentlich lieber Ihre akademische Laufbahn fortsetzen würden, als ins Familienunternehmen einzusteigen. Trotzdem lege ich Ihnen nahe ...«

»Mr. Shark.«

»Ja?«

»Halten Sie die Klappe«, sagte Hamlet, »und hören Sie zu. Ohne eigenes Verschulden bin ich irgendwie in die Wirklichkeit geraten und sitze fest. Wie stelle ich es an, hier wieder rauszukommen?«

Es erfolgte eine lange Pause, die, legte man Mr. Sharks Honorarforderungen zugrunde, etwa sechshundert Pfund wert war. »Mr. Shark?«

»Das ist ein interessantes Problem, das Sie da haben«, sagte Mr. Shark. »Ja, zweifelsohne ein sehr interessantes Problem. Zum Beispiel ergeben sich daraus allerlei gute Möglichkeiten für eine kreative Steuerplanung.«

»Na prima. Und was soll ich *machen?* Ich meine, rundheraus gesagt ist es so, daß ich hier drüben allmählich auseinanderfalle. Meine Nase habe ich mir gerade mit Uhu wieder angeklebt, und immer wenn ich den rechten Arm bewege, hört es sich an, als reiße etwas.«

»Sie haben mein ganzes Mitgefühl«, antwortete Mr. Shark, »das kann ich Ihnen versichern. Unglücklicherweise bewegen wir uns hier in einer rechtlichen Grauzone. Das wird wohl einige Zeit dauern.«

»Ach, und wie lange?«

»Die Einwanderungsgesetze sind eine knifflige Angelegenheit«, entgegnete Mr. Shark. »Auf keinen Fall dürfen wir irgend etwas überstürzen, sonst könnten wir gewaltig in die Bredouille geraten.«

»Mr. Shark«, sagte Hamlet, der Mühe hatte, sich zu beherrschen, »ich *bin* bereits gewaltig in der Bredouille. Haben Sie irgendwelche Vorschläge zu machen, oder soll ich zur Konkurrenz gehen?«

»Nun beruhigen Sie sich mal«, erwiderte Mr. Shark. »Wir wollen doch nichts sagen, was wir hinterher bereuen könnten. Ich gebe Ihnen mein Wort, daß wir uns sofort mit dieser Sache befassen, und sobald wir irgendwie weiterkommen, gebe ich Ihnen Bescheid. Zufrieden?«

»Glaub schon.«

»Und vorher brauchen wir natürlich eine kleine Anzahlung«, fuhr Mr. Shark fort, »sagen wir zwanzigtausend Pfund. Wenn Sie uns also einfach einen Scheck schicken würden …«

»Ah. Das könnte ein Problem sein. Wissen Sie, ich habe hier drüben nämlich kein Geld. Nicht im eigentlichen Sinne.«

»Verstehe.« Mr. Shark lehnte sich in seinem Stuhl zurück und blickte finster zur Decke. »Ich muß sagen, damit bringen Sie mich in eine äußerst schwierige Lage.«

»Tatsächlich? Sind Ihnen etwa auch gerade die Zehen abgefallen?«

»Tut mir sehr leid«, erwiderte Mr. Shark, »ich möchte Ihnen wirklich gern helfen, aber die Grundsätze unserer Firma sind in dieser Hinsicht sehr strikt. Wenn wir keine Vorauszahlung bekommen, können wir sehr wenig …«

Hamlet legte auf. Mr. Shark zuckte die Achseln und machte es ebenso.

»Meine Güte«, seufzte er, »auch noch diese bescheuerten Klienten.«

Dem Dynamit, das man gegen eine Mauer packt, entspricht im literarischen Bereich folgendes:

»Hallo?«

»Hallo, hier spricht Jane Armitage. Ich bin im Moment leider nicht zu Hause, aber wenn Sie eine Nachricht hinterlassen möchten ...«

»Ey!« brüllte Regalian in den Hörer. »Laß den Quatsch! Ich weiß, daß du da bist, weil in der letzten halben Stunde dauernd besetzt war. Hallo?«

»... sobald ich nach Hause zurückkomme. Vielen Dank. Piiiep.«

Regalian fluchte leise vor sich hin. Er haßte es, in diese verdammten Dinger zu sprechen.

»Na schön«, sagte er, »dann hör mal genau zu. Du mußt folgendes tun ...«

Mr. Prosser vom Bestattungsunternehmen Prosser und White GmbH zog seinen Morgenmantel fest um die Taille und spähte zur Tür hinaus.

»Ja bitte?« sagte er.

»Entschuldigen Sie die Störung«, sagte Jane, »aber im Telefonbuch steht *Service rund um die Uhr,* und es ist wirklich ein Notfall.«

Mr. Prosser unterdrückte ein innerliches Seufzen. Zwanzig Jahre im Leichenentsorgungsgeschäft hatten ihn gelehrt, daß Leute, die heute tot sind, es fast immer auch morgen noch sind, häufig sogar noch am Tag danach. Der Ausdruck ›Notfall‹ hatte deshalb in seinem Metier eigentlich keine Bedeutung. Doch Menschen, die einen Toten zu beklagen haben, sind manchmal komisch, und die goldene Regel bei der Grabanfertigung nach Maß lautet: Sei mitfühlend und verständnisvoll, selbst gegenüber Schwachköpfen und Leuten, die dir nur deine Zeit stehlen. »Selbstverständlich«, sagte er. »Kommen Sie doch bitte herein.« Er schob die Türkette zurück und verkniff sich die Bemerkung, daß sich ›Service rund um die Uhr‹ eigentlich auf seinen Anrufbeantworter bezog.

»Ich bin Ihnen wirklich sehr dankbar«, sagte Jane, nachdem sie das Angebot einer Tasse Tee abgelehnt hatte. »Also, um gleich zur Sache zu kommen, ich möchte jemanden einbalsamieren lassen.«

»Verstehe«, erwiderte Mr. Prosser. »Und wer ist der arme Dahingeschiedene?«

Jane deutete mit dem Finger auf ihren ramponierten Begleiter. »Er.«

Eine weitere goldene Regel bei der Grabanfertigung nach Maß, die womöglich noch elementarer ist als die erste, lautet: Sei nie schockiert, erlaube dir nie, angeekelt oder angewidert zu sein, laß den Kunden nie merken, daß du am liebsten kotzen möchtest. »Ah ja«, sagte Mr. Prosser. »Dürfte ich mir den Hinweis gestatten, daß der arme Dahingeschiedene noch lebendig zu sein scheint?«

»Ja, ich weiß«, antwortete Jane genervt. »Und zunächst haben wir es ja auch im Krankenhaus versucht, aber dort hat man uns rausgeschmissen.« Ein Schauder überlief ihren Körper. »Mir hat das nichts ausgemacht, aber er ist irgendwie unglücklich aufgeschlagen. Wir haben die Teile alle hier in diesem Plastikbeutel. Vielleicht könnten Sie, wenn Sie sich an die Arbeit machen, so freundlich sein und versuchen, sie wieder anzunähen.«

Denk an die goldene Regel, murmelte Mr. Prosser leise vor sich hin, denk an die goldene Regel. »Möglicherweise habe ich mich nicht klar genug ausgedrückt, Miss«, sagte er, »aber wir sind hier eigentlich auf, ähm, Tote spezialisiert. Darum geht es bei uns im wesentlichen, verstehen Sie, und so richtig tot ist Ihr, äh, Freund ja wohl nicht. Nicht im eigentlichen Sinne, meine ich.«

»Okay«, sagte eine Stimme unter der Papiertüte, »laß mich mit ihm reden. Hören Sie zu, Sie Armleuchter.«

»Ähm …«

»Unterbrechen Sie mich nicht. Also, wenn Sie nicht sofort das Nahtmaterial und die Einbalsamierungsflüssigkeit holen und anfangen, komme ich morgen wieder hierher, aber ohne diese Tüte über dem Kopf, gehe vor Ihrem Schaufenster auf und ab und halte die Passanten an, zu denen ich dann sage: In das Geschäft sollten Sie auf keinen Fall gehen, der Service ist einfach furchtbar, ich meine, sehen Sie mich doch mal an. Werden Sie uns nun helfen oder nicht?«

Mr. Prosser setzte sich, schloß die Augen und schluckte ein paarmal. Dann stand er wieder auf. Er zitterte ein wenig, aber abgesehen davon war er wieder so geschäftsmäßig wie eh und je.

»Das wird nicht nötig sein, Sir«, sagte er höflich. »Nun, wenn Sie mir dann bitte in den, äh, wenn Sie mir dann bitte folgen würden.«

»Ich werde genau aufpassen, was Sie machen«, fuhr Hamlet fort. »Und wagen Sie es ja nicht zu schludern, das würden Sie nämlich sehr bereuen. Sollten Sie auch nur den Versuch machen, mir eine Schraube in den Hals zu praktizieren, rufe ich sofort den Verbraucherschutz an.«

»Gewiß, gewiß«, sagte Mr. Prosser. »Hier entlang, bitte.«

»Ja? Wasnlos?«

»Hier ist Jane. Ich habe deine Nachricht erhalten. Bist ...?«

Regalian brummte mißmutig und schaltete die Nachttischlampe an. »Verdammt noch mal, es ist zwei Uhr dreißig morgens.«

»Ich bin gerade erst nach Hause gekommen. Also, paß auf, wenn du bereit bist, kann ich jetzt sofort anfangen.«

»Eine andere Möglichkeit wäre folgende: Du gehst zu Bett und wir fangen morgen früh an. Hast du diese Methode schon näher in Erwägung gezogen?«

»Ich …«

»Ja, ich weiß, das ist eine schwierige Entscheidung, und ich will dich ja auch nicht drängen. Weißt du was, beschlaf die Sache erst mal und ruf mich morgen wieder an. Gute Nacht.«

»Ich glaube«, sagte Jane, »wir sollten sofort anfangen, wenn es dir nichts ausmacht. Es geht einfach darum, wie lange hier noch alles zusammenhält.«

»Zusammenhält?«

Jane warf einen Blick auf die ausgestreckt auf ihrem Sofa liegende Gestalt, die leise über den Schmerz in ihren Nähten klagte und nach Konservierungsmitteln stank. »Ja«, erwiderte Jane, »ich glaube, wir haben nicht mehr viel Zeit. Deshalb fange ich schon mal an. In etwa fünfundzwanzig Minuten geht's los, okay?«

»Okay«, seufzte Regalian. »Benutz nicht zu viele Fachausdrücke.«

Jane legte den Hörer auf und wankte müde in ihr Arbeitszimmer hinüber, wo sie den Computer anschloß und die Diskette hineinschob.

»Inspiration, bitte.«

Und entweder durch Zufall oder aufgrund eines unerklärlichen transdimensionalen telepathischen Vorgangs stellte sich die Inspiration tatsächlich ein. Es war keine sonderlich hochkarätige Inspiration; erstklassiger Ware ähnelte sie etwa im gleichen Maße, wie Kantinenkaffee feinstem arabischen Kaffee ähnelt. Doch in diesem Kontext erfüllte sie ihren Zweck, soweit die Situation es erforderte.

Jane begann zu tippen.

Regalian schlief, tippte sie. Und während er auf seinem primitiven Lager aus z'myrischen Fellen ruhte und im Schlummer seine sonnengebräunten Glieder von sich streckte, träumte er …

… von einer seltsamen Landschaft, wie er sie noch nie zuvor gesehen hatte. Es kam ihm so vor, als ginge er eine staubige und verlassene Straße entlang, die von hohen hölzernen Gebäuden gesäumt wurde, in die merkwürdige glänzende Vierecke, Kristallplatten ähnelnd, eingelassen waren. Und er bemerkte, daß er irgendein fremdländisches Kostüm trug: ein mit Lederfransen besetztes Buckskinhemd, einen großen breitkrempigen Hut, eigenartige Hosen mit weiten Beinen, hohe Stiefel und um die Taille einen dicken breiten Gürtel, an dem eine Schwertscheide hing. Allerdings befand sich kein Schwert darin, sondern nur ein kleiner schwerer Gegenstand aus Eisen, der Ähnlichkeit mit einem Hammer hatte.

Er blieb stehen. Drei Männer versperrten ihm den Weg. Sie trugen die gleiche fremdländische Kleidung wie er, und auch an ihrer Hüfte hingen diese seltsamen Instrumente. Ihre wettergegerbten Gesichter sahen grimmig aus.

»Hallo, Fremder«, rief der größte der drei Männer …

FÜNFTES KAPITEL

Hallo, Fremder«, sagte der Lange. Regalian blinzelte zweimal.

»Wie meinen?« fragte er.

»Ich habe hallo gesagt«, antwortete der Lange. »Bist du taub oder was?«

Regalian lächelte devot. »Ich bitte vielmals um Vergebung«, erwiderte er, »aber ich war eben nicht ganz da. Meiner Treu, welch hübsches und idyllisch gelegenes Städtchen ihr hier habt.«

Verwirrt wandte sich der Lange seinen Kumpanen zu und beriet sich im Flüsterton kurz mit ihnen. »Ja«, sagte er schließlich, »wir finden es auch recht nett. Allerdings haben wir hier für Fremde nicht viel übrig.«

»Völlig korrekt«, antwortete Regalian und nickte. »Es ist immer besser, zunächst einmal vorsichtig zu sein, wenn man neue Leute kennenlernt. Eine gewisse anfängliche Zurückhaltung erweist sich oft als Basis für eine dauerhafte Beziehung, die von gegenseitigem Vertrauen geprägt wird und in der der eine des anderen Stütze ist, findet ihr nicht auch?«

Der Lange sah ihn mit einem Gesichtsausdruck an, wie man ihn vielleicht bei einem Wachtposten erwarten würde, der auf seinen altehrwürdigen Wer-da-Ruf die Antwort ›Gut Feind‹ erhalten hat. Er schien zwar nicht recht zu wissen, was er als nächstes tun sollte, ließ aber nicht locker. Nervös räusperte er sich.

»Kann schon sein, Fremder«, sagte er. »Also warum machst du dann nicht einfach kehrt und verschwindest auf schnellstem Wege wieder aus der Stadt?«

Er zögerte, als sei ihm bewußt, daß er ein klein bißchen zu dick auftrage, aber jetzt ließ sich ohnehin nichts mehr daran ändern.

»Einverstanden«, entgegnete Regalian. »Welch überaus vernünftiger Vorschlag, wenn ich so sagen darf. Wenn einer der Herren vielleicht so liebenswürdig wäre und mir den Weg zur nächsten Siedlung zeigen könnte, wäre ich unendlich dankbar.«

Diesmal ließ sich der Lange nicht aus der Reserve locken, so daß betretenes Schweigen herrschte. Regalian bot den dreien unterdessen Pfefferminzbonbons an. Nach einiger Zeit verlieh der Mann im roten Hemd, der den Eindruck machte, seinen Text gelernt zu haben und ihn auch unbedingt loswerden zu wollen, der Ansicht Ausdruck, daß die Stadt für sie beide nicht groß genug sei.

»Wie bitte?«

»Hast du nicht gehört, was ich gesagt habe?«

»Doch, doch«, antwortete Regalian, »aber dürfte ich dich in dem Zusammenhang vielleicht um einige erklärende Worte bitten? Du hast von uns beiden gesprochen, während wir in Wirklichkeit vier sind. An welche beiden dachtest du denn insbesondere?«

Das setzte dem Ganzen nach Ansicht der drei Männer die Blechkrone auf. Ohne Regalian aus den Augen zu lassen, wichen sie langsam zurück, bis sie schließlich gegen den städtischen Pferdetrog prallten, ins Straucheln gerieten und in einem wirren Durcheinander auf dem Boden landeten.

»Hey«, jammerte der Lange, der unter seinen zwei Spießgesellen lag, »das ist nicht fair. Das ist Betrug.«

Regalian zuckte die Achseln, zog seinen Revolver

und ließ den Hahn mit dem Daumen zurückschnappen. »Könnte man sagen«, erwiderte er. »Und jetzt steht ganz langsam auf, sonst puste ich euch die häßlichen Visagen weg.«

Alle Nervosität fiel von den drei Männern ab. Gewiß, sie waren ihrem Gegner preisgegeben, der sie mit dem Revolver bedrohte, aber zumindest wußten sie, wo sie standen oder eher lagen. Jeden Augenblick würde jetzt einer von ihnen versuchen, seine Waffe zu ziehen, es gäbe die übliche, hübsche kleine Schießerei und …

Ganz recht. Um der Genauigkeit willen sei berichtet, daß der Mann im roten Hemd als erster nach seiner Waffe griff, aber so durcheinander war, daß er sie sich auf den Fuß fallen ließ. Der Lange folgte indes seinem Beispiel und machte sich schon auf das widerliche Gefühl gefaßt, von heißem Blei durchsiebt zu werden, als er auf einmal bemerkte, daß Regalian sich gar nicht gerührt hatte. Er schaute noch nicht einmal in die richtige Richtung.

»Hey!« schrie er.

»Geht gleich weiter«, antwortete Regalian, indem er kurz über die Schulter zurückblickte. »Junge, Junge«, fügte er hoch erfreut hinzu, »das ist wirklich ein seltener Glücksfall.«

Der Lange, dessen Revolver auf Regalians Herz zielte, erstarrte zur Salzsäule. »Glücksfall?« wiederholte er verdutzt.

Regalian nickte. »Geradezu sensationell ist das«, antwortete er. »Siehst du das große weiße Gebäude da drüben, vor dem der Wagen mit dem Pferd steht?«

»Klar, das ist der Mietstall. Was …?«

»Nun«, fuhr Regalian fort, »wenn du vom Dachfirst aus etwa siebzig Yard nach links blickst, siehst du einen kleinen Baum. Dahinter steht ein anderer Baum, der irgendwie rundlich aussieht und auf halber Höhe eine kahle Stelle hat. Soweit alles klar?«

»Na sicher. Aber was …?«

»Also«, sagte Regalian, »dann sieh dir mal genau den untersten Ast auf der rechten Seite an. Wenn mich nicht alles täuscht, ist der kleine grüne Vogel, der da hockt, ein Kerbelschriller. Brehm zufolge …«

Der Lange kniff die Augen zusammen und spähte in die angegebene Richtung, und gerade als er meinte, einen kleinen grünen Fleck ausmachen zu können, gab ihm jemand, der hinter ihm stand, mit dem Stiel einer Hacke gewaltig eins auf den Kopf, so daß er bewußtlos vornüber fiel und sich zu seinen zwei ähnlich demolierten Kumpanen gesellte.

Regalian seufzte, steckte seine Waffe zurück ins Halfter und wischte sich demonstrativ ein wenig Öl von den Händen. Dann nickte er dem Mann mit dem Hackenstiel zu.

»Nicht schlecht«, sagte dieser. »Zwar gegen die Regeln, aber wen kümmert's?«

Regalian nickte. Dann streckte er die Hand aus.

»Mr. Skinner, nehme ich an?« entgegnete er.

Jedermann weiß, daß Figuren in Büchern auch Dinge tun können, die gewöhnliche Menschen nicht fertigbringen.

Sie können von hohen Gebäuden springen und bleiben trotzdem am Leben. Sie können sich Wort für Wort an Gespräche erinnern, die sie vor sechzehn Jahren geführt haben. Sie können zehn Schuß aus einem sechsschüssigen Revolver abgeben, ohne nachzuladen. Sie können historischen Gestalten begegnen, die zu der Zeit, in der die Handlung des Buches spielt, noch gar nicht geboren sind. Sie können schneller von Paris nach Marseille gelangen, als ein normaler Sterblicher brauchen würde, um auch nur ans vordere Ende der Schlange am Abfertigungsschalter zu kommen, und bringen es trotzdem fertig, ihr Ziel frisch und ausgeruht und ohne rasende Kopfschmerzen zu erreichen.

Sie können sogar am Ende von Kapitel fünf ausgeblendet werden, während sie über einem Abgrund hängen und sich mit letzter Kraft festklammern, um dann zu Beginn von Kapitel sieben in makelloser Abendkleidung und ohne ein Wort der Erklärung wieder aufzukreuzen.

Dergleichen bezeichnet man als dichterische Freiheit beziehungsweise künstlerischen Freibrief. Wenn man literarische Figur werden möchte, beantragt man einen solchen Freibrief beim örtlichen Editionsamt, indem man dort das vorgeschriebene Bewerbungsformular in dreifacher Ausfertigung, fünf Paßfotos sowie die Bearbeitungsgebühr einreicht.

Wehe der Figur, der dieser Freibrief entzogen wird, denn sie hat keine Aussicht, je wieder einen Auftrag zu bekommen. Dabei wird einem der Entzug nicht einmal mitgeteilt, so daß man es erst merkt, wenn man von einem dahinrasenden Zug springt und bei der Landung PLATSCH macht.

Die Gründe für einen solchen Entzug sind von byzantinischer Komplexität, doch der Kern des Ganzen scheint zu sein, daß Figuren nicht mogeln dürfen. Mit anderen Worten, sie können zwar durchaus unmögliche Dinge tun, aber nur wenn diese zu ihrem Charakter passen und der Situation sowie der allgemeinen Weltanschauung des Buches angemessen sind. Demzufolge läßt man James Bond Dinge durchgehen, die bei Tom Sawyer sofort zum Entzug des Freibriefs führen würden, und der Held eines Fantasyromans kann so ziemlich alles tun, was ihm beliebt, vorausgesetzt es sind Dinge, die er ohnehin tun müßte. Letzteres reduziert den Spielraum natürlich, doch da bei einem Fantasyroman nicht selten die wenigsten Leser nach den ersten hundert Seiten noch wissen, worum es überhaupt geht (was mitunter auch für den Autor gilt), neigen die Verantwortlichen gewöhnlich dazu, großzügig zu sein.

Großzügig zu sein, ist jedoch etwas anderes als beschissen zu werden, und wenn es etwas gibt, das die Editionsbehörde nicht abkann, dann das. Wenn man vorhat, das zu versuchen, sollte man dafür sorgen, daß man einen echten Fallschirm bei sich hat, wenn man springt, und sei es nur aus einem Parterrefenster.

Der Vollständigkeit halber sei noch erwähnt, daß es die Möglichkeit gibt, gegen den Entzug des Freibriefes Berufung einzulegen, und irgendwann wird man von dieser Möglichkeit sicher auch einmal Gebrauch machen, was allerdings voraussetzt, daß eine der entrechteten Figuren lange genug am Leben bleibt, um mit ihrem Rechtsanwalt in Verbindung zu treten.

»Nun«, fragte Skinner, »wie sieht euer Plan aus?«

Regalian wischte sich den Whisky vom Kinn und schüttelte den Kopf. »Es gibt keinen«, sagte er. »Es gibt nur eine Handlung.« Er gab dem Barkeeper durch eine Geste zu verstehen, noch einen Whisky zu bringen, und seufzte. »Und selbst das dürfte eher übertrieben sein«, fügte er hinzu. »Was Handlungen angeht, ist sie ein absolut hoffnungsloser Fall. Gewöhnlich kommen wir bis Seite dreihundertfünfzig, dann ist der Ofen aus. Wenn wir total festsitzen, fängt sie an, mystisch herumzuschwafeln, was wirklich öde ist, das kann ich dir sagen. Unmengen von gottverdammten Adjektiven. Ich versuche zwar immer, sie auf drei pro Satz zu rationieren, aber das ist eine Sisyphusarbeit.«

»Verstehe«, sagte Skinner. »Dadurch wird alles sehr schwierig werden, wie?«

»Vermutlich.« Regalian nippte an seinem Whisky und schüttelte sich. »Tja, mehr als einen Versuch machen können wir nicht, nicht wahr? Wahrscheinlich werden wir dabei ins Gras beißen, aber so ist das nun mal im Literaturgeschäft.«

Skinner ließ den Kopf hängen. »Ich weiß nicht recht«, sagte er. »Vielleicht habe ich mir zuviel erhofft.

Ich dachte, du würdest eventuell eine Art Hinterausgang oder so was kennen, eine Stelle, wo die Ziegel in der Mauer locker sind, wenn du verstehst, was ich meine.«

»So etwas gibt es nicht«, antwortete Regalian. »Wenn man einmal von der Library of Congress absieht, aber das ist bloß ein Mythos.«

»Library of …?«

Der Held zuckte die Schultern. »Eine unter literarischen Figuren kursierende Geschichte«, erklärte er. »Der Tradition zufolge gibt es irgendwo in den Kellergewölben des Library of Congress-Gebäudes in Washington eine Schwachstelle in der Trennwand zwischen Fiktion und Realität. Die Library of Congress kennst du doch sicher, das ist da, wo man von jedem Buch, das je geschrieben wurde, ein Exemplar aufbewahrt, oder so ähnlich. Es wird behauptet, daß die Konzentration von so viel Fiktivem an einem Ort irgendwie ein Loch in die Trennwand gescheuert hat, und wenn man dieses Loch findet, kann man in jedes beliebige Buch hinein- und vermutlich auch wieder aus ihm herausgelangen. Aber wie ich schon gesagt habe, das ist nichts als eine Legende.«

»Schade.«

»Stimmt. Nein, was mir vorschwebt, ist etwas tatsächlich Durchführbares.«

Skinner leerte sein Glas und stützte die Ellbogen auf die Theke. »Laß hören«, sagte er.

»Alice im Wunderland«, fuhr Regalian fort.

»Kannst du das noch mal sagen?«

»Alice«, wiederholte Regalian, *»im Wunderland.* Also, nach einem Artikel, den ich mal in einer Fachzeitschrift gelesen habe, besteht eine gewisse Chance, daß es irgendwo in dem Buch eine Luftschleuse gibt, nach der wir suchen müßten.«

Skinner zog eine Augenbraue hoch. »Momentchen mal«, warf er ein, »nur damit wir uns richtig verstehen. Du behauptest also, wenn wir irgendwie ins Wunderland gelangen könnten, bestünde eventuell die Möglichkeit, nach Hause zu kommen?«

Regalian zuckte die Achseln. »Kommt drauf an, was man unter *nach Hause* versteht«, sagte er. »Wenn du Glück hast und es dort tatsächlich eine Luftschleuse gibt, kommst du wahrscheinlich irgendwo in den neunziger Jahren des zwanzigsten Jahrhunderts wieder raus. Immerhin wärst du dann wenigstens in der Wirklichkeit, wo nicht dauernd jemand versucht, dich umzubringen.«

Skinner dachte kurz darüber nach, dann nickte er. »Was habe ich schon zu verlieren?« sagte er. »Okay, wie geht das Ganze vor sich?«

»Folgendermaßen.« Regalian beugte sich vor. »Also, du hast doch das Buch gelesen?«

Skinner nickte. »Allerdings vor langer Zeit«, erwiderte er. »Während einer Bahnfahrt, glaube ich.«

»Wann und wo, spielt keine Rolle. Erinnerst du dich an die Episode mit der Flasche, auf der TRINK MICH steht, und dem Kuchen, auf dem ISS MICH steht?«

»Dunkel.«

»Gut. Diese beiden Sachen brauchen wir. Eine davon macht einen kleiner, obwohl ich nicht die leiseste Ahnung habe, welche. Und es ist eine anerkannte Tatsache, daß man, wenn man klein genug ist, aus dem System gelangen kann, indem man durch das Stromkabel aus der Textverarbeitungsmaschine kriecht. Man müßte natürlich auch von dem anderen Zeug etwas mitnehmen, damit man wieder seine normale Größe erreicht, aber das ist kein Problem.«

»Kapiere«, sagte Skinner, der von Computern soviel verstand wie etwa die Gebrüder Wright davon, wie man eine Boeing 747 fliegt. »Und daß das funktioniert, weiß man, ja? Ich meine, diese Sache mit dem Kabel, durch das man hinauskriecht.«

Regalian schnitt eine Grimasse. »Nicht so ganz«, antwortete er, »weil es nämlich keine literarischen Figuren gibt, die klein genug sind, um in ein Kabel zu passen, oder blöd genug, um es zu versuchen. Aber die Theorie ist absolut hieb- und stichfest. Na ja, sagen wir zumindest hiebfest. Ein besseres Angebot wirst du nicht bekommen.«

»Dann können wir es ja auch probieren«, erwiderte Skinner, »da wir ohnehin längst umgekommen sind, bevor wir dort anlangen ...«

»Genau«, sagte Regalian. »Man sollte die Hoffnung nie ganz aufgeben, wie es so schön heißt. Das eigentliche Problem ist natürlich, aus diesem Buch und in das Alice-Buch zu gelangen. Das«, fügte er mit einem bedauernden Lächeln hinzu, »ist absolut unmöglich.«

»Tatsächlich?«

»Ja, gar keine Frage.«

»Oh.«

»Was bedeutet, wir müssen mogeln.«

»Verstehe. Ist das möglich?«

Regalian stand auf und legte einen Dollar auf die Theke. Der Barkeeper nahm die Münze an sich, ohne sie auch nur anzusehen, und entfernte sich wieder. »Aber sicher«, antwortete Regalian. »Mogeln ist leicht. Natürlich nur unter der Voraussetzung, daß man sich an die Regeln hält.«

Die Sonne schien. Auf den sanft ansteigenden, ordentlich eingefriedeten Wiesen oberhalb des alten Herrenhauses aus Stein standen Schafe und blökten respektvoll, während die Räder einer Kutsche knirschend über den Kies der Auffahrt fuhren. Mr. Darcy setzte seinen Hut auf, um seinen Morgenspaziergang zu machen. Ein weiterer schöner Tag in den Werken von Jane Austen.

PENG! Plötzlich verdichtete sich vor ihm die Luft, und eine furchteinflößende Erscheinung schälte sich daraus hervor. Während Darcy entsetzt zurückwich, nahm die amorphe, funkelnde Masse allmählich Form an, bis sich zwei menschliche Gestalten herausbildeten …

Die eine groß und hager, die andere kleiner, fetter und älter; beide in unfeiner Arbeitskleidung, deren Machart Darcy noch nie zuvor gesehen hatte; beide ungeschlacht und entschlossen aussehend, mit einem wilden Funkeln in den Augen.

Er war gerade im Begriff, seinen Spazierstock fallen zu lassen und wegzulaufen, als der größere der beiden Männer lächelte, sich grüßend an den Hut tippte und sagte: »Guten Morgen, Mr. Darcy. Äußerst mildes Wetter für diese Jahreszeit, nicht wahr?«

Und dann sah Darcy – der sich jetzt höchst töricht vorkam, gleichzeitig aber auch maßlos verblüfft war –, daß die zwei Männer in Wirklichkeit nach der neuesten Londoner Mode gekleidet waren, lange Gehröcke und Kniebundhosen und hohe schwarze Hüte trugen, und er erkannte, daß es sich um Mr. Skinner und Sir Humphrey Regalian handelte, die beiden Gentlemen, die den Sommer über Ardleigh Manor gemietet hatten.

»In der Tat«, sagte er zustimmend. Alle drei tippten erneut an ihre Hüte und gingen ihres Weges. Darcy setzte seinen Spaziergang fort, während Skinner und Regalian langsam auf das Haus zuschlenderten.

»Wie zum Geier hast du denn das gemacht?« murmelte Skinner.

Regalian grinste. »Ich habe gemogelt«, antwortete er. »Ein Kinderspiel, wie ich dir gesagt habe. Ob es uns wirklich irgendwie weiterbringt, ist allerdings eine völlig andere Frage.«

Zur Erklärung griff er in die Seitentasche seines Gehrocks und holte ein ledergebundenes Büchlein heraus. Skinner schlug es auf und fiel vor Erstaunen fast hintenüber.

»Gute Güte«, sagte er, »das ist ja mein gottverdammtes Buch!«

Regalian nickte. »Mehr oder weniger«, entgegnete er. »Wir nennen das Monitor. Das ist so etwas wie ein Teleprompter. Wie du sehen wirst, sind die Seiten in der zweiten Hälfte des Buches alle noch leer.«

»Aber das ist das Buch, das ich gerade geschrieben habe, als ich in diesen Schlamassel geraten bin«, sagte Skinner, indem er mit dem Finger auf die erste Seite zeigte. »Ich kann mich noch an jedes Wort erinnern.«

Regalian nickte. »Ganz recht«, sagte er. »Und wenn du weiterliest, wirst du alle jene Abenteuer darin finden, die du in den letzten sechsunddreißig Jahren erlebt hast, dargestellt in deinem höchsteigenen, unglaublich miserablen Stil. Und jetzt«, fuhr er fort, »schlag mal die letzte bedruckte Seite auf.«

Skinner tat wie ihm geheißen und las folgendes:

Während Kid Regalian in der geräuschvollen Bar des Lucky Strike Saloons *saß, stahl seine Hand sich in seine Tasche und zog das Buch heraus, das er damals bei der Leiche seiner ersten Frau, der Landschullehrerin, gefunden hatte, an jenem viele Jahre zurückliegenden Tag, als er nach Hause gekommen war, um feststellen zu müssen, daß Häuptling Hurtiger Hirsch und seine blutrünstigen Comanchen das Blockhaus überfallen und niedergebrannt hatten. Er warf einen Blick auf den Buchrücken und vermochte trotz der verkohlten Stellen und der Blutflecken die Worte* Stolz und Vorurteil *zu entziffern. Fast wie von selbst öffnete sich das Buch, und er begann zu lesen.*

»Mr. Collins blieb nicht lange mit der stillen Betrachtung seines erfolgreichen Werbens allein«, las er, »denn in dem Moment wurde die Ankunft von Mr. Skinner und Sir Humphrey Regalian gemeldet, und er erhob sich sofort, um sie zu begrüßen …

»Um Himmels willen«, rief Skinner aus, »das läßt man uns nie durchgehen!«

»Du würdest staunen, was alles möglich ist«, erwiderte Regalian, während er den Hut zog und leutselig einer korpulenten Frau in einem bauschigen Kleid zunickte. »Das einzige Problem ist, daß man nur in die Vergangenheit gehen kann. Eigentlich logisch, denn eine Figur kann schlecht ein Buch lesen, das noch nicht geschrieben worden ist. Außerdem ist es, um ganz ehrlich zu sein, eine Sache des Zufalls, in welchem Buch man schließlich landet.«

»Tatsächlich? Aber ich dachte ...«

Regalian lächelte verlegen. »Hängt völlig von dem Buch ab, das die Figur zum betreffenden Zeitpunkt gerade bei sich hat«, sagte er. »Und das wiederum hängt davon ab, wer die Figur ist, wie sie motiviert ist und so weiter. Aus irgendeinem Grunde war es vom dramatischen Aufbau her angebracht, daß ich diesen Quatsch hier« – er wies mit einer weit ausholenden Geste auf seine Umgebung – »lese, während ich im *Lucky Strike Saloon* sitze und darauf warte, daß Butch Donovan sich zum großen Showdown einstellt. Trotzdem kannst du dich glücklich schätzen. In der Situation hätte ich ohne weiteres auch die Bibel lesen können, und dann hätten wir wirklich in der Tinte gesessen.«

Das alles war ein bißchen viel für Skinner, der sich im Grunde nur nach einem ruhigen Leben mit regelmäßigen Mahlzeiten und Baseballübertragungen im Radio sehnte. Deshalb enthielt er sich jeden Kommentars und zuckte lächelnd mit den Schultern.

»Na prima«, sagte er. »Danke, daß du mir das so genau erklärt hast. Und was machen wir jetzt?«

Nun war es an Regalian, mit den Schultern zu zucken. »Wir lassen uns treiben, wie man so schön sagt. Natürlich wäre es eine enorme Hilfe, wenn wir Zugang zu einer Bibliothek hätten.«

»So was müßte es da drinnen doch eigentlich geben«, sagte Skinner und zeigte mit seinem Spazierstock auf das Herrenhaus, »falls du eine Bibliothek dieser Art meinst.«

»Fürs erste wird sie wohl ausreichen«, antwortete Regalian. »Paß auf, wie wäre es mit folgendem: Wir gehen hinein, du verwickelst die Leute in ein Gespräch, während ich versuche, mich in die Bibliothek zu schleichen. Vielleicht ergibt sich dort irgend etwas. Okay?«

Skinner wollte gerade antworten, als eine Stimme im Innern seines Gehrocks sagte: »Ja, hört sich prima an. Und wenn irgend jemand Sperenzchen macht, schießen wir uns einfach den Weg frei. Eigentlich könnten wir auch gleich schießen, wenn wir reingehn, dadurch würden wir Zeit sparen.«

Skinner stöhnte auf. »Ach, du Schande, du bist doch nicht etwa immer noch da? Warum bist du denn nicht zurückgeblieben? Wenn du dich ein bißchen angestrengt hättest, wäre es dir doch sicher gelungen, einen netten, zu dir passenden Psychopathen zu finden, mit dem du dich hättest zusammentun können.«

»Ja«, pflichtete der Scholfield ihm bei, »der Gedanke ist mir auch gekommen, aber mein persönliches Langzeitmotto lautet nun mal *In Treue fest.*«

Bevor Regalian um Erläuterungen bitten konnte, lächelte Skinner ihn verlegen an und sagte: »Kein Grund zur Beunruhigung, das ist nur mein Revolver. Eine lange Geschichte. Man darf ihn einfach nicht beachten, dann fällt er einem nicht weiter lästig.«

»Hey!«

Regalian nickte. »So was kenne ich«, sagte er. »Ich hatte mal ein magisches Schwert am Hals, das war in einem fort am Sülzen, sogar wenn ich schlafen wollte. Sobald das Buch zu Ende war, habe ich es irgendwo in die Büsche geschmissen.«

»Hey!«

Der Kopfgeldjäger hätte von Jack Palance gespielt werden sollen, doch da sich nie ein Regisseur für die Werke Skinners interessiert hatte, ähnelte er Mr. Palance bloß, sogar mehr, als Mr. Palance sich selbst je geähnelt hat.

Etwa zwanzig Minuten, nachdem Regalian und Skinner den *Lucky Strike Saloon* verlassen hatten, stürmte er in Begleitung von fünf finsteren, mit Gewehren bewaffneten Gestalten in die Bar. Er stolzierte zur Theke und sicherte sich die Aufmerksamkeit des Barkeepers, indem er ihm einen gespannten Colt ins Ohr rammte.

»Okay«, säuselte er. »Die beiden Typen, die vorhin hier waren, ein großer Dünner und ein kleiner Fetter mit wenig Haaren. Wo sind sie?«

»Sie haben sie ganz knapp verpaßt, Mr. O'Shea«, antwortete der Barkeeper. »Sagen Sie, würde es Ihnen wohl etwas ausmachen, sich mit dem Ding da ein bißchen vorzusehen?«

»Na, dann sag mir mal, wo sie hin sind«, erwiderte O'Shea, »sonst könnte es passieren, daß ich mich nicht vorsehe.«

»Tja«, entgegnete der Barkeeper, »das ist schwer zu sagen, Boß.«

»Tatsächlich?«

»Ja.«

O'Shea schob den Lauf der Waffe noch ein wenig weiter in das Ohr des Barkeepers. »Probier's einfach mal«, sagte er. »Ich will wissen, wo diese beiden Dreckskerle hin sind. Na wird's bald?«

»Es wird Ihnen aber nicht gefallen.«

»Laß trotzdem hören.«

Langsam zeigte der Barkeeper, der sich bemühte, den Kopf möglichst nicht zu bewegen, auf ein kleines ledergebundenes Buch, das aufgeschlagen auf der Theke lag.

»Sie sind da rein«, sagte er.

Jane schaltete den Computer ab und lehnte sich auf dem Stuhl zurück. Aus dem Gästezimmer kamen unangenehme Geräusche: Hamlet schnarchte durch die Nase – eine Nase, die mit Pattex und Angelschnur befestigt war. Völlig sinnlos, sich schlafen zu legen, selbst wenn ihr der Sinn danach gestanden hätte.

Sie hatte bei der ganzen Sache ein mulmiges Gefühl. Gewiß, sie hatte voller Zuversicht davon gesprochen, daß die Jungs Weihnachten wieder zu Hause sein würden, aber trotzdem machte sie sich Sorgen wegen all der Dinge, die schiefgehen konnten. Regalian hatte diese Dinge zwar nicht direkt hervorgehoben, jedoch mehr als deutliche Anspielungen gemacht, besonders was die Risiken betraf, die damit verbunden waren, von einem Buch in ein anderes überzuwechseln. Allein die Theorie war schon erschreckend.

Das Hauptrisiko war laut Regalian das Rückschnapp-Phänomen. Weil man sich, wenn man in ein anderes Buch überwechselte, gleichzeitig noch in dem Buch befand, aus dem man gekommen war, bestand die konkrete Gefahr, daß man ohne jede Vorwarnung in sein eigenes Buch zurücktransportiert wurde, bloß weil es aus künstlerischen Gründen angebracht war. Je höher die Zahl der Bücher, in die man überwechselte, desto größer wurde das Risiko, was einleuchtete, obwohl es anscheinend einen Wendepunkt gab, den man erreichen konnte, wenn man es schaffte, weit genug zu springen. In dem Fall war man so weit vom Ausgangspunkt entfernt, daß man die Avantgarde erreicht hatte und sich niemand mehr anmaßen würde zu sagen, was ästhetisch korrekt war. Diese Erscheinung bezeichnete man offenbar als Booker-Effekt.

Die zweite tückische Sache war das Prinzip, daß man nur zurückgehen konnte in ein Buch, das früher geschrieben worden war als das, aus dem man ausbrach. Bei dieser Regel gab es, wie Regalian ihr versichert hatte, ein Hintertürchen. Praktisch ausprobiert hatte es allerdings noch niemand, und es hörte sich ganz so an, als müsse man ein verdammt guter Romancier sein, um die Sache zuwege zu bringen. Jane hatte ihr Talent immer sehr realistisch eingeschätzt, und wenn sie daran dachte, welche Art von Prosa da von ihr erwartet wurde, beschlich sie ein mehr als unbehagliches Gefühl.

Sie schämte sich zwar, es zuzugeben, doch was sie an der ganzen Sache wirklich verdroß, war der Umstand, daß sie all dies schrieb und nicht die geringste Aussicht hatte, es irgendwo zu veröffentlichen. Sie war keineswegs geldgierig oder so, doch der Mann auf der Bank, der ihr Briefe schrieb, in denen immer das Wörtchen *andernfalls* vorkam, war es ohne Zweifel, und dann mußte sie ja auch noch ihr eigenes Buch beenden. Hinzu kam, daß sie Gefahr lief, ihren Helden zu verlieren, falls irgend etwas schiefging, was sie, gelinde gesagt, in eine unangenehme Situation bringen würde. Es war zwar nicht gerade so, daß sie ihn *gern* hatte, denn schließlich war er nur eine Figur in einem Buch – überdies eine, die sie sich selbst ausgedacht hatte –, aber sie wollte nicht, daß ihm irgend etwas Schlimmes zustieß, es sei denn, sie käme dadurch in ihrem Plot weiter.

Sie warf einen Blick auf die Uhr – halb sechs, jene trostlose Zeit am frühen Morgen, da man wirklich, wirklich zu Bett gehen möchte, obwohl man im tiefsten Innern weiß, daß man dann nur daliegt, zur Decke starrt und auf das Tropfen des Wasserhahns und die Xylophonkonzerte lauscht, die der Milchmann mit seinen Flaschen gibt.

Außerdem war da noch das Problem – sie zwang sich, daran zu denken – mit ihrem Gast im Nebenzimmer. Gewiß, Regalian hatte etwas davon gemurmelt, daß er ihn an irgendeiner Stelle in den Plan einbauen wolle und daß sich da vielleicht etwas mit dem Gesetz von der Erhaltung der Anti-Materie machen lasse, was immer das sein mochte. Unterdessen hatte sie jedoch auf unbestimmte Zeit einen tragischen Helden bei sich zu Gast, der hauptsächlich von blindem Glauben und der Macht der Gewohnheit zusammengehalten wurde und auf deprimierende Weise wie das Biologielabor ihrer alten Schule roch. Und er sah nicht im entferntesten wie Laurence Olivier im Film aus, jedenfalls nicht im Hamlet-Film.

Sie machte sich eine Tasse starken Tee, aß vier Kekse und setzte sich wieder vor den Bildschirm. Sie loggte sich ein, und als die Maschine ihr schließlich mitteilte *Copyright DataZap Corporation 1995. Alle Rechte vorbehalten,* war sie bereits fest eingeschlafen.

Der Apparat war jedoch an, und die letzte Textseite hockte auf dem Bildschirm, zwinkerte mit dem Cursor und war zu Dummheiten aufgelegt. Und es gibt da einen bestimmten, wohlbekannten Autor, einen sehr produktiven, unter zahlreichen Pseudonymen schreibenden Schriftsteller, der müßigen Bildschirmen etwas zu tun gibt.

Die Tastatur fing an zu tippen.

Nachdem er bis zum Pavillon gegangen war, blieb Mr. Darcy einen Augenblick stehen, um die Aussicht zu bewundern. Dann machte er kehrt, um sich zum Haus zurückzubegeben.

PENG! Da war es wieder. Weil er ein Kind des Zeitalters der Aufklärung war und sehr gut wußte, daß es sich bei dem seltsamen visuellen Phänomen, dem er vor kurzem schon einmal begegnet war, lediglich um ein Produkt seiner Einbildung handelte, zwang er sich, starr geradeaus zu blicken und daran vorüberzugehen.

Das seltsame visuelle Phänomen (das, nebenbei bemerkt, Jack Palance aufs Haar glich) gab Mr. Darcy mit dem Griff eines schweren Colts eins über den Hinterkopf und stahl ihm die Uhr. Dann schlenderte es boshaft grinsend den Abhang hinunter auf das Haus zu.

»Es ist eine allgemein anerkannte Wahrheit«, bemerkte die jüngere Miss Bennet mit aller Entschiedenheit, »daß ein Junggeselle, der ein beachtliches Vermögen besitzt, zu seinem Glück nur noch einer Frau bedarf.«

Sie wartete auf eine passende Antwort, doch es kam keine. Ihr Gast blickte, wie sie feststellte, starr aus dem Fenster.

»Würden Sie dem nicht zustimmen, Mr. Skinner?« fragte sie.

»Klar«, antwortete ihr Gast, und Miss Bennet kam zu dem Schluß, daß sie wahrscheinlich nur ihre Zeit verschwendete. Trotzdem gab sie nicht auf. Mr. Skinner mochte ältlich und fett sein und die Manieren eines Mistkäfers haben, doch im Vergleich zum Vikar war er ein junger griechischer Gott.

»Der junge Gentleman, der Netherfield Park gemietet hat …«, setzte sie an zu sagen, doch bevor sie sich weiter über das Thema auslassen konnte, rief Mr. Skinner laut etwas aus – wobei er sich eines Wortes bediente, das ihr zwar nicht vertraut war, dessen allgemeine Bedeutung sie jedoch aus dem Kontext zu erschließen vermochte –, verschwand blitzschnell unter dem großen Mahagonitisch und holte etwas aus seinem Gehrock hervor, das wie eine Waffe aussah. Fasziniert rutschte Miss Bennet ein Stück auf ihrem Stuhl vor. Sie konnte sich des Eindrucks nicht erwehren, daß man dergleichen auf Longbourn nicht alle Tage erlebte.

»Der junge Gentleman, der Netherfield Park …«, wiederholte sie, doch dann flog die Tür auf, und der größere, besser aussehende ihrer beiden Gäste stürmte herein, in der einen Hand ein Buch, in der anderen Papas Vogelflinte. Er schien ziemlich erregt, und Miss Bennets erste Reaktion war, ihm Tee anzubieten.

»Geh um Himmels willen in Deckung«, kreischte Mr. Skinner. Einen Augenblick später zersprang die Fensterscheibe in tausend Stücke. Mr. Regalian (ein ausländisch klingender Name, fand Miss Bennet, obwohl der Gentleman nicht sonderlich ungewöhnlich zu sein schien) hechtete unter den Tisch, wartete kurz, stand wieder auf und schoß mit der Flinte zum Fenster hinaus. Wahrscheinlich, dachte Miss Bennet bei sich, hat er ein Rebhuhn oder so etwas erspäht. Gentlemen, das wußte sie, nehmen Sport sehr ernst und verhalten sich manchmal sehr seltsam, wenn das Jagdfieber sie gepackt hat.

»Der junge Gentleman, der Netherfield Park ge…«, sagte sie.

»Das ist schon wesentlich besser«, sagte eine dünne, metallisch klingende Stimme unter dem Tisch. Miss Bennet zog eine Augenbraue hoch. Sie war sich sicher, daß die Stimme von keinem der beiden Gentlemen kam, und trotzdem hatte sie sie ganz deutlich gehört. Ob es wohl höflich wäre, überlegte sie, um eine Erklärung zu bitten?

»Du halt die Klappe«, fauchte Mr. Skinner gereizt. »Und mach ausnahmsweise mal das, was man dir sagt, verdammt noch mal.«

(Seine Ausdrucksweise war nach Miss Bennets Dafürhalten nicht ganz so, wie sie sein sollte, aber auch nicht schlimmer als einige der Dinge, die sie mit angehört hatte, als man im vorletzten Jahr auf Netherfield zur Fuchsjagd zusammengekommen war. Gentlemen, so sagte sie sich, genießen in diesen Dingen eine gewisse Freiheit, wenn sie sich ihren sportlichen Vergnügungen hingeben.)

»Kann ich Ihnen irgendeine Erfrischung anbieten, Gentlemen?« fragte sie. Die beiden Männer beachteten sie nicht.

»Wie lädt man denn diese Dinger?« fragte Mr. Regalian, während er die Flinte in seinen Händen anstarrte.

»Also«, antwortete die metallische Stimme, »zuerst nimmst du deine Pulverflasche …«

»Was ist denn das?«

»Mensch, das ist ja zum Auswachsen!«

Auf der Treppe waren Schritte zu hören. O fein, dachte Miss Bennet, noch mehr Gäste. Das verspricht ja ein recht ereignisreicher Tag zu werden.

»Sie kommen«, zischte Mr. Regalian. »O mein Gott!«

»Ich denke, du bist ein Held?«

»Heldentum ist eine Sache«, erwiderte Mr. Regalian, »und getötet zu werden, während man unter einem Tisch sitzt, eine völlig andere. Ich fürchte, ich habe mich immer auf Formen des Heldentums spezialisiert, bei denen es nicht obligatorisch war, sich töten zu lassen.«

»Los«, sagte die metallische Stimme, »nimm mich beim Griff. Du wirst es schnell kapieren. *Er* hier ist sowieso zu nichts zu gebrauchen.«

Mr. Regalian streckte die Hand aus und nahm Mr. Skinner, der nicht das geringste dagegen zu haben schien, die eigenartig aussehende Waffe ab. Dann öffnete sich die Tür von neuem. Es war nicht, wie Miss Bennet befürchtet hatte, der Vikar, sondern ein großer schlanker Mann, dessen sonnengebräuntes Gesicht zu einem Grinsen verzogen war und der ebenfalls eine eigenartig aussehende Waffe in der Hand hielt. Meine Güte, dachte Miss Bennet, vielleicht hat sich das Rebhuhn ins Haus verirrt wie damals auf Arnscot, als der Fuchs in den Salon flüchtete und die Jäger ihn dreimal quer durchs Zimmer hetzten, bevor er durchs Fenster entkam.

Dann gab es einen sehr lauten Knall.

Der Neuankömmling – konnte dies, fragte sie sich, der geheimnisvolle Mr. Derwent sein, von dem es hieß, er habe den Landsitz Shirefield gekauft und bekomme von seinem Onkel in Westindien viertausend im Jahr? – ging hinter der Chaiselongue in Deckung, und kurz darauf gab es einen weiteren lauten Knall. Die Teekanne – bestes Wedgwood – löste sich in ihre Bestandteile auf. Von einem Rebhuhn war indes nirgendwo etwas zu sehen.

»Der junge Gentleman, der Netherfield …«, sagte Miss Bennet, doch der Rest ihres Satzes ging in weiteren lauten Knallgeräuschen unter. Eine französische Uhr, ein Spiegel und das über dem Kamin hängende

Portrait von Sir Joshua Bennet teilten das Schicksal der Teekanne.

Abermals öffnete sich die Tür, und Miss Bennet, die unwillkürlich Herzklopfen bekam, sah, daß Mr. Darcy das Zimmer betrat. Ihr fiel auf, daß er nicht so makellos aussah wie sonst. Vielmehr war seine Kleidung zerknittert und beschmutzt, und er preßte sich ein blutbeflecktes Taschentuch gegen die Schläfe. Sein Gesicht war leichenblaß. O je, dachte Miss Bennet, er ist wieder mal vom Pferd gefallen.

Mit eindrucksvoller Schnelligkeit sprang der Mann mit dem sonnengebräunten Gesicht auf (Miss Bennet war zu dem Schluß gekommen, daß es sich wohl doch nicht um Mr. Derwent handelte), nahm Mr. Darcy in den Schwitzkasten und rammte ihm die Mündung seiner Waffe ins Ohr.

»Okay«, sagte er, »laß das Schießeisen fallen, sonst mach ich den Typen kalt.«

Mr. Regalian fluchte laut, stand auf und warf seine Waffe zu Boden. Er mußte jedoch vergessen haben, sie vorher zu entspannen, denn sie ging sofort los, und einen Moment später hopste der Mann, bei dem es sich nicht um Mr. Derwent handelte, entsetzlich brüllend auf einem Fuß im Zimmer umher, während die metallische Stimme sagte, daß man eine Sache, die man ordentlich erledigt haben will, am besten gleich selbst erledigt. Nachdem Mr. Regalian mit der einen Hand seine Waffe, mit der anderen Mr. Skinner beim Ohr gepackt hatte, stürzte er zur Tür hinaus, und Miss Bennet hörte, wie sie beide die Treppe hinunterrannten. Dann wandte sie sich Mr. Darcy und dem Fremden zu, der jetzt im Kohleneimer saß, sich den linken Fuß hielt und vor sich hinstöhnte.

»Der junge Gentleman, der Netherfield Park gemietet hat«, sagte sie, »scheint nicht sehr gesellig zu sein. Doch ich habe noch nicht ganz die Hoffnung aufgegeben, daß wir ihn bald auf Longbourn begrüßen können.«

Sie hielt inne. Niemand schien ihr die geringste Aufmerksamkeit zu schenken. Das war jedoch etwas, woran sie als jüngste von fünf Töchtern gewöhnt war. Sie beschloß, auf jeden Fall auszuharren und die weitere Entwicklung abzuwarten.

»Es ist eine allgemein anerkannte Wahrheit …«, sagte sie.

Die Gesetze der Wirklichkeit sind schon schlimm genug. Die Gesetze der Literatur hingegen sind absolut gräßlich.

In der Wirklichkeit werden die Dinge im allgemeinen immer schlechter. So ganz richtig klappt nie etwas, niemand lädt einen zum Essen ein, die Leute entlieben sich, zahlen Steuern und sterben schließlich.

In der Literatur triumphiert das Gute über das Böse. Brüder, die vor langer Zeit voneinander getrennt wurden, finden sich unter den unwahrscheinlichsten Umständen wieder, am Schluß kommt alles wieder ins Lot, und wenn ein junger Mann ein Mädchen kennenlernt, verliert er sie zunächst und bekommt sie dann doch, ob die Beteiligten nun wollen oder nicht.

Die Gesetze der Literatur lassen sich nicht beugen und haben keine Hintertürchen. Selbst der Zeitplan entzieht sich der Kontrolle der Beteiligten, weil alles zur ästhetisch korrekten Zeit geschieht, keine Seite zu früh und keinen Absatz zu spät. Es gibt einige Sachen, an denen selbst der Autor nichts ändern kann.

Eine davon wird in Kürze Skinner widerfahren.

»Mann, war das ein Fiasko«, maulte der Scholfield. »Ich hab mich ja in Grund und Boden geschämt. Ihr zwei müßt euch wirklich mehr zusammenreißen …«

»Halt den Rand«, sagte Skinner, »sonst säg ich dir den Lauf ab. So«, fuhr er fort, indem er sich Regalian zuwandte, »und was machen wir jetzt?«

Regalian zog eine finstere Miene. »Woher, zum Teufel, soll ich denn das wissen?« antwortete er. Dann ließ er sich unter einem Kastanienbaum zu Boden plumpsen, zog seinen linken Stiefel aus und schüttelte ihn. »Meinst du, ich mach so was jeden Tag?«

»Du bist schließlich ein Held. Helden sollten solche Dinge wissen.«

»Blas mir doch den Schuh auf«, erwiderte der Held.

»Du entwirfst gerade einen Aktionsplan, ja?«

»Nun hör auf zu spinnen. Ich versuche gerade, so einen vermaledeiten Kieselstein aus meinem Stiefel zu – ah, da ist er ja. Also, wo waren wir stehengeblieben?«

Skinner setzte sich neben ihn. »Bei unserem nächsten Schritt.«

»Deshalb habe ich ja das Buch mitgenommen«, sagte Regalian. »Obwohl ich damit nicht im geringsten andeuten will, daß ich einen Plan habe. Es ist einfach so, daß ich es da drinnen in der Bibliothek gesehen und sofort gedacht habe, es könnte uns vielleicht nützlich sein.«

»Was denn für ein Buch?«

»Dies hier«, sagte Regalian und hielt Skinner den Band hin. Es war die erste Folioausgabe der Werke Shakespeares. Skinner schauderte zurück, als hätte man ihm eine Kröte gereicht.

»Kommt überhaupt nicht in Frage«, sagte er aufgebracht. »Ich weigere mich ganz entschieden, da einen Fuß reinzusetzen. Das Buch wimmelt nur so von Irren, die mit ellenlangen Schwertern bewaffnet sind und in Blankversen sprechen. Die Lebenserwartung einer Figur bei Shakespeare ist ungefähr so hoch wie die eines Soldaten an der Westfront.«

»Eigentlich dachte ich eher daran, es in irgendeinem Buchladen zu verkaufen«, erwiderte Regalian mit ruhiger Stimme. »Das ist eine Erstausgabe, und soviel ich weiß, sind die ziemlich wertvoll.«

»Oh.«

»Ich hab gedacht, ein bißchen Geld könnten wir jetzt gut gebrauchen, verstehst du. Für Essen und solche Sachen.«

»Ja, klar. Entschuldige bitte.«

»Schon gut.«

Aus purer Neugier schlug Skinner das Buch auf. Shakespeare hatte ihn zwar immer zu Tode gelangweilt, aber eine erste Folioausgabe bekommt man schließlich nicht alle Tage in die Hände, und ...

Aus purer Neugier schlug Skinner das Buch auf und blätterte die Seiten um. Seine Erinnerung schweifte zurück zu jenen längst vergangenen Tagen, als er in dem kleinen hölzernen Dorfschulhaus im Dalhoxie County gesessen und Miss Withers, der Lehrerin, gelauscht hatte, die ihre Lieblingsreden aus den Werken Shakespeares rezitierte. Fast konnte er ihre hohe schrille Stimme hören, die sich über Metrum und Rhythmus ausließ und in jenem kleinen, abgelegenen Schulgebäude das hölzerne O ebenso lebendig werden ließ wie das Schlachtfeld von Agincourt, die Zinnen von Dunsinane, den Wald bei Athen ...

»O *Scheiße!*«

Das ist, nebenbei bemerkt, nicht die gräßliche, unvermeidbare, künstlerisch notwendige Sache, die Skinner widerfährt. Die kommt erst später, wenn auch bald.

SECHSTES KAPITEL

Hunderte von Theaterstücken gibt es auf der ganzen Welt«, sagte Skinner, »mit Hunderten von Wäldern, und wir müssen ausgerechnet in diesem Wald landen. Vielen herzlichen Dank.«

»Ist ja wohl nicht meine Schuld«, schnauzte Regalian, während er mit einem dicken Stock auf die Dornensträucher einschlug. »Ich hab doch nicht gesagt, du sollst das verdammte Ding aufschlagen. Ich hab doch nicht gesagt, du sollst anfangen zu lesen. Wenn du auch nur für einen Sechser Verstand hättest, hättest du dich gehütet, das Buch ...«

In nicht allzu großer Ferne vernahmen sie seltsame, beunruhigende Laute, halb tierisch, halb menschlich. Möglicherweise waren es bloß Halbaffen, aber irgendwie bezweifelte Skinner das. Er hatte das äußerst unbehagliche Gefühl, daß er genau wußte, was diese Laute verursachte.

»Aus dem Ganzen hier ließe sich vielleicht Nutzen ziehen«, fuhr Regalian fort, der zwischendurch immer wieder vor Anstrengung ächzte, »wenn wir unser Hirn ein bißchen anstrengen. Ein Fantasy-Ambiente, das zeitlich und örtlich nicht genau festgelegt ist. Wenn wir einen entsprechenden Ausgangspunkt ausfindig machen können, müßten wir eigentlich imstande sein, von hier an jeden beliebigen Ort zu gelangen.«

»Falls wir lange genug am Leben bleiben«, knurrte Skinner. »Hör dir bloß den Lärm an, den dieses Mistvolk macht. Dir ist hoffentlich klar, daß die uns verfolgen.«

»Du leidest an Paranoia.«

»Nein, tu ich nicht. Warum versuchst du auf einmal, mich als Paranoiker hinzustellen?«

Regalian blickte zum Himmel hoch, der hier und da zwischen den Ästen der Bäume zu sehen war. »Schätze, es ist etwa vier Uhr dreißig nachmittags. Mal angenommen, es bleibt ungefähr bis zehn hell ...«

»Wovon schwatzst du da eigentlich?«

»Vom Mittsommertag«, antwortete Regalian. »Als einziges wissen wir ganz genau, welchen Tag des Jahres wir heute haben.«

Skinner blieb unvermittelt stehen. »Moment mal«, sagte er, »Mittsommer*tag*.«

»Genau«, erwiderte Regalian, während er sachte einen herabhängenden Ast zur Seite bog. »Es ist noch Tag, was bedeutet, das Stück hat noch nicht angefangen, und das wiederum bedeutet, daß wir wahrscheinlich nichts zu befürchten haben, bevor es dunkel wird. Wenn wir uns also beeilen und aus diesem verdammten Wald hinausfinden, gelingt es uns vielleicht, Athen zu erreichen, um nach einer Bibliothek zu suchen, und dann ...«

»Bist du sicher, daß wir nichts zu befürchten haben?«

Regalian zog ein finsteres Gesicht. »Nun ja, hundertprozentig dafür verbürgen würde ich mich nicht, aber die Sache könnte schlimmer sein. Was ich mit Bestimmtheit über Elfen weiß, ist die Tatsache, daß sie sich tagsüber nicht sehen lassen.«

»Woher weißt du das?«

»Ich arbeite im Fantasybereich, wenn ich dich daran erinnern darf. Elfen kenne ich wie meine Westentasche, und die sind ausschließlich nachtaktiv, das kannst du mir glauben. Was heißt, daß uns abgesehen von Bären und Wölfen und Banditen und Treibsand und dergleichen nicht viel …«

Plötzlich verschwand er. Skinner blieb wie erstarrt stehen, was ihn wahrscheinlich vor einem ähnlichen Schicksal bewahrte. Er schaute umher.

»Hallo, wo bist du?« rief er.

»Hier oben.«

Skinner blickte hoch. Regalian hing mit dem Kopf nach unten etwa fünfzehn Fuß über ihm an einem Seil, das sich um sein Fußgelenk zusammengezogen hatte und dessen anderes Ende an der Spitze eines kräftigen jungen Baumes befestigt war.

»Ich glaube«, sagte er, »ich bin in irgendeine Falle geraten.«

»Sieht so aus«, pflichtete Skinner ihm bei.

»Na prima. Hör mal, könntest du dich wohl dazu durchringen, mich runterzuholen? Oder willst du bis zum Herbst warten, um rauszufinden, ob ich wie ein Apfel vom Baum falle?«

»Schuldigung.« Skinner sah sich nach allen Seiten um. »Was wir brauchen«, sagte er, während er versuchte, nicht den Kopf zu verlieren, »ist so etwas wie eine Axt oder eine Säge.«

»Die hab ich in meiner anderen Jacke gelassen«, fuhr Regalian ihn an. »Kannst du dich bitte ein bißchen beeilen? Ich hab das Gefühl, daß mir das Hirn gleich zu den Ohren rausrutscht.«

»Du könntest das Seil durchschießen«, schlug der Scholfield hilfsbereit vor. »Wenn du deinen Arm irgendwo aufstützst, könntest du auf diese Entfernung mit ein bißchen Glück …«

»Ich habe dich doch vorhin schon gewarnt.«

»Ich versuche ja nur, konstruktiv zu sein«, antwortete die Waffe gekränkt. »Sonst hat ja wohl niemand was vorgeschlagen, wie?«

»Sei still.«

»Ich ...«

»Ich habe gesagt, sei still.«

»Aber ...«

»SCHNAUZE!«

In dem Moment bemerkte Skinner, daß ihn etwas sehr Spitzes in den Nacken piekte. Sehr langsam drehte er die Augen ganz nach rechts und erblickte direkt hinter sich etwas Leuchtendes, das sich an der äußersten Grenze seines Gesichtsfeldes befand.

»Ich habe gerade versucht, dich davon in Kenntnis zu setzen, daß sich ein Typ mit einem Messer von hinten an dich heranschleicht«, sagte der Scholfield selbstgefällig. »Aber jetzt scheinst du es ja selbst herausgefunden zu haben.«

»Okay«, sagte der Elf. »Wer von euch Trotteln ist der Weber?«

»Also hört mal, Jungs«, wandte Skinner einige Zeit später ein, »versteht mich bitte nicht falsch, ich habe volles Verständnis dafür, was ihr hier in Szene setzen wollt, und es ist mir ein Vergnügen, euch dabei nach besten Kräften zu helfen. Ich finde das alles ganz, ganz toll, ehrlich. Aber sind die Ohren wirklich nötig?«

»Ja.«

»Seid ihr sicher, daß ihr das Ganze nicht ein klein wenig zu wörtlich nehmt? Ich meine, die Sache ist doch hochsymbolisch, das Eselsmotiv und dergleichen, ich meine, das ist doch ein Stoff, der sich seit Apuleius durch die gesamte abendländische Literatur zieht. Könnten wir es deshalb nicht einfach beim Metaphorischen belassen und nicht so dick auftragen und auf echte Eselsohren verzichten?«

»Nein.«

»Ich will ja wirklich kein Spielverderber sein, aber irgendwie drängen sich hier die Worte ›absolut kindisch‹ auf, und die ganze Sache, die hier läuft, ist so wunderbar, daß es mir leid täte, wenn ihr sie kaputtmacht, indem ihr …«

»Wenn du nicht mitmachst«, knurrte der Elf, »schneide ich dir die Nase ab. Okay?«

»Okay.«

Na großartig, dachte Skinner, während die Kolonne in aufgelöster Marschordnung durch den Wald stolperte. Ausgerechnet dann, wenn diese vermaledeite Waffe sich mal nützlich erweisen und Initiative an den Tag legen könnte, hängt sie bloß im Halfter und rostet vor sich hin. Wenn ich nur …

»Und falls du erwartest, daß dein Freund dir hilft«, sagte der Elf, »dann vergiß es.«

»Welcher Freund?«

»Na, der metallene Typ mit der langen Nase«, antwortete der Elf. »Der, den du mit dir herumträgst. Wir haben ihn mit einem Zauberbann belegt, der so stark ist, daß er ausschließlich damit zu tun hat, sich nicht in einen Strauß Narzissen zu verwandeln.«

Skinner zuckte die Achseln. »Nun ja«, sagte er, »jedes Unglück hat auch sein Gutes. Wenn ihr mir den Zauberspruch bei Gelegenheit vielleicht auf ein Stück Papier schreiben könntet, wäre ich euch sehr dankbar, denn ich habe das Gefühl, daß ich ihn in Zukunft sehr gut gebrauchen könnte.«

»Halt die Klappe.«

»Okay.«

Sie hatten eine Lichtung erreicht, die eigentlich schon mehr als eine Lichtung war. Man versucht den Ausdruck ja nach Möglichkeit zu vermeiden, doch es gibt Situationen, da man das Kind beim Namen nennen und statt von einer Lichtung davon sprechen muß, daß sich der Wald ganz entschieden eine Blöße gibt.

»Na denn«, sagte der Elf. »Puck!«

»Pack was?«

»Puck«, fuhr der Elf fort, »du versteckst dich in

dem Baum dort. Ich werde mich hinter diesen Busch kauern. Ihr anderen sorgt für Musik.«

Die Elfen verschwanden und ließen Skinner mitten auf der Lichtung zurück, der, die Hände in den Hosentaschen, dastand und sich äußerst auffällig vorkam. Na ja, tröstete er sich, wenigstens haben sie nur Spaß gemacht, als sie von Esels…

Er hatte eine merkwürdige Empfindung, die ihn an damals erinnerte, als er noch ein Junge war und freiwillig einen lebenden Wurm hinuntergeschluckt hatte, um in Lumpy Flannagans Bande aufgenommen zu werden. Hätte der Wurm aus heißem Quecksilber bestanden und einen Zuckerüberzug gehabt, wären die Empfindungen einander verblüffend ähnlich gewesen.

Und plötzlich konnte er hören. Nicht einfach hören, sondern *richtig* hören. Zum Beispiel nieste eine halbe Meile entfernt ein Kaninchen. Der Schock warf Skinner beinahe um.

Voller Widerwillen streckte er zögernd die Hand aus und befühlte seinen Kopf. Er spürte Fell.

»Ihr Mist…«, setzte er an, als plötzlich der Blätterhaufen vor ihm leicht erbebte und sich irgendwie in eine große, schlanke, textilsparend bekleidete junge Frau mit silbriger Haut verwandelte.

»Weckt mich von meinem Blumenbett ein Engel?« fragte sie, während sie sich die Augen rieb. Sie rollte sich auf die Seite und blinzelte. »Moment mal«, fuhr sie fort, »du bist nicht der Typ, der sonst hier ist.«

Skinner kam zu Bewußtsein, daß er sie anstarrte. Entweder war sie extrem zerstreut und hatte einfach vergessen, ihre restliche Kleidung anzuziehen, oder die Kälte machte ihr nichts aus. Er schaute weg und gab einen Laut von sich wie ein Schaf, das sich räuspert.

»Ähm«, sagte er, was anders klang als geplant, mehr wie ein kehliges Trompeten. Klar, dachte er, ein Esel hat einen völlig anderen Körperbau, der Kehlkopf sitzt ganz woanders. Er lächelte schwach. Er kam sich vor wie Cyrano de Bergerac in der Zerrspiegelbude eines Rummels, und seine Ohren juckten wie verrückt.

Das Mädchen starrte ihn ebenfalls an, und Skinner kam plötzlich der Gedanke, daß derjenige, der diesen Job gewöhnlich erledigte, wirklich *gräßlich* aussehen mußte, weil es die Art von Starren war, die man mit rosafarbenen Herzchen und schluchzenden Geigen verbindet. Eine Fliege landete auf seiner Nase und begann zu summen.

»Hei«, sagte er. »Mein Name ist Skinner. Ich bin bloß auf der Durchreise, und wir müssen diese Sache nicht unbedingt durchziehen, also …«

»Hei«, antwortete das Mädchen mit einer Stimme, die man hätte verwenden können, um einen Kuchen mit Zuckerguß zu überziehen. »Ich heiße Titania, aber meine Freunde nennen mich …«

»Schon gut. Sicher ist dir inzwischen nur allzu klar geworden, daß du das Opfer eines geschmacklosen Streiches bist, und da ich nicht die Absicht habe, bei diesem entwürdigenden Schauspiel mitzumachen, könntest du vielleicht …«

»Steh dir nicht die Hufe in den Bauch!« Sie kicherte. »Du hast die süßeste Mähne, die ich seit langer, langer Zeit gesehen habe.«

»Ich muß doch sehr darum bitten«, sagte Skinner. »Ich bin alt genug, um dein Vater zu sein.«

»Tatsächlich?« Titania zog eine ihrer makellosen Augenbrauen hoch. »Komisch, du siehst gar nicht so aus, als seist du zehntausendundachtunddreißig Jahre alt.«

»Nein, aber so alt fühle ich mich manchmal.«

»Dagegen kann ich höchstwahrscheinlich etwas tun«, erwiderte Titania mit einem Lächeln, das auf der dunklen Seite des Mondes Rosen zum Sprießen gebracht hätte. »Komm her, dann beweise ich's dir.«

Bevor er eine Antwort formulieren konnte, spürte Skinner, wie ihm die Knie nachgaben, so radikal, als hätte ihn eine internationale Bande von Schienbeindieben beraubt, und schon im nächsten Moment saß er auf dem Blätterhaufen, während sein Kopf auf silbrigem Fleisch ruhte, das verwirrende Kurven und Wölbungen aufwies. Meine Güte, dachte er bei sich, wie muß der andere Typ bloß ausgesehen haben?

»Entspann dich«, sagte Titania. »Und jetzt ...«

Hamlet schlief.

Er träumte (einen Traum, der zu seinem Repertoire gehörte und in dem er, dargestellt von Kenneth Branagh, vor zwanzigtausend Zuschauern auf der Bühne stand und vergessen hatte, seine Hosen anzuziehen) und schnarchte leicht durch die Überbleibsel seiner Nase, wobei er ein Geräusch von der Art hervorbrachte, wie ein Trompetenspieler in New Orleans es erzielt, wenn er seinen Bowler über die Öffnung der Trompete stülpt. Es war ein langer Tag gewesen.

Das Fenster öffnete sich.

Hamlet grunzte, drehte sich auf die Seite und trompetete leise weiter. Ein Schatten, der eine Nuance dunkler war als die ihn umgebende Finsternis, huschte unter dem hochgeschobenen Fenster hindurch ins Zimmer. Ein leichtes Poltern, als pralle ein Schädel gegen Holz, war zu hören, dann ein gedämpfter Fluch.

Der Schatten kam näher. Er pfiff sehr leise und unmelodisch vor sich hin. Vermutlich war er sich nicht einmal bewußt, daß er das tat.

Vom Kopfkissen kam ein schwaches Grunzen, dem einige Verse aus der Rede *Oh, welch ein Schurk' und niedrer Sklav' bin ich* folgten. Hamlet gehörte zu den wenigen Menschen der Weltgeschichte, die im Schlaf Monologe halten.

Im Licht eines verirrten Mondstrahls blitzte die haarfeine Nadel einer Spritze auf, die der Schatten in die Höhe hielt und zum Gebrauch fertigmachte. Ein kleiner Tropfen farbloser Flüssigkeit glitt an der Nadel hinab, während der Schatten die Luft aus der Spritze preßte, bevor er sich über das Bett beugte. Als die Spritze ihr Ziel erreichte, bewegte sich Hamlet ein wenig, aber das war auch alles. Der Schatten zog die Nadel wieder heraus, trat zurück und wartete ungefähr zwei Minuten, bis die Atemgeräusche langsamer, flacher und regelmäßiger wurden.

Befriedigt verstaute der Schatten die Spritze in der kleinen Instrumententasche, die er sich um die Taille geschnallt hatte, und trat auf das Bett zu. Und hielt inne.

Diese Szene läuft natürlich ohne Tonspur, und beide Darsteller waren infolge der Dunkelheit nichts als Silhouetten. Der Schatten verfügte jedoch über eine höchst ausdrucksvolle Körpersprache, so daß er das Gefühl, das ihn gerade beherrschte, mit perfekter Deutlichkeit zu übermitteln vermochte. Wenn er zur Zeit des Stummfilms Schauspieler gewesen wäre, hätte man ihm für den Rest seines Lebens Spielverbot erteilt, weil er auf der Leinwand geflucht hatte.

Na prima, drückten seine Gesten aus. Wir haben ausgetüftelt, wie man hier reinkommt und wie man das Betäubungsmittel verabreicht. Wie man den betäubten Körper durchs Fenster nach draußen bekommt, haben wir allerdings nicht bedacht. Sehr bedauerlich.

Nachdem er sich offenbar einen Aktionsplan zurechtgelegt hatte, machte sich der Schatten daran, die Laken vom Bett zu entfernen und in Streifen zu reißen. Dann folgte eine Phase würdelosen Hebens, Schiebens und Fallenlassens, die schließlich damit endete, daß Hamlets schlafender Körper in einem Gewirr behelfsmäßig hergestellter Stricke aus dem Fenster gelassen wurde. Danach verließ der Schatten das Zimmer auf dem gleichen Weg, auf dem er gekommen war. Ein von unten zu hörender dumpfer Aufprall ließ darauf schließen, daß das provisorische Gurtwerk fast bis zum Schluß gehalten hatte, aber eben nur fast.

Langsam drang die Finsternis wieder vor, wie Öl, das in ein rostiges Scharnier sickert.

Hamlet erwachte, öffnete die Augen und schrie auf.

Er war an Händen und Füßen an etwas festgeschnallt, das ein Operationstisch zu sein schien. Das Licht einer sehr großen, sehr hellen Lampe – von der Art, wie man sie in noblen Zahnarztpraxen findet – strahlte ihm direkt in die Augen. Im Hintergrund gab irgendeine Maschine ein merkwürdiges Summen von sich.

»He!« brüllte Hamlet. »Was, zum Teufel, geht denn hier vor? Und was zum Geier habt ihr mit meinem linken Fuß gemacht?«

»Aber, aber«, sagte eine Stimme, die von irgendwo außerhalb seines Gesichtsfeldes kam, »es besteht gar kein Grund zur Aufregung, also reißen Sie sich bitte ein bißchen zusammen, ja?«

»Das ist leichter gesagt als getan«, entgegnete Hamlet wütend. »Wer sind Sie überhaupt, und was geht hier vor?«

»Es tut kein bißchen weh«, fuhr die Stimme fort, »also verhalten Sie sich bitte ganz ruhig.«

»Aber ...«

»Falls Sie sich um Ihren Fuß Sorgen machen«, fügte die Stimme hinzu, »so kann ich Sie beruhigen. Den habe ich auf Eis gelegt und werde ihn im Handumdrehen wieder ansetzen, wenn ich hiermit fertig bin.«

»Hiermit? Was heißt hiermit?«

»Nicht bewegen, bitte. Igor, die Zange.«

»Ich heiße aber Tracy, Doktor Rossfleisch.«

»Welch hübscher Name. Danke. Jetzt bitte den Lötkolben.«

Zwei behandschuhte Hände materialisierten sich am äußersten Rande von Hamlets Blickfeld. Einen Augenblick später schoß ein höllischer Schmerz das Stück Schnur und die beiden Kakaobüchsen, die er als sein Nervensystem bezeichnete, auf und ab.

»Pardon«, sagte die Stimme. »Ich hätte Sie darauf hinweisen sollen, daß das ein klein wenig schmerzen könnte. Bitte den Elektrobohrer, Tanya.«

»Tracy.«

»Danke.«

Na super, dachte Hamlet. Dieser Irre ist nicht nur ein verrückter Wissenschaftler, sondern auch noch ein zerstreuter Professor. Bevor ihm die Sinne schwanden, fand er gerade noch Zeit, sich nach Elsinore (inklusive Gespenst und vergiftete Rapiere) zurückzuwünschen.

Als er wieder zu sich kam, war er immer noch am Tisch festgeschnallt. Die Lampe leuchtete jedoch nicht mehr, und er hatte ein eigenartiges Gefühl im Körper. Es war ein bißchen so, als drehe man in seinem klapprigen alten Trabi den Zündschlüssel um und stelle fest, daß über Nacht irgendein Scherzbold den neuesten Rennmotor eingebaut hat. Die ganze Chose schien vor Vitalität zu vibrieren. Er ballte die Fäuste, und die dicken Gurte um seine Handgelenke rissen, als bestünden sie aus nassem Papier.

»Jawoll!« flüsterte er.

Er setzte sich auf, atmete tief ein und bekam mit einem dreipfündigen Vorschlaghammer eins auf den Hinterkopf.

Als der Kopfgeldjäger den Rand der Lichtung erreichte, blieb er stehen und spähte hinter einem Baumstamm hervor.

Um einen geschulten, erfahrenen Kopfgeldjäger aus der Fassung zu bringen, bedarf es schon eines ziemlich außergewöhnlichen Vorfalls. Diese Berufssparte lockt eher den kühlen, sachlichen Typ an, und Leute, die sich, wenn sie in den Urlaub fahren, Gedanken darüber machen, ob sie zu Hause das Gas abgestellt haben oder nicht, ziehen sich im allgemeinen aus diesem Beruf recht bald wieder zurück, häufig auf einer Tragbahre.

Es gibt jedoch gewisse Grenzen, und als er sah, wie der Kerl, hinter dem er her war, sich, ausgestattet mit einem Eselskopf, auf einem Meer von Kissen aalte, umgeben von flackernden blauen Lichtern und heiß umschlungen von einer hinreißenden silberhäutigen Frau, reichte das aus, damit er kurz innehielt und im Geist die letzten Tage durchging, um herauszufinden, ob er vielleicht irgendwann einen harten Schlag auf den Hinterkopf bekommen hatte.

Selbst Butch Cassidy, dachte er bei sich, ist nie so weit gegangen.

Nachdem er über die Angelegenheit ein wenig nachgedacht hatte, trat er ins Unterholz zurück. Den da konnte er sich wohl für später aufheben. Am vernünftigsten wäre es, erst mal den anderen dingfest zu machen und danach wieder herzukommen, um zu sehen, wie die Dinge standen.

Der andere saß unterdessen unter einer Linde, kaute mühsam und dachte über die Tatsache nach, daß die Seile in dieser Gegend verdammt merkwürdig, geradezu schlecht schmeckten.

Man muß Unmengen von Seilen zerkauen, wenn man ein Held ist, weil die Leute einen dauernd fesseln. Gewiß, man schafft es immer, sich zu befreien, den harmlosen kleinen Trottel, der als Wache zurückgelassen wurde, zu Brei zu schlagen und rechtzeitig zum geheimen Versteck/Opferaltar/Palast des Großwesirs zu gelangen, um dort die obligatorischen Rettungsaktionen durchzuführen, aber das ist nur deshalb so, weil es ästhetisch richtig ist. Die maßgeblichen Stellen schätzen diese Dinge und sind nicht sonderlich grausam oder rachsüchtig. Deshalb schmecken in der heroischen Fantasy die Seile entweder nach Toffee oder nach Brausepulver und sind meistens speichellöslich.

Dieses Seil hingegen war dick, zäh und schmeckte nach Hanf und dem Armschweiß von Elfen. All das vermittelte Regalian das Gefühl, daß hier irgend etwas nicht ganz stimmte. Vielleicht war es ästhetisch nicht richtig, daß er sich selbst befreite. In dem Fall saß er gewaltig in der Tinte.

Vielleicht war es auch nicht die richtige Lösung, das Seil durchzukauen. Als er umherblickte, bemerkte er, daß Skinners Revolvergurt etwa einen Fuß von seinem großen Zeh entfernt auf der Erde lag. Vielleicht war dies eine jener Situationen, da der Held sich die Waffe schnappt, die Wache in Schach hält, losgebunden wird und *dann* flieht, um seiner Pflicht nachzukommen. Regalian zuckte die Achseln. Um das herauszufinden, gab es nur eine Möglichkeit.

»Pssst!«

Falls der Revolver ihn gehört hatte, ließ er sich nichts anmerken. Na schön, dachte Regalian, diese Dinge müssen schwierig sein, weil Helden bei Schwierigkeiten erst richtig aufblühen. Wenn jeder Narr dazu imstande wäre, wäre es nicht mehr heroisch, und umherziehende Sänger, deren Repertoire aus Werken wie *Die ABM-Arbeiten des Herkules* oder *Die Saga von Sigurd, dem Drachennöter* bestand, würden am Ende vermutlich mehr umherziehen als singen. Er streckte den Fuß in Richtung Revolvergurt und schaffte es schließlich, die Schnalle mit der Ferse zu erreichen.

Von der Lichtung gegenüber waren Lachen und das Kichern einer Frau zu hören. Während Regalian den Revolvergurt zu sich heranzog, überlegte er, ob er die Situation vielleicht völlig mißverstanden hatte. Alle seine aufs äußerste geschärften Heldeninstinkte sagten ihm, daß dies der Punkt in der Erzählung war, an dem er Skinner retten mußte. Die Frage war nur, ob Skinner das auch wußte.

Gerade als er es geschafft hatte, den Revolvergurt in eine Position zu manövrieren, die es ihm gestattete, mit einigen Verrenkungen und indem er sich die Haut von den Handgelenken schürfte, an die Waffe zu kommen, trat eine hagere dunkle Gestalt, die ihm auf deprimierende Weise bekannt vorkam (Jack Palance in einem paillettenbesetzten grünen Trikot), aus dem Schatten, zog den Scholfield flink aus dem Halfter, zielte damit auf ihn und grinste.

»Pfoten hoch«, sagte der andere.

Regalian, bei dem der Groschen gerade gefallen war, gehorchte. Der Kopfgeldjäger zog ein Messer aus dem Stiefel, schnitt die Seile durch und sagte: »Los, aufstehn.«

»Nein«, erwiderte Regalian.

»Hast du nicht gehört, was ich gesagt habe? Aufstehn.«

»Verpiß dich.«

Das Grinsen des Kopfgeldjägers wurde breiter. »Auf dem Plakat steht *Tot oder lebendig,* Mister«, sagte er. »Schätze, du hast mir gerade eine Entscheidung abgenommen.«

Er zog den Hahn mit dem Daumen zurück, richtete die Waffe auf Regalians Kopf und drückte ab. Ein kurzes Surren war zu hören, aus der Mündung des Revolvers schoß ein Fähnchen mit der Aufschrift PENG! hervor, und auf der Trommel erschien eine kleine Flamme, an der sich der Kopfgeldjäger ohne weiteres eine Zigarre hätte anzünden können, wäre er kein Nichtraucher gewesen.

»Es ist nämlich so«, erklärte Regalian, während er aufsprang und dem Kopfgeldjäger kräftig in die Eier trat, »daß die Elfen den Revolver verhext haben, so daß er nicht mehr funktioniert. Das bedeutet, daß es an irgendeinem Punkt dieses Abenteuers« – der Kopfgeldjäger fiel auf die Knie, stöhnte und kippte zur Seite – »unvermeidlich war, dramaturgisch gesehen, daß jemand meine Waffe auf mich richtet, nur damit sie im entscheidenden Moment *nicht* losgeht. Ich glaube, das ist eine der unbedeutenderen Spielarten dramatischer Ironie. Ich hätte es kommen sehen müssen«, fügte er hinzu, indem er dem Kopfgeldjäger auf die Hand trat und den Revolver an sich nahm. »Wie dumm von mir. Na ja, macht nichts.«

Er schnallte sich den Gurt um und stolzierte mit der Miene eines Mannes, der wieder genau weiß, was von ihm erwartet wird, auf die Lichtung zu, um zur Rettung zu schreiten.

Als Hamlet zum zweitenmal wieder zu sich kam, hatte er seine Lektion gelernt. Statt sich aufzusetzen und die Muskeln spielen zu lassen, blieb er reglos liegen und wartete darauf, daß ihm jemand eins überbriet.

»Ah«, sagte eine Stimme über seinem Kopf. »Sie sind aufgewacht. Und wie fühlen wir uns?«

Idiot, dachte Hamlet. Bisher war er immer der Ansicht gewesen, daß *Sein oder Nichtsein* der erste Preis für die schwachsinnigste Frage aller Zeiten gebühre, die Weiche Birne in Gold. Jetzt hatte sich offenbar Konkurrenz eingestellt.

»Dreimal dürfen Sie ra…«, hob er an, hielt aber inne, weil in seinem Gehirn nach und nach Zustandsberichte aus den verschiedenen Teilen seines Körpers eintrafen. »Großartig«, sagte er ein wenig verwirrt. »Hab mich in meinem ganzen … äh, hab mich noch nie besser gefühlt.«

»Prächtig«, antwortete die Stimme, die er als die des verrückten Wissenschaftlers von vorhin erkannte. Rossfleisch oder so ähnlich hieß er. »Das freut mich sehr.«

»Wenn ich mich aufsetze, passiert mir dann was?«

»Was sollte Ihnen denn passieren?«

»Ich meine, verdrischt mich dann jemand oder so?«

»Aber ganz gewiß nicht, lieber Freund. Bitte tun Sie sich keinen Zwang an und setzen Sie sich auf, soviel und sooft Sie wollen.«

»Danke.«

Als er sich hochgesetzt hatte, sah Hamlet, daß er sich immer noch im Operationssaal befand. Etwas in der Richtung mußte es sein. Vielleicht war er aber auch zu sehr auf Säle fixiert – erst Theatersäle, jetzt Operationssäle. Neben ihm stand ein schlampig aussehender, großer Mann mit riesigen runden Brillengläsern, Glatze und einem kleinen grauen Zickenbart, der einen weißen Kittel und Pantoffeln trug. All das ließ darauf schließen, daß er sich entweder als zerstreuter Professor verkleidet hatte, um zu einem Kostümfest zu gehen, oder daß er einer war. Einen Moment später stellte er sich als Doktor Sebastian Rossfleisch vor.

»Freut mich, Sie kennenzulernen«, log Hamlet. »Hören Sie ...«

»Bemerkenswert.«

»Wie meinen?«

»Wie die isothermische Membran angewachsen ist«, erklärte Rossfleisch (zumindest war es vermutlich das, was er sich unter einer Erklärung vorstellte, so wie die graue Flüssigkeit, die man auf Bahnhöfen in Styroporbechern bekommt, irgend jemandes Vorstellung von Kaffee ist). »Ich hatte solche Angst, daß es zu einer positiven Reaktion mit dem Selennitrat kommen würde. Das wäre höchst bedauerlich gewesen.«

»Tatsächlich?«

»Äußerst enttäuschend«, antwortete der Doktor. »Bei Polymeren weiß man ja nie so recht, woran man ist, nicht wahr?«

»Das sind ganz durchtriebene Biester«, pflichtete Hamlet, der bestrebt war, höflich zu sein, ihm bei. »Hören Sie ...«

»Ja bitte?«

»Wo bin ich, und was tue ich hier?« Meine Güte, dachte er, während er sprach, hört sich ganz wie in alten Zeiten an, wenn ich solche Fragen stelle. Diesmal könnte ich jedoch wirklich eine vernünftige Antwort gebrauchen.

Rossfleisch schüttelte den Kopf, so daß der Zickenbart an seinem Kinn hin und her wackelte. »Vielleicht sollte ich Sie lieber ins Bild setzen«, sagte er. »Sehen Sie, mir sind im Lauf der Zeit immer wieder Gerüchte zu Ohren gekommen.«

»Gerüchte?«

»Über Mr. Frankenbothams Experimente.«

»Sie meinen diesen seltsamen Kerl im Schuppen? Meinen, ähm, Schöpfer.«

»Genau. Ein bemerkenswerter Mensch, der zu einigen ganz verblüffenden intuitiven Erkenntnissen gelangt ist. Angesichts der Mittel, die ihm zur Verfügung standen, war es schier unglaublich, daß er überhaupt soviel zustande gebracht hat. Dennoch war das ganze Projekt im Grunde eine Fehlplanung.«

»Sie meinen mich?«

»So ist es. Um es ganz offen zu sagen, Sie waren nicht gut gemacht. Ohne eine radikale Überholung und ohne daß eine Anzahl elementarer Aspekte gründlich überdacht wurden, bestand das ernsthafte Risiko einer letalen Funktionsstörung.«

»Sie meinen, o schmölze doch dies allzu feste Fleisch, zerging' und löst' in einen Tau sich auf? Ich glaube, ich verstehe, was Sie meinen.«

»In der Tat. Nun, es wäre eine Tragödie gewesen, das zuzulassen. Deshalb habe ich Sie, äh, gestohlen.«

»Aha.«

»Und dann habe ich«, fuhr der Doktor munter fort, »die notwendigen Arbeiten ausgeführt, die, wie ich mit Freuden sagen kann, offenbar ein voller Erfolg waren.«

»Junge, Junge.«

»Ganz recht. Sogar in noch größerem Maße, als ich selbst erwartet hatte. Nehmen Sie zum Beispiel die übermenschliche Kraft.«

»Welche übermenschliche Kraft?«

»Nach dem ursprünglichen Plan«, sagte Rossfleisch, »sollten Sie die Kraft von zehn Männern haben.«

»Meine Güte.«

»Wie sich jetzt herausstellt, scheint Ihre Kraft jedoch erheblich größer zu sein.«

»Ist ja nicht zu fassen.«

»Dann die Unverwundbarkeit. Die ist offensichtlich ...« Der Doktor blinzelte zweimal. »... sehr zufriedenstellend. In der Tat, sehr zufriedenstellend.«

»Wenn Sie von Unverwundbarkeit sprechen ...«

»Gestatten Sie mir, es Ihnen zu demonstrieren«, sagte der Doktor und zog einen riesigen Revolver aus seinem Laborkittel. Er hob die Waffe, zielte auf Hamlets Stirn und feuerte. Es gab ein ohrenbetäubendes Geräusch, und Hamlet verspürte nichts als ein ganz leichtes Kitzeln.

»Ey!« rief er empört. Dann sah er, daß etwas auf seinem Knie lag – ein flaches Plättchen aus Blei, ungefähr von der Größe eines Zweipennystücks. »Donnerwetter«, sagte er beeindruckt. »Dabei haben die Leute immer behauptet, ich sei zu dünnhäutig und schade mir dadurch selbst«, fügte er hinzu.

»Glasfaserverstärktes synthetisches Plasma«, erläuterte der Doktor stolz. Obwohl Hamlet das Gefühl hatte, daß die technischen Einzelheiten so weit über seinen Horizont gingen, daß sie mitten in den Atlantik plumpsten, nickte er.

»Geiles Zeug«, sagte er. »Dadurch spart man sicher auch eine Menge Geld für Sonnenöl. Bringen Sie mir doch einen Eimervoll mit, wenn Sie wieder mal zum Verbrauchermarkt kommen.«

»Es gibt natürlich«, fuhr der Doktor fort, »eine Reihe kleinerer Nebenwirkungen, die ich nicht vorausgesehen hatte, aber ich bin sicher, daß wir, wenn wir die Gelegenheit gehabt haben, sie gründlich zu studieren, zu gegebener Zeit in der Lage sein werden, die neugewonnenen Daten voll zu integrieren und das Verfahren entsprechend zu korrigieren.« Aufmunternd strahlte er übers ganze Gesicht. »Immerhin«, fügte er hinzu, »sind Sie, wenn ich so sagen darf, erst der Anfang.«

Diese Bemerkung enthielt etwas, das nicht sonderlich gut schmeckte. Wäre sie ein Stück Schellfisch gewesen, dann wäre er jetzt, so meinte Hamlet, wohl gerade dabei gewesen, sich Gräten aus dem Mund zu ziehen. »Könnten Sie das noch mal sagen?« fragte er.

»Ich meine«, fuhr der Doktor fort, »daß die ziemlich – wie soll ich es ausdrücken? – sorglose Weise, in der Sie zusammengebaut worden sind, zu bestimmten, ganz elementaren Designmängeln geführt hat, die ich bei Ihnen zwar nicht beheben kann, die ich aber bei sagen wir mal Modell zwei und drei beseitigen werde. Sie sind natürlich Modell eins.«

Hamlet runzelte die Stirn. Er hatte inzwischen ziemlich den Faden verloren, und außerdem war er kein Modell, sondern ein Prinz. Hinzu kam, daß er im Kopf ein komisches Jucken verspürte, so daß er sich am liebsten einen sechs Inch langen Nagel ins Ohr gebohrt und damit im Schädel herumgefuhrwerkt hätte. »Sie meinen«, sagte er unsicher, »ich bin so etwas wie ein Versuchskaninchen.«

»Eine wundervolle Metapher. Ja, zweifellos.«

»Ich glaube nicht, daß mir das gefällt.«

Er war gerade im Begriff, sich über dieses Thema noch weiter zu verbreiten, als ihn irgend etwas dazu veranlaßte, sich seitlich an den Hals zu fassen. Seine Finger berührten Metall.

»Sie Mistkerl!« zischte er. »In meinem Hals ist eine Schraube!«

Der Doktor nickte. »Ich weiß«, sagte er, während er zur Entschuldigung leicht die Schultern zuckte. »Schrecklich primitiv, ich weiß, aber trotzdem sehr nützlich. Ich arbeite an einer Kohlenstoffaserversion, aber die wird wohl kaum vor der dritten Modellgeneration fertig sein, eher noch später.«

Hamlet hörte ihm gar nicht zu. Er blickte auf seine Füße. Genau wie er erwartet hatte: riesige quadratische Stiefel. »Hey«, protestierte er, »so geht das nicht! Holen Sie mir sofort einen Spiegel. Ich will sehen, was sonst noch …«

Jetzt war es am Doktor, die Stirn zu runzeln. »Bei

allem Respekt«, sagte er, »aber mir ist wirklich nicht klar, was Sie das angeht.«

»Sie ...« Hamlet spürte, wie seine Fäuste sich ballten, und als die Knöchel hervortraten, gab es ein knackendes Geräusch. »Was zum Geier führen Sie eigentlich im Schilde?«

Der Doktor sah ihn mit einem Blick an, der so milde war wie Lammeintopf mit Linsen. »Welches Ziel ich verfolge, meinen Sie? Ich hätte gedacht, das sei inzwischen deutlich geworden.«

»So helle bin ich nicht, Sie werden es mir schon erklären müssen. Ich glaube, mein Gehirn ist von zwölf Litern Rasenmäheröl verklebt.«

»Es ist ganz einfach«, sagte der Doktor. »Ich werde die Welt beherrschen, und Sie und die Ihnen folgenden, ähm, Modelle werden es mir ermöglichen.«

»Tatsächlich?«

»Aber sicher. Ich werde eine Armee von unbesiegbaren künstlichen Humanoiden bauen, die absolute Macht an mich reißen und die menschliche Gesellschaft nach strikt wissenschaftlichen Prinzipien reformieren. Das ist mein Lebenswerk, verstehen Sie. Wenigstens soweit es die letzten dreiundzwanzig Jahre betrifft«, fügte er hinzu. »Davor habe ich in der Seifenpulverindustrie gearbeitet.«

Hamlet stand auf, und begriff allmählich das Ausmaß der Veränderungen, die an ihm vorgenommen worden waren, seit er zum letztenmal aufrecht gestanden hatte. Er fühlte sich seltsam und ein wenig unbeholfen, wenn auch freudig erregt. Es war etwa so, als mache man mit einem Challenger-Panzer eine Spritztour. »Tut mir leid, Kumpel«, sagte er, »aber ohne mich. Sie brauchen mich nicht extra zur Tür zu bringen, ich gehe am besten gleich durch die Wand.«

Der Doktor warf ihm einen leicht dämlichen und zugleich strengen Blick zu, wodurch er wie eine Mischung aus Richter Jeffreys und einem Schaf aussah. »Davon rate ich Ihnen wirklich ab«, sagte er.

»Ah ja?«

»Doch. Wissen Sie, ich habe Ihnen nämlich eine Bombe in die Brust eingesetzt.«

»Oh.«

Der Doktor nickte. »Nur eine kleine Bombe«, fuhr er fort. »Wirkungsvoll, aber klein. Solange ich nicht die Fernbedienung betätige, besteht keine Gefahr.« Er kramte in seiner Tasche herum und zog ein Kästchen heraus.

»Das werden wir gleich haben«, antwortete Hamlet. Dann schnappte er nach dem Plastikkästchen, brachte es an sich und aß es. »Alles klar?« sagte er.

»Das macht überhaupt nichts«, erwiderte der Doktor gelassen. »Die Vorrichtung ist nämlich auf Töne eingestellt.«

»Hä?«

»Die Bombe explodiert«, erläuterte der Doktor, »wenn bestimmte Töne erklingen. Genauer gesagt, ein spezielles Musikstück.«

»Was Sie nicht sagen!«

Der Doktor nickte. »Ein höchst erfreuliches Extra«, sagte er. »Da ich mit einer potentiell feindlichen Reaktion gerechnet habe, hielt ich es für am besten, vernünftige Vorsichtsmaßnahmen zu ergreifen.«

»Welches spezielle Musikstück?«

In den Mundwinkeln des Doktors zuckte es ganz leicht. *»Du bist die Rose von Tennessee«*, antwortete er.

Hamlet runzelte die Stirn. »Wie meinen?«

»Oh, Sie würden das Lied sofort erkennen, wenn Sie es hören«, sagte der Doktor. »In Wildwestfilmen spielt man es immer im Saloon auf dem Pianola. Ich würde es Ihnen ja vorsummen, bloß ... Jedenfalls war es ein Lieblingslied meiner verstorbenen Frau. Ich habe die betreffende Melodie in die Lautsprecheranlage hier eingegeben. Wenn Sie irgendwelche weiteren Sperenzchen machen, lasse ich sie erklingen, indem ich die in den Ring an meiner linken Hand eingebaute Fernbedienung betätige.«

Hamlet setzte sich auf den Tisch, auf dem er festgeschnallt gewesen war, als er das Bewußtsein wiedererlangt hatte. »Verstehe«, sagte er. »Sie sind ein ganz schön cleveres Kerlchen.«

»Sie sind zu liebenswürdig.« Der Doktor zuckte mit den Achseln. »Jedenfalls«, fuhr er fort, »rate ich Ihnen zu Ihrem eigenen Besten davon ab, diesen Bereich hier zu verlassen. Zumindest nicht bevor die Nebenwirkungen, von denen ich vorhin gesprochen habe, abgeklungen sind.«

»Nebenwirkungen? Was …?«

»Ah«, sagte der Doktor. »Darauf wollte ich gerade zu sprechen kommen.«

»Entschuldigen Sie, bitte«, sagte Jane. »Ich möchte eine Vermißtenanzeige aufgeben.«

Der diensthabende Sergeant war ein großer Mann, der sich aber nicht geradehielt, was bedeutete, daß er brutto sechs Fuß zwei und netto fünf Fuß neun maß. Seine Knöchel schleiften nur deswegen nicht auf dem Boden, weil seine Hände auf dem Pult lagen. Für Charles Darwin wäre er eine Bestätigung seiner Theorie gewesen, Jane hingegen flößte er nicht gerade Vertrauen ein.

»Hä?« sagte er.

»Eine Vermißtenanzeige«, erwiderte Jane. »Mir ist jemand abhanden gekommen, und ich möchte, daß man ihn ausfindig macht.«

»Momentchen.«

»Wie bitte?«

»Momentchen mal. Brauch erst was zum Schreiben.«

Jane öffnete ihre Handtasche und holte einen Kugelschreiber heraus. »Sein Name«, sagte sie, »ist Hamlet. Er ist dänischer Staatsangehöriger, glaube ich, spricht aber *sehr* gutes Englisch, sicher das beste, das es gibt, und er ist etwa fünf Fuß acht groß und von schlanker Statur. Wie sein Gesicht aussieht, weiß ich nicht, weil er die ganze Zeit eine Papiertüte über dem Kopf trägt, aber Sie erkennen ihn sofort, wenn Sie ihn sehen, weil er nach Einbalsamierungsflüssigkeit riecht. Er trägt einen alten Regenmantel. Ich glaube, er ist gestohlen worden.«

»Name.«

»Hab ich doch gerade gesagt. Hamlet. Das schreibt man H, A …«

»Ihr Name.«

»Ach so. Armitage. Jane Armitage.«

»Adresse.«

Jane gab ihre Adresse an, und um sie zu notieren, brauchte der Polizist fast soviel Zeit, wie erforderlich gewesen wäre, um eine Seite des Lindisfarne-Evangeliars auszuführen. »Gut«, sagte der Polizist schließlich. »Was kann ich für Sie tun?«

»Ich möchte eine Vermißtenanzeige aufgeben. Vorzugsweise«, fügte sie hinzu, »bevor der Betreffende an Altersschwäche stirbt und die ganze Sache sowieso hinfällig wird.«

»Name.«

»Wessen?«

»Seiner.«

»Ach so. Hamlet.«

»Wie schreibt man das?«

»H-A-M-L-E-T.«

»Nur ein T?«

»Ja, bitte. Und zwei Stück Zucker.«

»Wie meinen?«

»Nichts weiter. Hören Sie, können Sie sich bitte ein bißchen beeilen? Ich mache mir Sorgen.«

Der Polizist drehte das vor ihm liegende Formular um. »Und wann haben Sie ihn das letzte Mal gesehen?« fragte er.

»Gestern abend. Nun ja, eigentlich heute früh, gegen

zwei Uhr dreißig. Wie gesagt, ich glaube, jemand hat ihn gestohlen.«

»Dann möchten Sie einen Diebstahl melden?«

»Denke schon ... Hören Sie, könnte ich nicht einfach ...?«

»Name?«

Jane holte tief Luft, dankte dem Polizisten höflich und ging. Ist vielleicht auch besser so, dachte sie, als sie wieder nach Hause fuhr. Sie kannte sich mit dem Einwanderungsgesetz zwar nicht sonderlich gut aus, konnte sich aber vorstellen, daß es etwas dagegen hatte, wenn nassauernde imaginäre Dänen im Inland hergestellte Körper in Besitz nahmen. Sie parkte das Auto, betrat ihre Wohnung und schaltete den Computer an.

Ihr kam zu Bewußtsein, daß wesentlich mehr Text da war, als sie in Erinnerung hatte.

Ihre erste Reaktion war Verärgerung. Wie oft war sie in den frühen Morgenstunden zu Bett gegangen und hatte insgeheim gewünscht, die Schreibfee möge kommen, während sie schlief, und zehn Seiten oder so für sie in die Maschine hauen. Jetzt hatte sich dieser Wunsch offensichtlich erfüllt, doch das Buch war nicht zur Veröffentlichung geeignet.

Dann las sie, was auf dem Bildschirm stand.

Regalian starrte durchs Gebüsch.

Alles in allem war er keine sonderlich glückliche Figur. Gerade war er dreihundert Yard geräuschlos durch dichte Brombeersträucher gekrochen, direkt vor der Nase einiger höchst grimmig aussehender elfischer Wachtposten, und jetzt lag er flach auf dem Bauch inmitten der brennendsten Brennesseln, denen er je das Unglück gehabt hatte zu begegnen. Er beobachtete Skinner, den Mann, den zu retten er ausgeschickt worden war, und fragte sich, warum, zum Teufel, er sich überhaupt die ganze Mühe machte.

Fairerweise mußte er zugeben, daß der Sterbliche nichts tat, was er in Skinners Lage nicht auch getan hätte, doch das, so fand er, gehörte ganz entschieden nicht zur Sache. Es war ästhetisch richtig, daß Skinner befreit wurde, und zwar ruck, zuck. Und es war künstlerisch unvermeidlich, daß er, Regalian, die Befreiungsaktion durchführte, was bedauerlich war. Wäre es nach ihm gegangen, so wäre er eher geneigt gewesen, Skinners Partnerin von ihrer restlichen Kleidung zu befreien.

Skinner war natürlich ein Sterblicher und verfügte deshalb nicht über das instinktive Wissen, was richtig war und was nicht. Überdies war er Schriftsteller, und jede literarische Figur wird einem bestätigen, daß diese Lahmärsche eine ästhetische Notwendigkeit nicht einmal dann erkennen würden, wenn sie sie in ihrem Frühstücksmüsli fänden.

Nun ja, murmelte Regalian vor sich hin, von mir aus könnt ihr publizieren, bis ihr schwarz werdet. Er schaute umher und legte sich seinen Aktionsplan zurecht.

Was ich jetzt brauche, dachte er, ist ein gutes Ablenkungsmanöver …

… wie es zum Beispiel ein wütender, noch ziemlich benommener Kopfgeldjäger in Szene setzen könnte, der mit einem Winchester-Gewehr in der Hand blindlings durch das Unterholz am Rande der Lichtung prescht. Und wenn man vom Teufel spricht …

Auch der Kopfgeldjäger war nicht sonderlich glücklich. Als er die Lichtung betrat, dabei über eine Wurzel stolperte und sich beinahe selbst in den Fuß schoß, sah er aus wie Jack Palance, der beim Aufwachen feststellt, daß die Tiefkühltruhe in der Nacht von selbst abgetaut ist und den Küchenfußboden überschwemmt hat. Der Elf, der versuchte, ihn aufzuhalten, bekam den Gewehrkolben in den Solarplexus und erntete außerdem einen äußerst unfreundlichen Blick.

»Du da«, schnauzte er Skinner an, der auf den Knien lag und verzweifelt nach seiner Hose suchte. »Hoch mit dir, sonst mach ich dein Flittchen kalt.«

Direkt neben ihm ertönte ein gellender Schrei, und er sah sich einer wunderschönen, spärlich bekleideten, silberhäutigen Frau gegenüber, die ein sehr scharf wirkendes Messer in der Hand hielt. Er setzte seine Prioritäten anders.

»Du da«, fuhr er die Frau an. »Zurück mit dir, sonst mach ich den Esel kalt.«

Fauchend wich die Frau zurück. »Bohnenblüte, Motte, Senfsamen«, zischte sie, »macht den Dreckskerl fertig!«

Das komplizierte die Sache. Er hielt Skinner mit dem Gewehr und die Frau mit seinem Revolver in Schach, und schließlich hatte er doch bloß zwei Hände, verdammt noch mal. Er löste das Problem, indem er Motte kräftig in das trat, was Elfen unterhalb des Nabels haben, und wich in Richtung der Bäume zurück, wo er sich sicher wähnte.

Irrtümlicherweise. Wie schon der unsterbliche Kurt Lundqvist im neunzehnten Kapitel seines Buches *Kopfgeldjagd als Hobby und Beruf* sagt: Wähne dich nie sicher. Kurz bevor er den Rand der Lichtung erreichte, spürte er, wie jemand ihm ein kaltes, metallisches Etwas, das ihm deprimierend bekannt vorkam, ins Ohr rammte, und er hörte, wie ein Hahn gespannt wurde.

»Keiner rührt sich«, sagte eine Stimme hinter ihm, »sonst mache ich den Kopfgeldjäger kalt!«

Einen kurzen Moment lang herrschte verwundertes Schweigen.

»Na und?« fragte schließlich ein Elf. »Wen kratzt denn das?«

»Du hast ganz recht«, entschuldigte sich Regalian. »Eigentlich wollte ich sagen: Keiner rührt sich, dann passiert niemandem was!«

»Ah. Klar. Warum hast du das nicht gleich gesagt?«

»Also dann, die Messer. Laßt sie langsam fallen, und zwar so, daß ich sie sehen kann.«

Das Klappern zu Boden fallenden Bestecks war zu hören. »Es ist so schon verwirrend genug«, fuhr der Elf fort, »auch ohne daß du deinen Text verpatzt.«

»Mehr als entschuldigen kann ich mich wirklich nicht. Und du da mit dem großen Knüppel. Danke.«

»Ja«, beklagte sich der Elf, »aber wen soll er denn eigentlich bedrohen? Der andere steht mir im Weg, ich kann überhaupt nicht sehen, was vor…«

»He!« rief Skinner, mit den Armen fuchtelnd. »Was, zum Teufel, geht denn hier vor?«

»Fang du nicht auch noch an«, schnauzte Regalian. »Los, komm her, damit wir von hier verschwinden können.«

»Das kannst du dir abschminken«, antwortete Skinner. »Mir gefällt's hier.«

»Wenn du nicht sofort herkommst, puste ich dir deine weiche Birne weg!«

»Ey, der *droht* ihm ja«, jammerte ein Elf. »Ich dachte, *er* sei auf *ihrer* Seite.«

»Nein, *er* ist auf *unserer* Seite, deswegen droht *er* dem anderen, und …«

»Nein, da irrst du dich, weil sonst beide uns bedrohen würden.«

»Ganz bestimmt nicht.«

»HEY!« schrie Regalian, und Stille trat ein. »Damit wir uns richtig verstehen: Ich drohe euch allen, wenn ihr also bitte …«

Er hielt mitten im Satz inne. Titania war vor Skinner getreten, der jetzt versuchte, vor sie zu treten. Sie hielt ihn mit ihrem schlanken, aber offensichtlich sehr kräftigen Arm zurück. Unterdessen versuchte Senfsamen, vor sie beide zu treten, und Bohnenblüte versuchte, ihn wegzudrängen. Das alles war absolut *deprimierend,* fand Regalian …

»Macht doch, was ihr wollt«, sagte er, und da er

nichts Besseres zu tun hatte, gab er dem Kopfgeldjäger mit dem Lauf des Scholfield eins auf den Hinterkopf und schickte ihn zu Boden. Das vereinfachte die Angelegenheit wenigstens bis zu einem gewissen Grad.

»LOS!« brüllte eine Stimme aus dem Gebüsch, und auf der Lichtung wimmelte es plötzlich von Elfen mit schwarzen Pullovern und wollenen Kopfschützern. Regalian erkannte in dem Anführer den Burschen wieder, der sie im Wald aus dem Hinterhalt überfallen und Skinner mit den großen Ohren ausgestattet hatte. Das war vermutlich Oberon, auf dessen Schabernack dies alles zurückging.

Das Erscheinen von Oberons Leuten trug nicht viel dazu bei, die Lage zu vereinfachen. Mittlerweile waren so viele Elfen da, die versuchten, sich voreinander zu stellen, daß es auf dem hinteren Teil der Lichtung so aussah, als stünde man dort nach Premierenkarten für *Das Phantom der Oper* an. Der Kopfgeldjäger, der sich erfreulich schnell von dem gemeinen Schlag erholt hatte, war, als er auf Skinner losstürzte, über die eigenen Füße gestolpert und wurde jetzt von zwei verschiedenen Abteilungen von Oberons Leuten umkämpft. Titania hatte sich inzwischen Oberon selbst geschnappt und drosch mit einer leeren Champagnerflasche auf ihn ein. Regalian zog sich in die Vegetation am Rande der Lichtung zurück, hob einen Apfel auf, der sich vom Picknick hierher verirrt hatte, und steckte seine Waffe ins Halfter. Sollen sich zur Abwechslung doch mal andere ins Zeug legen, dachte er.

Als er den Apfel gegessen hatte, entsorgte er das Kerngehäuse gewissenhaft in der Höhlung eines toten Baums und schlenderte dann durch das hin und her wogende Kampfgetümmel der Elfen, wobei er gelegentlich »Pardon, bitte« und »Vorsicht, bitte« murmelte. Erfreulicherweise schien der Kampf in ein wildes Durcheinander ausgeartet zu sein, und er konnte sich des Eindrucks nicht erwehren, daß die Kombattanten sich um andere Probleme als die Entführung oder Rettung Skinners kümmern mußten. Sie hatten sogar aufgehört, den Kopfgeldjäger zu treten, es sei denn, daß sie im Vorübergehen schnell mal die Gelegenheit nutzten.

Als er zu Skinner gelangte, kniete dieser über einem ziemlich mitgenommen aussehenden Oberon, fuchtelte ihm mit einer kleinen Gabel vor dem Gesicht herum und schrie etwas von Ohren. Mit einem Seufzer packte Regalian ihn im Genick, zog ihn hoch und sagte: »Das reicht. Es ist Zeit, daß wir von hier verschwinden.«

»Nicht ohne meine Ohren«, keuchte Skinner. »Ich will meine gottverdammten Ohren wiederhaben, und ich bin nicht …«

Was zuviel ist, ist zuviel, sagte sich Regalian. Ohne lange zu zögern, schlug er Skinner mit einer großen Schinkenpastete bewußtlos, die ebenfalls vom Picknick übriggeblieben war, und lud ihn sich wie einen Sack auf die Schultern. Dann machte er kehrt, um davonzugehen, mußte aber feststellen, daß das verflixte Frauenzimmer ihm den Weg vertrat.

»Kann ich bitte auch mitkommen?« fragte sie.

»Nein. Verpiß dich.«

»Ich kann die Ohren deines Freundes wieder in Ordnung bringen, wenn du mich mitkommen läßt.«

Regalian blickte sie finster an. »Paß mal auf«, sagte er. »Meine Aufgabe besteht darin, dieses Weichei in der Wirklichkeit abzuliefern, vorzugsweise lebendig. Von Ohren war dabei keine Rede. Und jetzt geh mir aus dem Weg, sonst kriegst du hier mit dieser Pastete eins ab.«

Titania rührte sich nicht von der Stelle. »Du willst von hier weg?« sagte sie. »Zurück ins wirkliche Leben?«

»Ja. Also – ich habe dich gewarnt …«

Die Pastete in seiner Hand geriet auf einmal in Bewegung und verwandelte sich in ein weißes Kaninchen. Während er sich angewidert schüttelte, öffnete Regalian die Finger und ließ es los. »Warst du das?« fragte er.

Titania nickte. »Solche Sachen kann ich gut«, antwortete sie. »Ich könnte dir eine große Hilfe dabei sein, von hier wegzukommen.«

Regalian wollte sich gerade an ihr vorbeidrängen, als ihm ein unangenehmer Gedanke kam. Vorsichtig ließ er Skinner von der Schulter zu Boden gleiten. Dann wandte er sich Titania zu und verschränkte die Arme. »Warum bist du eigentlich so verdammt scharf darauf mitzukommen?« fragte er.

Titania stieß den daliegenden Skinner mit dem großen Zeh an. »Seinetwegen«, antwortete sie. »Ich finde ihn süß.«

»Du bist das romantische Element, ja?«

Die Elfenkönigin nickte. »Ganz recht«, sagte sie. »Ein lausiger Job, aber irgend jemand muß ihn ja machen.«

Einen Moment lang standen sie schweigend da – zwei Profis, die ihren jeweiligen Job zu erledigen hatten. Sie verstanden einander.

»Na schön«, seufzte Regalian, »wenn es denn sein muß. Aber ich warne dich. Solltest du dir den Knöchel verstauchen oder von den Schurken entführt werden, mußt du allein zurechtkommen. Kapiert?«

»Das ist doch wohl nicht dein Ernst.«

Nein, dachte Regalian innerlich seufzend, vermutlich nicht. Leider hatte man als Held seine Verpflichtungen.

»Na *gut*«, sagte er mißmutig. »Aber du mußt ihn tragen, bis er wieder zu sich kommt.«

»Aber er wiegt eine Tonne!«

»Stimmt. Aber ich bin ein Held, der ganz entschieden für Chancengleichheit eintritt, und lehne es ab, mich veralteten Klischeevorstellungen zu fügen. Los, komm, wir haben nicht den ganzen Tag Zeit.«

SIEBENTES KAPITEL

Hamlet saß da und starrte in die Dunkelheit. Hätte er sich so wie immer gefühlt – das heißt, wie jemand, der Gespenster sieht, überschnappt, hinter Vorhängen lauernde Regierungsbeamte ersticht und zum Schluß getötet wird –, dann wären ihm zu alldem zweifellos einige ziemlich sarkastische, um nicht zu sagen zitierfähige Bemerkungen eingefallen, von denen allerdings niemand etwas gehabt hätte, da es ja notgedrungen ein Monolog gewesen wäre. Wie die Dinge lagen, saß er lediglich da, die Ellbogen auf die Knie gestützt, und murmelte von Zeit zu Zeit: »Scheiße!«

Er kam zu dem Schluß, daß die ganze Chose – von welcher Seite man sie auch betrachtete – äußerst beknackt war. Gewiß war es erfreulich, daß er statt eines Körpers, der einem schrottreifen Skoda glich, jetzt etwas hatte, das im körperlichen Bereich einem Panzerwagen entsprach. Weniger erfreulich hingegen war, daß er Dr. Rossfleisch zufolge mit einer Reihe ziemlich gravierender Nebenwirkungen rechnen mußte, die sich irgendwann, wenn auch wohl in nicht allzu ferner Zukunft einstellen würden.

Zu den harmloseren dieser Nebenwirkungen zählten plötzliche, unkontrollierbare Wutanfälle, eine gespaltene Persönlichkeit, die zwischen diabolischer Gemeinheit und winselnder Reue hin und her pendelte, mörderische Kopfschmerzen, Adrenalinstöße, katatonische Trancezustände und Sodbrennen vom Feinsten. Außerdem bestand jederzeit die Möglichkeit, daß ihm seine Innereien im Handumdrehen um die Ohren flogen, wenn zufällig von irgendwoher – aus einem Autoradio, der Klangberieselungsanlage eines Supermarkts oder dem Mund eines pfeifenden Postboten – ein bestimmtes Musikstück erklang. Und um die Sache noch schlimmer zu machen: Offenbar hatte er nicht mehr die Wahl zwischen Sein oder Nichtsein. Er *war,* und damit hatte es sich.

Um sich die Zeit zu vertreiben, stand er auf, tastete sich zur Tür und versuchte, sie mit dem Kopf einzuschlagen, doch damit kam er nicht weit. Diese Eventualität hatte der gute Doktor bei der Konstruktion des Raums offensichtlich eingeplant, und er erreichte damit lediglich, daß seine Kopfschmerzen noch ein bißchen schlimmer wurden.

Es wäre schön, dachte er bei sich, den Kerl, der für das alles verantwortlich ist, in die Finger zu bekommen und ihm den Kopf abzureißen. Nein, verdammt noch mal, korrigierte er sich, genau das sollst du ja denken, wenn es nach dem Mistkerl geht. Er will dich als übermenschlichen Dobermann einsetzen, und diese Freude solltest du ihm nicht machen. Denk an was Schönes. An Frieden und Eintracht. Liebe. Frühlingsblumen. Niedliche Lämmchen.

Es klappte nicht. Nach etwa vier Sekunden vermochte er vor seinem geistigen Auge lediglich zu sehen, wie er in blumenübersäten Tälern Jagd auf niedliche Lämmchen machte, in der Hand ein großes Hackebeil.

Na gut, redete er sich selbst zu, dann mach dir diese Aggressivität und Feindseligkeit zunutze, laß sie für dich arbeiten. Versuch noch mal dein Glück mit der Tür und verpaß ihr eine Tracht Prügel.

Es war ein Linderungsmittel, mehr nicht; und sobald er aufhörte, setzten die schlimmen Gedanken wieder ein. Führende Persönlichkeiten, dachte er, Staatsoberhäupter, ich könnte wetten, daß eine Menge von alldem auf ihr Konto geht. Wenn ich doch ein paar von diesen Armleuchtern vor die Flinte bekäme … Meine Güte, sagte er zu sich, das ist wirklich *schlimm,* ich drehe allmählich durch. Wenn man jetzt ein Mörtelbrett und eine Handsäge vor mich hinlegen würde, könnte ich von Glück sagen, wenn mir bei zehn Fragen viermal die richtige Bezeichnung einfiele.

Nun denn, überlegte er, was täte Hamlet in dieser Situation? Tja, er würde sich den Kopf zermartern. Er gäbe Unmengen von Blankversen von sich, er würde ein bißchen umherstolzieren, er triebe jeden, der ihm nicht schnell genug aus dem Weg ginge, verbal in die Enge und zöge schließlich alle aus seiner Umgebung in einen Schlamassel allererster Güte. Nicht gerade ideal, gewiß, aber immer noch besser, als durch die Gegend zu laufen und Leute abzumurksen.

Er ließ die Tür in Ruhe, setzte sich mitten auf den Fußboden und versuchte sich angestrengt zu erinnern, wer er war, was ihm keineswegs leichtfiel. Er verspürte nicht mehr die geringste Neigung, sich als Schurken und niedren Sklaven zu sehen, und die Vorstellung, sein allzu festes Fleisch könne schmelzen und sich in Tau auflösen, erregte in ihm lediglich den Wunsch, denjenigen, der sich um die Klimaanlage kümmerte, ausfindig zu machen und zu Brei zu schlagen. Mühsam drosselte er die Adrenalinzufuhr und machte sich ganz bewußt daran, den moralischen Dilemmas, die sich aus seiner Situation ergaben, ins Auge zu sehen.

Wie man weiß, ist es mit moralischen Dilemmas wie mit Polizisten: Es ist nie eins da, wenn man eins braucht. Er dachte gerade darüber nach, ob es wohl moralisch ambivalent sei, völlig fremden Menschen die Eingeweide herauszureißen, als die Tür sich langsam öffnete. Unverzüglich nahm sein Instinkt die Sache in die Hand, und er sprang wie ein Tiger auf die Tür zu.

»Ich bin's nur«, sagte Dr. Rossfleischs Stimme. Hamlet blieb wie angewurzelt stehen. Der Doktor brauchte nur zu pfeifen, dann war es um ihn geschehen. Er sank in sich zusammen und wurde zu einem knurrenden Häufchen Elend.

»Ich hab mir gedacht, daß Sie inzwischen vielleicht ein bißchen Hunger bekommen haben«, sagte der Doktor, »deshalb habe ich Ihnen etwas rohes Fleisch und eine Tasse heißes Blut gebracht.«

Hamlet knurrte. Er wollte sich höflich bedanken, brachte es aber aus irgendeinem Grund nicht fertig. Er hatte das unangenehme Gefühl, daß der freundlichste Laut, den er momentan hervorzubringen vermochte, »GrrrRRR!« wäre.

»Und wenn Sie das zu sich genommen haben«, fuhr der Doktor fort, »werde ich Ihnen erzählen, was Sie als nächstes tun sollen. Ich glaube«, fügte er vergnügt hinzu, »es wird Ihnen gut gefallen. Sehr gut sogar.«

Jane blickte vom Bildschirm auf, zündete sich eine Zigarette an und dachte angestrengt nach.

Plots waren, wie sie jederzeit bereitwillig zugab, wirklich nicht ihr Ding. Den Entwurf in groben Zügen (»Also da ist dieser Prinz oder so, der einen magischen Ring findet, und den muß er in einen Tempel bringen, bevor die Bösen ihn erwischen, und das ist eigentlich alles«) brachte sie ja einigermaßen zustande, wenn man ihr Zeit ließ und ihr gut zuredete, aber wenn es um die Handlung im einzelnen ging, um das ganze turbulente Hin und Her, das man braucht, um die unangenehme Lücke zwischen dem ersten Abschnitt und der letzten Seite zu füllen, neigte sie dazu, sich vom Strom oder genauer gesagt vom Rinnsal der Handlung treiben zu lassen.

Dieses Verfahren brächte jedoch im vorliegenden

Fall nichts. Sie lehnte sich auf dem Stuhl zurück, schloß die Augen und versuchte nachzudenken ...

Wir sind also im *Sommernachtstraum* und wollen von dort zu *Alice im Wunderland* überwechseln. Das ist im wesentlichen ein Problem des Zusammenhangs, und wir brauchen irgendein Bindeglied.

Sie atmete ein, verschluckte sich mit Rauch, hustete und drückte die Kippe aus. Ein Bindeglied zwischen diesen beiden Bereichen. Das sollte doch nicht allzu schwierig sein.

Zwanzig Minuten später kam sie zu dem Schluß, daß das Problem wohl ein bißchen schwieriger war, als sie angenommen hatte, jedoch nicht völlig unlösbar. Sie stand auf, machte sich eine Tasse Tee und setzte sich wieder hin.

Fünfzehn Minuten später fiel ihr ein, daß sie ihren Tee nicht getrunken hatte.

Acht Minuten später begutachtete sie die Fortschritte, die sie inzwischen gemacht hatte. Sie bestanden aus einem Wort: Wunderland.

Im Wunderland gibt es kein Hier oder Dort, sondern nur ein Irgendwo und einen anderen Teil des Waldes. Im Reich der Phantasie ist der Schielende König.

Es entstehe also ein Kaninchenloch.

»Wenn sie annimmt, daß ich da runtergehe«, sagte Regalian wütend, »dann ist sie schief gewickelt.«

Titania sah ihn fragend an. »Ich glaube, das sollen wir aber«, antwortete sie. »Sonst wäre es doch wohl nicht da, oder?«

»Nicht unbedingt«, entgegnete Regalian. »Aber mal was Wichtigeres: Hast du gesehen, wie groß diese Kreatur war?«

»Ach, nun komm«, wandte Titania ein. »Das war ein großes, plüschiges weißes Kaninchen mit einem komischen Hut und einer großen Taschenuhr. Du willst mir doch nicht erzählen, du hättest Angst vor plüschigen weißen Kaninchen, wie?«

»Wenn sie fünf Fuß und zehn Inch groß sind, schon«, sagte Regalian bedrückt. »Die müssen Zähne wie große Meißel haben. Glaub bloß nicht, daß ich einen langen dunklen Tunnel entlangkrieche, wo es von solchen Monstern nur so wimmelt …«

Titania schüttelte den Kopf. »Das ist doch bloß eine literarische Figur wie du und ich«, sagte sie. »Ich bin sicher, daß sie uns nichts zuleide tut. Schließlich stammt sie aus einem Kinderbuch.«

»Hast du in der letzten Zeit mal Kinderbücher gelesen? Das Durchschnittskind ist ungefähr so blutdürstig wie ein Schwarm Piranhas. In Kinderbüchern treten Drachen auf, Herrgott noch mal, und Wölfe, die Großmütter fressen. Nein, ich glaube, ich mache lieber einen Umweg, wenn du nichts dagegen hast.«

Titania wollte gerade etwas erwidern, als ein huschendes Geräusch zu hören war und das Kaninchen wieder auftauchte. Sein großer Zylinder war wesentlich schmutziger, als auf den Illustrationen zu erkennen ist, und es hatte sich den Ärmel seines Gehrocks an einer unterirdischen Wurzel zerrissen.

»Wollt ihr beiden Witzfiguren den ganzen Tag hier rumstehen und schwatzen?« fragte es. »In dem Falle könnt ihr euch nämlich euern Weg allein suchen. Ohren und Bommelschwanz!« fügte es pflichtbewußt hinzu und verschwand wieder im Loch.

»Na schön«, räumte Regalian ein, »vielleicht ist es nicht gerade ein *wildes* Kaninchen. Das ändert aber nichts an der Tatsache, daß wir *ihn* mit uns rumschleppen müssen.« Er wies mit dem Daumen auf den daliegenden Skinner. »Der ist ganz schön schwer.«

»Du hättest dem armen Lämmchen nicht solch einen heftigen Schlag versetzen dürfen.«

»Darum geht's jetzt nicht. Ich schlage vor, daß wir zumindest warten, bis er wieder zu sich kommt. Oder daß wir versuchen, ein Seil aufzutreiben, mit dem wir ihn hinunterlassen können.«

Titania nickte. »Seil«, sagte sie, und schon war eins da. Regalian zog ein finsteres Gesicht.

»Was du nicht alles kannst!« staunte er.

Der Strom der menschlichen Geschäfte wechselt, murmelte Hamlet vor sich hin, als er den Nachttopf auf dem Türsturz ausbalancierte, nimmt man die Flut wahr, führet sie zum Glück.

Während er vorsichtig zurücktrat, um den Nachttopf nicht aus seinem empfindlichen Gleichgewicht zu bringen, ging ihm voller Bitterkeit durch den Kopf, daß das in etwa das einzige Shakespeare-Zitat war, das sich nicht im *Hamlet* fand, und ausgerechnet das war auch das einzige, für das er je die geringste Verwendung gehabt hatte. Ob er wohl trotzdem Anspruch auf Belegschaftsrabatt hatte?

Wie es sich für einen Absolventen der Universität von Wittenberg gehörte, hatte er die physikalischen Zusammenhänge der Angelegenheit genauestens berechnet. Er lehnte sich mit dem Rücken gegen die hintere Wand, holte tief Luft und fing an zu brüllen.

Infolge von Dr. Rossfleischs unbestreitbarem gestalterischen Können (Steigerung der Lungenkapazität um siebenundzwanzig Prozent) dauerte es nicht lange, bis jemand kam. Die Kontrollklappe in der Tür wurde aufgerissen – wobei Licht in die Zelle sickerte wie Wasser durch einen defekten Deich – und wieder zugeschlagen. Dann war Schlüsselgeklirr zu hören, und die Tür öffnete sich.

Was folgte, war ein Gedicht. Der Nachttopf, der von einem steifen Stück Leder gehalten wurde, das Hamlet sich aus dem linken Stiefel gerissen und zwischen Tür und Rahmen gezwängt hatte, geriet ins Wanken und fiel genau in dem Moment herunter, als Dr. Rossfleischs Assistentin, die einen tragbaren Kassettenspieler und eine Taschenlampe in der Hand hatte, durch die Tür kam. Ein Poltern, ein Krachen, dann war alles vorüber.

Nachdem er kurz, aber kräftig auf den Kassettenspieler getreten hatte, hob Hamlet die Schlüssel auf, verfrachtete die Assistentin in die Zelle, verschloß die Tür und stand einen Moment lang ratlos da, ein Opfer des eigenen Erfolgs. Da er keinen Augenblick lang angenommen hatte, daß ein derart hirnrissiger Plan Erfolg haben könne, hatte er sich auch nicht die Mühe gemacht, darüber nachzudenken, was er nach seinem Ausbruch anstellen sollte. Er kratzte sich den Kopf und blieb dabei mit dem Fingernagel an einer leicht vorstehenden Niete hängen.

Den Korridor hoch, überlegte er, oder den Korridor hinunter. Das ist hier die Frage.

Himmel, Arsch und Zwirn, geht das schon wieder los! Er wandte sich nach links und rannte los.

Als er um eine Ecke bog, hörte er hinter sich schnelle Schritte, die sich näherten. Ein übles Déjà-vu-Erlebnis, denn dies war im Lauf der Ereignisse ungefähr der Punkt, wo er gewöhnlich erwischt und nach England geschickt wurde. Ha, dachte er bei sich, da seid ihr aber angeschmiert, ich bin ja bereits in England. Dann seht mal zu, wie ihr euch aus der Affäre zieht, ihr seid doch so verdammt clever.

Er packte die Taschenlampe, die er der Assistentin abgenommen hatte, preßte sich, so gut es ging, flach gegen die Wand und wartete. Wenige Sekunden später kamen zwei Männer in weißen Kitteln, die ebenfalls tragbare Kassettenspieler umklammert hielten, um die Ecke gestürmt. Bevor sie sich's versahen, hatte er sie zu Boden geschlagen.

Mensch, dachte Hamlet, das ist ja so *leicht*. Wenn ich je wieder nach Elsinore komme, müssen sich gewisse Leute ganz schön vorsehen, denn das ist eine ganz andere Art, die Dinge anzupacken. Davon hätte ich mir nie träumen lassen.

Mit angehaltenem Atem rannte er weiter den Korridor entlang und blieb nur jeweils kurz stehen, um alle Lautsprecher zu zertrümmern, an denen er vorbeikam. Weit und breit war keine Menschenseele zu sehen, und so, wie das Glück ihm hold war, würde dieser Gang bald in einer Tür enden, die direkt auf die Straße führte. Kaum zu fassen, überlegte er, während er weiterrannte, welch großes Aufheben die meisten literarischen Figuren machen, wenn sie aus dem Knast auszubrechen versuchen. Das ist doch ein Klacks. Ein Kinderspiel. Jeder Depp ist dazu …

Unvermittelt blieb er stehen. Er hatte das Ende des Gangs erreicht und sah sich einer Mauer gegenüber. Er war in eine Sackgasse geraten.

Im Korridor hinter ihm waren Schritte zu hören, diesmal jedoch nicht so schnelle. Man durfte wohl annehmen, daß seine Verfolger – wer immer sie sein mochten – an den beiden Männern im weißen Kittel vorbeigekommen waren und beschlossen hatten, aus ihren Fehlern zu lernen.

Denk nach. Warum sollte man sich die ganze Mühe machen, einen Korridor zu bauen, nur um ihn in einer nackten Mauer enden zu lassen? Ein Fehler des Architekten? Eine Arbeitsbeschaffungsmaßnahme? Weil beim Bau des Hauptgebäudes fünfzigtausend Ziegelsteine übriggeblieben waren und man nichts umkommen lassen wollte? Unwahrscheinlich. Es mußte hier etwas geben, das er noch nicht bemerkt hatte.

Zum Beispiel einen Geheimgang.

Einer der Nachteile von Geheimgängen besteht jedoch darin, daß sie geheim sind. Wenn sie es nicht wären, wären sie von geradezu peinlicher Auffälligkeit, und die Bauunternehmer könnten nicht annähernd soviel dafür verlangen. Seiner nicht ganz unrealistischen Schätzung zufolge blieben ihm etwa fünfundvierzig Sekunden, um das Geheimnis auszutüfteln, bevor die Schläger auftauchten.

Nicht zum erstenmal wünschte Hamlet, wieder dort zu sein, wo er hingehörte. Da, wo er herkam, in der Literatur, findet der Held immer den Knopf oder Hebel, der den Mechanismus der verborgenen Tür auslöst, gewöhnlich indem er zufällig dagegen stößt oder versucht, seinen Hut daran aufzuhängen. Erfolg ist garantiert, andernfalls würde man sich fragen, warum, zum Teufel, der Autor das Teil überhaupt dort hinplaciert hat. Im wirklichen Leben gibt es solche Garantien jedoch nicht. Der Realität war es wurschtegal, ob er den Rest seines Lebens damit verbrachte, hier unten die Wände abzutasten und den Fußboden abzuklopfen, ohne zu irgendeinem Ergebnis zu kommen.

Etwas in seinem Innern – vermutlich hing das mit diesen gottverdammten Nebenwirkungen zusammen – sagte ihm, daß dies die falsche Einstellung sei; daß es unter diesen Umständen angebracht sei, seinen Angreifern entgegenzutreten und so viele wie möglich zu Brei zu schlagen, bevor einer von ihnen es schaffte, sein Tonbandgerät anzustellen und die Bombe zur Explosion zu bringen. Und wer weiß, fuhr die hinterhältige leise Stimme fort, vielleicht bekommst du sogar die Gelegenheit, Dr. Rossfleisch den mageren kleinen Hals umzudrehen. Na, würde es sich nicht lohnen, dafür in tausend Stücke gesprengt zu werden?

Nachdem er seine innere Stimme kurz und knapp aufgefordert hatte, den Rand zu halten, drehte Hamlet sich der Mauer zu und versuchte, sie mit der Schulter einzurennen. Zu seiner freudigen Überraschung tat es trotz des heftigen Aufpralls überhaupt nicht weh. Davon einmal abgesehen, hatte die Sache ansonsten jedoch nichts gebracht.

Er versuchte es immer wieder, aber es war reine Zeitverschwendung.

Die Schritte kamen immer näher. Hamlet sah ein, daß es an der Zeit war, sich mit allem abzufinden, zu kapitulieren und in seine Zelle zurückzukehren, um es morgen erneut zu versuchen. Offenbar galten die Regeln dramatischer Notwendigkeit hier nicht, und je eher er diese Tatsache hinnahm, desto besser. Deshalb trat er zurück, legte die Hände zum Zeichen der Unterwerfung hinter den Kopf und wartete.

Nicht lange. Den Bruchteil einer Sekunde später kam eine Gruppe von fünf Männern in weißen Kitteln um die Ecke geflitzt …

… sah ihn, versuchte, auf dem glatten Betonfußboden scharf zu bremsen, was jedoch mißlang, und prallte in einem wirren Haufen mit Hochgeschwindigkeit gegen die Mauer …

… die aufflog und den Blick auf eine steil nach unten, in die Dunkelheit führende Wendeltreppe freigab, die die Männer mit großem Gepoltere lauthals fluchend hinabfielen. Dann ging die Tür langsam wieder zu und schloß sich mit einem lauten Knall.

»Also wirklich«, sagte Hamlet empört, während er zum Himmel aufblickte. »Ist ja wohl nicht nötig, mich auch noch zu verarschen.«

Dann machte er sich daran, ohne daß ihn wirklich etwas dazu gezwungen hätte, den langen Korridor zurückzugehen.

»Nein«, behauptete Titania steif und fest, »es geht wirklich da lang.«

Regalian blieb, wo er war. Ganz abgesehen von der Tatsache, daß er nicht gerade in seinem Element war, wenn er auf Händen und Knien einen langen dunklen Tunnel, in dem taubeneigroße Kaninchenexkremente herumlagen, entlangkroch und dabei einen schweren, bewußtlosen Körper hinter sich herzog, ging ihm Titanias Gesellschaft allmählich ein wenig auf die Nerven. Die vier Jahrhunderte, die sie Elfenkönigin gewesen war, hatten ihrem Charakter ihren Stempel aufgedrückt, und herrschsüchtige Frauen hatte er noch nie gemocht.

Gott sei Dank, murmelte er vor sich hin, daß sie nicht in bezug auf *mich* das romantische Element ist, zumindest noch nicht. Es war ja noch reichlich Zeit, und es konnte immer noch passieren, daß das Plot ein Dreiecksverhältnis erforderte. Schon wenn er daran dachte, schauderte ihn.

»Bist du sicher?« fragte er.

Titania schnalzte mit der Zunge. »Natürlich bin ich sicher. Außerdem hätten wir das verdammte Kaninchen gar nicht erst aus den Augen verloren«, fügte sie hinzu, »wenn du nicht so herumgetrödelt hättest.«

Regalian spielte mit dem Gedanken, sie darauf hinzuweisen, daß er nur deswegen herumgetrödelt hatte, weil er einen zweihundertvierzig Pfund schweren, bewußtlosen Romancier hinter sich herschleifte, was von Rechts wegen ihre Aufgabe gewesen wäre, unterließ es dann aber, weil das Leben dafür zu kurz ist, selbst wenn man eigentlich unsterblich ist. »Tut mir leid«, murmelte er.

»Na, dann komm weiter, wenn du mitkommen willst.«

»Ich bin direkt hinter dir.«

Einige Zeit später bemerkte er, daß dies offenbar ein sehr langer Tunnel war.

Ein Weilchen später wies er darauf hin, daß dies sogar ein äußerst langer Tunnel zu sein schien.

Kurz darauf, gerade als er im Begriff war, Titania darauf aufmerksam zu machen, daß dieser Tunnel horizontal gesehen sehr ausgedehnt war, langten sie in einer Sackgasse an.

»Oh«, sagte Titania.

»Genau.«

»Vermutlich ist irgendwo irgendeine Tür«, fuhr sie fort, »wir müssen sie nur finden.«

»Meinst du.«

»Es ist künstlerisch richtig, daß es eine Geheimtür gibt.«

Ansichtssache, murmelte Regalian vor sich hin. Was ihn anging, so verlangte die ausgleichende Gerechtigkeit, daß sie, nachdem Titania trotz seiner Ratschläge darauf bestanden hatte, den falschen Tunnel entlangzukriechen, nach einer halben Meile vor einer nackten Wand angelangt waren. Andererseits war er nicht gerade erpicht darauf, denselben Weg zurückzugehen, insbesondere weil nicht genug Platz war, sich umzudrehen, was bedeutete, daß er Mr. Skinner schieben mußte, statt ihn hinter sich herzuziehen. In Situationen wie dieser ist es, wie er bereitwillig einräumte, keine Schande zuzugeben, daß man sich geirrt hat.

»In diesem Fall«, sagte er, »sollten wir sie lieber ausfindig machen, nicht wahr?«

Sie suchten immer noch nach der Tür, als Skinner endlich zu sich kam. Sie brauchten einige Zeit, um ihn zu beruhigen und davon zu überzeugen, daß er wirklich und wahrhaftig nicht im Grab lag. Sie fragten ihn, ob er vielleicht zufällig etwas wahrnehmen könne, das wie eine Tür aussah.

»Nein, tut mir leid«, erwiderte er. Plötzlich fiel ihm etwas ein, und seine Hände schossen hoch, um die Seiten seines Kopfes zu betasten.

»Alles in Ordnung«, versicherte ihm Regalian. »Ich habe sie von ihr wegzaubern lassen.«

»Gott sei Dank!« Skinner senkte die Stimme. »Hör mal«, sagte er, »was hat die eigentlich hier zu suchen?«

»Sie ist das ro… Ich glaube, sie ist nur aus Jux und Tollerei mitgekommen«, antwortete Regalian. »Du weißt doch, eine Abwechslung ist genauso gut wie Urlaub.«

Skinner blickte im flackernden Licht des Streichholzes umher, das er zwischen Daumen und Zeigefinger hielt. »Drolliger Ort zum Urlaubmachen«, stellte er fest.

Von der Wand her kam ein Triumphschrei, und die beiden Männer reckten die Hälse, um sich die Stelle anzusehen, auf die Titania zeigte.

»Seht mal«, sagte sie, »da ist ein Briefkasten.«

»Tatsächlich. Ist ja irre. Hast du in der Nähe irgendwelche Türen bemerkt? Wir sind nämlich, mit Verlaub gesagt, beide ein bißchen zu rundlich, um durch einen Briefschlitz zu passen.«

»Ja, aber verstehst du denn nicht?« fragte Titania. »Wo ein Briefkasten ist …«

»Die Richtung, in die dieses Gespräch steuert, gefällt mir ganz und gar nicht«, sagte Skinner laut.

»Und«, fuhr Titania fort, »hier ist auch so etwas wie ein Messingschild, wie man es am Eingang von Bürogebäuden und altmodischen Häusern hat, wißt ihr …«

»Ich habe bei alldem wirklich ein ungutes Gefühl.«

»Und – hurra! Hey, Jungs, da ist ein Klingelzug. Wo ein Klingelzug ist, muß auch eine Klingel sein. Wir brauchen nur …«

»Laß um Gottes willen die Finger von dieser Klingel …«

»… zu klingeln. Mal sehen, wer zur Tür kommt.«

Einen Moment lang war alles still, bis Skinner schließlich sagte: »Sie hat doch nicht etwa dran gezogen? Sag bitte, daß sie nicht dran gezogen hat.«

Man hörte, daß hinter der Wand Riegel und Sicherheitsketten zurückgeschoben wurden, und dann strömte Licht in den Tunnel.

»Ach du Scheiße«, murmelte Skinner. »Das habe ich mir gedacht.«

In der Türöffnung stand eine seltsame, nicht ganz geheure Gestalt und hob sich gegen das Licht ab. Insgesamt wirkte die Erscheinung, die schäbige Kleidung im Stil der Edwardianischen Zeit trug, durchaus humanoid. Statt eines menschlichen Kopfes ragte die schwarze Schnauze eines Nagetiers aus dem zerknitterten Stehkragen und schnüffelte in ihre Richtung. Das Licht, das durch die offene Tür fiel, spiegelte sich in zwei scharfen, spitz zulaufenden Vorderzähnen wider.

»Zum Teufel mit dem Frühjahrsputz«, sagte die Gestalt.

»Es hätte schlimmer sein können«, sagte Skinner ein Weilchen später. »Es hätte *Pu der Bär* sein können.«

Regalian machte sich nicht die Mühe zu antworten. Er hob sich seine ganze Kraft und Konzentration für den nächsten Versuch auf, die Stricke um seine Handgelenke durchzukauen.

»Da ist was dran«, pflichtete Titania ihm bei. »Ich meine, gut, mag sein, daß wir in *Wind in den Weiden* festsitzen, und vielleicht hat Mr. Maulwurf tatsächlich einen pathologischen Haß auf Menschen und Revolver, aber zumindest sind wir im richtigen Bereich – klassische Kinderliteratur. Es könnte durchaus eine Verbindungstür geben oder einen ...«

»Nun sag bloß nicht: einen Spiegel«, seufzte Regalian. »Von wegen *Alice hinter den Spiegeln.* Nein, herzlichen Dank. Mir reicht schon das, womit ich mich bisher herumschlagen mußte.«

»Hör mal ...«

»Und das gilt auch für Schränke«, fügte er äußerst ungehalten hinzu. »Kapiert?«

Wütend wand sich Titania in den Stricken hin und her, mit denen sie gefesselt war. »Na, diese Einstellung bringt uns kaum viel weiter.«

»Mich schon«, antwortete Regalian. »Mürrischer Trotz. Ist nach meiner Erfahrung unübertrefflich.«

»Quatsch«, erwiderte Titania. »Statt bloß dazusitzen und Sprüche zu klopfen, solltest du lieber was tun. Ich meine«, fügte sie verächtlich hinzu, »ich hab eigentlich gedacht, du bist der *Held.*«

»Du erwartest von mir, daß ich Seile durchnage, ja?«

Titania dachte nach. »Keine schlechte Idee«, sagte sie. »Jedenfalls besser, als herumzulümmeln und sich in Schlagfertigkeit zu üben.«

»Ihr habt ja alle keine Ahnung«, entgegnete Regalian barsch. »Weißt du eigentlich, daß sechs Inch Seil mehr Cholesterin enthalten als vier cremegefüllte Doughnuts?«

»Dann spuck es doch aus. Also ehrlich, wenn du nur herumjammerst ...«

»Und außerdem«, fuhr Regalian fort, »muß ich auf meine Zähne Rücksicht nehmen. Ich wäre ein toller Held, wenn ich mich mit einer Prothese durch den Rest der Trilogie nuscheln müßte.«

»Halt die Klappe und kau weiter.«

»Igitt«, sagte Regalian mit vollem Mund. »Schon wieder Lakritze. Ich kann Lakritze nicht ausstehen.«

Hamlet war seit Stunden unterwegs, und die Füße taten ihm weh.

Die enormen Stiefel waren auch keine Hilfe. Warum Rossfleisch es für angebracht gehalten hatte, ihn damit auszustatten, obwohl seine Füße als solche mehr oder weniger von normaler Größe waren (er hatte nachgesehen), war ihm schleierhaft, es sei denn, das war einfach Tradition oder so. Er kam sich in ihnen wie ein Zirkusclown vor, obgleich er zugeben mußte, daß die meisten Zirkusclowns keine Schrauben im Hals haben.

Ganz beeindruckend, das Gebäude, das der Doktor hier hat, dachte er bei sich. Muß ihn eine Stange Geld gekostet haben. Gewiß, größtenteils schien es aus unendlich langen gekachelten Korridoren zu bestehen, die alle gleich aussahen und nirgendwohin zu führen schienen, aber vielleicht hatte der Architekt nichts anderes gekonnt.

Schon seit einiger Zeit hatte jetzt niemand mehr versucht, ihn zu verfolgen. Das mochte daran liegen, daß nicht genug Leute da waren, um in diesen meilenlangen Gängen zu patrouillieren, oder auch daran, daß er inzwischen alle Belegschaftsangehörigen, die vom Dienst freigestellt und auf Patrouille geschickt werden konnten, verdroschen hatte (er hatte zwar die Übersicht verloren, aber er mußte mittlerweile über zwanzig von den armen Teufeln zusammengeschlagen haben). Vielleicht aber hatte sich der gute Doktor auch um andere Dinge zu kümmern und wußte, daß man hier ohnehin nicht rauskam. Wenn man es recht bedachte, schien letzteres am wahrscheinlichsten. Früher oder später würde er vor Erschöpfung zusammenbrechen, worauf man ein Team mit einem Handwagen ausschicken würde, um ihn zurückzuholen.

Wie langweilig, dachte er, während er einen weiteren Lautsprecher von der Wand riß und zermalmte (den dreiundsiebzigsten; er hatte sie gezählt), und letzten Endes wie sinnlos. Soviel er wußte, mochte dies alles zu einem komplexen Forschungsprogramm gehören, bei dem man herausfinden wollte, wie er unter bestimmten Umständen reagieren würde, und bei dem er sozusagen die weiße Maus war. Deprimierend, befand er, während er um eine Ecke bog und abermals in einen schnurgeraden gekachelten Korridor kam, der mindestens eine halbe Meile lang war. Ich könnte ohne weiteres den Rest meines Lebens damit verbringen, hier unten herumzuwandern.

Er blieb stehen. In weiter Ferne hörte er ein leises summendes Geräusch, das wie ein Bienenschwarm klang. Während er dastand, kam das Geräusch näher und wurde lauter, und er schlußfolgerte, daß es sich vermutlich um irgendeine Maschine handelte. Vielleicht um einen Roboter. Rossfleisch war genau der Typ, der Roboter hätte, vermutlich große silberne mit viereckigen Köpfen und unzähligen blinkenden Lämpchen, die *Piep* machten. Er wartete, und nach einer Weile ratterte genau solch ein Gerät am oberen Ende des Korridors um die Ecke. Es war etwa fünf Fuß groß, verchromt, ungefähr wie ein Mensch geformt und trug einen Mop und einen Eimer.

Der Roboter hatte es nicht sonderlich eilig, so daß etwa fünf Minuten verstrichen, bis er an Hamlet vorbeirasselte, offenbar ohne ihn zu bemerken. Sobald er auf gleicher Höhe mit ihm war, streckte Hamlet die Arme aus, packte ihn mit beiden Händen an dem, was seine Kehle sein sollte, und hob ihn in die Höhe. Daraufhin bekam er einen heftigen elektrischen Schlag und ließ den Roboter so schnell wie möglich wieder los. Ein lauter Plumps war zu hören, dem ein wildes Durcheinander von Pieptönen folgte. Dann verstummte die Maschine und lag reglos da.

Na großartig, dachte Hamlet voller Bitterkeit, ich habe das Ding umgebracht, damit ist mir ja wirklich viel geholfen. Es hätte immerhin sein können, daß es zu irgendeinem Ausgang geht. Dann hätte ich ihm folgen können.

Er war gerade im Begriff, seine Wut an dem Gerät auszulassen, als am Kopf der Maschine – da, wo die Ohren hätten sitzen müssen – zwei grüne Lämpchen aufleuchteten und zu summen anfingen. Verwirrt trat Hamlet zurück und wartete ab, was passieren würde.

Steh da nicht so rum, sagte der Roboter mit mechanisch-monotoner Stimme, *hilf mir lieber hoch, bevor meine Batterien leer sind.*

»Warum sollte ich?« fragte Hamlet. »Du bist bloß eine Maschine, und außerdem ist es gefährlich, dich anzufassen. Vorhin hast du mir beinahe die Nieren gegrillt.«

Das war mein automatisches Verteidigungssystem, antwortete der Roboter, *das ich jetzt außer Betrieb gesetzt habe. Es besteht absolut keine Gefahr, ich wiederhole, absolut keine Gefahr. Nun mach schon, hilf mir hoch. Oder bildest du dich gerade zum Stalagmiten oder so aus?*

»Ich helfe dir hoch«, sagte Hamlet, »wenn du mir zeigst, wie ich hier rauskomme.«

Du hast sie wohl nicht mehr alle, was?

»Ich könnte aber auch«, schlug Hamlet vor, »solange auf dir herumtrampeln, bis du nichts als ein Haufen Schrott bist. Du hast die Wahl. Ich persönlich zöge letzteres vor. Ich bin gerade in der richtigen Verfassung, um etwas Zerbrechliches und Teures zu demolieren.«

Woher weißt du denn, fragte der Roboter listig, *daß ich*

dich nicht geradewegs in das Labor, aus dem du eben geflohen bist, zurückführen würde?

»Wenn du das versuchst«, erwiderte Hamlet, »werde ich dafür sorgen, daß du Humpty Dumpty bei dem Wettbewerb *Wer besteht aus mehr Puzzleteilen?* haushoch schlägst. Je mehr von Doktor Rossfleischs Eigentum ich beschädige, desto zufriedener bin ich, also führe mich nicht in Versuchung.«

Brutaler Kerl, murrte der Roboter. *Na schön, du hast gewonnen. Hilf mir hoch und ...*

»Nicht so hastig. Schalt dich erst mal wieder ab, dann hebe ich dich auf. Und sieh zu, daß du deinen Scheißstrom für dich behältst.«

Gehorsam piepend, setzte der Roboter sich außer Betrieb, und Hamlet hievte ihn hoch. »Alles klar«, sagte er. »Führe uns, Macduff.«

Ey, ich dachte, du bist der andere, du weißt schon, der mit dem Totenschädel und den schwuchteligen schwarzen Strumpfhosen.

»Und halt den Rand.«

Der Roboter war so nervenaufreibend langsam wie der berüchtigte Milchtankwagen, den man auf einer kurvenreichen Landstraße immer vor sich hat, doch mit viel Geschnaufe und Gepiepe schaffte er es schließlich, zu einer geschlossenen Stahltür zu gelangen, neben der sich eine Tafel mit Knöpfen befand. Hurra, dachte Hamlet, ein Liftschacht. Das sieht schon ganz gut aus.

Weiter kann ich nicht mitkommen, murmelte der Roboter. *Ich habe so das Gefühl, daß man von hier nach oben gelangt, aber da bin ich noch nie gewesen. Mein Leben ist extrem langweilig.*

»Wie gut, daß du kein Lebewesen mit Bewußtsein bist, nicht wahr?«

Doch der Roboter hatte sich wieder abgeschaltet und stand kerzengerade auf einer summenden, in den Boden eingelassenen Metallplatte. Wahrscheinlich lädt er sich wieder auf, dachte Hamlet, das kybernetische Gegenstück zu einer Verschnaufpause mit Tee und Zigaretten. Also, dann wollen wir mal sehen, wo dieser Lift hinfährt.

Er sah sich die Tafel an und drückte auf den Knopf, auf dem E stand. Eine Sekunde später glitt die Tür zur Seite, und Hamlet trat in den Fahrstuhl.

Es ist natürlich völlig richtig, daß E Erdgeschoß bedeutet. Es bedeutet aber auch noch eine Menge anderer Dinge.

Die Tür glitt auf.

Vielleicht bildete Hamlet, der eine blühende Phantasie hatte, es sich nur ein, daß die Tür kicherte, als sie zischend aufging, um ihn hinauszulassen. Jedenfalls schloß sie sich verdammt schnell wieder, sobald er draußen war, und bevor er irgend etwas unternehmen konnte, hörte er schon, wie der Lift, so schnell sein Kabel ihn trug, den Schacht hinuntereilte. Er suchte nach Knöpfen, auf die er drücken konnte, um ihn zurückzuholen, aber es gab keine Knöpfe.

E. E bedeutet Erdgeschoß, Eßzimmer, Erdnußbutter, Extrawurst, Explosion, Europameisterschaft, Elch, Ekuador, Erbengemeinschaft und Evolution. Und außerdem Ersatzteillager. Hamlet wurde klar, daß Doktor Rossfleisch hier sein Arbeitsmaterial aufbewahrte.

Es war ein riesiger offener Raum, der die Ausmaße eines Ballsaals hatte und aussah wie der Schnäppchenbasar eines Leichenräubers. Überall sah man menschliche Körperteile; sie waren auf Tischen ausgebreitet, zu Stapeln geschichtet, hingen aus Teekisten heraus oder lagen einfach so herum. An den meisten waren Pappschildchen befestigt – auf denen vermutlich die Lagernummer oder das Verfallsdatum stand –, und einige waren offensichtlich aufs Geratewohl zusammengeschraubt worden, was den Eindruck erweckte, als hätte man sie einer Gruppe von Erstkläßlern für die Bastelstunde zur Verfügung gestellt.

Ein unangenehmer Geruch erfüllte die Luft.

Es muß ihn Jahre gekostet haben, überlegte der Teil von Hamlets Gehirn, den das Entsetzen noch nicht völlig traumatisiert hatte, um dieses Lager anzulegen; Jahre, viel Geld und Unmengen von Gummihandschuhen. Meine Güte, fügte der Gehirnteil hinzu, einzelne Teile von mir stammen wahrscheinlich von hier. Dann machte auch dieser Gehirnteil dicht.

Treppen. Irgendwo müssen hier Treppen sein oder ein Fenster oder ein Notausgang. Irgendwie muß man doch hier rauskommen, es sei denn, daß jeder, der hierherkommt, auch hierbleibt, als Teil des Warenlagers. Während er sich bemühte, seine Umgebung nicht allzugenau in Augenschein zu nehmen, stolperte Hamlet umher, prallte gegen dieses und jenes und stieß dieses und jenes um. Dann trat er auf etwas Rundes und fiel hin.

Er öffnete die Augen. Teufel auch, sagte er zu sich, dieses Gesicht kenne ich doch.

»Yorick?« sagte er. »Was zum Henker machst du denn hier?«

Eine ziemlich dämliche Frage, wie man zugeben mußte. Er rappelte sich wieder auf, entfernte eine Hand aus seiner Hosentasche und versuchte, den Weg, den er gekommen war, zurückzugehen, mit der unbestimmten Absicht, die Lifttür einzuschlagen und den Schacht hinunterzuspringen.

»Ah«, sagte eine ihm bekannte Stimme, »da sind Sie ja. Ich habe mich schon gefragt, wo Sie abgeblieben sind.«

Rossfleisch trat mit einem tragbaren Kassettenspieler in der Hand hinter einer Palette mit Knien hervor und lächelte nachsichtig. Hamlet erstarrte.

»Dies ...«, sagte er, dann gingen ihm die Worte aus. Der Doktor nickte huldvoll.

»Mein Lebenswerk«, säuselte er. »Passen Sie auf, wo Sie hintreten, denn Sie treten auf meine Träume.«

Hamlet hatte da so seine Zweifel, weil er der Meinung war, daß Träume kein quatschendes Geräusch von sich geben, wenn man mit schweren Stiefeln darauf tritt. Er hatte jedoch nicht die Absicht, über diese Sache zu diskutieren, und machte nur eine Art Allzweckgeste.

»Eigentlich ist es äußerst günstig«, fuhr der Doktor fort, während er ein oder zwei Schritte vortrat, »daß Sie hierhergefunden haben, weil ich nämlich nachsehen wollte, ob wir in Sachen Gehirn nicht etwas Passenderes für Sie haben. Ich habe den Verdacht, daß das Exemplar, welches ich Ihnen eingesetzt habe, für unseren Zweck ein klein wenig zu dynamisch ist. Wenn Sie also bitte zu der Gefriertruhe da drüben links treten …«

Doch Hamlet, auch wenn er gelegentlich von tragischer Unentschlossenheit sein mochte, war zu dem Schluß gekommen, daß das kein sonderlich guter Einfall war. Mit einer Geschwindigkeit, die Dr. Rossfleischs Geschick im Umgang mit Nervenenden und Lötkolben große Ehre machte, bückte er sich, packte den erstbesten Gegenstand, der ihm zwischen die Finger kam, und warf damit nach dem Doktor. Dann duckte er sich, machte eine Rolle und landete hinter einer großen Holzkiste voll linker Füße.

Er spähte hinter der Kiste hervor. Rossfleisch lag ausgeknockt auf dem Rücken, halb unter einem Haufen gemischter Körperteile begraben, die wahrscheinlich auf ihn gefallen waren, als er beim Zurückweichen dagegengestoßen war. Der Kassettenspieler lag neben ihm auf der Erde. Hamlet schaffte es, das Gerät im Vorbeigehen zu zertrampeln, um dann seinen Weg zum Lift fortzusetzen, dessen Tür, wie er gehofft hatte, offenstand. Er entdeckte die Bedienungstafel, drückte blindlings auf irgendeinen Knopf und trat von der Tür zurück.

Als die Tür sich schloß, hatte er das Gefühl, nicht allein zu sein.

Es war ein ziemlich irrationales Gefühl, denn schließlich maß der Lift nur vier Fuß im Quadrat. Wäre noch jemand in der Kabine gewesen, dann wäre ihm das sicher aufgefallen. Außerdem hätte er in Anbetracht der Größe seiner Stiefel dem armen Schwein direkt auf den Füßen gestanden.

Es sei denn, der andere war zufällig ein Geist.

Hamlet, sagte die schimmernde Ektoplasmasäule, die sich jetzt vor ihm materialisierte, *ich bin deines Vaters Geist: Verdammt auf eine Zeitlang heimzusuchen diesen Lift, und tags gebannt …*

»Äh, ja, hei, Paps«, antwortete Hamlet, während er leicht die Stirn runzelte. »Also, um die Wahrheit zu sagen, habe ich im Moment ziemlich viel um die Ohren. Könnte ich dich später zurückrufen?«

Während er sprach, merkte er, daß der Lift seine Geschwindigkeit verlangsamt hatte. Der Geist flackerte gereizt.

Wär mir's nicht untersagt, sagte er ärgerlich, *so höb' ich eine Kunde an, von der das kleinste Wort die Seele dir zermalmte, dein junges Blut …*

»Klar, aber nicht gerade jetzt, okay? Paß auf, wenn das alles vorbei ist, sollten wir einfach mal zusammen Mittag essen gehen und ausführlich über all die Dinge sprechen, die zu besprechen wir nie Zeit gefunden haben, als du noch, ähm, am Leben warst. Dann können wir zusammen das eine oder andere klären. Aber jetzt im Moment …« Er hielt inne, weil ihm von dem großen Groschen, der gerade gefallen war, die inneren Ohren klangen. »Moment mal«, sagte er, »was, zum Teufel, machst du überhaupt hier? Wir sind hier in der Wirklichkeit, und da gibt es keine Geister.«

Schon naht sich meine Stunde, stieß der Geist in jenem vorwurfsvollen Ich-hab-dir-doch-gesagt-nicht-in-der-Nähe-des-Fensters-Ball-zu-spielen-Ton hervor, den Hamlet so gut kannte, *wo ich den schweflichten, qualvollen Flammen mich übergeben muß.* Er machte eine Pause, schnalzte mit der Zunge und fuhr fort. *Beklag' mich nicht, doch leih dein ernst Gehör dem, was ich kund will tun. Doch still! mich dünkt, ich wittre Morgenluft ...*

»Paps, es ist vier Uhr dreißig nachmittags.«

Der Geist flackerte wild hin und her, sagte gespreizt *Gedenke mein!* und schwirrte ab. Nur einige blaue Lichtreflexe waren noch zu sehen. Hamlet starrte einen Moment ins Leere, dann zuckte er mit den Achseln und schlug mit der Faust gegen die Wand der Kabine. Der Lift setzte sich in Bewegung.

Er fuhr wieder nach oben.

Regalian nagte den letzten Strang des Seils durch, schüttelte die Hände frei und spuckte einen Mundvoll Fasern mit Lakritzgeschmack aus. Ihm war schlecht.

»Na fein«, sagte Titania. »Könntest du, falls du endlich damit fertig bist, dich vollzustopfen, wohl bitte einen Zahn zulegen?«

»Ich habe mich nicht vollge...«

»Bitte!«

»Na schön, aber vielleicht kannst du dich noch einen Moment gedulden, ja? Ich hab nämlich nur ein Paar Hände.« (Was auch ganz gut ist, fügte er im Geist hinzu, da hierzulande kaum fünf Minuten zu vergehen scheinen, ohne daß mir irgendein Armleuchter ein Seil um die Hände bindet. Ein Paar reicht mir vollauf, vielen herzlichen Dank. Man kann ernstlich krank werden, wenn man zuviel Lakritze ißt.)

»Entschuldigung«, warf Skinner ein, »aber wenn ihr zwei endlich damit fertig seid, dauernd herumzuzanken ...«

Regalian runzelte die Stirn. Völlig richtig. Das war unprofessionell. Ein Held handelt, er zankt nicht herum. Als Theseus mit Hilfe des goldenen Fadens den Weg durch das Labyrinth kennzeichnete, hat er sich ja auch nicht mit Ariadne um die Frage gezankt, wer von ihnen vergessen hatte, die Fackel mitzunehmen.

»Schuldigung«, sagte er. »Ich glaube, jetzt sind wir soweit. Da geht's ja wohl entlang.«

»Hey!« schrie Titania. »Und was ist mit uns?«

Regalian biß sich auf die Lippe. »Also, wenn es euch nichts ausmacht«, erwiderte er, »ließe ich euch beide vorläufig lieber noch gefesselt. Wenn ich mir überlegt habe, was wir als nächstes tun, komme ich dann zurück und hole euch. Ich meine, hier seid ihr völlig sicher, und ich weiß, wo ihr zu finden seid. Niemand läuft Gefahr, sich den Knöchel zu verstauchen oder als Geisel genommen zu werden. Tschühüs. Bin bald wieder da.«

Er machte sich das verblüffte Schweigen, das vorübergehend eingetreten war, zunutze und entfernte sich. Durch einen stockdunklen Tunnel unter der Erde zu kriechen, dachte er, um eine gigantische Ratte ausfindig zu machen und mit ihr zu kämpfen, ist immerhin eine Aufgabe, wie ich sie mehr oder weniger gewöhnt bin. Der Umstand, daß diese Ratte einen Strohhut und einen pinkfarbenen Blazer trägt und durch Generationen hindurch bei Kindern unter dem Namen Ratti bekannt ist, spielt dabei keine Rolle.

Automatisch griff er sich mit der Hand an die Hüfte. Ein Schwert wäre ihm lieber gewesen; ein Schwert ist lang und scharf und besteht nur aus *einem* Teil, der nicht dauernd geölt und gereinigt werden muß, um funktionstüchtig zu bleiben. Außerdem widerspricht einem ein Schwert im allgemeinen nicht. Trotzdem ist ein Revolver besser als gar nichts, sagte er sich. »Stimmt's?« fragte er laut.

»Mit dir rede ich nicht mehr.«

»Ach? Und warum nicht?«

»Weil du zugelassen hast, daß die mich verhexen«, antwortete der Scholfield. »Also wirklich, so was Peinliches ist mir in meinem ganzen …«

»Aber jetzt bist du wieder kuriert, ja?«

»Darum geht es überhaupt nicht«, knurrte der

Revolver. »Im Jahr 1875 war ich das Neueste vom Neuesten, damit du's nur weißt. Die Konkurrenz hat reihenweise eingepackt und statt Waffen Fahrräder hergestellt, nachdem die Leute mein verbessertes Patentrahmenschloß gesehen hatten. Und da muß ich jetzt erleben, ich in meinem Alter, daß ein Fähnchen mit der Aufschrift PENG! aus meinem Lauf kommt ...«

»Das muß schrecklich gewesen sein«, sagte Regalian beschwichtigend.

»War es auch.«

»Wenn ich du wäre, würde ich mich an diesen Scheißkerlen rächen.«

»Will ich auch.«

»Oder wenn nicht an ihnen, dann an irgendwelchen anderen Scheißkerlen.«

»Würde mir auch reichen. Klar.«

Regalian nickte. »Ich will dir sagen, was wir tun werden«, fuhr er fort. »Die ersten Scheißkerle, die uns über den Weg laufen, überlasse ich dir.«

»Wirklich?«

»Verspreche ich dir. Vorausgesetzt natürlich«, fügte er rasch hinzu, »daß sie anfangen und nicht wir und daß es in der betreffenden Situation als angemessen gelten kann und, ganzheitlich gesehen, der Verhältnismäßigkeit der Mittel entspricht, von der Waffe Gebrauch zu machen.«

»Wie meinen?«

»Mit anderen Worten«, erläuterte Regalian, »unterlaß es zu schießen, bevor ich abdrücke, sonst wanderst du in den Schmelzofen. Kapiert?«

»Blöder Spielverderber.«

Regalian zuckte mit den Achseln, machte in vorgeschriebener Weise die Schultern eckig und setzte seinen Weg fort. Im Gang war es dunkel und feucht, und ein schwacher Geruch nach gerösteten Crumpets hing in der Luft, der für seine geschulten Romanfigurensinne höchst aufschlußreich war und von klassischer eskapistischer Literatur der Edwardianischen Zeit zeugte. Er kam sich auf deprimierende Weise fehl am Platze vor. Hätte er nicht mit absoluter Sicherheit gewußt, daß er der Held war, hätte er schwören können, er sei der Schurke.

Er bog um eine Ecke und erstarrte vor Schreck. Vor ihm befand sich ein enormes Nagetier, das den ganzen Tunnel ausfüllte.

Ja, es trug in der Tat einen Strohhut und einen pinkfarbenen Blazer und hatte sich überdies ein kleines seidenes Tuch um den mit rauhem Fell bedeckten dicken Hals gebunden. Doch von seinen kleinen roten Augen und den abscheulich scharfen Zähnen gingen klare, unzweideutige Botschaften aus, die jeden Nerv in Regalians Körper in Alarmzustand versetzten. Okay, mochte ja sein, daß dieser kleine Bursche es liebte, sich in einem Kahn auf dem Wasser herumzutreiben, doch das traf auch für seine Vorfahren zu, die großen grauen Typen, die den Schwarzen Tod von Konstantinopel nach Europa gebracht hatten. Regalian wich zurück und griff nach seinem Revolver, und im gleichen Moment kamen ihm spontan die richtigen Worte über die Lippen.

»Du dreckige Ratte«, knurrte er. »Ich werde dich mit Blei vollpumpen.«

An dieser Stelle schnellten Janes Finger auf die Tastatur, und sie begann wie wild zu tippen.

Es ist mir weiß Gott ziemlich wurscht, dachte sie, was die Nachwelt von mir hält. Sollen die Leute doch ruhig sagen, daß ich unoriginell war und daß es meinen Plots an Schwung fehlte. Sollen sie mich doch sogar völlig vergessen. Aber auf keinen Fall darf ich als die Frau, die Ratti umgebracht hat, in die Annalen der Literatur eingehen. Vermutlich grübe man mich wieder aus, würde meine Gebeine in Ketten legen und an der Tower Bridge aufhängen.

Denk scharf nach, befahl sie sich. Du brauchst den

Dialog bloß in eine andere Richtung zu lenken. Statt daß die Rede davon ist, jemanden mit Blei vollzupumpen, sollte erörtert werden, wie sinnlos ein Frühjahrsputz ist und wie reizvoll es wäre, in einem kleinen Boot den Fluß auf und ab zu rudern. Ganz gleich, wie du das anstellst, Hauptsache, du schaffst es.

Und so kam es, daß Regalian plötzlich und unerwartet in einen Biber verwandelt wurde.

Es dauerte fast zwei Stunden, bis Regalian zu seinen Freunden im Keller von Maulwurfsruh zurückkam. Das Zusammensein mit seinen neuen Freunden Mr. Ratte und Mr. Kröterich war derart vergnüglich gewesen – in aller Gemächlichkeit waren sie in Rattis kleinem Boot den Fluß hinuntergeschippert und hatten dabei Gurkensandwiches gegessen –, daß er jegliches Zeitgefühl verloren hatte.

»Wo zum Henker bleibst du denn?« fuhr Titania ihn an, als er seine weiche behaarte Nase zur Tür hereinstreckte und sie anlächelte. »Ich habe einen Krampf in beiden Knien, und außerdem mußte ich mir die ganze Zeit sein Gejammer anhören. Hol mich sofort hier raus, sonst schrei ich, daß die Wände wackeln. Und warum bist du als Biber verkleidet?«

»Ich bin nicht als Biber verkleidet«, antwortete Regalian mit ruhiger Stimme. »Ich *bin* ein verdammter Biber, und es sieht so aus, als müßte ich so bleiben, bis wir aus diesem Irrenhaus raus sind. Halt still und laß mich diese verflixten Seile durchnagen.«

»Ach, deswegen bist du ein Biber.«

»Nein«, entgegnete Regalian mit vollem Mund, »ich glaube, das ist reiner Zufall. Mensch, schmeckt das Zeug gräßlich.«

»Und was«, fragte Titania nach einer Weile, während sie die Arme kreisen ließ, um den Blutkreislauf wieder in Gang zu bringen, »hast du die ganze Zeit gemacht? Herumgegammelt und die Enten gefüttert?«

»Ich habe herausgefunden, wie wir von hier wegkommen.«

»Wird ja auch langsam Zeit.«

»Der Ratterich«, fuhr Regalian voller Würde fort, »behauptet, eine Art Schwachstelle zu kennen, mittels deren wir vielleicht direkt ins Wunderland von Alice gelangen können. Für gewöhnlich würde ich ihm ja nicht mal so weit trauen, wie ich ihn bei geringem Pollenflug niesen könnte, aber in dem Fall sagt er, glaube ich, die Wahrheit.«

»Ah ja? Und warum?«

Regalian schloß die Augen. »Er will, daß ich ein Päckchen für ihn abgebe«, antwortete er.

»Ein Päckchen? Was für ein Päckchen?«

»Herrgott noch mal, Weib, denk doch mal ein bißchen nach. Es ist ein viereckiges Päckchen, etwa einen Fuß lang, in braunes Packpapier eingeschlagen, und es wiegt ungefähr fünf Kilo. Du glaubst doch wohl nicht allen Ernstes, Bücher über in Löchern verschwindende weiße Kaninchen und Schepperwockis und Spiegel, durch die man gehen kann, entstünden, indem man einfach die Augen zumacht und seine Phantasie spielen läßt, wie?«

»Ah. Verstehe.«

Regalian nickte und zupfte sich am Backenbart. »Anscheinend«, fuhr er fort, »wird da ein richtiggehender Handel betrieben. Die Wiesel und die Hermeline schaffen die Ware von Krötenhall aus den Fluß hinunter, in großen Kisten, auf denen *Traktorersatzteile* steht, und Ratti und Maulwurf kümmern sich von hier aus um die Verteilung. Für die Geldwäsche sorgt, glaube ich, eine Holdinggesellschaft im Puwinkel. Jedenfalls ist dem regulären Kurier etwas Unangenehmes zugestoßen, und sie brauchen einen Ersatzmann. An der Stelle kommen wir ins Spiel.«

»Meine Güte.« Skinner blickte wie vor den Kopf geschlagen auf. »Die Kinderbücher von euch gottverdammten Briten waren mir ja nie ganz geheuer, aber daß es so schlimm ist, hätte ich nicht gedacht. Was ist das bloß für ein Land!«

»Dieses Grinsen kannst du dir schenken«, fuhr Regalian ihn an. »Frag lieber Gevatter Hase, wo er den hellrosa Mercedessportwagen herhat, wenn du ihn das nächste Mal siehst. Also, kommt ihr zwei nun mit, oder wollt ihr hierbleiben und die Sache mit Mister Dachs ausdiskutieren?«

Jane schaute vom Bildschirm auf und blinzelte zweimal. So hatte ihr das überhaupt nicht vorgeschwebt.

Andererseits – wenn es funktionierte …

Ganz langsam, Inch für Inch, schob sich der Kopfgeldjäger am Flußufer entlang.

Durch seinen Beruf war er schon an so manchen merkwürdigen Ort geraten und mit allerlei seltsamen Leuten in Kontakt gekommen, doch was er hier erlebte, sah ganz danach aus, als müsse das Wort *bizarr* neu definiert werden.

Teufel noch eins, hier wimmelte es ja von gottverfluchten *Tieren.*

Er fand, was er suchte, und setzte sich hinter einen Brombeerstrauch, wo er etwa fünf Minuten wartete, um festzustellen, ob jemand die kleine runde Tür öffnete, die sich in der Uferböschung befand, um hineinzugehen oder herauszukommen.

Gerade als er zu dem Schluß gekommen war, daß er ohne Gefahr weitergehen konnte, wurde er geschickt von hinten zu Fall gebracht, so daß er mit dem Gesicht im Schlamm landete. Als er aufzustehen versuchte, trat ihm jemand mit einem krallenbewehrten Fuß ins Kreuz und rammte ihm den Lauf einer vergoldeten Maschinenpistole ins Ohr.

»Sieh mal, Mauli«, sagte Mr. Ratte. »Wie es scheint, haben wir noch einen Gast.«

ACHTES KAPITEL

Der Lift hielt an. Die Tür öffnete sich. Hamlet schloß die Augen, hinterließ auf Gottes Anrufbeantworter ein Gebet und trat hinaus. Auf die Straße.

Hinter ihm schloß sich die Tür. Wäre er überempfindlich und hypersensibel gewesen, dann hätte er sich einbilden können, daß die Tür sich demonstrativ die Hände abstaubte, etwa so wie der Rausschmeißer eines Nachtklubs, der gerade einige Betrunkene an die frische Luft befördert hat. Obwohl Hamlet das nicht das geringste ausgemacht hätte. Auf der Liste aller jener Gebäude, aus denen er sich liebend gern hätte rausschmeißen lassen, stand Dr. Rossfleischs gemütliches kleines Etablissement ganz obenan.

Bei näherer Betrachtung erwies die Straße sich als schlichtes Seitengäßchen, das als Aufbewahrungsort von Mülltonnen und Tummelplatz von Katzen mit zerfetzten Ohren diente. Hamlet nahm seine enormen Füße in die Hand und rannte los. Die schmale Straße hallte von seinem Getrappel wider.

Das Gäßchen mündete in eine breite belebte Straße, in die Hamlet nach rechts einbog. Zweifellos befand er sich in irgendeiner großen Stadt, obwohl er keine Ahnung hatte, in welcher. Allerdings hatte er so das Gefühl, daß sie nicht in Dänemark lag, weil Dänemark seiner Erinnerung nach ein wüster Garten war, und sehr gartenmäßig oder wüst sah es hier nicht aus.

Während er versuchte, sich unauffällig unter die Menge zu mischen – ein schwieriges Unterfangen, da er einen Fuß größer war als alle um ihn herum und sein Kopf über die Menschenmenge ragte wie der einer Giraffe, die sich an Baumwipfeln gütlich tut –, schlenderte er so lässig, wie seine großen klobigen Stiefel es zuließen, auf das südliche Ende der Straße zu. Alles würde wunderbar einfach sein, das wußte er. In Kürze würde er eine Telefonzelle finden. Er würde Jane Armitage anrufen. Sie würde kommen und ihn abholen oder ihm zumindest sagen, was er tun sollte. Dann würden sie zusammen austüfteln, wie er in das Stück, in das er gehörte, zurückgelangen konnte. Wenn alles gutging, würde er es vielleicht sogar schaffen, zu seiner Ermordung wieder zu Hause zu sein.

Am Ende der Straße stand in der Tat eine Telefonzelle. Er lächelte und zog die Tür auf …

»Hey, was soll denn das?«

»Schuldigung.« Hamlet wich einen Schritt zurück. »Ich wollte nicht …«

»Gleich um die Ecke ist noch eine«, sagte der Mann, der sich in der Zelle befand. Hamlet bemerkte, daß der andere gerade dabei war, in ein rot-blaues Trikot zu schlüpfen, und daß ein einfacher anthrazitfarbener Anzug auf dem Boden der Telefonzelle lag. »Und sehen Sie das nächste Mal erst hin, bevor Sie irgendwo reinstürmen.«

»Schuldigung«, wiederholte Hamlet und schloß die Tür wieder. Als er die Straße etwa zehn Yard hinuntergegangen war, hörte er einen scharfen Knall und ein von oben kommendes Zischen. Er blickte hoch und sah, wie eine winzige blau-rote Gestalt am Himmel verschwand. Die Leute um ihn herum starrten ebenfalls nach oben.

»Mein Gott«, sagte jemand. »Ich wußte gar nicht,

daß er wirklich existiert. Ich dachte, den gibt's bloß in Comics.«

Hamlet machte kehrt, betrat die jetzt leere Telefonzelle, suchte in seiner Tasche nach einer Münze und wählte Janes Nummer.

Hallo, hier ist Jane Armitage. Ich bin im Moment leider nicht zu Hause, aber wenn Sie eine Nachricht hinterlassen …

Hamlet knallte den Hörer auf die Gabel und fluchte. Was fällt diesem verfluchten Weibsbild ein, dachte er bei sich. Gondelt in der Gegend herum, wenn ich vermißt bin. Typisch Autor. So zuverlässig wie die Wettervorhersage.

Macht nichts, tröstete er sich, ich werde selbst die Initiative ergreifen. Nichts einfacher als herauszufinden, wo ich bin und wie ich von hier wegkomme. Mit hoch erhobenem Kopf (zumindest so hoch, wie es ging, ohne daß die Zapfen am Hals aus der Fassung rutschten) schlenderte er die Straße entlang und hielt nach jemandem Ausschau, den er fragen konnte.

In uns allen steckt ein hartnäckiger Rest von Voreingenommenheit. Mag sein, daß wir einige Fortschritte gemacht und bis zu einem gewissen Grad alle Vorurteile in bezug auf Rasse, Geschlecht, Weltanschauung und sexuelle Orientierung abgelegt haben, doch wenn jemand mit roten Augen, starrem Blick, riesigen Schuhen und einer Schraube im Hals die Straße entlanggeht, darf er sich nicht wundern, wenn niemand etwas mit ihm zu tun haben will. Seine Kommunikationsbemühungen trugen Hamlet lediglich zwölf befremdete Blicke, einen unterdrückten Schrei und das Angebot ein, ihn an der frohen Botschaft Unseres Herrn Jesus Christus teilhaben zu lassen, was ihn alles, so fand er, nicht weiterbrachte. Er erblickte ein großes Schild, auf dem POST stand, und steuerte darauf zu.

Bevor er jedoch sein Ziel erreichte, vertrat ihm ein etwa vierzehnjähriges Mädchen in Schuluniform, das einen Ranzen trug, den Weg. Es starrte ihn an. Er blieb stehen und runzelte die Stirn.

»Entschuldigung«, sagte das Mädchen, »aber Sie sind es doch, nicht wahr? Ich meine, der Typ aus dem Film.«

Tatsächlich? Meine Güte, ja, natürlich bin ich es. Laurence Olivier, Mel Gibson und dieser große russische Schauspieler mit dem ellenlangen Namen, um nur drei Beispiele zu nennen. Hamlet lächelte und nickte.

»Könnte ich wohl Ihr Autogramm haben?« Das Mädchen kramte im Ranzen herum und holte ein schmuddeliges Schulheft und einen Kugelschreiber heraus. Hamlet nahm beides so huldvoll entgegen, wie er es vermochte, unterschrieb mit schwungvoller Gebärde und gab Heft und Kugelschreiber zurück.

»Ey«, sagte das Mädchen. »Ich dachte, Sie sind Frankenstein.«

»Ich …«

»Na, ist ja toll. Jetzt haben Sie mir mein Erdkundeheft vollgeschmiert.« Sie warf ihm einen finsteren Blick zu, stopfte das Heft wieder in den Ranzen und stürzte davon, was wahrscheinlich für alle Beteiligten ganz gut war. Hamlet hatte noch nie eine Frau geschlagen, aber eigentlich nur deswegen, weil die, die er am meisten verdreschen wollte, es immer fertigbrachten, sich rechtzeitig davonzumachen.

Er seufzte, stieß die Tür der Post auf und stellte sich am Ende der Schlange an.

»In fünfzehn Sekunden gehen wir auf Sendung«, sagte das Scriptgirl. »Vierzehn, dreizehn …«

Mit besorgtem Stirnrunzeln blickte Jane ein Richtung Kamera. Nach ihrem Dafürhalten war es schon schlimm genug, daß sie solche Sachen machen mußte, doch von allen ungünstigen Augenblicken der Weltgeschichte stellte dieser hier zweifellos eine Klasse für sich dar. Sie erblickte sich im Monitor, begriff, daß die gräßliche, finster dreinschauende Frau sie selbst war, und zog die Mundwinkel hoch. Gerade als ihr klargeworden war, daß sie dadurch wie eine Opiumsüchtige aussah, holte der Interviewer tief Luft und fing an zu sprechen, so daß sie bleiben mußte, wie sie war, wovor ihre Mutter sie schon vor Jahren gewarnt hatte.

»Hei«, sagte der Interviewer, »hier ist die Nachmittagsshow des Kabelkanals SüdWest. Mein Name ist Danny Bennet. Heute nachmittag dürfen wir niemand Geringeren als Jane, ähm, Armstrong bei uns begrüßen, die Verfasserin der äußerst erfolgreichen Zarmanico-Trilogie. Sagen Sie, Jane, wo bekommen Sie eigentlich die Ideen für Ihre Figuren her?«

Während sie das übliche Blabla von sich gab, ließ Jane ihre Gedanken schweifen. Wo immer sie jetzt sein, was immer sie jetzt tun mochten, sie konnte ihnen erst helfen, wenn sie wieder zu Hause war. Und dann, fügte sie voller Gewissensbisse hinzu, muß ich auch etwas unternehmen, um herauszufinden, wo Hamlet abgeblieben ist. Eine weitere streunende Katze, um die man sich kümmern, ein weiterer Wal, den man retten, ein weiterer Regenwald, den man schützen mußte; doch an der ganzen Sache war noch mehr, etwas wesentlich Unmittelbareres, das sie zwang, sich zu engagieren, obwohl sie partout nicht zu sagen vermochte, was es war. Warum, so fragte sie sich, tue ich das eigentlich alles? Ich muß völlig …

»Ich nehme an«, sagte der Interviewer mit der Miene eines Mannes, der in Milchreis ertrinkt, »daß es Ihnen manchmal so vorkommt, als führten Ihre Figuren ein eigenes Leben, richtig? Fast so, als wüßten sie ganz genau, was sie tun wollen, und Sie seien bloß dazu da, um ihnen dabei zu helfen.«

Jane lachte, und in ihrem Lachen lag ein Anflug von Hysterie, leicht wie die Kaufkraft einer Zehnpfundnote. »Oh, das würde ich nicht unbedingt sagen«, erwiderte sie. »Nein, im allgemeinen ist es so, daß sie tun, was ich ihnen sage. Das heißt, sofern sie wissen, was gut für sie ist. Außerdem sind meine Leute gewöhnlich so sagenhaft faul, daß sie von Frühjahr bis Herbst gar nicht aus dem Bett kämen, wenn ich ihnen nicht kräftig in den Hintern träte.«

Lag es daran? so fragte sie sich. Lag es daran, daß sie *ihre* Figuren waren, die total von ihr abhingen wie Kinder von ihrer Mutter? Nein, wohl doch nicht. Sie hatte sich ja sonst nie Sorgen um sie gemacht. Sie brachte es fertig, jeden von ihnen ohne großes Nachdenken umzubringen, falls die Handlung es erforderte. Oft bereitete ihr das sogar teuflisches Vergnügen.

»Also.« Der Interviewer fand es schwierig, das Gespräch in Gang zu halten. »Vielleicht könnten Sie uns noch erzählen, woran Sie gerade arbeiten.«

»Ja, sicher.« Ach, du Schande. »Eigentlich ist es für mich so etwas wie ein Experiment. Es fängt so ähnlich wie ein Wildwestroman an und setzt sich dann als Pastiche einiger Klassiker der englischen Literatur fort. Wie es weitergeht, weiß ich noch nicht. Aber auf jeden Fall«, fügte sie mit Bestimmtheit hinzu, »gibt es ein Happy-End. Ich meine, zum Schluß kommen sie alle unversehrt wieder nach Hause.«

»Ah ja«, sagte der Interviewer mit säuerlicher Miene. »Nun, wir müssen jetzt wegen der Kurznachrichten einen Moment unterbrechen, melden uns aber gleich zurück, damit Jane uns noch mehr über ihr tolles neues Buch erzählen kann. In wenigen Sekunden ist es fünf Uhr, und hier sind auch schon die neuesten Meldungen aus der Nachrichtenredaktion des Kabelkanals SüdWest. Das wichtigste Ereignis des heutigen Nachmittags ist der bewaffnete Überfall auf die Birminghamer Post, und ich glaube, dazu haben wir jetzt einen Filmbericht für Sie …«

Auf dem Monitor erschienen Bilder einer menschenleeren Straße. Jane drehte den Kopf zur Seite und warf mißmutig einen flüchtigen Blick auf den Bildschirm. Sie war gerade im Begriff, wieder wegzuschauen, als die Kamera näher heranfuhr und …

… Hamlet ins Bild kam, der sein Gesicht gegen ein Fenster preßte und aufgeregt winkte. Hinter ihm stand ein großer, verträumt aussehender Mann, der einen tragbaren Kassettenspieler in der einen Hand und einen Revolver in der anderen hatte. Dann wurde zur Straße vor dem Gebäude zurückgeblendet …

Jane saß auf der Kante ihres Stuhls und imitierte einen Goldfisch. Sie war sicher, sie *wußte,* daß es Hamlet war, der sich da drinnen befand, auch wenn er völlig anders aussah. Eigentlich hatte sie ja, wie ihr zu Bewußtsein kam, überhaupt keine Ahnung, wie sein Gesicht aussah, da sie ihn nie ohne seine Papiertüte gesehen hatte. Aber trotzdem erkannte sie ihn, vielleicht so, wie eine Mutter immer ihr Kind erkennt. Unwichtig, warum das so war. Es kam lediglich darauf an, daß ihr Hamlet, eine von ihr adoptierte literarische Figur, sich in Schwierigkeiten befand und sie zu ihm eilen mußte. Doch das konnte sie nicht, weil sie gerade im Fernsehen auftrat.

Sie riß sich innerlich los und versuchte, dem Interviewer zuzuhören.

»Wie man herausgefunden hat«, sagte er, »handelt es sich bei dem Geiselnehmer um einen Doktor Rossfleisch, einen weltberühmten, auf dem Gebiet der Genmanipulation tätigen Wissenschaftler. Die Geiselnahme ist offenbar das Ergebnis eines fehlgeschlagenen Entführungsversuchs. Bisher hat Dr. Rossfleisch einen Hubschrauber gefordert, der ihn nach Tripolis fliegen soll, sowie einen Teller Marmeladensandwiches und ein Band mit den fünfzig schönsten Pianola-Hits. Der Sprecher der Gema hat es abgelehnt, sich dazu zu äußern.«

Jane wurde klar, daß sie sich geirrt hatte. Sie sorgte sich, weil es *ihre* Figuren waren. Gewiß, wenn nötig, brachte sie sie bisweilen um oder ließ sie bei katastrophalen Unfällen zum Krüppel werden, aber das war einzig und allein ihre Sache, in die sich niemand einzumischen hatte. Denn wenn sie es tat, dann deswegen, weil es richtig war und weil sie wußte, daß die Figur zu genau diesem Zweck da war. Wenn es einfach so passierte, gab es keinen Grund und keine Rechtfertigung dafür; dann wäre alles so wie im richtigen Leben. Und das wünschte sie ihrem schlimmsten Feind nicht, geschweige denn einer Figur, die sie vorsätzlich ins Leben gerufen hatte.

Na los, du Blödmann, sieh zu, daß wir die Sache hinter uns bringen, damit ich abhauen und mich um mein Baby kümmern kann.

»Weitere Nachrichten dann um sechs. Hier ist die *Nachmittagsshow.* Mein Name ist Danny Bennet, und ich habe heute die Romanschriftstellerin Jane, ähm, Armitage bei mir zu Gast. Sagen Sie, Jane, schreiben Sie eigentlich mit der Hand oder benutzen Sie eine Textverarbeitungsmaschine?«

Ich muß hier raus. Unter irgendeinem Vorwand. Klar, so geht's. Dann los.

»Also wirklich!« fuhr sie den Interviewer an und stand abrupt auf. »Was unterstehen Sie sich! In meinem ganzen Leben bin ich noch nie derartig beleidigt worden.«

»Aber«, sagte der Interviewer völlig entgeistert, »ich habe doch nur gefragt, ob Sie …«

»Jetzt reicht's aber.« Mit gespielter Wut riß Jane sich das Mikrofon ab, pfefferte es auf den Stuhl und stolzierte aus dem Studio. Sobald sich die Tür hinter ihr geschlossen hatte, nahm sie die Beine in die Hand und rannte zum Parkplatz.

Dieses schäbige Flußufer muß ein Mann entlanggehen …

Nachdem sie eine halbe Stunde neben dem idyllisch dahinplätschernden Gewässer einherspaziert waren –

wobei Skinner ängstlich hinter jeden Busch spähte, um festzustellen, ob sich dort Drogenhändler oder andere üble Subjekte verborgen hatten, und der Scholfield von Zeit zu Zeit die Bemerkung einfließen ließ, daß, wenn man in dieser Gegend jemandem auflauern wolle, *hier* ein äußerst geeigneter Ort sei –, erreichten sie einen kleinen Bootsschuppen.

»Sieht so aus, als seien wir hier richtig«, sagte Regalian, dessen Hand wie zufällig auf dem Griff des Revolvers ruhte. Er seufzte. Es war ein heißer Tag, in dem Biberfell war ihm unangenehm warm, und er hatte Kopfschmerzen. Der Gedanke, irgend etwas Heroisches tun zu müssen, widerte ihn geradezu an. »Es ist wohl am besten«, fuhr er bedrückt fort, »wenn ich vorangehe.«

Niemand widersprach ihm. Er holte tief Luft, stieß die Tür auf und wartete. Nach einer ihm angemessen dünkenden Zeitspanne ließ er sich auf alle viere fallen und huschte durch die Tür.

»Alles in Ordnung«, rief er kurz darauf von drinnen. »Sieht so aus, als seien wir hier ganz unter uns.«

Titania und Skinner traten durch die Tür, wobei jeder sein möglichstes tat, den anderen vorangehen zu lassen. Drinnen war es dunkel, und es roch stark nach Moder, stehendem Wasser und verfaulendem Bootsholz. So weit, so normal, was beruhigend war.

»Nun?« fragte Titania.

»Sie ist irgendwo hier unten«, sagte eine Stimme, die unter einem niedrigen Tisch hervorkam, »wenn ich sie bloß finden ...«

Ein leises Klirren war zu hören, dann ein Poltern. Kurz darauf kam der Biber unter dem Tisch hervor, zwar recht staubig, aber mit triumphierender Miene. Zwischen den Vorderpfoten hielt er eine kleine grüne Flasche.

»Also«, sagte Regalian, »wollen mal sehen ... Ah ja, richtig. Dann mal los.«

Er entkorkte die Flasche, auf der TRINK MICH stand, nahm einen Schluck und wischte sich die Schnauze am Rücken seiner linken Vorderpfote ab. Dann reichte er die Flasche Titania, die sie mit der gleichen Begeisterung entgegennahm, wie sie sie an den Tag gelegt hätte, wenn es eine große haarige Spinne gewesen wäre.

»Ist schon okay«, murmelte Regalian. »Ein bißchen nussig vielleicht, mit einem etwas starken Nachgeschmack, aber ...«

Er verschwand. Titania und Skinner sahen sich an.

»Und ich dachte immer, daß da, wo ich herkomme, alles ein bißchen verrückt zugeht«, meinte Titania. »Na, wenn er glaubt, daß ich dieses Zeug trinke, nachdem ...«

Sie hielt inne, blickte nach unten und sah einen sehr kleinen Mann, der auf ihrem Fuß auf und ab hopste und aufgeregt auf etwas zeigte, das sie beim flüchtigen Hinsehen zunächst für ein Mauseloch gehalten hatte.

»Ich glaube«, sagte Skinner, »wir sollen da hineingehen. Es ist eine richtige Haustür, mit Klingel und Klinke und allem Drum und Dran.«

»Bloß weil es eine Tür ist, heißt das noch lange nicht, daß wir da hineingehen müssen«, entgegnete Titania, während sie ein oder zwei Schritte zurückwich. »Es gibt unzählige Türen, durch die ich noch nie gegangen bin, und die hatten auch noch alle die richtige Größe.«

Skinner zuckte die Achseln. »Er ist schließlich der Held«, sagte er. »Man muß dem Helden vertrauen, wo käme man sonst hin?«

»Zum Beispiel nicht in Mauselöcher«, erwiderte Titania. »Ich hab ganz entschieden was dagegen, in Mauselöchern herumzukriechen.«

»Nun komm doch mit. Du wirst dir schon keine Laus in den Pelz setzen.«

Titania zuckte zusammen. »Ein merkwürdiger Ausdruck«, sagte sie, »wenn auch unter den gegebenen Umständen vielleicht gar nicht so unpassend ...«

»Es ist Zeit, daß ich aufbreche«, erklärte Skinner und nahm einen kräftigen Schluck. »Du mußt ja nicht mitkommen, wenn du nicht willst.«

»Ach ja, ich kann hierbleiben und warten, bis wir als Paperback rauskommen. Na, herzlichen Dank.« Sie schnappte sich die Flasche und trank sie aus. Dann hielt sie sie hoch, um zu lesen, was auf dem Etikett stand.

»Mensch«, sagte sie, »in dem Zeug ist ja Riboflavin und Lebensmittelfarbstoff drin. Ich habe gehört, davon wird man …«

Skinner verschwand, und kurz darauf auch Titania. Und dann standen sie alle drei vor dem Eingang des Mauselochs, das, wie sich herausgestellt hatte, gar kein Mauseloch war.

»So sieht es zumindest größer aus«, räumte Titania ein.

»Ich hätte gedacht, daß so was für dich und deinesgleichen nichts Besonderes ist«, sagte Skinner ungehalten. »Schließlich nennt man euch doch wohl nicht von ungefähr das Kleine Volk, oder?«

»Stimmt schon«, gab Titania zu, während sie vorsichtig gegen die Tür stieß. »In unserem eigenen Revier verfügen wir bei diesen Dingen über eine gewisse Flexibilität. Was aber nicht heißt, daß ich so was mag. Mir ist immer ausgesprochen mulmig zumute, wenn meine Statur so beschaffen ist, daß ich zu einer Katze aufblicken muß.«

Sie sahen einander an.

»Tja«, sagte Titania, der einfiel, daß sie immerhin Erlkönigs Tochter und par excellence ein Wesen war, das in der Nacht herumrumort und sich deshalb vermutlich vor nichts fürchtet, »dann wollen wir mal. Wer als letzter reingeht, ist ein Weichei.«

»Na, dann nach dir.«

»Hört auf herumzusülzen und geht endlich rein.«

»Ein tolles romantisches Element bist du!«

Nachdem Regalian alles, was ihm von seinem Mut noch geblieben war, zusammengerafft hatte, nahm er Anlauf, trat die Tür auf und katapultierte sich mittels einer Rolle vorwärts, wie sie für solche Situationen vom israelischen Geheimdienst empfohlen wird, nach drinnen.

Der Vorteil dieses Manövers besteht darin, daß man mit leicht zurückgeworfenen Schultern sicher auf beiden Füßen landet, ohne das Gleichgewicht zu verlieren, und mit schußbereiter Waffe die geradezu klassische Einzelkämpferstellung einnimmt, die es einem gestattet, auf alles zu feuern, was sich in einem Radius von fünfundvierzig Grad befindet. Ein fast ideales Manöver, das aber trotzdem nicht alle Eventualitäten abdeckt.

Wie zum Beispiel einen im Weg stehenden Tisch. Als Regalian seine Bewegungen wieder unter Kontrolle gebracht hatte, stellte er fest, daß er mitten auf einem weißen Tischtuch saß, umgeben von zerbrochenem Geschirr und Teepfützen, und seinen Revolver direkt auf die Nase eines eigenartig aussehenden Individuums gerichtet hatte, das einen Zylinder trug.

Einen Moment lang war er verdutzt, doch dann fand er die richtige Erklärung und schaute umher, um sich zu vergewissern. Es war, wie er angenommen hatte.

»Bitte vielmals um Entschuldigung«, sagte er. »Du mußt der Hutmacher sein, und du bist der Schnapphase.«

»Richtig«, antwortete der Hutmacher. »Und was zum Geier soll das?«

»Ich bin nur auf der Durchreise.« Regalian kroch langsam und vorsichtig vom Tisch und versuchte dabei, so wenig wie möglich weiteren Schaden anzurichten. Ein lautes Knirschen war zu hören, als er sich auf einen Teller mit Gurkensandwiches kniete.

»So geht das aber nicht«, motzte der Hase. »Ich meine, klar, wir gelten als leicht irre, bizarre Figuren aus dem Hinterstübchen des menschlichen Unterbewußtseins, und wir sind auch durchaus bereit, das bei einer Abstimmung per Pfotenzeichen zu bestätigen. Trotzdem gibt dir das nicht das Recht, hier hereinzuplatzen und unser Geschirr zu demolieren.« Der Hase seufzte und zeigte auf die Überreste der Teekanne. »Ich meine, wie zum Henker sollen wir die Haselmaus da reinkriegen?«

»Ich muß weiter«, murmelte Regalian. »Schickt mir die Rechnung für den Schaden, den ich angerichtet habe, okay?« Er sprang vom Tisch, steckte den Revolver ins Halfter und hielt inne. »Moment mal«, sagte er. »Nur noch eine Sache. Bin ich ein Mensch oder ein Biber?«

Der Hase und der Hutmacher sahen sich an. »Ist das wieder eins von diesen ulkigen Wortspielen?« fragte der Hase genervt. »Wie das mit der Karamelmühle und der echten Tafelbutter und so weiter? Denn wenn es so ist, dann muß ich dir sagen, daß wir dafür wirklich nicht in Stimmung sind.«

»Nee, nee. Nur eine einfache Bitte um Information.«

»Gut. Du bist kein Biber. Ob du ein Mensch bist oder nicht, ist eine Sache, die du mit deinem Autor ausmachen mußt, da misch ich mich nicht ein. Und jetzt verpiß dich.«

»Verbindlichsten Dank. Auf Wiedersehen.«

Nachdem Regalian verschwunden war, wechselten der Hutmacher und der Hase lange, vielsagende Blicke.

»Und dabei sind wir angeblich die irren Typen«, sagte der Hutmacher.

»Das ist ja das Problem in diesem Geschäft«, pflichtete der Hase ihm bei. »Zuviel Konkurrenz durch Amateure. Na komm, laß uns das aufräumen.«

Sie nahmen das Tuch vom Tisch, schüttelten die Wegdwoodsplitter ab, stellten die Tassen, Untertassen und Teller wieder hin und brühten eine Kanne frischen

Tee auf. Dabei bekam der Hutmacher Teeflecken auf die Manschetten, und der Hase schnitt sich in die Pfote. Die Haselmaus schlief weiterhin tief und fest.

»Okay«, sagte der Hase, »das wäre also wieder in Ordnung. Wo waren wir denn stehen…?«

Ein Krachen ertönte.

»Das ist ja wohl nicht zu fassen«, seufzte der Hutmacher.

»Was zuviel ist, ist zuviel«, fügte der Hase hinzu, während er einer sich mit Hochgeschwindigkeit ausbreitenden Teepfütze auswich. »Von jetzt an heißt es Papierteller und Wegwerftischtuch.«

»Entschuldigung.«

»Wir könnten natürlich auch versuchen, den Tisch ein wenig anders zu stellen«, schlug der Hutmacher vor.

»Entschuldigung.«

Der Hutmacher machte ein finsteres Gesicht. »Was willst du?«

Titania stand auf und wischte sich Porzellansplitter von der Kleidung. »Tut mir wirklich leid, das Ganze«, sagte sie. »Wir wußten nicht, daß ihr hier seid.«

»Offensichtlich nicht.«

»Habt ihr«, fuhr Titania unbeirrt fort, »vor ein paar Minuten einen Mann hier langkommen sehen? Großer, kräftiger Typ, hat wahrscheinlich einen Revolver in der Hand.«

Der Hase sah sie lange an. »Wir haben ihn rein zufällig bemerkt, ja. Ein Freund von dir?«

»Ja.«

»Hätt ich mir denken können.«

»Wo ist er denn hingegangen?«

Der Hase rieb sich das Kinn. »Laß mich mal überlegen«, sagte er. »Wenn ich mich recht erinnere, ist er da hereingekommen, wo du auch hereingekommen bist, ist auf der Teekanne gelandet, über die ganzen Sandwiches gekrochen, auf die Zuckerdose getreten, hat den Kuchenständer umgeworfen und ist nach da verschwunden.« Er zeigte mit einer unbestimmten Geste auf ein Haus, das sich hinter ihnen befand. »Wohin seid ihr eigentlich alle unterwegs? Zu einem Treffen der Hell's Angels?«

Bleich vor Wut wandte Titania sich an Skinner. »Läßt du zu, daß er so mit mir redet?« fragte sie.

»Ja. Paß mal auf«, fügte er hinzu, »es war nicht mein Einfall, ein romantisches Element einzubauen. Niemand hat mich vorher gefragt, ob mir das auch recht ist.«

»Mich auch nicht«, fauchte Titania. »Mit dem verdammten Esel war ich viel glücklicher, das kannst du mir glauben.«

Skinner nickte. »Der ist mehr dein Typ«, sagte er.

Der Hase schlug mit einem Löffel auf den Tisch. »Würde es euch beiden Witzfiguren wohl was ausmachen«, sagte er, »euch woanders zu streiten? Wir sind nämlich schon fünf Seiten im Rückstand.«

»Tut mir leid.« Titania ging mit knirschenden Schritten zur Tischkante und sprang hinunter. »Für den Schaden kommen wir natürlich auf. Schickt die Rechnung einfach an ...«

»Haut endlich alle beide ab, sonst rufe ich die Flamingos.«

»Wir gehen ja schon.«

Diesmal warteten der Hutmacher und der Hase zehn Minuten, bevor sie das zerbrochene Geschirr wegräumten und den Tisch neu deckten. Außerdem schoben sie die ganze Chose zehn Fuß nach rechts. Dann setzten sie sich in bedrücktem Schweigen hin, vorsichtshalber ohne etwas zu essen oder zu trinken. Im Zucker waren Porzellansplitter, und der Biskuitkuchen würde nie wieder der alte sein.

Nach einer Weile sah der Hase auf seine Uhr.

»Ich glaube«, sagte er, »jetzt ist die Gefahr vorüber. Also, du schenkst den Tee ein, und ich werde mal sehen, was sich mit diesem verflixten Kuchen noch anfangen läßt.«

Just in diesem Moment kam Alice herbeigeeilt, rannte mit voller Wucht gegen den Tisch (der ja um zehn Fuß verrückt war) und landete mit dem Gesicht in der Schwarzwälder Kirschtorte. Darauf folgte ein langes Schweigen.

»Rutscht mir doch den Buckel runter«, sagte der Hase resigniert. »Und dafür habe ich nun eine Rolle in *Unser gemeinsamer Freund* abgelehnt. Jedenfalls gehe ich jetzt nach Hause, und sollte irgend jemand versuchen, mich daran zu hindern, dann drehe ich ihm den Hals um. Also ...«

Er verstummte. Irgend jemand drückte ihm gerade eine Waffe ins Kreuz.

»Okay«, knurrte der Kopfgeldjäger, der hinter einem Busch hervorkam. »Keiner rührt sich, sonst mache ich den Hasen kalt.«

»Ich würde wärmstens empfehlen«, sagte Rossfleisch mit einer gewissen Befangenheit, »daß jeder genau da bleibt, wo er ist. Sonst ...«

(Hier handelt es sich natürlich um den völlig legitimen literarischen Trick, Parallelen zu ziehen. Ohne es zu wissen, ahmt eine Figur eine andere nach und stellt dergestalt einen Bezug her, der unterschiedliche inhaltliche und formale Elemente miteinander verknüpft.

Insgesamt neigt die Literatur zu Symmetrie und Ausgewogenheit. Insbesondere zu Ausgewogenheit. Jedes Stichwort ruft eine Reaktion hervor. Jedem Auftritt folgt ein Abtritt.

Und jedem Abtritt ein Auftritt.)

Der Überfall auf die Post dauerte bereits drei Stunden.

Vor dem Gebäude das übliche Aufgebot an Polizeiautos, Ü-Wagen, Männern mit kugelsicheren Westen,

Männern mit Megafonen, Männern mit Fernsehkameras. Ein weiterer Tag, ein weiteres Melodrama.

Im Gebäude zwei Männer – nun ja, zwei Humanoiden –, Auge in Auge.

Ferner eine Romanschriftstellerin, die sich nicht ganz innerhalb und nicht ganz außerhalb des Gebäudes befand, sondern mit einer Taschenlampe, einer tragbaren Textverarbeitungsmaschine und gerümpfter Nase (wegen des Gestanks) in den Abwässerkanälen unterhalb der Post umherirrte.

Mannomann, dachte Hamlet bei sich, das Leben kann manchmal ganz schön beschissen sein. Wenn ich wirklich Hamlet wäre, *der* Hamlet, ließe ich jetzt eine zündende Rede vom Stapel und würde diesen Idioten dazu überreden, mich gehen zu lassen, oder ihn zumindest einschläfern, was auf dasselbe hinausliefe. Ein paar Blankverse, ein paar erstklassige, eingängige Metaphern, und die Sache wäre geritzt. Aber nein. Alles, was mir einfällt, ist *Meine Güte, das ist doch albern,* und das hat nicht ganz die nötige Sprengkraft, um mich hier rauszubringen.

Trotzdem kann man's ja versuchen.

»Meine Güte, das ist doch albern«, sagte er.

Der verrückte Wissenschaftler nickte. »Ganz recht, lieber Freund«, erwiderte er. »Absolut lächerlich. Es zeigt nur wieder einmal, welch einen niedrigen Stellenwert manche Leute wissenschaftlicher Forschung beimessen. Aber es liegt ganz in Ihrer Hand, Abhilfe zu schaffen«, fügte er hinzu, während er mit den Fingern auf das Gehäuse des Kassettenspielers trommelte. »Sie sind absolut kugelsicher. Sie brauchen bloß voranzugehen, dann sind wir im Handumdrehen hier raus.«

»Ja, aber …«

»Und wenn sich das noch länger hinzieht«, sagte Rossfleisch, während er einen Blick auf seine Uhr warf, »muß ich vielleicht sogar darauf bestehen. Ich kann es mir wirklich nicht erlauben, hier noch mehr Zeit zu vertrödeln. Ich muß mich wieder um meine Experimente kümmern, die ständiger Überwachung bedürfen.«

Hamlet schob sich näher ans Fenster. Wenn er Glück hatte, schaffte er es vielleicht hindurchzuspringen, bevor der Doktor dazu kam, das verdammte Band einzuschalten.

»Trotzdem ist das alles ein bißchen happig«, sagte er, »finden Sie nicht? Ich meine, das ganze Theater hier, die heulenden Sirenen, die Männer mit Gewehren und dergleichen. Haben Sie gesehen ...?«

»Bitte kommen Sie vom Fenster weg.«

Mist! »Aber Sie haben doch gesagt, daß ich kugelsicher bin, es besteht also keine ...«

»Nur für den Fall, daß Sie der Drang zu springen überkommt. Das ginge nämlich in keiner Weise an.«

»Ah. Okay.«

Er war gerade im Begriff, es mit einem anderen Argument zu versuchen, bei dem es um das Tragen von Bündeln ging (obwohl er keinen blassen Schimmer hatte, welche Bündel damit gemeint waren), als seine Hochleistungsohren ein seltsames Geräusch auffingen, ein Scharren und Kratzen, das von unterhalb des Gebäudes kam.

»Hey ...«, begann er, hielt aber rasch inne. Es ist besser, den Bekloppten nicht darauf hinzuweisen, überlegte er. Immerhin könnte es sein, daß mir da jemand zu Hilfe kommt.

»Wie meinen?«

»Hey«, improvisierte Hamlet, »haben Sie schon bemerkt, daß man von hier die ganze Stadt überblicken kann?«

Jane schob und drückte.

Was immer es war, wogegen sie drückte, hob sich, und sie stellte fest, daß sie von unten in einen Raum blickte. Dem Aussehen nach ein Heizungskeller oder etwas in der Art.

Sie hatte sich natürlich hoffnungslos verirrt. Als sie am Rand des Polizeikordons gestanden und auf das Gebäude gestarrt hatte, in dem, wie sie wußte, Hamlet in der Klemme saß, hatte sie sich gefragt, was ihr Held wohl täte, wenn er jetzt hier wäre, und da war es ihr wie die logischste Sache von der Welt vorgekommen, auf den nächsten Gullydeckel zuzusteuern und nach unten zu klettern.

Das war jetzt schon einige Zeit her.

Inzwischen hatten sich ihre Prioritäten ein wenig verschoben. Gewiß, sie wollte nach wie vor Hamlet ausfindig machen und ihn retten. Aber mehr als alles andere wünschte sie sich, aus der Kanalisation herauszukommen und ein langes wohlriechendes Bad zu nehmen, das etwa drei Monate dauerte.

Sie hievte sich aus der Kloake, schloß den Deckel hinter sich und setzte sich auf eine Holzkiste, um sich auszuruhen und darüber nachzudenken, was sie als nächstes unternehmen sollte. Während sie nachdachte, schaltete sie den Laptop an und wartete, daß er sich warmlief.

Das Gerät fing an zu piepen.

Es war nicht das Aua-du-tust-mir-weh-Piepen, das der Laptop von sich gab, wenn sie etwas falsch machte, und auch nicht das Mach-schnell-ich-brauche-mehr-Papier-Piepen. Es war irgendwie freundlicher; nein, das war nicht das richtige Wort. Bestimmter. Es war ein Nun-trödel-nicht-herum-hier-geht's-lang-Piepen, und es erweckte den Eindruck, als wolle das Gerät ihr etwas mitteilen. Wäre der Laptop ein Hund gewesen, dann wäre er jetzt mit der Leine im Maul aufgeregt um sie herumgesprungen.

»Na schön«, sagte sie. »Wo lang?«

Piep. Piepiepiepiepiep. PIIIEP!

»Wie bitte?«

Piepiepiepiepiepiepiepiiiepiiiiiep!

»Tut mir schrecklich leid, aber ich verst…«

PIIIIIIIIIIIEP!

»Ach so, die *Treppe* hoch. Kapiere. Und dann?«

Piep. Piep. Piep.

»Du meinst einen Notausgang.«

Piiiiiiiiiep. Piepiep. Piep.

»Was, wegen der Scharfschützen? Ja, stimmt.«

Piep.

»Ja, okay, ich komme, so schnell ich kann.«

Sie rappelte sich auf, nahm den Laptop in die Hand und machte sich daran, die eiserne Wendeltreppe hochzutrotten, die aus dem Heizkeller nach oben führte. Als sie schon halb oben war, blieb sie stehen und runzelte die Stirn.

»Moment mal«, sagte sie. »Wer, zum Teufel, bist du eigentlich, und wie kommt es, daß du imstande …?«

Piep.

»Ach so, verstehe. Ich bitte um Verzeihung. Du hast doch gesagt, wenn ich oben bin, links, nicht?«

Piiiiiiiiiiiep.

»Nein, ich habe absolut keine Ahnung, welche Bündel damit gemeint sind, aber ich verspreche dir, daß ich im *Wörterbuch der Symbolik* nachsehe, sobald wir zu Hause sind. Jetzt nach links, oder?«

Piep.

Hamlet hielt den Atem an. Jeden Augenblick konnte es jetzt losgehen. Dann geradewegs zum Fenster hinaus, beim Aufkommen das Abrollen nicht vergessen und …

»Mit wem haben Sie denn da eben gesprochen?« fragte der Doktor mit ruhiger Stimme.

»Ich?« Hamlet schluckte mühsam. »Oh, mit niemand. Hab nur einen Monolog gehalten. Hab drüber nachgedacht, welch ein Schurk' und niedrer Sklav' ich in all den Jahren gewesen bin, wissen Sie.«

Der Doktor sah ihn finster an. »Es kommt jemand, nicht wahr?« sagte er vorwurfsvoll. »Jemand, mit dem Sie reden können, ohne richtig zu sprechen.«

»Donnerwetter«, entgegnete Hamlet, »Sie sind aber clever! Ich wünschte, ich hätte soviel Grips wie Sie. Es muß wundervoll sein, soviel ...«

»Rasch hinter den Vorhang«, stieß der Doktor hervor. »Na los, nun machen Sie schon. Ich fürchte, für alberne Spielchen bin ich nicht in der richtigen Stimmung.«

Hinter den Vorhang. O welche Freude! »Muß ich wirklich? Was ist mit den Scharfschützen? Sie haben doch gerade gesagt ...«

»Tun Sie, was ich sage!« knurrte der Doktor und schwenkte vielsagend den Kassettenrecorder hin und her. Hamlets verstohlenes Grinsen war so breit wie der Ärmelkanal, als er nickte und hinter den Vorhang trat ...

An dieser Stelle ein Tip für angehende Kidnapper literarischer Figuren. Denken Sie zunächst einmal darüber nach, was ein Vorhang ist. Überlegen Sie einen Moment, was geschieht, wenn eine Figur hinter einem Vorhang hervortritt, und auch was geschieht, wenn sie dahinter verschwindet.

Einige Vorhänge sind besser als andere. Die beste Sorte ist feuerfest und gesetzlich vorgeschrieben. Man läßt sie vor fünfhundert leeren Sitzen herunter, während die Leute nach Eiscreme anstehen. Das nächstbeste sind die dicken staubigen Dinger aus rotem Samt mit goldenen Quasten. Notfalls tut es jedoch jeder Vorhang. Oder sogar, wenn alle Stricke reißen, ein Wandbehang.

Plötzlich wußte Hamlet ganz genau, wer er war und was als nächstes von ihm erwartet wurde. Beherzt zog er mit schwungvoller Gebärde das Schwert, das auf einmal an seiner Seite hing, identifizierte die Ausbuchtung im Vorhang als das, was sie war, und stieß mit aller Kraft zu. Eigentlich hätte er an dieser Stelle *Eine Ratte! Eine Ratte!* rufen müssen, aber dazu kam er in der Eile nicht.

Die Schwertklinge bog sich und zerbrach, während sich Hamlet im gleichen Moment in einen Schauer goldener Funken auflöste und verschwand.

Der auf der anderen Seite des Vorhangs stehende Dr. Rossfleisch starrte völlig entgeistert einen Aktenschrank an, in dessen Schublade mit der Aufschrift N-P sich ein sechs Inch langes Rapierstück gebohrt hatte, und bemerkte deshalb auch nicht, daß die Tür aufging und Jane hereinkam, die ihre Taschenlampe mitten auf seinen Hinterkopf niedersausen ließ.

Hamlet öffnete die Augen.

Er erwartete, die Festungswälle von Elsinore zu sehen. Er erwartete, den Klang aufgeregter Stimmen und das Geräusch eiliger Schritte, das wirre Durcheinander lautstarker, von den Wänden widerhallender Befehle zu hören und im Schloßhof unten das Geflacker von Fackeln zu sehen.

Fehlanzeige.

Was er statt dessen erblickte, war ein finsteres, ziemlich vollgestopftes Zimmer, das im spätviktorianischen Stil – dunkle solide Möbel und Gaslampen – eingerichtet war. In die Wand am anderen Ende des Raumes waren mit Pistolenkugeln die Buchstaben VR geschossen. In der Ecke rülpste irgendeine nicht identifizierbare wissenschaftliche Apparatur leise vor sich hin. Die Wände waren von ledergebundenen Büchern bedeckt. Im Kamin prasselte munter ein Feuer, und auf dem Kaminsims lag ein Pantoffel voll Tabak.

»Erstaunlich«, sagte eine Stimme, die aus einem Sessel kam.

Hamlet blickte auf und sah einen großen hageren Mann mit Adlernase und hoher Stirn, der einen seidenen Morgenmantel trug und eine große geschwungene Pfeife rauchte. Er hatte das scheußliche Gefühl, daß er wußte, wer das war.

»Ihrem Aussehen entnehme ich«, sagte der Mann,

»daß Sie irgend etwas mit dem Theater zu tun haben. Die Spuren von Schminke direkt unterhalb des Haaransatzes und die ziemlich ausgefallenen Stiefel weisen eindeutig darauf hin. Aus Ihrem allgemeinen Verhalten folgere ich, daß Sie sich von da, wo Sie gerade herkommen, recht eilig wegbegeben haben, vermutlich«, fügte er hinzu, nachdem er einen Moment lang nachgedacht und eine blaue Rauchwolke ausgestoßen hatte, »weil Sie sich in Lebensgefahr befanden. Die Farbe Ihres Haars und die Form Ihrer Backenknochen lassen auf skandinavische Herkunft schließen, und ich wage zu behaupten, daß Sie Däne sind. Die Art und Weise, in der Sie hier angekommen sind, ist ebenfalls höchst aufschlußreich«, sagte der Mann mit einem schiefen Lächeln. »Doch das Heft eines zerbrochenen Schwerts in Ihrer rechten Hand läßt nicht den geringsten Zweifel mehr zu. Eure Hoheit«, fügte er mit gespielter Ehrerbietigkeit hinzu. »Wie stehen die Dinge auf Elsinore?«

Obwohl ihn eigentlich andere Dinge beschäftigten, war Hamlet beeindruckt.

»Mensch!« sagte er. »Das alles haben Sie herausgefunden, bloß indem Sie mich angesehen haben?«

Der Mann nickte. »Elementar, mein lieber Hamlet«, antwortete er.

In der Eingangshalle des Hauses hing ein Spiegel.

Regalian, der vom Rennen noch außer Atem war, stand davor und starrte hinein. Ja, sagte er zu sich, ein großer Spiegel mit reichverziertem Rahmen, der über einem Kaminsims hängt. Jetzt erinnere ich mich. Genauso sieht er aus.

»Deine Haare müssen wieder mal gekämmt werden«, bemerkte der Scholfield. »Aber abgesehen davon, worum geht es eigentlich? Ich dachte, wir sollen …«

»Halt die Klappe«, befahl Regalian. »Wir sind da.«

»Ja, ich weiß, daß wir da sind«, entgegnete die Waffe. »Aber ich dachte, wir wollen woanders hin.«

Regalian lächelte schwach und zeigte auf den Spiegel. »Nach woanders geht es da entlang«, sagte er.

»Red keinen Stuß, da ist nur eine Wand«, knurrte die Waffe. »Vielleicht denkst du an Gespenster. Für den Fall, daß du es nicht weißt: Du bist kein Gespenst. Das kannst du mir ruhig glauben. Bei solchen Dingen kenne ich mich aus.«

Regalian dachte einen Augenblick lang nach. Dann schnallte er den Revolvergurt ab.

»Ey«, motzte die Waffe, »was, zum Teufel, soll denn …?«

»Ich muß zurück und die anderen holen«, erwiderte Regalian, während er den Gurt auf den Kaminsims legte. »Du kannst hierbleiben. Bin bald wieder da.«

Der Revolver wand sich in seinem Halfter hin und her. »Mann, das kannst du doch nicht machen. Warum tust du denn das?«

»Weil ich dermaßen von dir genug habe«, fuhr Regalian ihn an, »daß es für eine ganze Trilogie reicht, darum. Und jetzt halt den Rand, sonst lassen wir dich hier zurück.«

»Kreisch!« Der Revolver zappelte verzweifelt hin und her und schaffte es mit großer Mühe, aus dem Halfter zu schlüpfen. Dann schob er sich Millimeter für Millimeter auf den Spiegel zu. »Du kannst mich nicht allein hierlassen«, jammerte er, »in diesem Buch spinnen sie alle. Am Ende machen die mich noch zum Briefbeschwerer!«

Regalian streckte die Hand aus, um den Scholfield ins Halfter zurückzustecken, doch irgendwie schaffte der Revolver es, sich ihm zu entziehen und einen phänomenalen, ruckartigen Sprung von mindestens zwei Inch in Richtung Spiegel zu machen. Er verfehlte das Glas, traf statt dessen den Rahmen und spannte sich dabei. Regalian schnappte erneut nach der Waffe – es war, als versuche man, einen Goldfisch im Glas zu erwischen –, griff daneben und kam an den Abzug. Es gab einen lauten Knall.

»Himmel, Arsch und Zwirn!« rief Regalian aus.

Der Rückstoß mußte den Revolver direkt gegen das Glas geschleudert haben, denn der Revolver war nicht mehr zu sehen. Statt dessen sah man im Spiegel sein Spiegelbild.

»Hey«, schrie Regalian, »wie hast du denn das gemacht?«

Zur Abwechslung gab die Waffe einmal keine Antwort. Leise vor sich hinfluchend griff Regalian in den Spiegel, tastete nach dem Revolver und zog ihn rasch durch das Glas zurück …

Und sah sich plötzlich seinem Spiegelbild gegenüber. Doch sein Ebenbild im Spiegel hielt einen Scholfield-Revolver in der Hand und er nicht. Und dann war nur noch der Scholfield da, der auf der anderen Seite des Glases auf dem Kaminsims lag.

»Ach, du grüne Neune«, flüsterte Regalian.

Er streckte die Hand aus und legte sie auf die Oberfläche des Spiegels. Sie fühlte sich glatt, kalt und deprimierend solide an. Eben so, wie sich Spiegel nun mal anfühlen – in der realen Welt.

»Na großartig!« knurrte er. »Das ist wirklich einfach großartig! Was zum Geier soll ich denn jetzt tun?«

Er drehte sich um und schaute im Zimmer umher. Es war groß, gut möbliert und behaglich. Ein verglaster Bücherschrank neben dem Kamin enthielt eine komplette Ausgabe der Werke von Carson Montague alias Albert Skinner. *Ach, du Schande!*

Jedem Auftritt folgt ein Abtritt. Jedem Abtritt ein Auftritt.

Als er sich wieder umdrehte, war der Spiegel verschwunden. An seiner Stelle befand sich ein Fenster mit einem Einschußloch, und er bemerkte, daß er den Scholfield in der Hand hielt. Aus dem Zwischenraum zwischen Trommel und Lauf stieg eine feine Rauchsäule auf. Jenseits des Fensters erblickte er einen Mann in Arbeitskleidung, der ihm mit der Faust drohte und auf die zersplitterte Verglasung eines Gurkenbeets zeigte.

»Keine Bewegung!«

Skinner tat, wie ihm befohlen. In dem großen Spiegel direkt vor sich konnte er das Gesicht des Kopfgeldjägers sehen, ganz zu schweigen von dem langen schwarzen Colt in dessen rechter Hand.

Ach herrje, dachte Skinner bei sich, *dich kenne ich doch. Gott verdamm mich, klar!*

»Okay«, fuhr der Kopfgeldjäger fort. »Und jetzt dreh dich ganz langsam um, und zwar so, daß ich deine Hände sehen kann. Falls du die hirnrissige Absicht haben solltest, dir den Revolver auf dem Kaminsims zu schnappen …«

»Der Gedanke ist mir überhaupt nicht in den Sinn gekommen«, sagte Skinner wahrheitsgemäß.

»He«, zischte Titania ihm zu. »Wer ist denn dieser Idiot?«

Skinner seufzte. Es erstaunte ihn lediglich, daß er nicht früher darauf gekommen war.

»Titania«, sagte er genervt, »darf ich dir meinen Helden vorstellen. Slim, das ist Titania, die Elfenkönigin.«

»Freut mich, Ihre Bekanntschaft zu machen, Madam.«

»Zuletzt habe ich Slim in einem Spiegel gesehen«, fuhr Skinner fort. »Genauer gesagt, in einem Fenster, das zu dem Zeitpunkt aber ein Spiegel war. Ich habe ihn erschossen. Ich glaube, deswegen bin ich hier. Stimmt's, Slim? Ich habe das scheußliche Gefühl, daß er mein Alter ego ist. Du weißt schon, der Teil von mir, den ich nicht mag. Wahrscheinlich ist er sogar der Grund, warum ich es immer schwierig fand, mir jeden Morgen im Rasierspiegel ins Gesicht zu sehen.«

»Meine Güte«, sagte Titania. »Es ist wirklich komisch, aber immer wenn mir jemand solche einfachen, logischen Erklärungen serviert, bin ich hinterher noch verwirrter als zuvor. Was will er denn nun eigentlich?«

Skinner schüttelte den Kopf. »Das will ich lieber gar nicht wissen«, sagte er, »was immer es sein mag. Hey, Slim.«

»Na was, Partner?«

»Was, zum Teufel, willst du denn nun eigentlich? Ich meine, das muß doch alles einen Grund haben, oder?«

Slim lachte kurz und freudlos. »Denke schon«, erwiderte er. »Strengt euer Gehirn ein bißchen an, solange ihr noch eins habt.«

»Verflucht noch mal, Slim, du kennst mich doch«, sagte Skinner. »Plots waren noch nie mein Ding.«

»Stimmt«, entgegnete der Kopfgeldjäger. »Der Grund ist, daß ich mit dir noch nicht fertig bin, Kumpel. Noch lange nicht.«

Er hob die Hand, zielte mit dem Colt auf Skinner und feuerte.

Es wäre übertrieben zu sagen, daß Skinners ganzes Leben blitzschnell vor seinem geistigen Auge vorüberzog, weil er ein langes und interessantes Leben gehabt hatte und die Zeit einfach zu knapp war. Er war gerade bis zur Party anläßlich seines sechsten Geburtstages gekommen, bei der Jenny Mason zuviel Cremetorte gegessen und auf Muttis neuen Teppich gekotzt hatte, als ihm klar wurde, daß er noch am Leben war.

Er drehte sich um. Die Kugel hatte den Spiegel genau in der Mitte getroffen, von dem nichts übriggeblieben war außer einigen im Rahmen steckenden Glassplittern.

NEUNTES KAPITEL

Jane schloß die Tür auf, betrat die Wohnung, stellte ihren Laptop ab und ließ sich in einen Sessel fallen. Es war ein langer, langer Tag gewesen.

Alles in allem war die Polizei recht einsichtig gewesen, wenn man bedachte, daß sie ihre Anwesenheit im Postgebäude in keiner Weise zu erklären vermocht hatte, sah man einmal von ihrer Behauptung ab, sie habe in der Kanalisation Recherchen für ein Buch angestellt und sich dabei verlaufen. Man hatte ihr deutlich zu verstehen gegeben, daß man sie für ziemlich schwachsinnig hielt, aber man hatte sie gehen lassen. Schließlich und endlich.

Was mit Hamlet geschehen war, konnte sie nur vermuten, hatte aber das äußerst unbehagliche Gefühl, daß ihre Vermutungen korrekt waren.

Immerhin, tröstete sie sich, als sie den Kessel aufsetzte, wenn ich recht habe, heißt das, daß er mehr oder weniger wieder da ist, wo er hingehört, oder zumindest wieder bei Leuten seines Schlages. Jedenfalls da, wo sie ihm nicht mehr helfen konnte, und allein das war von Belang, soweit es sie betraf.

Als der Kaffee fertig war, öffnete sie eine neue Packung Schokoladenkekse, machte es sich auf dem Fußboden vor dem Feuer gemütlich und holte das Buch, das sie im Zug gelesen hatte, aus ihrer Handtasche. Sir Arthur Conan Doyle. Eigentlich nicht das, was sie sonst las, aber es war das einzige Buch am Zeitungskiosk gewesen, auf dessen Cover keine nackte Frau abgebildet war, und sie mußte zugeben, daß sie vergessen hatte, wie vergnüglich diese alten Sachen waren, wenn man sich einmal eingelesen hatte.

Das Buch öffnete sich wie von selbst an der Stelle, wo sie aufgehört hatte. Sie las folgendes:

»Einen Augenblick«, sagte ich. »Sie haben den Ablauf der Dinge bisher zweifellos richtig geschildert, mein lieber Holmes, aber einen Punkt haben Sie ungeklärt gelassen. Wer hat sich um den Hund gekümmert, während sein Herr in London war?«

Bevor Holmes antworten konnte, beugte sich der junge Fremde vor, dessen Gesicht heftige Erregtheit verriet. »Hey, Jane«, rief er, »bist du das? Herrgott noch mal, Mädel, wo, zum Teufel, bist du denn die ganze Zeit gewesen? Ich versuche schon seit Stunden, dich zu erreichen. Hör zu, du mußt mich hier rausholen, die haben hier alle einen gewaltigen Sprung in der Schüssel, und dann ist da noch dieser ekelhafte große Hund, du kannst dir gar nicht vorstellen, wie riesig dieser Köter ist. Dauernd springt er mich an und legt mir seine gräßlichen Pfoten auf die Brust und beschlabbert mir das Gesicht. Also setz deinen Arsch in Bewegung und denk dir etwas aus, damit ich ... Bei allem, was wunderbar ist, Mr. Holmes«, rief er aus, »ich vermag kaum zu glauben ...«

Mit einem Schaudern schloß Jane das Buch. Ihre erste Reaktion war: Nein, zum Teufel damit, ich habe jetzt nichts mehr damit zu tun. Soll der kleine Armleuchter doch zusehen, wie er nach Hause findet. Oder von mir aus kann er auch dort bleiben, sich einen Job suchen und eine Hypothek aufnehmen, wie alle normalen Menschen. Sie warf das Buch in die Ecke, verschränkte die Arme und versuchte, an etwas anderes zu denken.

Was ihr jedoch nicht gelang. Denn aus irgendeinem

Grunde, einer bizarren Logik zufolge, die sich ihrem Begriffsvermögen entzog, war sie für ihn verantwortlich. Weil – wenn sie ihm nicht half, es niemand sonst täte. Weil … Weil.

Verflixt noch mal!

Aber alles zu seiner Zeit. Zunächst einmal wollte sie ein Bad nehmen, sich einen Schinkentoast machen und dann schlafen gehen. Da gab es gar keine Diskussion.

Und nach einiger Zeit schlief sie.

Da bist du ja. Wo um Himmels willen bist du denn gewesen? Glaubst du vielleicht, es sei einfach, zu dir durchzukommen?

Obwohl sie noch fest schlief, setzte sich Jane kerzengerade im Bett auf und fluchte. »Nicht auch du noch!« rief sie. »Verschwinde!«

Das Traumbild von Skinner ballte wütend die Fäuste. *Du gottverdammtes faules Stück,* schimpfte es, *ich sitze in diesem Irrenhaus fest, und du willst weiterschlafen? Mensch, Mädel, wenn du mich nicht hier rausholst, werde ich persönlich dafür sorgen, daß du nie wieder schlafen kannst. Hast du gehört?*

»Momentchen mal«, murmelte Jane. »Ich hab gedacht, alles sei in Butter. Bist du denn nicht durch den Spiegel gegangen?«

Klar doch. Ich suche dich nur im Traum heim, weil ich nichts Besseres zu tun hab. Natürlich bin ich nicht hindurchgegangen. Dein Held, dieses lausige, miese Weichei …

»Sprich gefälligst nicht so über Regalian.«

Warum denn nicht? Der schlappschwänzige kleine Dreckskerl hat sich einfach verpißt und uns hiergelassen. Einfach …

»Uns?«

Ja, uns. Titania und mich. Und jetzt sind wir …

»Was denn, *die* Titania? Wie in *Schlimm treffen wir bei Mondenlicht, du stolze?* Die mit dem Esel?«

Genau. Warum hörst du nicht zu, wenn man dir was sagt?

»Was um Himmels willen macht sie denn dort?«

Weiß ich doch nicht! Skinner explodierte. *Es ist schließlich* dein *gottverdammtes Buch!*

Jane legte sich wieder hin, drehte das Gesicht dem Kissen zu und knurrte wie ein Tiger. Das Traumbild streckte seine immaterielle Hand aus und berührte ihre Schulter, aber es war schließlich nur ein Traumbild.

»Paß mal auf, du drittklassiger Schreiberling«, fauchte Jane ins Kissen. »Das-ist-nicht-mein-*Buch*. Verstanden?«

Faß dir mal an die eigene Nase, Frau Kollegin. Hol mich einfach hier raus, okay? Du, ich muß aufhören, vor der Telefonzelle stehen etliche Schachfiguren Schlange, und die werden langsam ungeduldig. Du weißt, wo ich bin. Also halt dich ran.

Das Traumbild verschwand, doch bevor Jane erwachen konnte, tauchte ein anderes Gesicht vor ihrem geistigen Auge auf. Es war verschwommen und schwer zu erkennen, und irgendwie war es nicht das Gesicht, das es sein sollte, weil es unheimlich an das Skinners erinnerte, es aber nicht war. Genauer gesagt sah es aus wie Skinners Bild, das sich in fließendem Wasser spiegelte.

Hallo? Kannst du mich hören?

»Regalian! Meine Güte, du hast mir vielleicht einen Schreck eingejagt! Was machst du ...?«

Hör zu, ich bin in Schwierigkeiten. Du mußt einen Weg finden, um mich hier rauszuholen.

Diesmal lachte Jane, so laut, daß sie davon aufwachte.

Über die US Library of Congress in Washington DC gibt es ein Gerücht, an das niemand ernsthaft glaubt und das folgendes besagt: Weil in dieser Bibliothek von so gut wie jedem existierenden Buch ein Exemplar aufbewahrt wird, theoretisch möglich ist, mittels einer Schwachstelle, die sich irgendwo im Heizungskeller befindet, aus der realen Welt in die Welt der Literatur überzuwechseln, und zwar aus folgenden Gründen:

(a) weil die Wirklichkeit meist seltsamer ist als jede Dichtung,

(b) weil es heutzutage eine Menge literarischer Werke gibt, die so bizarr sind, daß selbst Aleister Crowley sie zweimal lesen müßte, ehe er sagen könnte, worum es überhaupt geht, was schon einiges heißen will,

(c) weil allein schon der Gedanke, im Keller eines öffentlichen Gebäudes in Amerika gebe es ein Loch in der Trennwand zwischen Realität und Fiktion, derartig hirnrissig ist, daß das Ganze eigentlich stimmen muß.

Ergänzend ist noch zu sagen, daß bisher keine Universität (nicht einmal eine in Kalifornien) dazu überredet werden konnte, Gelder zur Verfügung zu stellen, um dieses Gerücht wissenschaftlich zu untersuchen, und demzufolge gibt es auch kein publiziertes Material darüber. Die Anhänger des Gerüchts sind nach wie vor auf eher anekdotische Aussagen der Wartungstechniker angewiesen, die, wenn sie in den Keller gehen, um etwas an der Heizung zu reparieren, immer wieder seltsamen, irgendwie unwirklichen Leuten begegnen, die dort umherirren. Diese Erzählungen lassen sich natürlich leicht durch die Tatsache erklären, daß es völlig normal ist, im Keller staatlicher Gebäude seltsamen, irgendwie unwirklichen Leuten zu begegnen. Was glauben Sie wohl, was für Leute in diesen Einrichtungen arbeiten?

Vor allem darf man nicht im entferntesten annehmen, eine vernünftige, geistig stabile Person wie Jane Armitage würde solch einem spinnerten Gerücht Glauben schenken. Gar nicht dran zu denken. Völlig ausgeschlossen.

»Entschuldigen Sie, bitte«, sagte Jane. »Könnten Sie mir wohl sagen, wie ich zum Heizungskeller komme?«

»Aber sicher, kein Problem. Sie gehen den Gang hier

runter, bis Sie zu einer Abzweigung auf der linken Seite kommen. Die gehen Sie, na, etwa zweihundert Yard runter, und dann sehen Sie rechts eine Tür. Durch die Tür, die Treppe runter, und schon sind Sie da. Okay?«

»Vielen Dank«, sagte Jane. »Ähm …«

»Ja?«

»Könnte ich wohl bitte Ihr Autogramm haben?«

»Hä?«

»Nicht für mich, verstehen Sie, sondern für den kleinen Neffen meiner Kusine.«

Der hilfsbereite Mann runzelte kurz die Stirn. Dann nahm er den Kugelschreiber und das Blatt Papier, die Jane ihm auffordernd hinhielt, an sich, kritzelte »James T. Kirk« aufs Papier und gab beides wieder zurück. Dann schlenderte er den Gang hinunter, bog nach rechts ab und war verschwunden.

Und richtig, da war der Keller endlich. Oder zumindest war da eine Tür mit der Aufschrift:

HEIZUNGSKELLER

und darunter stand in kleineren Buchstaben:

Zutritt nur mit besonderer Befugnis
Rauchen verboten
Jedem Auftritt muß ein Abtritt folgen, und vice versa

Als ihre Hand noch einen halben Inch von der Türklinke entfernt war, hielt Jane zögernd inne. Sie hatte, wie sie wußte, in ihrem Leben viele verdammt blöde Sachen gemacht, aber noch nie eine verdammt blöde Sache, die *unmöglich* war, und sie hielt viel davon, bei dem zu bleiben, was sie am besten kannte.

Andererseits folgte jedem Auftritt ein Abtritt, und vice versa, und sie hatte gerade gesehen, wie sich eine Figur davongemacht hatte und den Gang hinuntergegangen war. Ist Kirk nun abgetreten oder aufgetreten? überlegte sie. Hängt wahrscheinlich davon ab, auf welcher Seite der Tür man sich befindet.

Sie drückte die Klinke herunter und stieß die Tür schnell auf.

Es gibt Agenten – Leute, die einem eine Tätigkeit vermitteln, ihre zehn Prozent einstreichen und sich dann einer anderen Aufgabe zuwenden –, und es gibt auch Agenten.

Zur letztgenannten Kategorie gehören die Superagenten, die Ihre Katze füttern, während Sie weg sind, darauf bestehen, bei der Geburt Ihres Kindes dabei zu sein, und Sie dazu überreden, wieder vom Fenstersims herunterzukommen, wenn im *Boston Globe* gestanden hat, daß Sie mitten im zweiten Akt ins Koma zu fallen scheinen.

Außer dem Superagenten gibt es noch den Hyperagenten, doch von dieser Sorte existiert nur einer, eine Agent*in* namens Claudia. Sie sucht sich die Leute, die sie vertritt, genau aus, vor allem aber hat sie Erfolge vorzuweisen. Einer Legende im Showbusineß zufolge wäre Jesus Christus, wenn Claudia nicht gewesen wäre, uralt geworden und hätte weiterhin Reden geschwungen sowie bei Hochzeiten und gelegentlich bei einer Bar-Mizwa mitgewirkt.

Im Lauf einer extrem langen Karriere – andere Agenten scheinen nie die Zeit zu finden, Urlaub zu machen; Claudia hingegen verspricht dem TOD schon seit ewigen Zeiten, mit ihm Mittag essen zu gehen, sobald ihr Terminkalender es erlaubt – hat sie einige erlesene Gestalten vertreten, von denen die meisten dann später zu Leitfiguren bedeutender Religionen wurden.

Dazu gehört auch Polonius.

Polonius? Ja, Polonius. An dieser Sache arbeitet sie gerade. Als Bill Shakespeare damals das Stück schrieb, hatte ihr Klient eine Minirolle und gehörte zu denen, die am Schluß auftreten und was Nettes über Fortinbras sagen. Im Jahre 2140 wird man, wenn alles nach Plan geht, gezwungen sein, den Namen der Show zu ändern. Sie wird dann *Polonius, Innenminister von Dänemark* heißen. Beobachten Sie die weitere Entwicklung.

Auf dem Weg dorthin gibt es natürlich zwangsläufig kleinere Probleme. Zum Beispiel …

»Dann mach ihn ausfindig!« brüllte Polonius in den Hörer. »Und zwar sofort!«

»Hey, Pol, reg dich ab, ja?« säuselte Claudia. »Wir tun unser möglichstes. Es ist nur eine Frage der Zeit …«

»Klar«, fauchte der Höfling, »und in der Zwischenzeit mach ich mich zum Hanswurst. Du hast ja keine Ahnung, wie peinlich es ist, wenn ich hinter diesem verdammten Vorhang stehe und *nichts passiert.*«

»Okay. Also …«

»Ich muß so tun, als hätte ich einen Herzanfall, bloß um von der Bühne runterzukommen. Du mußt unbedingt etwas unternehmen. Die anderen sind allmählich auch schon ganz niedergeschlagen. Vorgestern abend war es sogar so, daß sich außer mir und dem Geist gar keiner die Mühe machte und aufkreuzte. Ich tu ja, was ich kann, aber versuch du mal, ein rappelvolles Haus in Stratford vier Stunden lang zu unterhalten, indem du *Ich sehe was, was du nicht siehst, und das fängt mit G an* spielst.«

»Verstehe, was du meinst, Pol. Und ich verspreche dir, sobald wir etwas in Erfahrung gebracht haben, werde ich dich …«

»Ja. Vergiß es nicht. Auf Wiedersehen.«

Die Verbindung brach ab. Claudia legte den Hörer auf, kaute einen Moment nachdenklich am Ende ihres Bleistifts herum und griff schließlich nach ihrem Adreßbuch.

Einer der Vorzüge einer hochkarätigen Klientel besteht darin, daß man, falls nötig, einen Klienten veranlassen kann, einem anderen Klienten einen Gefallen zu tun. Sie fand die Nummer, nahm den Hörer auf und wählte.

»Hei, Sherlock, ich bin's. Paß auf, ich brauche ... Er ist gerade bei dir? Das ist ja wunderbar, Sher, aber woher wußtest du ...? Ja, natürlich, wie nicht anders von dir zu erwarten. Ja, elementar, genau. Okay, Sher, laß ihn nicht weg, ich bin gleich bei dir. Ciao.«

Jane blickte erstaunt drein.

Was sie am meisten aus der Fassung brachte, war seltsamerweise der Geruch. Es war im Grunde nicht unangenehm; eigentlich gefiel er ihr recht gut. Er erinnerte sie an Buchantiquariate, jene Einrichtungen, deren Inhaber, bekleidet mit einer alten Strickjacke und Pantoffeln, zwischen den Regalen umherwandern, während sie etwas vor sich hinmurmeln, und nie ganz glauben können, daß man ein Buch kaufen möchte. Es war, wie sie erkannte, der Geruch nach altem Papier.

Was seltsam war, weil sie weder in einer Bibliothek noch in einer Papiermühle stand, geschweige denn in einem Buchantiquariat. Genaugenommen schien sie sich mitten in einer ...

Nun, wir wollen nicht lange um die Sache herumreden. Das Wesentliche am Schriftstellerberuf ist die Fähigkeit, das *mot juste* zu finden. Sie befand sich mitten in einer *Schlacht*.

In einer Schlacht, die überdies in eiskaltem Schnee stattfand. Etwa drei Fuß von ihrem Ohr entfernt donnerte ein Trumm von Kanone so heftig los, daß die Erde erbebte. Der Krach traf Jane wie ein Hammer, und sie merkte, wie ihre Knie nachgaben. Bevor sie sich davon erholt hatte, ging auf der anderen Seite eine weitere Kanone los, und der Schock riß sie wieder hoch.

Niemand schien sich in irgendeiner Weise für sie zu interessieren, und das erleichterte sie einigermaßen, da sie nicht das geringste Recht hatte, sich dort aufzuhalten, und Erklärungen immer so unangenehm sind.

Das Schlachtfeld wurde von zwei gegnerischen Streitmächten eingenommen, wie es bei Schlachtfeldern oft der Fall ist. In dem Abschnitt, in dem sie sich befand, wimmelte es von Männern in blauen Röcken, hohen schwarzen Hüten, die wie Schornsteine geformt waren, und bizarren weißen Gamaschen, die schauderhaft unbequem aussahen. Sie schienen französisch zu reden und dabei kräftig zu fluchen. Hauptgegenstand ihrer Unterhaltung war offenbar ihre Absicht, große Mengen alkoholischer Getränke zu sich zu nehmen und sich mit der weiblichen Einwohnerschaft anzufreunden, sobald sie Moskau erreicht hatten. Außerdem ging es in der Unterhaltung um allerlei technische Dinge, das Laden von Kanonen betreffend, die Jane mit ihrem Schulfranzösisch jedoch nicht verstand und die wahrscheinlich sowieso nur für Artilleristen von Bedeutung waren.

Klar, dachte Jane. Die Napoleonischen Kriege. Schnee. Achtzehnzwölf. Moskau. Ach, du Schande.

Krieg und Frieden. Eine tolle Abkürzung, die sie da genommen hatte.

Hier spricht die Polizei. Wir haben den Wald umstellt. Werft eure Waffe heraus und laßt Ferkel frei, dann wird niemandem etwas zuleide getan.

Die elektronisch verstärkte Stimme verklang in der sanften Brise, und dann waren im Hundertsechzig-Morgen-Wald nur noch das Zwitschern der Singvögel und das leise Summen der Bienen zu hören. Skinner duckte sich furchtsam.

»Das ist alles meine Schuld«, murmelte er. »Wie konnte ich nur so blöde sein, verflucht noch mal?«

»Na, komm«, tröstete ihn Titania, die den Mund voller Eicheln und Honig hatte, »nun mach dir mal keine Vorwürfe. Wir machen alle Fehler.«

»Sicher.« Skinner nickte bedrückt. »Und den größten Fehler habe ich gemacht, als ich auf dich gehört habe.«

»Aber ...«

»›Weißt du was‹, hast du gesagt. ›Laß uns denselben Weg zurückgehen‹, hast du gesagt. ›Laß uns zum Flußufer zurückgehen und nachsehen, ob wir nicht von dort in *Pu der Bär* gelangen können. Ich möchte wetten, daß es da irgendwo einen Ausgang gibt‹, hast du gesagt. Und sieh dir mal an, wo wir jetzt ...«

Titania runzelte gefährlich die Stirn. »Ich gebe ja zu«, sagte sie, »daß es mein Einfall war. Ich kann mich jedoch nicht erinnern, gesagt zu haben, daß du in Ferkels Haus einbrechen und ihn als Geisel nehmen sollst.«

Aus dem hinteren Teil des dunklen runden Zimmers warf Ferkel ihnen einen starren Blick voll puren blinden Hasses zu. Da er jedoch nur drei Fuß groß und an Händen und Füßen mit Heftpflaster gefesselt war, stellte er mit ziemlicher Sicherheit das geringste ihrer Probleme dar.

»Daß es so weit kommt, lag überhaupt nicht in meiner Absicht«, protestierte Skinner. »Ich wollte nur in irgendein leeres Haus einbrechen, um nach was zu essen zu suchen. Woher sollte ich denn wissen, daß der kleine Dreckskerl uns mit dem Schürhaken auflauert?« Behutsam massierte er sich den Oberarm.

»Trotzdem hättest du den Bären nicht gleich erschießen sollen.«

»Ich habe *auf* ihn geschossen«, korrigierte Skinner sie, »und nicht getroffen. Erinnerst du dich? Außerdem wollte ich überhaupt nicht schießen. Der vermaledeite Revolver ist einfach irgendwie losgegangen ...« Skinner hielt inne und runzelte die Stirn. »Hey«, fügte er hinzu. »Das hast du mit Absicht gemacht, nicht wahr?«

Eine kurze Pause trat ein.

»Redest du mit mir?« fragte der Scholfield in aller Unschuld.

»Natürlich rede ich mit dir, du beknackter Psychopath. Er ist nur vier Fuß sechs groß und mit Holzwolle ausgestopft. Willst du etwa behaupten, du hättest nicht ein klein wenig überreagiert?«

»Hey«, antwortete der Scholfield, dessen Stimme äußerst vorwurfsvoll klang. »Du hast gesagt: *Oh, sieh mal, da ist ein Bär.* Wo ich herkomme, sind Bären groß und haarig, und außerdem fressen sie einen. Woher sollte ich denn wissen ...?«

»Hört mal, ihr beiden«, warf Titania ein, »das bringt uns nicht weiter, oder? Wir müssen uns«, fügte sie hoffnungsvoll hinzu, »vielmehr einen Aktionsplan ausdenken.«

Skinner seufzte. »Und wie soll der aussehen?« fragte er. »Sollen wir einen Hubschrauber fordern, der uns zum Nordpol fliegt? Uns als Pu-Stöcke verkleidet den Fluß runtertreiben lassen?«

»Wir könnten uns den Weg freischießen«, schlug der Scholfield vergnügt vor. »Mehr als zehn können da draußen nicht sein. Das mach ich im Trommelumdrehn.«

Skinner schloß erschöpft die Augen. »Noch ein solcher Vorschlag«, murmelte er, »und du verschwindest in einem Kaninchenloch. Unsere Schwierigkeiten sind so schon groß genug. Überleg dir mal, was die uns erst antäten, wenn wir I-Ah umlegen würden!«

»Wir könnten verhandeln«, schlug Titania vor. »Könnten erklären, was passiert ist, und ihnen versichern, daß es nicht böse gemeint war. Immerhin ist es ein Kinderbuch. Ich wette mit dir um jeden Preis, daß sie in Wirklichkeit gar nicht bewaffnet sind.«

Skinner zog eine Augenbraue hoch; dann entdeckte er eine kleine Keksdose, stülpte sie über einen Besenstiel und schob beides zum Fenster hinaus. Als er den Besenstiel kurz darauf wieder zurückzog, befanden sich dreiundzwanzig Einschußlöcher in der Dose, alle etwa in der Mitte.

Ihr da im Baumhaus. Das ist eure letzte Chance. Laßt Ferkel frei, sonst bleibt uns keine andere Wahl.

»Diese Blödmänner gehen mir allmählich auf die Nerven«, sagte Titania voller Entschlossenheit.

»Mir auch«, pflichtete Skinner ihr bei. »Na los, dann schlag was vor.«

Titania dachte einen Augenblick lang nach. Dann breitete sich ein boshaftes Lächeln auf ihrem Gesicht aus wie eine Öllache auf einem Zierteich.

»Wie wäre es denn ...?« fragte sie.

Zur allgemeinen Verfasserschaftstheorie.

Man nehme einen Autor (zunächst muß man ihn allerdings erst aufwecken und ihm drei Liter schwarzen Kaffee einflößen), stelle ihn vor ein Mikrofon und frage ihn, wie er seine Figuren konstruiert. Höchstwahrscheinlich wird er dann behaupten, er habe sie frei erfunden. Alles gelogen.

Literarische Figuren werden wie Frankenbothams Hamlet aus einzelnen Teilen wirklicher Menschen gebaut, das heißt, mehr oder weniger überzeugend daraus zusammengeschustert. Die Eigenarten eines Freundes, der Silberblick einer Tante, die Schönheitsfehler, die ein Vorgesetzter im Gesicht hat – all das wird ins Unterbewußtsein eingespeist und neu zusammengesetzt, um dann am anderen Ende als literarische Figur herauszukommen.

Deshalb weisen sie alle Teile von uns allen auf. Gehört ein Autor zu Ihrem Bekanntenkreis? Dann besteht die beträchtliche Gefahr, daß es da drüben eine Figur gibt, die mit Ihrer Nase durch die Gegend läuft.

Zum wirklichen Problem wird das Ganze, wenn ein Autor, sei es nun bewußt oder auch nicht, sich selbst als Vorlage einer literarischen Figur nimmt. Die alte Maxime *Im Grab nützt dir das alles nichts mehr* gewinnt dann plötzlich etliche neue, makabre Aspekte.

Denken Sie mal kurz darüber nach.

Einerseits ist Jane in die Welt der Literatur übergetreten. Andererseits ist ihr Held fast im gleichen Moment in die wirkliche Welt gerutscht. Es ist anzunehmen, daß sich daraus ernsthafte Konsequenzen für das Gefüge der Wirklichkeit ergeben. Stellen Sie sich vor, ein Mann steht gerade genau in der Mitte des Gangs zwischen den Sitzreihen eines Flugzeugs, das sich in einer Höhe von fünfzigtausend Fuß befindet, und in dem Moment springen auf den gegenüberliegenden Seiten des Flugzeugs gleichzeitig zwei Fenster in Stücke, dann können Sie sich vielleicht eine ungefähre Vorstellung von alldem machen.

Da wir gerade dabei sind, denken Sie bitte auch über folgendes nach:

1. Jedem Abtritt muß ein Auftritt folgen.
2. Jane Armitage, Verfasserin reißerischer Unterhaltungsromane, wurde an genau dem Tag geboren, da Albert Skinner, Verfasser reißerischer Unterhaltungsromane, auf der Anderen Seite strandete.

Das könnte natürlich einfach ein Zufall sein. Mit demselben Recht ließe sich freilich annehmen, daß die Sterne die Löcher am Himmel sind, durch die der Regen kommt. Weder die eine noch die andere Annahme ist jedoch so beschaffen, daß Sie um Ihre nächste Monatsmiete darauf wetten sollten.

Nachdem er sich vergewissert hatte, daß die Luft rein war, krempelte Hamlet die Ärmel hoch, packte den Stiel der Hacke fest an und holte zum Schlag aus.

Unentschlossen und wankelmütig? Er würde den blasierten Dreckskerlen schon zeigen, wie unentschlossen und wankelmütig er war. Die meisten anderen Figuren aus seinem Bekanntenkreis würden sich in solch einer gräßlichen Lage einfach wie ein Igel zusammenrollen und darauf warten, daß sie gerettet würden. Aber nicht Hamlet.

Er grub sich einen Fluchttunnel.

Wohin er ihn eigentlich grub, wußte er nicht so recht. Was er über die physikalischen Zusammenhänge des multidimensionalen Raum-Zeit-Gefüges wußte, hätte man mit dickem Filzstift auf die Rückseite einer Briefmarke schreiben können, aber das besagte nichts. Isaac Newton, so argumentierte er, wußte auch einen Dreck über die Schwerkraft, bis ihm der Apfel auf den Kopf fiel. Vermutlich waren das Dinge, die man sich nach und nach aneignen konnte.

Viel wichtiger war die Frage, was er mit all der Erde anfangen sollte.

Sherlock Holmes war glücklicherweise unterwegs, um irgendeinen Fall zu lösen, was zumindest hieß, daß sich Hamlet bis zur Rückkehr des Detektivs frei in der Wohnung bewegen konnte. Nachforschungen in Holmes' Schlafzimmer hatten eine beträchtliche Anzahl von Socken zutage gefördert, und in jede würden nach Hamlets Schätzung mindestens anderthalb Pfund Erde passen. Sobald die Socken voll waren, konnte er sie mit Wäscheklammern an die Gardinenstange hängen, dann würde niemand etwas merken.

Es gab Zeiten, da war ihm sein Einfallsreichtum richtig unheimlich.

Ein weiteres kleines Problem ergab sich aus dem Umstand, daß die Wohnung in der Baker Street 221 B im ersten Stock lag.

Wer hat noch mal gesagt (überlegte Hamlet, während die Hacke niedersauste), ein Problem sei eine gute Idee, die bloß darauf warte, sich einzustellen? Shakespeare jedenfalls nicht. Dieser langweilige alte Schwätzer hat nie irgend etwas gesagt, was von praktischem Nutzen sein könnte, sondern nur Unmengen öden Geschwafels über das Leben und dergleichen von sich gegeben. Er mußte lediglich den Fußboden aufhacken, um in das darunterliegende Wohnzimmer Mrs. Hudsons zu gelangen. Von dort aus konnte er dann senkrecht nach unten weitermachen. Ein Kinderspiel. Gewiß, er müßte sich irgend etwas Raffiniertes ausdenken, um zu verschleiern, was er im Schilde führte, aber das dürfte nicht allzu schwierig sein. Wie viele Leute blicken denn schon mehr als einmal im Jahr zu ihrer Zimmerdecke hoch?

Die Hacke traf den Fußboden, stieß gegen etwas Hartes und prallte zurück, wobei sich ihr anderes Ende fast durch Hamlets Kopf gebohrt hätte. Verwundert bückte sich Hamlet und stieß mit dem Finger gegen die Stelle unter dem Teppich, die er getroffen hatte. Tatsächlich, darunter war etwas zu spüren; etwas Flaches und Glattes. Merkwürdig.

Äußerst behutsam zog er mit einer Schere die Teppichzwecken heraus, die er alle sorgfältig für später aufhob, um den Teppich wieder ordnungsgemäß auslegen zu können. Da Holmes ein ziemlich guter Beobachter zu sein schien, war es von entscheidender Bedeutung, keine Spuren zu hinterlassen, die sein Vorhaben verrieten, wie zum Beispiel einen zurückgerollten Teppich und ein großes klaffendes Loch in den Dielenbrettern.

Was in aller Welt konnte das bloß sein? Während er mit der Schere hantierte, versuchte er, sich die unterschiedlichen Arten von Dingen in Erinnerung zu rufen, die die Leute für gewöhnlich unter dem Fußboden verstecken. Blechtruhen voller Goldmünzen. Illegale Waffen. Zerstückelte Leichen. Nichts davon schien zu dem Image zu passen, das Holmes in der Öffentlichkeit hatte, aber andererseits, wenn man sich die Mühe macht, etwas unter dem Teppich zu verbergen, will man wahrscheinlich nicht, daß die Leute etwas davon wissen. Vielleicht verband nur deshalb niemand den Namen Sherlock Holmes mit Koffern voller Zündkapseln und Sprengstoff, weil bisher noch niemand daran gedacht hatte, seinen Fußboden aufzustemmen.

Es war ein Gullydeckel.

Hamlet setzte sich auf die Fersen und kratzte sich am Kopf. Tja, murmelte er vor sich hin, nun ja. Warum hat wohl ein weltberühmter Detektiv, der in einer Wohnung im ersten Stock lebt, mitten in seinem Fußboden einen Gullydeckel? Es gab nur eine Möglichkeit, es herauszufinden. Hamlet packte den Griff des Deckels, stützte die Füße ab und zog.

Ein Loch kam zum Vorschein, was unter einem Gullydeckel nicht unbedingt deplaziert wirkt. Hamlet kniete daneben und spähte hinein.

Statt, wie er erwartet hatte, von oben auf Mrs. Hudsons Wohnzimmer zu blicken, sah er etwas, das genau wie ein mit Stahl ausgekleideter Lüftungsschacht aussah, wie ihn *Unser Held* in der behelfsmäßigen Zelle, in die die Schurken ihn nach seiner Gefangennahme gesteckt haben, immer entdeckt, bequemerweise hinter einem dünnen Gitter aus Maschendraht, und der immer und ohne Ausnahme zur unterirdischen Kommandozentrale des Oberschurken führt. Hamlet seufzte. Willkommen im Thrillerland, sagte er zu sich.

Bloß weil das Ding da ist, dachte Hamlet, heißt das noch lange nicht, daß ich auch hinunterklettern muß. Ich könnte den Deckel schließen, den Teppich wieder an Ort und Stelle legen und mir eine schöne Tasse starken Tee brauen.

Andererseits, grübelte er, während er sich übers Kinn strich, hat sich jemand offensichtlich erhebliche Mühe gemacht, um das Ding anzulegen. Und ich befinde mich schließlich in der Welt der Literatur, wo alles einen Zweck hat. Derjenige, der dieses verflixte Ding gebaut hat, wartet vermutlich in ebendieser Minute am anderen Ende auf mich, ungeduldig mit dem Fuß auf den Boden tappend und immer wieder auf die Uhr blickend.

Während er dakniete und hin und her überlegte, erschien vor seinem geistigen Auge ein ganz bestimmtes Bild: ein voller Zuschauerraum, ein Proszeniumsbogen und im Rampenlicht mitten auf der Bühne eine schwarzgekleidete Gestalt, die einen Totenschädel in der Hand hielt. Unentschlossen und wankelmütig. Ja, genau. Der Typ von Mann, der einen absolut einwandfreien Entlüftungsschacht entdeckt und dann eine halbe Stunde daneben sitzt und mit einer Entscheidung ringt, bis schließlich der Schurke zurückkommt und ihn erwischt. Na, das wohl kaum.

»Also los«, sagte er laut, und kurz darauf fügte er hinzu: »Runter geht's.« Er blieb jedoch, wo er war.

Wer, zum Teufel, würde denn mitten im Wohnzimmerfußboden von Sherlock Holmes einen Entlüftungsschacht anlegen wollen?

Gute Frage. Es ist immerhin ein Unterschied, ob man dynamisch und selbstbewußt ist, oder ob man beim Überqueren der Straße weder nach links noch nach rechts guckt und von einem Lastwagen überfahren wird. Vielleicht sollte man hier nichts überstürzen und das Ganze noch ein bißchen ventilieren …

Er erstarrte vor Schreck. Von der Treppe her waren Schritte zu hören – der schwere Tritt, den er als Holmes' Schritt erkannte, und ein ausgeprägteres, eher trappelndes Geräusch, das auf hohe Absätze schließen ließ. Mit einer Sparsamkeit der Bewegungen, die der sprichwörtlichen abflußrohremporkletternden Ratte alle Ehre gemacht hätte, sprang Hamlet auf, schwang sich in die Mündung des Schachts, stemmte die Knie gegen die Schachtwand und ließ los.

Wie ein dramaturgisch statthafter Zufall es wollte, schrieb just in dem Moment Professor Moriarty, der sich in einem Keller unterhalb eines Lagerhauses in Rotherhithe befand, einen Scheck aus.

Der Scheck betrug zweiundsechzig Pfund und war auf Jas. Harris & Co., Bauunternehmer, Baker Street ausgestellt. Auf der Rechnung, die neben dem Scheckbuch auf Moriartys Schreibtisch lag, stand folgendes:

Lieferung eines mit Stahl ausgekleideten Lüftungsschachts und Installation desselben in der Baker Street 221 B, während der Mieter der Wohnung anderweitig beschäftigt war; Herstellung einer direkten Verbindung zu Ihrem geheimen unterirdischen Versteck; einschließlich Aufrißplan, Baumaterial, Nebenarbeiten und Instandsetzungskosten; um sofortige Bezahlung wird gebeten.

Moriarty löschte den Scheck ab, faltete ihn zusammen und steckte ihn in einen Umschlag. Das, murmelte er vor sich hin, war der einfache Teil der Aktion.

Claudia schloß die Augen und zählte bis zehn. Dann öffnete sie die Augen wieder.

»Könntest du das bitte noch mal wiederholen, Sher«, bat sie. »Und diesmal brauchst du mir nicht eigens zu erklären, wie du darauf kommst, weil ich davon Kopfschmerzen kriege.«

Wenn Holmes gekränkt war, dann ließ nichts in seinem dunklen, geheimnisvollen Gesicht darauf schließen. Mag sein, daß für den Bruchteil einer Sekunde eine Augenbraue oder ein Mundwinkel zuckte, aber mehr nicht.

»Na schön«, sagte er. »Ich rekapituliere also. Der Mann namens Skinner – der, wie unübersehbar auf der Hand liegt, den Schlüssel zu diesem ganzen, ziemlich faszinierenden Rätsel darstellt – sitzt zur Zeit in Ferkels Haus im Puwinkel in der Bredouille – ich glaube, so nennt man das. Ich habe den Verdacht, daß er sich in Gesellschaft einer Person weiblichen Geschlechts befindet, bei der es sich möglicherweise um die Elfenkönigin Titania handelt. Ich nehme an«, fügte er sarkastisch hinzu, »daß du bereits selbst zu diesem Schluß gekommen bist. Das Beweismaterial läßt schließlich nur eine Interpretation zu.«

Claudia nickte ungeduldig. »Und der andere Typ«, sagte sie. »Der so männlich wirkt. Der mit dem Bart.«

»Regalian?« Holmes lehnte sich mit aneinandergelegten Fingerspitzen im Sessel zurück. »Ich schlage vor, daß du nach dem unter Skinners letzter Adresse in Chicopee Falls, Iowa suchst, so etwa im Juni 1959. Ganz elementar, versteht sich.«

»Prima. Und die Schriftstellerin, wie heißt sie noch mal?«

»Jane Armitage.« Holmes zuckte die Achseln. »Ich hätte nicht gedacht, daß du von mir erwartest, deine Intelligenz zu beleidigen, indem ich dich extra darauf hinweise, daß sie irgendwo beim Rückzug aus Moskau zu finden ist, in Tolstois epischem Meisterwerk.« Er gestattete sich ein sichtbares Grinsen. »Soll ich dir den Titel des Romans sagen, oder bist du ...?«

»Schon gut«, fauchte Claudia. »Komm endlich zur Sache. Wo *ist* er?«

»Du meinst Hamlet?«

»Ja.«

»Ah.«

»Na?«

Der große Detektiv rutschte im Sessel hin und her. »Du kennst meine Methoden, meine liebe Claudia. Wende sie an.«

»Du meinst, du weißt es nicht.«

»Es mag durchaus sein«, sagte Holmes langsam, »daß mir sein genauer Aufenthaltsort noch nicht bekannt ist ...«

»Vor ein paar Stunden war er doch noch hier. Du kannst seine Spur doch nicht *schon* verloren haben.«

Holmes' Augenbrauen zuckten wie Vorhänge auf und ab. »Die kruden mechanischen Details«, sagte er, indem er sich bemühte, gelangweilt zu klingen, »überlasse ich lieber der Polizei. Sobald die eigentliche Ursache aufgedeckt worden ist ...«

»Na, wunderbar.« Claudia stand auf und schnappte sich ihren Aktenkoffer. »Ich heure den angeblich besten Detektiv der Weltliteratur an, um jemanden ausfindig zu machen, und er sagt *Hast du es schon bei der*

Polizei versucht? Als nächstes wirst du noch vorschlagen, daß wir alle Krankenhäuser anrufen.«

»Verehrte Claudia«, knurrte Holmes in unheilvollem Ton, »wenn du zugehört hättest, als ich dir den genauen Ablauf der Ereignisse dargelegt habe …«

»Mann«, fuhr Claudia ihn an, »wenn ich Geschichtsunterricht gebraucht hätte, hätte ich jemanden aus Harvard zu Rate gezogen. Ich will wissen, wo der Pinsel *jetzt* ist.« Sie machte eine Pause. »Weißt du das zufällig, Sher?«

Holmes schürzte die Lippen. »Wenn man das Unmögliche ausgeschlossen hat …«, begann er.

»Spar dir das für die Kunden auf«, fauchte Claudia von der Tür her. »Ich bin enttäuscht von dir, Meister. Man hat mir gesagt, du seist gut. Ich werde diese Nappsülze selbst ausfindig machen, und ich erwarte nicht, von dir eine Rechnung zu bekommen. Adieu.«

Die Tür knallte zu. Nachdem eine Zeitlang völlige Stille geherrscht hatte, öffnete Holmes die Augen, legte den Kopf zurück und rief: »Watson!«

Der Doktor steckte den Kopf zur Tür herein. »Ja, Holmes?«

»Bringen Sie mir ein Aspirin.«

Moriarty schmiegte den Kragen seines Mantels eng an seine Wangen und zitterte – unerklärlicherweise, denn die Nacht war warm.

»Ich hoffe, es ist alles vorhanden?« fragte sein Begleiter höflich.

Moriarty nickte und schob das dicke Bündel Banknoten in die Seitentasche seines Mantels. »In der Kutsche«, murmelte er, während er sich bemühte, den anderen nicht anzusehen.

»Unbeschädigt?«

»Ich glaub schon«, antwortete der Professor, der sein möglichstes tat, um seinen Abscheu nicht in der Stimme anklingen zu lassen.

Der andere Mann streckte die Hand aus und nahm Moriartys Schulter zwischen Zeigefinger und Daumen. Sein Griff war wie Eis und Stahl.

»Das hoffe ich sehr«, sagte er, »um Ihretwillen. Ich weiß, wo Sie zu finden sind, Professor. Guten Abend.«

Sein schwarzer Umhang wirbelte herum, und der Mann schien im Nebel zu verschwinden. Kurz darauf hörte Moriarty, wie Hufe über das Kopfsteinpflaster trappelten, und dankte Gott aus tiefster Seele, daß er wieder allein war. Dann ging er forschen Schrittes in Richtung Whitechapel.

Als er wieder in seinem Versteck war, zog er das dicke Geldbündel heraus und öffnete seinen Safe. Während er die Banknoten durchzählte, bemerkte er etwas, das er zuvor übersehen hatte. Einen Umschlag.

Seine Hände bebten, als er ihn aufriß. Doch bei näherer Betrachtung stellte sich heraus, daß der Inhalt völlig harmlos war. Zug- und Dampfschiffahrtkarten; eine Hotelreservierung; sogar Reiseführer. Als er den Begleitbrief überflog, entspannte sich sein Gesicht und zeigte ein mildes, amüsiertes Lächeln.

Er hatte sich nicht, wie er befürchtet hatte, den Zorn seines furchteinflößenden Kunden zugezogen; ganz im Gegenteil. Als Zeichen seiner Wertschätzung und Dank für einen hervorragend erledigten Auftrag spendierte dieser ihm den Winterurlaub seines Lebens in der romantischen Umgebung der prachtvollen Schweizer Alpen, ohne daß er auch nur einen Penny dafür zu bezahlen brauchte. Zug- und Schiffsreise erster Klasse und Unterkunft in Interlaken, gefolgt von drei luxuriösen Wochen in einem Hotel von internationalem Renommee, das nur einen Steinwurf von dem eindrucksvollen, ehrfurchtgebietenden Naturschauspiel des Reichenbachfalls entfernt war.

Donnerwetter, dachte Professor Moriarty. Es geht aufwärts.

Regalian zog die Vorhänge zurück und starrte ungnädig die aufgehende Sonne an.

Es war, wie er zugeben mußte, die richtige, echte, wirkliche Sonne. Trotzdem war sie für jemanden, der die Sonnenaufgänge heroischer Fantasy gewöhnt war, in keiner Weise überzeugend.

Wo ich herkomme, murmelte er vor sich hin, sind Sonnenaufgänge netzhautversengende Explosionen leuchtendroten Feuers, das aus wolkigen Schmelzöfen hervorbricht, und nichts, das aussieht wie die Autobahnraststättenversion eines Spiegeleis. Bei uns gibt es natürlich nur Sonnenaufgänge, wenn die Situation es erfordert. In der übrigen Zeit schalten wir einfach das Licht an.

Er nahm seine Tasse mit Kaffee und seinen Teller mit Toast und setzte sich auf die Fensterbank, von wo er auf die Main Street blicken konnte. Wieder ein Tag, überlegte er, an dem nichts passieren wird, es sei denn, ich sorge dafür, daß etwas passiert. Welch trostlose Aussicht.

Nach sechsunddreißig Stunden geduldigen Argumentierens und offen ausgesprochener Drohungen hatte er es unter Mißachtung sämtlicher Regeln der chronologischen Physik geschafft, eine Verbindung mit der Nummer zu bekommen, die Jane 1999 haben würde. Allerdings hatte sich bloß ihr Anrufbeantworter gemeldet, was in Anbetracht der Lage darauf schließen ließ (sie hatte einen Ablieferungstermin für ihr neues Buch, den sie jetzt nur dann würde einhalten können, wenn sie es schriebe, während sie die Erde mit Lichtgeschwindigkeit umkreiste), daß Jane allein losgezogen war, um irgendeine amateurhafte Rettungsaktion in Szene zu setzen, was ziemlich hirnrissig war. Für diese Art Arbeit hatte sie keinerlei Qualifikationen. Gewiß, als Verfasserin von Fantasy waren ihr bizarre und gefährliche Erlebnisse nicht gerade unbekannt – er konnte sich lebhaft an ihre Schilderung des SF-Cons in Congleton erinnern, zu dem ihr Verlag sie geschickt und wo sie ein qualvolles Wochenende unter vierhundertzweiundsechzig selbsternannten Vertretern des klingonischen Imperiums verbracht hatte –, doch eine Sache beherzt in Angriff zu nehmen, ist etwas wesentlich anderes, als sich total lächerlich zu machen. Und es gibt einige Dinge, die man wirklich den Profis überlassen muß.

Zum Beispiel Heldentum.

Nicht jeder kann ein Held sein. Sicher, einmal im Leben ist es vielleicht auch einem stillen, zurückhaltenden Zeitungsreporter vergönnt, ein Kind zu retten, das beinahe von einer unachtsamen Dampfwalze überfahren worden wäre. Doch wenn sich dieser Reporter daraufhin einen Umhang und ein Paar Strumpfhosen kauft und versucht, von hohen Gebäuden zu springen, wird er wahrscheinlich ziemlich schnell hintereinander zwei Dinge herausfinden; das zweite davon ist die Tatsache, daß es töricht ist, etwas zu weit zu treiben.

Bei Helden liegt der Fall natürlich anders.

Helden haben neun Leben, Kniescheiben aus Gummi, Diplomatenpässe, einen Onkel in der Stadtverwaltung, ein Schulheft, das sie sich hinten in die Hose stecken und ständig mit sich herumtragen, und ein von Gott unterzeichnetes Krankschreibungsattest. In einer Kosmologie, wo jeder seinen Platz kennt, ist es unabänderlich so festgelegt, daß die Wachtposten, die der Held beschleichen und lautlos killen muß, bevor er die Burgmauer erklimmt, zufällig die beiden einzigen von der ganzen Besatzung sind, die stocktaub sind und schwere Arthritis haben. Selbst dem farblosesten Helden stehen Mittel von einem Umfang zur Verfügung, bei dem sogar Spielberg sofort bankrott machen würde, während die Anzahl der Doubles und Stuntmänner, die die Großen der Branche haben, noch die von Napoleons Alter Garde bei Waterloo übertrifft. Die einzige todsichere Methode, einen Helden umzubringen, besteht darin, ihn sechs Monate lang in einem Zimmer ohne Spiegel einzuschließen.

Zum erstenmal bemerkte er jetzt in der Ecke des Zimmers eine große Radiotruhe, eines dieser Exemplare, die erst dreißig Sekunden lang summen und dann Glen Miller spielen, ganz gleich, auf welchen Sender man sie einstellt. Eine völlig alltägliche Angelegenheit in einer Wohnung der betreffenden Zeit.

Im Fahrradschuppen von Regalians Unterbewußtsein regte sich ein Gedanke. Zu dem Zeitpunkt hatte er mit einem durchführbaren Aktionsplan noch soviel Ähnlichkeit wie der allererste einzellige Organismus mit einem Nobelpreisgewinner, doch alles muß irgendwo seinen Anfang nehmen.

Laut allgemeiner Verfasserschaftstheorie zeigt sich der Held der Lage gewachsen. Je beschissener die Lage, desto großartiger und origineller wird das sein, was der Held unternimmt, und die physikalischen Gesetze sind, allgemein gesprochen, nur allzu bereit, ein Auge zuzudrücken. Man stelle einen Helden vor ein hinlänglich kniffliges Problem, und das Ausmaß dessen, was er zuwege bringt, kennt praktisch keine Grenzen. Natürlich nur unter der Voraussetzung, daß seine Chancen gleich Null sind.

Das Problem ist deshalb nicht, daß die Aufgabe, mit der er sich konfrontiert sieht, unmöglich ist, sondern ob sie unmöglich *genug* ist. Mit dem Glück ist es wie mit einem russischen Auto: Es kommt gewöhnlich nur dann in Gang, wenn man ihm kräftig ins Heck tritt.

Im Grunde verläuft das Ganze nach dem gleichen Machbarkeitsprinzip, dem man begegnet, wenn man sich Geld borgen möchte. Versucht man, sich fünfzig Pfund von der Bank zu borgen, um die Miete zu bezahlen, gilt man als lebensuntüchtiger Versager. Bittet man um einen Kredit von fünfzig Millionen, um eine marode Firma zu übernehmen, ist man ein angesehener Geschäftsmann. Nimmt man eine Zwangsanleihe von fünfhundert Milliarden auf, um die Zinsen für die fünfzig Megallionen zu bezahlen, die man sich letzte Woche geborgt hat, ist man Finanzminister.

Nachdem er sich eine Tasse starken Kaffee gemacht hatte, lehnte Regalian sich zurück und dachte angestrengt nach …

Jane blieb stehen, klopfte sich eine beträchtliche Menge festgebackenen Schnees vom linken Stiefel und starrte auf den Wegweiser. Was sie las, war niederschmetternd.

Sie war weiß Gott nicht von ihrer Kunst besessen; das kann man sich nicht leisten, wenn man Profi ist. Aber es gab einige Dinge, die ihre Auffassung von handwerklichem Können beleidigten, und dies hier gehörte dazu.

Auf dem Wegweiser stand:

UMLEITUNG ZUM MITTELTEIL

Figuren der Kapitel 23–47 wird empfohlen,
bei Knotenpunkt 12 abzubiegen

ZEHNTES KAPITEL

IGOR?«
Keine Antwort.
»Igor?«
Der Wind heulte in den Tannen. Der Donner rollte und grollte. Der Regen trommelte auf das Schuppendach, als führten dort Fred und Ginger einen gespenstischen Steptanz auf.
»Igor, du Blödmann, was machste denn bloß so lange?«

Der Kopfgeldjäger flimmerte.
Stellen Sie sich einen doppelseitigen Spiegel vor. Er war gleichzeitig auf beiden Seiten.
In diesem seltsamen Moment des Übergangs befand sich die eine Hälfte von ihm in der Welt der Literatur, die andere in der Wirklichkeit. Er war noch nie zuvor in der Wirklichkeit gewesen, weder ganz noch als Teillieferung oder in Fortsetzungen. Ein weniger einseitig ausgerichtetes Individuum hätte jetzt vielleicht erst einmal innegehalten, um sich aufmerksam umzusehen und die Gegend zu bewundern. Er nicht. Verständlicherweise, denn wenn eine Spezialeinheit der Fallschirmjäger meilenweit hinter den feindlichen Linien abspringt, um eine Brücke in die Luft zu sprengen oder eine Geisel zu befreien, machen die Jungs ja auch

keinen Abstecher in die Umgebung, um sich sehenswerte alte Kirchen oder ungewöhnliche Felsformationen anzusehen. So war es auch bei dem Kopfgeldjäger, allerdings in noch stärkerem Maße.

Rein, Job erledigen, wieder raus. Ja. Genau.

Er suchte nach einem Türeingang …

»IGOR!«

In der Ferne schlug ein nicht eingeklinktes Tor mit unheimlichem Klang immer wieder gegen den Pfosten. Das Balkenwerk des Schuppens ächzte unter der nicht nachlassenden Tücke des Sturms. Irgendwo in weiter Ferne, möglicherweise weit unten in Halifax, ging ein langer, zickzackförmiger Blitz auf die feuchte kalte Erde nieder.

»Halt die Luft an, Normanchen. Komme so schnell, wie ich kann.«

Wurde auch langsam Zeit. Einen Assistenten zu haben, war eine zweischneidige Angelegenheit, so fand Frankenbotham. Gewiß, auf diese Weise hatte das Zusammensetzen von Stanley Earnshaw Nr. 2 nur einen Bruchteil der Zeit gedauert, die erforderlich gewesen war, um den Prototyp zusammenzubasteln. Vor seiner Pensionierung war Igor Braithwaite einer der fünf angesehensten Fernsehreparaturtechniker in ganz Yorkshire gewesen, und mit einem Lötkolben brachte er Dinge fertig, wie sie kein Sterblicher können dürfte. Der Haken an der Sache war, daß Igor dreiundachtzig Jahre zählte und daß seit seiner Operation die Abstände zwischen seinen Trips zum Raum für kleine Jungen an die Tage im Dezember erinnerten – sie wurden immer kürzer.

»Nu *mach* schon, du oller Pißkopp, hier läuft inzwischen alles aus.« Was stimmte, und wenn man bedenkt, daß eine Pinte Schwarzmarktblut der Gruppe AB negativ ihn fast einen Fünfer kostete (als ich ein kleiner Junge war, bekam man für eine halbe Krone zehn Pinten Blut und einen Eimer voll Hirn in Aspik und obendrein noch Geld zurück), war das in keiner Weise spaßig. Außerdem bewegte das Gewitter sich auf sie zu, und wer konnte sagen, wo ihr nächster größerer elektrischer Sturm herkommen sollte?

Stanley Earnshaw Nr. 2 lag reglos vor ihm auf der Werkbank. Wenn man über die feuchten Flecken und die unordentliche Stelle direkt oberhalb des rechten Ohrs hinwegsah, wo Igor die Hauptschaltkreise noch nicht vollständig miteinander verbunden hatte, war er eine stattliche Erscheinung: sechs Fuß acht groß, mit massigen Knochen und Muskeln und einer richtigen organischen Hautschicht anstelle des Isolierbands, des braunen Papiers und des Sirups (eine deutliche Verbesserung gegenüber dem ersten Modell). Es war Igor gewesen, der Frankenbotham auf die erstaunlichen Eigenschaften der Haut aufmerksam gemacht hatte, die sich auf abgestandenem kalten Tee bildet. Frankenbotham wiederum hatte die Idee einen Schritt weiterentwickelt und bei Körperzonen, die strapazierfähig sein mußten – wie zum Beispiel die Handflächen und die Fußsohlen –, die äußere Schicht von Kantinenreispudding verwendet. Der direkte Treffer einer Rapier-Rakete würde unter Umständen Probleme verursachen; ansonsten war Stanley Earnshaw Nr. 2, da waren seine Schöpfer ganz sicher, gegen alles gefeit, womit das Schicksal ihn beballern mochte.

Igor humpelte herein und fummelte noch an seinem Hosentürchen herum. Mit einer ungeduldigen Gebärde scheuchte Frankenbotham seinen Assistenten wieder an die Arbeit, und in der nächsten halben Stunde war nichts zu hören außer dem Zischen und Knistern des Schweißbrenners, dem Surren der Nähmaschine, dem leisen, eintönigen Gemurmel Igors und einem gelegentlichen Klirren, wenn irgendein kleines Bauelement zu Boden fiel.

Und dann …

»Schätze, das reicht, Normanchen.«

Keine Sekunde zu früh. Unmittelbar nachdem Igors schwielige Finger die letzte Sicherungsschraube an der Inspektionsklappe festgezogen hatten, schoß ein mattblauer Bogen heißglühenden Lichts durch den Kleiderbügel aus Draht, der Frankenbothams behelfsmäßigen Blitzableiter mit den Primärimpulselektroden in Stanleys Ohren verband. Ein Aufblitzen, ein Zischen, ein widerwärtiger Gestank nach Verbranntem ...

»Igor! Mehr Saft! Ig... Mensch, das ist ja zum Auswachsen, du Döskopp, kannst du nicht mal fünf Minuten warten?«

Von weitem war schwach zu hören, wie eine Kette gezogen und eine Spülung betätigt wurde. Frankenbotham holte tief Luft, hustete, als seine Lungen sich mit Rauch füllten, und legte den Haupthebel um ...

Der Rauch verzog sich.

»IGOR!«

Auf der Werkbank bewegte sich etwas.

Als Frankenbotham sich vom Boden hochrappelte und sich Klumpen von Sägemehl und Hobelspänen aus den Augen rieb, wagte er kaum hinzusehen. Wenn er nach alldem gescheitert war ... Aber irgend etwas sagte ihm, daß dies nicht der Fall war. Er wandte sich der Werkbank zu. Plötzlich war es sehr still.

»Stanley?« hauchte er.

»Hallo, Partner.«

Igor, der in der Türöffnung stand, stieß einen Laut des Erschreckens aus. Sein Blick begegnete dem seines Kollegen. In beider Augen spiegelte sich das gleiche Entsetzen wider.

»Normanchen«, flüsterte der ältere Mann, »diesmal hast du einen verdammten Yankee gemacht!«

»Nein«, sagte Skinner voller Entschiedenheit. »Kommt überhaupt nicht in Frage. Völlig ausgeschlossen.«

Titania schnalzte ungehalten mit der Zunge. »Es

könnte klappen«, sagte sie. »So ganz neu ist der Gedanke, Genres miteinander zu vermischen, ja auch wieder nicht. Theoretisch wäre das Ganze durchaus möglich.«

Skinner hörte auf, hin und her zu tigern, drehte sich um und starrte sie finster an. »Möglich ist eine ganze Menge«, knurrte er, »zum Beispiel auch künstlich erzeugte Pestbakterien und Atomkatastrophen. Bloß weil etwas möglich ist, heißt das noch lange nicht, daß wir es auch machen müssen. Dasselbe gilt für …«

»Feigling.«

Bevor Skinner antworten konnte, traf ihn Ferkels bestürzter, angsterfüllter Blick, und sein Mut sank. »Zum letztenmal«, sagte er, »wir werden das Schwein nicht töten. Nur über meine Leiche.«

Titania dachte einen Augenblick nach. »Nein«, erwiderte sie. »Danke für das Angebot, aber *eine* Leiche müßte eigentlich reichen. Sieh mal, es ist doch nur ein Schwein. Oder willst du behaupten, du hättest noch nie Schweinebraten gegessen?«

»Hey …«

»Oder Speck? Schinken und Eier? Frankfurter Würstchen? Dazu sind Schweine schließlich da. Man treibt sie nicht ins Schlachthaus und wartet dann, bis sie friedlich im Schlaf sterben, oder.«

»Hör zu, was ich sage, du blutdürstiges Weibsbild. Wir werden *auf keinen Fall …*«

Der Revolver ging los.

Entsetzt quiekend warf Ferkel sich bäuchlings zu Boden, scharrte (trotz der Seile, mit denen es gefesselt war) mit den winzigen Pfoten auf dem Boden umher und verkroch sich wie ein von Platzangst befallener Maulwurf unter dem Läufer. Bevor Skinner die Waffe beschimpfen konnte, fiel sie vom Tisch, landete auf ihrem Hahn, spannte sich und feuerte noch einmal. Ein kleiner Plüschesel, der auf dem Kaminsims stand, geriet ins Wanken und fiel sanft aufschlagend in den Kamin.

»O mein Gott!« kreischte Skinner.

Titania sprang hoch, hob das Spielzeug auf und steckte ihren Finger durch das Einschußloch. »Das wird genügen«, sagte sie erfreut. »Also dann …«

»Dieser Irre hat gerade I-Ah erschossen!«

Die Elfenkönigin schüttelte den Kopf. »Das ist nicht I-Ah«, entgegnete sie ruhig und gelassen. »Das ist bloß ein Kinderspielzeug aus Plüsch. Der richtige I-Ah ist draußen bei den anderen. Ich habe ihn gesehen. Er hat ein Scharfschützengewehr mit Infrarotvisier, hat sich den Schwanz wie ein Stirnband um den Kopf gebunden und sich Nase und Ohren mit Tarnfarbe beschmiert. Schätze, daß er endlich eine Rolle im Leben gefunden hat, die ihn glücklich macht.«

Skinner starrte das durchlöcherte Objekt in Titanias Hand an. »Was meinst du mit: *bloß ein Spielzeug*?« fragte er. »Die sind doch alle Scheißspielzeuge, das ist ja der springende Punkt.«

»Nein, da irrst du dich«, sagte Titania. »Dies hier ist das Spielzeug eines Spielzeugs. Das ist so was wie Subtext, weißt du. Hier haben selbst die knuddeligen plüschigen Tiere knuddelige plüschige Tiere. Also los, machen wir uns an die Arbeit.«

Kopfschüttelnd nahm Skinner das weiche Objekt an sich und legte es auf die Erde. Titania hob den Scholfield auf (Revolver können bekanntlich nicht grinsen, aber ebensowenig können sie aus eigenem Antrieb ausgestopfte Spielzeugesel erschießen, nicht wahr?) und plazierte ihn kunstvoll neben die Leiche, wobei eine ausgestopfte Pfote auf dem Griff ruhte. »Das wird genügen«, sagte sie. »Jetzt müssen wir abwarten.«

Zur Theorie der Genrevermischung. Man arrangiere eine einem bestimmten Genre entstammende, klassische Klischeesituation in einem anderen Genre und warte ab, was geschieht oder wer sich einstellt. Also: eine Leiche auf dem Kaminvorleger, offensichtlich Selbstmord, bloß daß das zu simpel wäre. Zwei offenkundig Verdächtige, niemand sonst hätte das Zimmer betreten oder verlassen können. Aber wenn es kein Selbstmord war, welches Motiv mochte dann dahinterstecken? Und was war mit dem dritten Augenzeugen, dem anscheinend harmlosen Ferkel, das, als der tödliche Schuß abgegeben wurde, angeblich unter dem Läufer gekauert hatte?

»Das wird nicht klappen«, sagte Skinner mit düsterer Genugtuung.

»Nun wart doch erst mal ab, oller Miesepeter.«

»Alles reine Zeit ...«

Die Szene veränderte sich.

Zur Theorie der Genrevermischung. Man arrangiere eine Situation, die offenkundig, allzu offenkundig in eine bestimmte Art von Buch und nirgendwo anders hingehört. Dergestalt schafft man es vielleicht, genug dramatische Spannung aufzubauen (die Rezensenten sprechen hier von kritischer Masse), um von einem Genre in ein anderes überzuwechseln, ungeachtet aller Gesetze der künstlerischen Physik. Eine hübsche Idee, aber Sie sollten es trotzdem nicht ausprobieren. Selbst wenn alles klappt, haben Sie absolut keinen Einfluß darauf, wo Sie schließlich hingeraten.

Die Szene *hatte* sich verändert. Die Grundausstattung war die gleiche geblieben: ein Kaminvorleger, eine Leiche, ein Revolver, Stühle, ein Tisch. Doch die Wände waren jetzt mit Eichenholz getäfelt und voller Bücher, der Kaminvorleger war früher einmal das persönliche Eigentum eines Tigers gewesen, und die Leiche hatte sich irgendwie aus einem ausgestopften Esel in einen tweedgekleideten weißhaarigen Mann mit borstigem Schnurrbart verwandelt, vermutlich einen pensionierten Oberst der angloindischen Armee. Bei genauerer Betrachtung ließ sich noch folgendes entdecken: eine Uhr, in die die erste Kugel eingeschlagen hatte, so daß die Zeiger jetzt permanent auf zwölf Uhr fünfzehn zeigten; ein Papierfetzen im Kamin, der verdächtig nach dem Überrest eines kompromittierenden Briefes aussah; eine kleine Glasflasche, die unter dem Schreibtisch lag und höchstwahrscheinlich die letzten Tropfen eines nicht nachweisbaren, nur den Buschmännern im nördlichen Natal bekannten Giftes enthielt; der Abdruck eines großen Straßenschuhs mit verstärktem Absatz … Das ließe sich ad infinitum fortsetzen. Das Ganze war wie eines jener Suchbilder in der Zeitung, auf denen man sechsunddreißig tropische Vögel finden muß, die an den unwahrscheinlichsten Stellen versteckt sind. Skinner gab einen seltsamen Laut von sich.

»Na also«, sagte Titania. »Ist doch so einfach wie's Kuchenbacken.«

… ach ja, und ein angebissenes Stück Kümmelkuchen auf dem Fensterbrett. Es liegt auf der Hand, daß sich bei einer Analyse herausstellen wird, daß der Kuchen genug Arsen enthält (die weiße Sorte, im Gegensatz zur braunen Sorte, die man gewöhnlich bei Rattengift und Unkrautvertilgungsmitteln verwendet), um halb Bradford ins Jenseits zu befördern …

Und dann geht die Tür auf, und ein hektisch wirkender kleiner Mann mit eierförmigem Kopf und enormem Schnurrbart trabt herein, strahlt übers ganze Gesicht und stellt sich vor …

»Ich glaube«, sagte Skinner, »ich muß mich übergeben.«

Der Kopfgeldjäger setzte sich auf.

Das ist also die Wirklichkeit, sagte er zu sich. Hätte ich nicht gedacht.

Gewiß, im Moment bot sie sich ihm nicht sonderlich überzeugend dar. Der elektrische Sturm, der immer noch draußen wütete, war in jeder Hinsicht genauso melodramatisch wie eines seiner fiktionalen Pendants. Er hatte gehört, wie eines der drolligen alten Männchen, die ihn angafften, das andere Igor nannte. Und das Aussehen seiner Füße hatte etwas beunruhigend Vertrautes an sich.

Die tragen ja große Schuhe in der Wirklichkeit. Fast wie altmodische Taucherstiefel.

Sehr große ...

»Hey«, sagte er. »Was soll denn das alles?«

Einer der drolligen Männer trat einen Schritt zurück. »Wie konnte ich das denn wissen?« stammelte er mit seltsamer Stimme. »Es waren alles echte Teile aus Yorkshire. Vielleicht *klingt* er nur wie ein gottverdammter Yankee.«

»Dann frag ihn. Na los, frag ihn.«

»Frag du ihn doch.«

»Er ist schließlich *dein* flinker Werfer.«

Der Kopfgeldjäger war beruhigt. Eine oberflächliche Ähnlichkeit mochte es zwar geben, aber so redete in der Literatur einfach niemand. Er lächelte.

»Hallo«, sagte er. »Hört mal ...«

(»Das ist nie und nimmer Yorkshirer Dialekt, Normanchen.«

»Weiß auch nicht recht. Könnte Harrogater Dialekt sein. In Harrogate reden sie verflucht komisch.«)

»Hört mal«, fuhr der Kopfgeldjäger fort, während er die Hand nach einem großen eisernen Kasten ausstreckte, um sich daran hochzuziehen, »könnt ihr mir den Weg nach Chicopee Falls zeigen? Schätze, ich bin hier nicht ganz am richtigen Ort ...«

»Faß das nicht an!«

Der Kopfgeldjäger zog eine Augenbraue hoch. Als er das tat, riß etwas ...

(»Das kommt davon, wenn man Teebeutel von Aldi nimmt. Hab dir doch gesagt, daß sie viel zu dünn sind.«)

... doch er achtete nicht darauf. Statt dessen inspizierte er das eigenartige Gerät, an dem er sich gerade festhielt. Er hatte keine Ahnung, was es war.

»Faß das nicht an! Das ist ein Partikelbeschleuniger.

Wenn der Blitz da einschlägt und du dich gerade daran festhältst ...«

»Mensch, Normanchen, ich wußte gar nicht, daß du einen Partikelbeschleuniger hast.«

»Hab ich dir das nicht erzählt? Also du kennst doch Chalky Wainwright, der früher gegenüber von der Konservenfabrik gewohnt hat? Na, und dessen Vater ...«

Ein greller Blitz, genug Energie, um Schottland zwanzig Minuten lang mit Strom zu versorgen, durchzuckte die Luft und sprang freudig auf die freiliegenden Anschlußstecker des Partikelbeschleunigers zu. Die Fenster zerbarsten, und ein Schauer rasiermesserscharfen Konfettis ging nieder. Eine beträchtliche Anzahl von Dingen fing Feuer.

Chalky Wainwrights Vater, der schon in den zwanziger Jahren mit dem Detektorradio herumexperimentiert und dessen überlegener Yorkshirer Verstand schließlich überwältigende neue Möglichkeiten für den technisch begabten Heimwerker entdeckt hatte, hatte den Partikelbeschleuniger aus ausgeschlachteten Transistorgeräten, gebrauchten Hochspannungskabeln, Bestandteilen von elektrischen Heizöfen, einem kaputten Fernseher und zwölf Quadratyard Stanniolpapier zusammengebastelt, und zwar etwa in der Zeit, als Harold Wilson vom Aufschwung der Technologie geschwärmt hatte. Chalkys Vater hatte immer die Ambition gehabt, in der Zeit zurückzureisen, und es gab eine kleine, aber enthusiastische Schar von Gläubigen, die die Ansicht vertrat, er sei nicht einfach eines Tages unter dem Vorwand, eine Abendzeitung kaufen zu wollen, aus dem Haus gegangen, um nie zurückzukehren, sondern habe sein Ziel tatsächlich erreicht und sei irgendwie ins Huddersfield des Jahres 1109 zurückgelangt, wo er gegenwärtig einen schwunghaften Handel mit Aal in Aspik betreibe, und zwar dort, wo eines Tages die Palmerston Street sein würde. Das ist natürlich alles reine Spekulation.

»Igor.«

»Na was?«

»Wo ist er denn hin?«

»Wer?«

»Der Yankee, du Trottel.«

Igor blickte umher. »Welcher Yankee, Normanchen?«

»Der, den wir gebaut haben …«

»Nu red keinen Quatsch, Norman«, entgegnete der ältere Mann mit scharfem Ton in der Stimme. »Wer mit nur einem Fünkchen Verstand würde einen gottverdammten Amerikaner bauen?«

Einen Moment lang nahm Frankenbotham an, daß einer der Blitze, die vor kurzem auf sie niedergegangen waren, in das Gehirn seines Assistenten eingeschlagen hatte. Dann kam ihm der Gedanke, daß man, wenn man nördlich von Wakefield in der Fernsehreparaturbranche arbeitete und ein fortgeschrittenes Alter erreichen wollte, vermutlich Überlebensinstinkte hatte, die die durchschnittliche Gazelle zu einem Kamikazeflieger machte.

»Du hast recht, Igor«, sagte er langsam. »Niemand, der auch nur halbwegs zurechnungsfähig ist, würde einen künstlichen Yankee bauen. Nicht in Dewsbury«, fügte er hinzu.

Igor nickte bestätigend. »Verflucht schwachsinnige Idee, wenn du mich fragst.«

»Wie wär's mit einem Täßchen Tee?«

»Das is'n Wort, Normanchen. Das is'n Wort.«

Verflixt, dachte Jane.

Es war ja schön und gut zu sagen: Ich weiß, ich werde die Schwachstelle in der Trennwand unter der Library of Congress benutzen, um in die Welt der Literatur zu schlüpfen; doch die Welt der Literatur ist groß, wie ihr allmählich zu Bewußtsein kam. Wesentlich größer als beispielsweise Carlisle. Dieses eine Buch, in das sie geraten war, nur eines von Tausenden und Abertausenden (wie viele Bücher gab es? Eine Million? Zehn Millionen? Abgesehen von ihrer Vermutung, ISBN bedeute International Sehr Bedeutender Numerus, hatte sie keinen blassen Schimmer), war ohne Zweifel so komplex wie die menschliche Phantasie, wenn nicht noch komplexer. So komplex kann jedes Buch sein, den Leitfaden *Däumchendrehen – leicht gemacht* und die Werke von Jason Dark vielleicht einmal ausgenommen. Deshalb war es, wenn man durch die Hintertür in die Welt der Literatur trat und erwartete, gleich über Regalian zu stolpern, etwa so, als stehe man auf dem U-Bahnhof Fulham Broadway und erwarte, seinem Vetter zweiten Grades aus Toronto zu begegnen. Nur daß ersteres noch viel unwahrscheinlicher war.

Tja, sagte sie zu sich, dann bleibt mir eben nichts anderes übrig, als wieder zurückzugehen.

Sie drehte sich um. Weglose Schneewüsten haben den Vorteil, daß man gewöhnlich Spuren hinterläßt. Sie brauchte ihnen nur zu folgen, um denselben Weg zurückzugehen.

Es waren jedoch keine Spuren zu sehen.

Merkwürdig.

Sicher, wenn man lange genug wartet, verweht der Wind die Spuren. Aber das geschieht nicht *sofort*. Vor etwa zwei Sekunden war sie stehengeblieben, und trotzdem waren keine Fußabdrücke zu sehen. Ihr kam ein beunruhigender Gedanke.

Vielleicht war das weiße Zeug gar kein Schnee, sondern Papier.

Während sie darüber nachdachte, befiel sie ein durch und durch unangenehmes, wenn auch vertrautes Gefühl von Panik, das in ihr aufstieg wie Wasser in einem Kessel, der unter einem laufenden Hahn steht. Der tägliche Alptraum eines jeden Schriftstellers, das unbeschriebene weiße Blatt Papier, blickte sie mit gräßlichem Grinsen aus dem Rachen der Schreibmaschine an.

Überall nur Weiß, leer, ausdruckslos, unberührt, ohne Orientierungspunkte oder Wegweiser. Wenn man lange genug draufstarrt, fängt man an, Wasserzeichen zu halluzinieren. Dies war, wie Jane immer geglaubt hatte, der Ort, wo sehr böse Autoren nach ihrem Tod hinkommen. So sah es ganz am Anfang aus, bevor das WORT war.

Ganz recht. Oder in der Mitte. Oder am Schluß.

Willkommen beim Kolumbus-Erlebnis. Wenn man zu weit über den Ozean segelt, fällt man über den Rand. Wenn man sich zu weit in die Welt der Literatur wagt, kommt man zum Rand der Seite, der unvorstellbaren Leere, den weißen Seiten, die noch niemand beschrieben hat. Während sie auf die weiße Ödnis starrte, dachte Jane mit einem Schaudern, daß die Seefahrer vor Kolumbus wahrscheinlich besser dran gewesen waren. Für sie war es nur ein Fall von *platsch-huch-aaaaaah-BUMMS* gewesen. Hier indes war der Rest Schweigen.

Sie setzte sich hin. Das viele Weiß machte sie schneeblind. Wenn sie zu lange hierbliebe, würde sie alles vergessen. Danach würde sie selbst unsichtbar werden und ganz einfach aufhören zu existieren.

Alles in allem wäre sie dann doch lieber in Milton Keynes. Der Ort, an dem sie sich befand, hatte viel mit Milton Keynes gemeinsam, aber Milton Keynes hatte zumindest eine Art blaßgrauer Farbe aufzuweisen, und auf etlichen Wandflächen stand etwas geschrieben, gewöhnlich mit Sprayfarbe und von Leuten mit begrenztem Vokabular stammend. Hey, dachte sie, vielleicht komme ich hier raus, wenn ich etwas auf die weiße Fläche schreibe. Sie suchte in ihren Taschen nach einem Kugelschreiber, einem Lippenstift, einem Augenbrauenstift, einem Stück Holz, einer Nagelfeile – nichts. Noch nicht einmal das unvermeidliche, ausgewickelte, pelzige Bonbon, das man in allen Taschen entdeckt, sofern man tief genug gräbt.

»O je«, jammerte sie. Die Worte schienen davonzuschweben und in der riesigen weißen Fläche zu versickern wie Wasser im Sand. In Anbetracht der Umstände ein sehr passender Vergleich.

Wuff.

Jane hob den Kopf. Entweder ihre Phantasie spielte ihr einen Streich, oder es hatte gerade jemand *wuff* gesagt. Da ihre Phantasie, wie ein unfreundlicher, aber wahrheitsliebender Rezensent einmal festgestellt hatte, nicht besonders stark ausgeprägt war, mußte letzteres zutreffen, so unwahrscheinlich es sein mochte.

»Wuff. Wuff.«

Sie kniff die Augen zusammen, um den grellen weißen Schein ertragen zu können, und schaute umher. In weiter, weiter Ferne meinte sie einen winzigen Punkt ausmachen zu können. Nachdem sie etwa dreißig Sekunden hingeblickt hatte – rasende Kopfschmerzen inbegriffen –, schienen dem kleinen Punkt vier Beine zu wachsen. Und ein Schwanz.

»Wuff. Wuff. Wuff.«

Jane versuchte aufzustehen, doch das setzte das Vorhandensein einer vertikalen Richtung voraus, in die man sich erheben konnte, und die schien es nicht mehr zu geben. Stellen Sie sich vor, Sie schwimmen in einem Isolationstank voll ziemlich dickflüssiger Vanillesauce; oder stellen Sie es sich lieber nicht vor, wenn Sie Wert darauf legen, nachts schlafen zu können.

Es war ein Hund, ein über und über behaarter, kräftiger, stämmiger, ziemlich massiger Hund, mit Haarfransen, die ihm bis über die Augen gingen, und einer freundlichen rosafarbenen Zunge, die ihm seitlich aus dem Maul hing. Es war ein Hund, wie Sie sich ihn zusammengerollt vor dem prasselnden Kaminfeuer Ihrer Wunschträume vorstellen würden; ein Hund wie aus einem Werbespot, ein Hund, mit dem man erfrischende Spaziergänge durch den Morgentau unternehmen und für den man Stöckchen werfen möchte. Man konnte ihn Bello nennen, ohne dabei ein schlechtes Gewissen zu haben.

Er trottete heran, setzte sich auf die Hinterbeine und sagte: »Wuff.«

An seinem Halsband hing ein Fäßchen.

Ein verdammt merkwürdiger Lüftungsschacht, dachte Hamlet bei sich, während er abwärts sauste.

Zugegebenermaßen konnte er ungefähr nur vier Prozent seines Denkvermögens für die Aufgabe erübrigen, das Problem zu analysieren – seit er den Halt verloren hatte und nach unten sauste, waren die restlichen sechsundneunzig Prozent vollauf mit Gedanken wie AAAH! MIST! JETZT IST ALLES AUS! beschäftigt gewesen –, doch er mußte zugeben, daß er verblüfft war. Den Erkenntnissen zufolge, die er bisher zu sammeln vermocht hatte, war der Schacht sehr lang, hatte eine glatte Wand und war mehr oder weniger spiralförmig; das Ganze erinnerte an die Rutschbahn auf einem Rummelplatz, allerdings an eine Rutschbahn, die sich ein Perverser ausgedacht hatte. Als Teil eines Lüftungssystems ließ es viel zu wünschen übrig.

Der Schacht war sehr, *sehr* lang.

Er hatte zwar keine wissenschaftlichen Aufzeichnungen darüber gemacht, wie lange er schon nach unten fiel (wie kommt es bloß, daß man nie einen geeichten Chronographen zur Hand hat, wenn man ihn am dringendsten braucht?), meinte aber mit einiger Sicherheit sagen zu können, daß dieser Schacht nicht bloß Baker Street 221 B mit Baker Street 221 A verband, nicht einmal mit dem Hauptabwasserkanal. Wenn er bedachte, daß seine Berechnungen wahrscheinlich nicht sonderlich genau waren, konnte er bestenfalls vermuten, daß er in etwa zwei Sekunden in Australien herauskommen würde.

Nix da. Auf dieser Strecke wird offensichtlich nicht in Australien gehalten. Muß der durchgehende

Abzug sein. Wenn du in Australien hättest aussteigen wollen, hättest du zumindest auf den Supershuttle warten müssen.

Nicht zum erstenmal bedauerte Hamlet, daß er nicht als reinrassiger Action-Held geboren worden war. Wenn ein Action-Held einen Schacht oder ein Abwasserrohr hinunterfällt, schafft er es irgendwie, sich zu verkeilen, indem er sich mit Schultern und Füßen gegen die Wand stemmt, um sich dann langsam wieder nach oben zu arbeiten und in Sicherheit zu bringen, die reinste menschliche Spinne, die aus dem Abflußloch kommt. Die eher intellektuelle und introspektive Kategorie von Helden, zu der er gehörte, fällt indessen immer weiter nach unten und verbringt ihre Zeit damit, gründlich ihre Befindlichkeit zu analysieren und sorgfältig formulierte Bemerkungen über das Leben, das Schicksal und dergleichen von sich zu geben. Und wenn ein solcher Held schließlich unten ankommt und *platsch* macht, ist das alles von kosmischer Bedeutung und will uns etwas sagen. Ziemlich mickriger Trost für jemanden, der zu dem Zeitpunkt vermutlich wie ein Klecks Erdbeermarmelade aussieht, aber so ist es nun mal. Wir können nicht alle wie Arnie sein, nicht wahr?

Ja, ganz recht.

PLATSCH.

Nach einer Schmerzpause und nachdem er kurz seinen Zustand überprüft hatte, richtete Hamlet sich mühsam auf Händen und Knien auf und blickte nach oben. Direkt über sich sah er ein gräßliches, grauenvolles Etwas, wie es einem im Traum erscheint, wenn man direkt vor dem Zubettgehen Käse gegessen hat, einen riesigen Reptilienkopf mit aufgerissenem Rachen und etwa zwölf Reihen einwärts gerichteter Zähne. Aus dem Maul hing eine dünne seilartige Zunge, die gespalten war.

Oberhalb des Kopfes wand sich der Schlangenkörper spiralförmig nach oben, bis er sich in der Dunkelheit verlor. Das ganze Ding war riesig und hatte ungefähr den Umfang eines U-Bahnzuges.

Und ich, stellte er fest, knie auf einer dicken elastischen Matratze.

Ich bin gerade die Schlange hinuntergepurzelt.

Denk …

Die Schlange hinunter.

Infantil …

Danach brauchte er dann nicht mehr lange, um den Fuß der Leiter zu finden. Wesentlich länger dauerte es, die Leiter hochzuklettern, und als er endlich mit wunden Händen und blutigen Knien über den Rand des Lochs kroch und sich wieder in Sherlock Holmes' gemütlicher Junggesellenwohnung in der Baker Street befand, war er ziemlich erschöpft und tat sich selbst leid. Alles in allem war er nicht in der rechten Stimmung für die Mitteilung, die ihn auf einem großen eingerahmten Zettel erwartete:

GESCHIEHT DIR RECHT

Das war das erste, worauf sein Blick fiel, als er aus dem Loch auftauchte. Nachdem er jedoch wieder zu Atem gekommen war und seinen Gefühlen mit einigen anschaulichen, vulgären Ausdrücken Luft gemacht hatte, schaffte er es, sich zusammenzureißen und das Kleingedruckte am unteren Rand des Zettels zu lesen; dort hieß es:

> ALLGEMEINE HEROISMUS-THEORIE: Du möchtest also ein Held sein? Vergiß es. Die Leichtigkeit der Flucht steht im direkten Verhältnis zum Format des Helden. Wenn James Bond und Jim Kirk Lüftungsschächte hinunterklettern, kommen sie ungestraft davon. Du nicht. Das nächste Mal wird keine Matratze da sein. Unfair? Für die großen Tiere gilt

ein anderes Gesetz der Schwerkraft als für die kleinen Fische? So ist das nun mal in der Literatur. Merk's dir.

Daß er den Zettel aus dem Rahmen riß und in winzige Stücke zerfetzte, war objektiv gesehen eine nutzlose Geste und bewies gar nichts, doch Hamlet fand, daß es half. Ein wenig.

»Wuff«, sagte der Hund.

Da ihre Hände ganz taub waren, brauchte Jane furchtbar lange, um das Halsband des Hundes aufzuschnallen, den Deckel von dem Fäßchen zu ziehen und das darin befindliche, in Folie eingewickelte Säckchen herauszuschütteln. Es trug folgende Aufschrift:

Plot für Notfälle
Wie man sich zum Nulltarif aus der Affäre zieht

Jane ließ sich auf die Fersen zurücksinken und starrte den Hund verwundert an.

»Hey«, flüsterte sie. »Auf dich warte ich schon zeit meines Lebens!«

Ein Schauer funkelnder Teilchen, als wäre die Patrone einer Schrotflinte mit Glimmer geladen und durch Sternenlicht gezündet worden. Ein bunt schimmerndes Aufblitzen winziger Lichtpunkte, farbiger Partikel, die durch die Luft schweben und durcheinanderwirbeln. Ein Schneegestöber-Briefbeschwerer aus Glas, beruhend auf einem Einfall von Magritte, Dalí und Bosch.

Die Wirklichkeit ist seltsamer als die Literatur. Sie kann sich das erlauben. Sie muß nicht befürchten, Briefe zu erhalten, die mit den Worten anfangen: *Sehr geehrter Herr, ist Ihnen klar, daß auf Seite 153 …?*

Etwa eine Million Teilchen kamen zusammen und bildeten den Kopfgeldjäger, ein sieben Fuß zwei großes Do-it-yourself-Produkt, schlampig zusammengebaut und mehr schlecht als recht verlötet. Große Stiefel. Auf der Stirn eine Naht, plump mit der Hand ausgeführt. Und natürlich eine Schraube im Hals. Gott, wie ihm alles *weh* tat.

In der Science Faction (die sich grundlegend von der Science Fiction unterscheidet) durch die Zeit zu reisen, ist etwa so, als fahre man mit dem Zug – und zwar im Gepäckwagen, auf dem Boden einer großen Teekiste voller rostiger Eisenteile liegend –, statt erster Klasse mit der Lufthansa zu fliegen. Man erreicht sein Ziel, mehr läßt sich dazu nicht sagen.

Der Kopfgeldjäger setzte sich auf. Er befand sich in der Main Street, nur daß sie sich ein wenig von allen Main Streets seiner Welt unterschied, den Schauplätzen dramatischer Showdowns. Es fehlten die Pferde, die vor den Saloons am Geländer festgebunden waren. Es fehlten die männlichen Männer und die fraulichen Frauen, die geschäftig ihrem Tagewerk nachgingen. Es fehlte das aus der Ferne zu hörende Herumballern von Cowboys, die auf diese Weise das Ende des großen Viehtriebs feierten. Die Häuser waren zwar immer noch aus Holz erbaut, und die Geschäfte waren schmuddelig und hatten hölzerne Läden, doch am Straßenrand standen ein paar Autos, und hier und da sprossen Fernsehantennen aus den Dächern wie die ersten grünen Triebe im Frühjahr. Auf der anderen Straßenseite setzte ein Mann in Arbeitskleidung eine neue Scheibe in die Verglasung eines Gurkenbeets ein; ansonsten war weit und breit niemand zu sehen. Willkommen in den fünfziger Jahren des zwanzigsten Jahrhunderts, Datumsgrenze Chicopee Falls, Iowa.

Der Kopfgeldjäger grinste.

Zur Theorie der zeitlichen Verlagerung: Alles hat seine Zeit und seinen Ort. Wenn man etwas aus seinem zeitlich-räumlichen Zusammenhang herausnimmt, entsteht ein Loch, die Lücke, die die Natur laut Sprichwort verabscheut. Wenn man dann dieses Etwas in seine materiellen und zeitlichen Bestandteile auflöst, zum Beispiel indem man es mit einem übermäßig geladenen Partikelbeschleuniger in Kontakt bringt, müßte das äußerst wirkungsvolle Naturphänomen, genannt Macht der Gewohnheit, eigentlich dafür sorgen, daß das Etwas in die Zeit und an den Ort zurückkehrt, wo es hingehört, so wie die Schnur das Jojo zurückschnellen läßt oder wie der instinktive Orientierungssinn einer Brieftaube den Weg zeigt. Freilich funktioniert das nicht immer, aber das gilt ja auch für Computer, Fahrstühle und teure elektrische Geräte aller Art. Der beschriebene Effekt hatte den Kopfgeldjäger in die Zeit und an den Ort in der Wirklichkeit zurückgebracht, wo er von dem Groschenromanschreiber Albert Skinner erschaffen worden war.

Mehr oder weniger dorthin. Die Fehlerspanne war gar nicht schlecht; über das Haus war er etwa fünfundsiebzig Yard hinausgeschossen und über die Zeit ein paar Tage, vielleicht ein, zwei Wochen. Ob das unter praktischen Gesichtspunkten etwas ausmachen würde, stand dahin. Er brauchte nur das Spiegelfenster ausfindig zu machen und hindurchzugehen, dann wäre er wieder da, wo er sein wollte. Es gibt eine spezielle Vorsehung, die sich um Schurken kümmert, besonders dann, wenn sie im letzten Akt gebraucht werden. Das ist so, als hätte man eine Kombination aus Geleitbrief und Freifahrschein für den Bus oder als werde man als Spieler fürs Viertelfinale aufgehoben.

Der Körper, überlegte er, während er sich die Straße hochschleppte, ist ja ziemlich unangenehm, aber das ist wahrscheinlich nur ein vorübergehendes Problem. Er dankte seinem Glücksstern, daß er nicht wirklich real war. Dann öffnete er das Tor und ging den kurzen Pfad hoch, der zu Albert Skinners Haus führte.

Kurz zusammengefaßt lautet das zweite Gesetz des Heroismus, daß zwar alle Ingenieure Helden sind, aber nicht alle Helden Ingenieure. Anders ausgedrückt: Es gibt keine richtige Antwort auf die Frage: *Wie viele Helden sind erforderlich, um eine Glühbirne auszuwechseln?* Und zwar aus dem gleichen Grund, aus dem es keine Antwort auf die Frage gibt: *Wie viele Elefanten befinden sich in einem durchschnittlichen Giraffenknast?* Es ist eine Unfrage. Helden wechseln keine Glühbirnen aus. Gewiß, sie schießen sie aus, schwingen sich an ihnen hin und her, schrauben sie heraus, um sie als behelfsmäßige Waffe zu benutzen; aber von Auswechseln kann keine Rede sein.

Daher mußte Regalian zugeben – als er sich dem Problem gegenübersah, wie er in die Welt der Literatur zurückgelangen sollte –, daß er nicht recht wußte, wie er das anfangen sollte. Durch das kaputte Fenster zu springen, hatte einen gewissen trügerischen Reiz, doch sein gesunder Menschenverstand sagte ihm, daß es nicht ganz so einfach wäre, und außerdem hatte er schon genug am Hals, so daß er auf Prellungen, Gehirnerschütterung und Glassplitter in den Kniescheiben verzichten konnte.

Denk nach.

Eine halbe Stunde des Herumstöberns in Geschirrschränken, Schubfächern, Kleiderschränken, Truhen, Koffern und alten Apfelsinenkisten förderte eine Kollektion von Krempel zutage, die kaum verschiedenartiger hätte sein können, doch keiner der Gegenstände entfachte den intuitiven Funken in Regalians Hirn, der zu einer ebenso glänzenden wie originellen Lösung führen würde. Abgesehen von der Überlegung, daß er einen Gebrauchtwarenverkauf veranstalten konnte und von dem Erlös eine ganze Weile bequem würde leben können, war er nicht besser dran als zuvor.

Erstens: ein Hammer

Zweitens: ein Schraubenzieher, verbogen, rostig

Drittens: ein Tonbandgerät mit zwei Spulen

Viertens: zwei Kochtöpfe mit durchgebranntem Boden

Fünftens: einhundertundsechs eselsohrige Detektivromane (Taschenbücher), als Lektüre auf langen Zugreisen geeignet

Sechstens …

Einige Leute, zum Beispiel Leonardo da Vinci, James Watt und die Brüder Wright, müssen dieses Gefühl ständig gehabt haben. Für Regalian war es jedoch eine neue Erfahrung – das bizarre, leicht halluzinatorische Gefühl, gleich eine wirklich tolle Idee zu haben. Während er in Skinners Küche stand und den ganzen Krempel anstarrte, den er auf jeder verfügbaren Fläche abgeladen hatte, hörte Regalian, wie das Wort *Figurenbombe* in seinem Hinterkopf pochte wie ein kranker Zahn.

(FIGURENBOMBE: Regalian erfand natürlich das Rad [eingetragenes Warenzeichen] neu. Figurenbomben gibt es schon seit sehr langer Zeit, aber sie leben draußen in der Wüste, in jenen großen unterirdischen Laufställchen aus Beton, wo das Militär seine Spielzeuge hortet, so daß es also kaum überrascht, wenn Regalian der Begriff nicht vertraut war.

Denken Sie zum Vergleich an die Neutronenbombe, die Menschen tötet, aber Gebäude stehenläßt. Die Figurenbombe eliminiert abgeleitete Figuren, ohne den Prototyp zu zerstören.

Verwirrt? Dann lassen Sie mich folgendes Beispiel geben. Eine auf Vampire eingestellte Figurenbombe würde jeden Vampir in der Literatur beseitigen, einschließlich der Werke von Anne Rice, mit Ausnahme von Bram Stokers ursprünglichem Dracula. Läßt man eine auf Spione eingestellte Bombe hochgehen, dann würde man, sobald der Rauch sich verzogen hat, in den Werken von Deighton, Le Carré, Forsyth, Clancy etc. Löcher entdecken, die so groß sind, daß ein Mercedeslastwagen hindurchfahren könnte, während einzig und allein *Die neununddreißig Stufen* intakt geblieben sind. Die Verheerungen, die außerhalb des Tolkienschen Werkes erfolgen würden, wenn jemand eine Elfen-Bombe zur Explosion brächte, gehen selbst über die morbideste Vorstellungskraft hinaus. Und so weiter. Allein der Gedanke an eine solche Vorrichtung würde dazu führen, daß die Verleger Schlange stehen, um sich aus Fenstern in oberen Stockwerken zu stürzen.

Um eine Figurenbombe herzustellen, nehme man die zwei extremsten und entgegengesetztesten Abweichungen von der Norm, die einem einfallen, packe sie zusammen und gehe in Deckung.)

Eine Figurenbombe …

Nun, dachte Regalian bei sich, es könnte funktionieren. Er baute das Tonbandgerät auf dem Küchentisch auf, legte je einen Stapel Taschenbücher links und rechts neben das Mikrofon und zog sich einen Stuhl heran. Er nahm ein Buch vom linken Stapel, schlug es aufs Geratewohl auf, schaltete das Gerät an und begann, ins Mikrofon sprechend, laut zu lesen.

»Aua!«

Das Plot für Notfälle beziehungsweise die Fluchtkapsel für Romanciers ist einer der wenigen wirklich revolutionären Durchbrüche, die der Literaturindustrie seit Erfindung der selbststeuernden Rückblende gelungen sind. Man braucht nur das Foliensäckchen aufzureißen, und schon wird man von einer ausgewachsenen Handlung auf und davon getragen, so daß man den gräßlichen toten Punkt, an dem man beim Schreiben angelangt sein mag, weit hinter sich läßt. Sie leiden beim Schreiben an einer geistigen Sperre, die die Maginotlinie zu einer Sandburg degradiert? Dann öffnen Sie einfach das Päckchen, schließen die Augen und grinsen.

Soweit sie feststellen konnte, war Jane in einem großen metallenen Papierkorb gelandet. Genauer gesagt: Sie saß darin, während ihre Beine über den Rand baumelten wie verwelkte Fuchsien in einem von der Decke hängenden Blumenkorb. Sie war derart festgeklemmt, daß ihr ziemlich schleierhaft war, wie sie je da rauskommen sollte.

»Aua«, wiederholte sie. Sie sah sich um. Dem ersten Blick nach zu urteilen, schien sie in einem Büro zu sein. Etwa einen Fuß links von ihr ragte ein großer altmodischer Schreibtisch auf; dahinter befand sich ein Veteran von einem Aktenschrank. Eine Schublade stand auf und war voller leerer Whiskyflaschen. Hinter dem Schreibtisch ein ziemlich mitgenommen aussehender Stuhl, ebenfalls ein antiquiertes Modell. Jenseits des Stuhls war eine Tür mit einer Milchglasscheibe, auf der stand:

P MARLOWE
PRIVATDETEKTIV

Das Problem bei Notfallplots ist, daß es nur eine sehr begrenzte Anzahl davon gibt. Das wird sich natürlich ändern. Wie bei jeder epochemachenden neuen Erfindung sind die Produkte der ersten Generation plumpe, klobige Dinger, häßliche Entlein, die sich schließlich in Schwäne verwandeln werden, und zwar kurz nachdem Sie eines der ursprünglichen Modelle gekauft haben. Denken Sie an die ersten Photokopierer, Videokameras, PCs, CD-Player. Und dann vergleichen Sie sie mit den eleganten, kompakten, selbstbewußten Triumphen des Designs, die Sie heutzutage bekommen. So wird es eines Tages auch beim Notfallplot sein. Bis dahin, nun ja, bis dahin wird es immer wieder Schwierigkeiten zu beseitigen, kleinere technische Probleme zu meistern und – jetzt kommt der wichtigste Punkt; bitte alle aufstehen – nur drei elementare Handlungsmuster geben, unter denen man wählen kann, und zwar folgende:

(a) das Ehebruch-in-Hampstead-Plot
(b) den Katastrophenfilm
(c) das Schnüffler-Plot.

Die ersten beiden waren gerade nicht vorrätig. Das ist meistens so.

»Hilfe!« sagte Jane.

»Der Garten sieht überhaupt nicht so aus, wie er sollte«, sagte Miss Marple, obwohl sie immer noch geistesabwesend wirkte. »Doktor Haydock hat mir strikt verboten, mich zu bücken oder mich hinzuknien – und was kann man denn schon ausrichten, wenn man sich nicht bückt oder kniet? Natürlich ist da der alte Edwards – aber der ist so eigensinnig. Und durch diese ständigen Gelegenheitsarbeiten nehmen die Leute schlechte Gewohnheiten an, trinken dauernd Tee und trödeln herum – das ist keine richtige Arbeit.«

Regalian hielt inne. Die Augen hatte er geschlossen, das Gesicht war zusammengezogen, als habe er Schmerzen. Er fragte sich, ob es für Oppenheimer und seine Leute wohl auch so mühevoll gewesen war, als sie in der Wüste von Neu-Mexiko jene andere potentiell recht gefährliche Bombe gebaut hatten. Wenn ja, dann hatten sie sein Mitgefühl.

»Keine Bewegung.«

Was? Wie?

Ach, du heiliger Strohsack!

»Du schon wieder«, seufzte Regalian, ohne den Kopf zu drehen. »Wie in drei Teufels Namen kommst du denn hierher?«

»Schätze, dasselbe könnte ich dich fragen, Partner«, entgegnete der Kopfgeldjäger mit sanfter Stimme. »Und jetzt schnall deinen Revolvergurt ab und steh auf. Sei so gut, mein Junge.«

»Ich habe überhaupt keinen Revolvergurt«, antwortete Regalian in einem Ton, als hätte ihm gerade jemand zu verstehen gegeben, daß er an einer häßlichen Hautkrankheit leide. »Tut mir leid.«

»Keinen Revolvergurt?«

»Noch nicht einmal dir zuliebe.«

Der Kopfgeldjäger zuckte die Achseln. »Keinen Derringer in der Westentasche?«

»Ich habe keine Westentasche. Ergo auch keinen Derringer.«

»Ein Bowiemesser im Strumpf?«

»Fehlanzeige. Ebensowenig habe ich mir in meiner ganzen Gerissenheit ein Maschinengewehr unter die Zahnprothese geklemmt. Irgendwo im Futter meiner Hosentasche habe ich allerdings eine Büroklammer, aber vielleicht könntest du dich dazu verstehen, großzügig darüber hinwegzusehen.«

»Dann steh mal auf, Partner.«

Regalian erhob sich und drehte den Kopf um etwa fünfundzwanzig Grad, bis er die Tür voll im Blick hatte. Es kostete ihn einige Mühe, sich angesichts der Gestalt, die er dort sah, nicht überrascht zu zeigen.

»Ein Kostüm, wie?« fragte er.

Der Kopfgeldjäger runzelte die Stirn (*reiß, reiß, knister, knister*). »Schätze, du solltest deine klugscheißerischen Bemerkungen für dich behalten, Freundchen«, sagte er und gab zu dem drohenden Unterton in seiner Stimme noch zwanzig Prozent zu (gratis). »Schätze, manch einer könnte sich dadurch ganz schnell beleidigt fühlen, wenn er wollte.«

Ein winziges Zahn- oder Getrieberad rastete in Regalians Gehirn ein. Er musterte den Kopfgeldjäger lange von oben bis unten.

»Entschuldige mal«, sagte er, »aber hast du eigentlich eine Waffe?«

»Nicht bei mir«, erwiderte der Kopfgeldjäger.

»Hab ich's mir doch gedacht. Warum, zum Teufel, mache ich dann, was du mir befiehlst?«

Der Kopfgeldjäger dachte nach. »Weil ich sieben Fuß groß bin und übermenschliche Kräfte habe?« lautete seine Vermutung.

Regalian schüttelte den Kopf. »Haut nicht hin«, antwortete er. »Ich meine, die Größe, klar; ich sehe selbst, daß du ziemlich groß bist. Und das mit den Kräften will ich dir gern glauben. Aber wenn du die Leute allein durch dein Äußeres einschüchtern willst, täte ich an deiner Stelle etwas dagegen, daß dir die Füllung aus einer gerissenen Naht in der Achselhöhle quillt. Das hat irgendwie eine ernüchternde Wirkung.«

In der kurzen Zeit, die der Kopfgeldjäger brauchte, um unter seinem Arm nachzusehen, schnappte sich Regalian einen schweren Gegenstand – eine altmodische gußeiserne Kaffeemühle mit Kurbel, um genau zu sein –, riß den Arm zurück wie ein Baseballwerfer und warf. Er traf sein Ziel zwar nicht haargenau, denn er hatte eigentlich nach der Stirn des Kopfgeldjägers gezielt, ohne jedoch das erhebliche Gewicht des Projektils zu berücksichtigen, so daß der Schuß den anderen siebenundzwanzig Inch weiter unten traf. Indes, was zählt, ist der Erfolg, und Regalian hatte zweifelsohne keinen Grund zur Klage, als der Kopfgeldjäger fürchterlich aufstöhnte, mit den Knien einknickte und zu Boden sank, während er die Hände auf seine Weichteile preßte – ein Beweis für die Gründlichkeit und Detailgenauigkeit seiner Schöpfer. Wenn ein Mann aus Yorkshire einen künstlichen Menschen baut, dann läßt er nicht einfach bestimmte Teile weg, mit der Begründung, sein Geschöpf werde *dafür* nie und nimmer Verwendung haben. Während der Kopfgeldjäger auf diese Weise beschäftigt war, hatte Regalian reichlich Zeit, um in den Küchenschubladen herumzustöbern, bis er schließlich Skinners Nudelholz fand, hinter den Kopfgeldjäger zu treten und ihm neunmal kräftig eins überzuziehen, bis er offensichtlich bewußtlos vornüber fiel. Dann wickelte Regalian dem anderen einige Male eine Wäscheleine um die Arme und den Oberkörper, zwängte ihm einen besonders ekligen Staublappen zwischen die Zähne, um sich den Frieden und die

Ruhe zu sichern, die man bei schöpferischer Arbeit unbedingt braucht, und schon war wieder ein Problem gelöst, kostengünstig und noch vor dem eigentlichen Termin.

Das war leicht. Die Scheiße aus muskelbepackten, brutalen Gegnern zu prügeln, ist für Helden das, was für Beamte die Ablage rosafarbener Formulare in dreifacher Ausfertigung ist. Und jetzt zurück zum schwierigen Teil des Ganzen. Er setzte sich vor das Tonbandgerät, schaltete es wieder an und räusperte sich.

Die Tür ging auf.

»Hallo«, rief Jane. »Wer ist denn da?«

Wer immer es sein mochte, er hielt jedenfalls nichts davon, das Licht anzumachen. Dafür, daß er es nicht tat, ließen sich ohne weiteres mehrere überaus stichhaltige Gründe denken: Die Stromkosten sind hoch, im Büro herrscht eine fürchterliche Unordnung, die Birne ist wieder mal kaputt (wie viele Privatdetektive sind erforderlich, um eine Glühbirne auszuwechseln?) – alles absolut rationale, in keiner Weise reißerische Erklärungen. Warum bin ich mir bloß so sicher, fragte sich Jane, daß in diesem Falle keine davon zutrifft?

»Hallo?«

Schrapp-schrapp. Das Geräusch gut geölter Metallteile in Aktion (mit freundlicher Genehmigung der Siemens AG). Könnte jemand sein, der das Programm einer Waschmaschine einstellt. Es gibt nicht den geringsten Grund zu der Annahme, daß da gerade jemand eine fünfundvierziger Automatik entsichert hat. Meine Güte, Jane, mußt du immer diese absurden voreiligen Schlüsse ziehen …

Sie unternahm einen letzten Versuch, sich aus dem Papierkorb zu befreien; vergebens. Ein würdevoller Tod? Ach, Quatsch.

»Okay«, sagte eine tiefe, heisere Stimme. »Schmeißen Sie das Schießeisen weg, und nehmen Sie die Hände hoch.«

»Entschuldigung.«

»Keine Ausflüchte, Kindchen«, knurrte die Stimme. »Wenn Sie versuchen, Sperenzchen zu machen, knallt's.«

»Entschuldigung«, wiederholte Jane, »aber könnten Sie mir wohl helfen, aus diesem Papierkorb herauszukommen?«

»Hä?«

»Seien Sie doch bitte so lieb.«

Eine Sekunde lang herrschte Schweigen. »Haben Sie gesagt: Papierkorb?«

»Ja.«

Und dann ging das Licht an. »Heiliger Bimbam«, sagte der Mann in der Tür, »Sie haben recht. Sie sitzen tatsächlich im Papierkorb.«

»Mr. Marlowe?«

Der Mann kniff die Augen zusammen. »Woher kennen Sie meinen Namen?« fragte er.

Jane zögerte, bevor sie antwortete. Der Trenchcoat mit hochgestelltem Kragen. Der dunkelbraune Filzhut. Die schimmernde schwarze Automatik, die wie ein natürlicher Auswuchs des rechten Arms aussah. Die harten Gesichtszüge, die müden blauen Augen.

»Er steht auf der Tür«, sagte sie.

»Oh. Ja. Richtig.«

Marlowe steckte die Pistole ein, beugte sich hinunter und legte einen Arm unter Janes Knie, den anderen hinter ihren Kopf und zog sie hoch. Der Papierkorb kam ebenfalls mit hoch, wie ein Bierdeckel, der am Boden des Glases festklebt.

»Ist schon okay«, murmelte Jane, während sie mit beiden Händen gegen den Papierkorb drückte. »Ich glaube, ich kann …«

»Aua.«

»Oh. Entschuldigung.«

»Das war mein Fuß.«

»Wie ungeschickt von mir. Jetzt können Sie mich absetzen.«

Das längliche, männlich-herbe Gesicht verzog sich zu einem anzüglichen Grinsen. »Sind Sie sicher, daß Sie abgesetzt werden wollen, Kindchen?«

»Ja, bitte.«

»Oh.« Marlowe sah sie finster an, so als hätte er gerade in einen Apfel gebissen und sie darin entdeckt. »Nun, in dem Fall ist es wohl ...«

»Setzen Sie mich einfach irgendwo hier ab. Vielen herzlichen Dank.« Sobald ihre Füße den Boden berührten, flitzte Jane flink wie eine Krabbe, die versucht, noch die letzte U-Bahn zu erwischen, los und brachte sich hinter dem Schreibtisch in Sicherheit. Sie hatte zwar nichts Bestimmtes gegen Mr. Marlowe, doch er hatte sich eine ganze Weile nicht rasiert, und sein Atem roch nicht besonders gut. »Also«, sagte sie.

»Ja?«

»Ich nehme an, Sie wüßten gern«, fuhr Jane fort, »was ich in Ihrem Büro mache.«

»Ich kann es mir denken.«

Jane machte ein erstauntes Gesicht. »Tatsächlich?«

»Klar.« Marlowe lachte. »Ich bin Detektiv, vergessen Sie das nicht.« Plötzlich wurde seine Stimme kalt und hart wie ein vom Frühstück übriggebliebenes Spiegelei. »Sie haben sich gedacht, wenn Maybury Stein erschossen hat, dann müssen die Perlen noch hier sein. Sie haben Pedersen reingelegt, sind aber nicht darauf gekommen, daß Michaels das Zeug in der anderen Socke versteckt hatte. Als Sie die Leiche fanden, war es zu spät, deshalb haben Sie Gobler den Eßlöffel in die Hand gedrückt, damit es nach Selbstmord aussieht, und dann die Bullen gerufen. Dann sind Sie hierhergekommen, weil Sie dachten, falls die Bullen mich nicht erwischen, würde Shaftberg mich erwischen. Aber Sie haben falsch gedacht, Schwester.« Seine Hand verschwand wieder in der Manteltasche. »Das ist das Ärgerliche an mir. Ich tu nie das, was man von mir erwartet. Deshalb bekomm ich auch dauernd Beschwerdebriefe. Hab ich recht?«

Jane biß sich auf die Lippe. »Nein«, erwiderte sie.

Marlowe machte ein Gesicht, als hätte ihm gerade jemand die Hose gestohlen. »Nein?«

»Nein«, wiederholte Jane.

»Sie meinen, Hellman hatte die ganze Zeit über die Jade, und Thelma war wirklich Chases *Schwester?*«

Jane seufzte. Wenn sie nicht etwas dagegen unternahm, konnte das die ganze Nacht so weitergehen. »Es tut mir wirklich schrecklich leid, Mr. Marlowe, aber ich gehöre eigentlich nicht in Ihren Plot. Ich habe nur, äh, kurz hereingeschaut, will aber woanders hin.«

Marlowe lachte höhnisch. »Klar«, sagte er. »Bloß daß Hunderttausenddollarblondinen bei Typen wie mir nicht einfach so hereinschauen. Dafür muß es immer einen Grund geben. Ich nehme an, Pavlinksi und Stein …«

»Entschuldigen Sie«, warf Jane ein, die es ein wenig verwirrte, als Hunderttausenddollarblondine bezeichnet zu werden. Ein bißchen gebauchpinselt fühlte sie sich schon, auch wenn ihr Haar natürlich eher die Farbe brauner Schuhwichse hatte. »Ich weiß, daß sich das ziemlich seltsam anhört, aber ich gehöre nicht zur Literatur, sondern komme aus der Wirklichkeit. Wirklich.«

»Klar«, knurrte Marlowe und erschoß sie.

»Wer?«

»Hercule Poirot«, zischte Skinner. »Er ist Detektiv.«

»Detektiv? Was ist das?« fragte Titania.

Skinner gab keine Antwort. Er wünschte allmählich, daß er in *Scheckige Sättel* geblieben wäre. Sicher, das Ganze war geschmacklos und kitschig, und es gab dauernd irgendwelche Leute mit Revolvern, die ihm auflauerten und versuchten, ihn umzubringen, aber zumindest reihte sich mit einer gewissen Folgerichtigkeit ein Tag an den anderen, und außerdem wußte er, wo die öffentlichen Toiletten alle waren. Wenn die Zukunft ihm nichts anderes zu bieten hatte, als ständig in die Bücher anderer Leute überwechseln zu müssen, bis er schließlich erstochen, gelyncht oder von einem Lesezeichen zerquetscht wurde, konnte er keinen großen Sinn mehr darin sehen, seine Flucht fortzusetzen.

Die großen Ledersessel sahen sehr bequem aus. Er setzte sich in einen. Dann kam ihm ein Gedanke.

»Hey«, sagte er.

Poirot, der neben der Leiche kniete und irgend etwas durch ein Vergrößerungsglas betrachtete, blickte in seine Richtung. »M'sieur?«

»Gibt es in diesem Buch was zu essen?«

»Pardon?«

»Was zu essen.« Skinner runzelte die Stirn. »*Quelque chose à manger*«, sagte er gereizt. »Was zu trinken wäre auch nicht schlecht. *Le bourbon.* Und wo ist das Klo?«

Poirot legte die Stirn in Falten. »Ah! *Les toilettes.*« Er hielt inne und rieb sich mit Daumen und Zeigefinger über den Nasenrücken. »Jetzt, da Sie davon sprechen, M'sieur – ich kann mich nicht erinnern, irgendwo eine Toilette gesehen zu haben. In der englischen Detektivliteratur, *vous entendez,* ist dieses Thema, wie sagt man, tabu ...«

Skinner zuckte die Achseln. »Okay«, erwiderte er, »es ist ja Ihr Teppich. Wie ist es mit dem Essen?«

Bevor Poirot antworten konnte, öffnete sich die Tür, und ein Butler trat ein, der ein Tablett trug, und auf dem Tablett ...

»Jawoll!« rief Titania, während sie über Skinners Sessel sprang. »Hey, langsam gefällt's mir hier.«

... Gurkensandwiches, Sandwiches mit Büchsenfleisch, Teekuchen, Muffins, Biskuitkuchen, Shortbread, Kekse. Als der Butler den Teller abstellte, war er bereits halb leer.

»Hey«, nuschelte Skinner noch mit vollem Mund. »Butler.«

»Sir?«

»Wenn ich Sie bäte, mir einen großen Scotch zu bringen, täten Sie das dann?«

»Gewiß doch, Sir. Miss?«

Titania zuckte die Achseln. »Hätte nichts dagegen«, sagte sie. »Ich nehme einen Manhattan. Ohne Eis.«

»Wow!« Skinner grinste so breit, daß man das halb zerkaute Sandwich mit Büchsenfleisch sehen konnte, das er im Mund hatte. »Zum Teufel mit der Realität, laß uns hier ...«

Plötzlich würgte er, rang keuchend nach Luft, wand sich wie ein Aal in der Pfanne hin und her, lief blau an und fiel zu Boden. Die Rinde des Sandwichs fiel ihm aus den zuckenden Fingern.

Kurz darauf plumpste Titania zu Boden und gesellte sich neben ihn.

»Sacre bleu«, sagte Poirot.

»Der Barkeeper bückte sich. Ich sprang hinter die Theke und stieß ihn zur Seite. Auf einem Brett unterhalb des Tresens lag, bedeckt mit einem Geschirrtuch, eine Schrotflinte mit abgesägtem Lauf. Daneben stand eine Zigarrenkiste. In der Zigarrenkiste befand sich eine achtunddreißiger Automatik. Ich nahm beide Waffen an mich. Der Barkeeper preßte sich gegen das Regal mit Gläsern hinter der Theke.«

Regalian beendete seine Lesung, atmete aus, schaltete das Tonbandgerät ab und warf die Raymond Chandler-Taschenbücher auf den Agatha Christie-Haufen. Er fühlte sich leicht berauscht, und ihm war ein wenig schlecht, so als hätte er gerade eine ganze Tasse süßen Sherrys und hinterher noch einen dreifachen Whisky getrunken. »Was tut man nicht alles für die Literatur«, murmelte er vor sich hin.

Er beschloß, einmal nach dem Kopfgeldjäger zu sehen, während das Band sich zurückspulte. Soviel er wußte, legte die allgemeine Gut/Böse-Theorie fest, daß ein Schurke, nachdem er gefesselt worden ist, auch gefesselt bleibt, während ein von Seilen umwickelter Held lediglich eine verpuppte Flucht ist, die darauf wartet, den Kokon zu sprengen. Das war zwar alles gut und schön, aber er befand sich in der Wirklichkeit, nicht in der Literatur, und die Körper hier waren keine Träume und bestanden nicht aus Worten, sondern aus Fleisch und Blut. Außerdem – was noch wichtiger war – stammte die Wäscheleine, mit der er ihn gefesselt hatte, von Woolworth und war etwa zwanzig Jahre alt. Es mochte also nicht verkehrt sein, mal in den Keller zu gehen und sich davon zu überzeugen, daß er noch …

Er war verschwunden.

So ein Mist aber auch.

Es hat auch sein Gutes, in der Wirklichkeit zu sein, dachte Regalian bei sich, als er sich, bewaffnet mit der schwersten Bratpfanne, die er finden konnte, daranmachte, Zimmer für Zimmer zu durchsuchen. In der Wirklichkeit kann man fluchen, soviel man möchte, ohne befürchten zu müssen, daß man gestrichen und zu Konfetti verarbeitet wird, denn wir wollen unsere jungen Leser unter zwölf doch nicht vor den Kopf stoßen. Nachdem ihm dieser erfreuliche Gedanke gekommen war, verbrachte er die nächsten fünf Minuten damit, von der ungewohnten Freiheit soviel Gebrauch zu machen, wie sein Vokabular es nur zuließ.

Nachdem er alle Zimmer im ersten Stock durchsucht hatte, stand er auf dem Treppenabsatz und fragte sich gerade, wo der Widerling bloß abgeblieben sein mochte, als die Tür des Wäschetrockenschranks sich öffnete und der Kopfgeldjäger ihm auf den Rücken sprang. Seine Hände umklammerten das von einer langen Unterhose abgerissene Beinteil, das vermutlich als behelfsmäßige Garotte gedacht war.

Seufz. Geht *das* wieder los. *Würg würg, keuch keuch,*

aaah! Der alte Trott, das ausgefahrene Gleis, die tägliche Routine – alles wie gehabt. Eine Abwechslung (überlegte Regalian, als er sich aufs Knie fallen ließ und den Kopfgeldjäger über die Schulter und die Treppe hinunter warf) soll ja angeblich so gut wie eine Ruhepause sein, aber alles in allem hätte ich dann wohl doch lieber die Ruhepause. Andererseits (argumentierte er, während der andere mit voller Kraft und in unfreundlicher Absicht eine Kristallvase nach ihm schleuderte, die drei Inch von seiner Nase entfernt die Wand traf und in nadelspitze Splitter zerbarst) wollte er auch nicht einrosten. Ab und an ein leichtes Konditionstraining, nichts allzu Anstrengendes (der Kopfgeldjäger holte mit einem Stück abgesplittertem Treppengeländer zu einem fürchterlichen Schlag nach seinem Kopf aus, den Regalian ganz knapp zu parieren vermochte, indem er sich schnell einen Stuhl schnappte), das hält einen in Form und dauert pro Tag nur fünfzehn Minuten oder so. Man ist es sich selbst schuldig (ein kräftiger Tritt gegen die Kniescheibe schickte den Kopfgeldjäger zu Boden, auf dessen Schädel Regalian dann aus dem Stuhl Kleinholz machte), nicht einfach so dahinzuvegetieren, was leicht passieren kann (im Anschluß daran trat er ihm rasch und heftig gegen die Kinnspitze, so daß der Kopfgeldjäger rücklings die Treppe hinunterpurzelte, durch die Eingangshalle rollte und kopfüber die Kellertreppe hinunterpolterte), wenn man sich gehenläßt.

»Hallo«, rief er, »bist du okay?«

Schweigen. Nachdem er sich den Luxus einer kurzen Verschnaufpause gegönnt hatte, hob er das Stück Treppengeländer auf, trabte die Treppe hinunter und spähte in den Keller. Nun, dachte er bei sich, das ist zum Beispiel so ein Fall. Ich könnte jetzt ohne weiteres annehmen, daß er k. o. ist, und mit meiner Arbeit weitermachen, nur damit er mich dann wieder überfällt, wenn ich gerade die Bombe scharf mache. Na, ohne mich. Ich gehe lieber in den Keller hinunter und mache den Mistkerl fertig.

Im Keller war es finster – das Licht funktionierte nicht; wie viele Schurken sind erforderlich, um eine Glühbirne herauszuschrauben? –, und am Fuß der Kellertreppe herrschte ein auffälliger Mangel an bewußtlosen, sieben Fuß großen Körpern. Obwohl das eigentlich kein Problem war. Jeden Augenblick wird er jetzt (ah, wunderbar – Schurken sind ja so was von pünktlich; man könnte direkt seine Uhr nach ihnen stellen) aus der Dunkelheit hervorspringen und eine zerschlagene Flasche schwingen, und für mich heißt es dann wieder: *Stählerne Finger legten sich um seinen Hals.* Dann ein weiterer Judotrick (*krach, klirr*; nimm ein bißchen Rücksicht auf den Rotwein des armen Mr. Skinner, zu spät, nun ja, Lamentieren sinnlos), weiterer Schlagabtausch inklusive Ausweichmanöver (*klatsch! patsch! klatsch!*), ein Tritt in die Weichteile (na, das dürfte weh getan haben!) und schließlich noch einen Gnadentritt (Mist, ich glaube, ich habe mir einen Muskel verzerrt). Damit dürfte die Sache erledigt sein. Kaum anzunehmen, daß man hier so etwas wie eine zehn Fuß lange, stabile Kette findet. Oder doch? Nun sieh mal einer an!

Kurze Zeit später stand Regalian auf, staubte sich ab und bewunderte sein Werk.

»Wenn du da rauskommst, Jungchen«, sagte er vergnügt, »spendier ich dir einen Drink. Bis dann.«

Ein Gutes hatte die ganze Keilerei gehabt: Das Band hatte sich inzwischen zurückgespult. Nichts ist so langweilig, wie bloß herumzustehen und zu warten.

An die Arbeit. Die Aufnahme, die er so sorgfältig hergestellt hatte, bestand aus zehn Auszügen aus gemütlichen englischen Krimis, die er mit den zehn reißerischsten Passagen aus der *hard-boiled school* der amerikanischen Kriminalliteratur vermischt hatte, die er hatte finden können. Jetzt mußte er noch ein bißchen schneiden und mischen, damit die beiden Tonspuren gleichzeitig abliefen, und dann das Band abspielen. Wenn er alles richtig gemacht hatte, käme es zu einer Reaktion, deren Natur (und Heftigkeit) dem Aufeinandertreffen von Materie und Anti-Materie ähnelte. Simsalabim – eine Figurenbombe, die (wenn er Glück hätte) große ausgefranste Löcher in das Gefüge der Kriminalliteratur risse, durch die er sich davonstehlen konnte. Obwohl man praktisch unmöglich mit Sicherheit sagen kann, wo man hingelangen wird, hatte er eine ungefähre Vorstellung davon, wo er höchstwahrscheinlich landen würde. Dort würde er natürlich ganz auf sich gestellt sein und sich vermutlich einer überwältigenden Übermacht und dem sicheren Tod gegenübersehen, aber das machte nichts. Daran war er gewöhnt. Im Lauf seiner Karriere hatte er dem Tod so oft ins Auge geblickt, daß er jeden kleinen Pickel auf dessen Nase kannte.

Zuvor jedoch wäre er wirklich durch und durch verantwortungslos und egoistisch und würde sich ein Sandwich machen. Es wäre doch absurd, die Wirklichkeit aufzusuchen und nach Hause zurückzukehren, ohne vorher die einheimische Küche probiert zu haben.

Das Sandwich fiel flach, da kein Brot da war. Nachdem er eine Weile im Küchenschrank herumgekramt hatte, fand er eine alte Dose Corned Beef, ein Glas mit sauer eingelegtem Kohl, einen Dosenöffner und eine Flasche Schlitz-Bier. Schwerlich ein Bankett, wie es einem Helden zukam, doch nachdem er einige Bissen gegessen hatte, hatte er genug, und genug kommt, da alle Dinge gleich sind, nach allgemeinem Dafürhalten einem Festmahl gleich. Immerhin trank er das Bier. Es war schal, und weiße Flöckchen schwammen darin herum. Dann wusch er den Teller und das Glas ab (bitte verlassen Sie die Wirklichkeit so, wie Sie sie vorfinden möchten), kämmte sich das Haar und ging pinkeln …

Das wollte ich schon immer mal machen, aber in der Literatur hat man aus irgendeinem Grund nicht das Bedürfnis …

… dann begab er sich in die Küche zurück. Die Stunde X. Zeit, die Bombe hochgehen zu lassen.

Diesmal schlug ihm der Kopfgeldjäger mit einem Kerzenständer aus Messing zwischen die Schulterblätter.

ELFTES KAPITEL

Hamlet langweilte sich. Gewiß, Mr. Holmes hatte viele Bücher, doch sie trugen alle Titel wie *Handbuch der forensischen Toxikologie* und *Untersuchungen zur Leichenstarre,* während Hamlet einen netten, gemütlichen Krimi vorgezogen hätte. Abgesehen vom Lesen gab es sonst nicht viel zu tun: Er konnte höchstens gegen die (von außen abgeschlossene) Tür hämmern, was zu nichts führte, seine Initialen in die Möbel ritzen und ein paar eigenartige Geräusche auf der Violine hervorbringen.

Nicht zu fassen, dachte er voller Bitterkeit, daß ich meinen angenehmen, ruhigen Job bei Bill Shakespeare geschmissen habe, weil ich das Gefühl hatte, den ewig gleichen Trott nicht mehr aushalten zu können, und ein bißchen was erleben wollte. Was war ich doch für ein Esel. Na schön, dann war es eben ein bißchen monoton, immer und immer wieder *genau* dieselben Worte zu sagen, aber wenigstens tat sich was, man rannte umher, kämpfte mit Schwertern, erstach Leute, die hinter Vorhängen lauerten, und nach der Show ging man dann mit den Jungs einen trinken. Er warf einen Blick auf die Uhr, die auf dem Kaminsims stand. Auf Elsinore würde er sich jetzt gerade für die große Duellszene fertigmachen. Seine Lieblingspassage.

Er stand auf, schritt dreimal die Umrandung des

Perserteppichs ab, ohne auf die Fransen zu treten, riß der Aspidistra eine Handvoll Blätter ab, entdeckte in einer Schublade einen kleinen Schraubenzieher und begann sogleich damit, die Griffe des Schreibtischs abzuschrauben.

Plötzlich gab es einen lauten Knall.

Nun ja, man könnte es jedenfalls so nennen, ebenso wie man den Ausbruch des Krakatau als kleinen Rülpser oder das Erdbeben von San Francisco als Verkehrsstörung bezeichnen könnte. Nehmen Sie also zur Kenntnis, daß *Knall* ein Understatement ist, und lassen Sie es dabei bewenden. Schreiben Sie die Schuld der Adjektivrationierung zu.

Als die Fenster zerbarsten und die Glassplitter ihm wie Schneeflocken, die der Wind vor sich her trieb, um den Kopf wirbelten (besser? Na also), merkte Hamlet, wie sich seine Adrenalinzufuhr aufs angenehmste erhöhte und sein Puls sich beschleunigte. Ah, sagte er zu sich, das kommt der Sache schon näher.

Welcher Sache?

Na, zum Beispiel extremer Gefahr, möglicherweise sogar plötzlichem Tod. Er hechtete unter den Tisch und steckte den Kopf zwischen die Knie. Ein Blitz zuckte durchs Zimmer und riß ein Loch in die Wand am anderen Ende.

Hätte ich bloß nicht den Mund so voll genommen.

Die Tür flog auf, und ein Körper segelte durchs Zimmer, den Hamlet als Mr. Holmes erkannte. Als er mit einem gräßlichen Krachen gegen die Wand prallte, erwartete Hamlet fast, wie in einem Comic ein Loch, das die Umrisse eines Menschen hatte, im Mauerwerk zu sehen. Dann fiel der Kronleuchter auf den Tisch, und er zog, spitze Entsetzensschreie ausstoßend, den Kopf wieder ein.

Stille. Sehr zaghaft steckte er den Kopf unter dem Tisch hervor, überzeugte sich davon, daß die Einrichtungsgegenstände nicht mehr durch die Gegend flogen, und blickte zu der Stelle hin, wo Mr. Holmes gelandet war.

»Hamlet?«

Hamlet runzelte die Stirn. »Skinner?«

»Ja. Hier drüben.«

»Skinner?«

»Regalian?«

»Jane?«

»Titania?«

»Also, was ist das hier eigentlich – eine Preisverleihung? Kommt mal alle raus, damit wir feststellen können, was los ist.«

Nachdem Hamlet wie eine an Klaustrophobie leidende Schildkröte aus dem demolierten Schreibtisch und über die Fragmente des Kronleuchters gekrochen war, sah er, daß sich inmitten der Trümmer eine ganze Menge Leute versammelt hatte. Da waren:

Skinner.

Titania.

Jane.

Regalian …

»Paß auf!« schrie er, als der Kopfgeldjäger hinter einem zersplitterten Bücherschrank auftauchte und mit dem zerdrückten Überrest einer Violine nach Regalians Kopf ausholte. Regalian drehte sich um, schnalzte, als er ihn sah, ungehalten mit der Zunge und warf ihn zum offenen Fenster hinaus.

»Gute Güte«, sagte Skinner, während er sich Mörtel aus den Haaren wischte. »Wie in Gottes Namen sind wir denn hierhergekommen?«

»Durch Zufall«, antwortete Regalian. »Ein altehrwürdiger literarischer Trick. Seid ihr alle okay? Prima. Schön, euch alle wiederzusehen.«

»Zufall?« kreischte Jane. »Nun hör aber auf! Da muß doch mehr dahinterstecken. Als letztes erinnere ich mich, daß ich in einem Buch von Raymond Chandler war und Philip Marlowe mich erschossen hat.«

»Ich bin in einem Agatha Christie-Krimi vergiftet worden.«

»Tatsächlich?« Regalian blickte beide an. »Wie seid ihr denn da hingekommen?«

»Nun …«

»Weil«, sagte Claudia, die auf melodramatische Weise durch das Loch trat, das der Blitz in die Wand gerissen hatte, »ich euch hingeschickt habe. Hallo allerseits.«

Jedem Abtritt folgt ein Auftritt.

Er trieb in einem Teich.

Oder war es der Himmel, und er war ein Falke, der mit ausgebreiteten Flügeln reglos im warmen Wind schwebte, ein unbeweglicher Punkt inmitten grenzenloser Bewegung. Oder war es das unermeßliche Firmament selbst, und er war ein einsamer Stern inmitten unendlicher Finsternis. Das kam schon eher hin, wie er voller Bitterkeit dachte. Sicher gab es niemanden, der die Einsamkeit mit ihm teilte. Vermutlich hatte er sie alle überlebt. Das war immer so.

Als sein Blick schärfer wurde, bemerkte er das Holz und den Satin um sich herum. Die Seiten der Kiste preßten ihm die Arme gegen die Flanken. Der Deckel befand sich nur wenige Inch über seinem Gesicht. Die Beengtheit störte ihn ungemein. Er schnüffelte wie ein Hund, konnte aber kein Licht riechen. Es war Zeit aufzuwachen.

Graf Dracula, ebenso tot wie lebendig, begann sich in seinem Sarg zu regen. Zunächst ganz langsam. Selbst nach all den Jahren genoß er die erste Bewegung nach dem Schlaf immer noch mit der Intensität eines Gourmets. Er krümmte und streckte die Finger wie eine Katze, die die Krallen ausfährt. Er kostete die Empfindung aus, als seine Fingernägel sich in die Satinfütterung gruben. Das Tastgefühl ist der erste der fünf Sinne, der schwindet, und der letzte, der wiederkehrt. Von den fünf war er immer sein Lieblingssinn gewesen.

Er spürte, wie das Blut langsam wieder durch die Adern floß. Ah, das war doch etwas Wunderbares! Das pure sinnliche Vergnügen des Lebens, seine große Schwäche, seine Sucht. In solchen Momenten glaubte er fast, daß die ganze Sache sich lohne – eine Illusion, die selten lange anhielt, doch es gefiel ihm, sie auszukosten, soweit es möglich war.

Es war Zeit, diese kleine gemütliche Zelle zu verlassen. Er konzentrierte sich, stellte sich vor, wie die Schrauben sich von allein im Holz drehten, bis der Deckel nicht mehr befestigt war. Er hörte, wie sie auf den Steinboden fielen. Er lächelte. Dann hob er die Hände, bis er den Deckel spürte, und drückte ihn nach oben.

Komisch …

Unsichtbare Hände packten den Deckel und entrissen ihn seinem Griff. Verdutzt öffnete er die Augen und stellte fest, daß ihn von oben ein Gesicht anstarrte.

Hastig versuchte er sich aufzusetzen, doch die Anstrengung war zu groß, er sank zurück und fletschte lautlos die Zähne wie ein sterbender Fuchs. Das Gesicht …

Jetzt waren zwei Gesichter da; das eine rund wie ein Vollmond, mit einer klobigen Stupsnase und riesigen dicken Brillengläsern, das Ganze gekrönt von einer ölbefleckten alten Schiebermütze; das andere schmal, zerfurcht, alt, mit einem Zigarettenstummel, der anscheinend an der Unterlippe festgeklebt war. Ihre Augen schienen sich in ihn zu bohren wie ein Holzpfahl.

»Igor.«

»Ja, Normanchen?«

»Weißt du, was passiert ist?«

»Na?«

»Die Saftnasen haben die falsche Kiste geliefert, das ist passiert.«

»Meinst du?«

»Na, guck dir das Ding doch an! Sieht das vielleicht wie ein zusammenbaubarer Kleiderschrank aus?«

Graf Dracula räusperte sich. »Entschuldigung«, sagte er. Die Gesichter starrten ihn finster an.

»Verflucht noch mal«, knurrte der Ältere. »Noch so ein Dreckskerl aus dem Süden.«

»Entschuldigung.« Dracula ließ nicht locker. »Ich bin doch hier nicht in Transsilvanien, oder?«

»Wie meinen?«

»Transsilvanien«, wiederholte der Graf hilflos. »Ihr wißt doch, südöstlich von Ungarn.«

Das jüngere Gesicht sah ihn unfreundlich an. »Nee, Jungchen, du bist hier in Dewsbury.«

»Yorkshire.«

»Yorkshire?« Dracula formte das fremde Wort mit den Lippen, als spucke er sorgfältig eine Mücke aus. »England?«

»Na das ist ja ein Herzchen, Norman. Ganz recht, Kumpel. Yorkshire, England. Und wo kommst du noch mal her?«

»Aus Trans...« Dracula gab es auf. »Aus Europa«, sagte er.

»Typisch.«

»Sieh dir doch um Himmels willen mal seine Kleidung an.«

Zum erstenmal in mehreren Jahrhunderten wurde sich Dracula plötzlich seines seidengefütterten schwarzen Umhangs und seiner glänzenden schwarzen Schuhe bewußt und wünschte, daß seine Arbeitskleidung – nun ja, nicht ganz so protzig wäre. Ein hübscher, bequemer alter Regenmantel schwebte ihm vor oder eine richtig abgetragene Tweedjacke mit Lederflecken auf den Ellbogen. Und natürlich auch eine Schiebermütze.

»Wenn du falsch zugestellt worden bist, mußte dein Rückporto selber bezahlen«, sagte das Mondgesicht. »Ich habe nämlich nur meine Rente, weißt du.«

Dracula leckte sich die Lippen, die trocken wie Papier waren. Plötzlich war er schrecklich durstig. »Entschuldigung.«

»Na was?«

»Dürfte ich die Herren wohl um etwas, ähm, zu trinken bitten?«

»Hä? Was denn zum Beispiel?«

»Bl…« Dracula schloß rasch den Mund, so daß das Wort in zwei Teile gebissen wurde. »Ein Glas Milch wäre wunderbar«, sagte er sanft.

»In der Kanne ist noch Tee«, brummte der Ältere. »Allerdings ist er schon kalt.«

»Das wäre schlichtweg großartig«, winselte Dracula. »Vielen herzlichen Dank.«

Er legte sich im Sarg zurück und wünschte, er wäre wirklich tot.

En passant eine kurze Anmerkung über den Scholfield.

Das Scholfield-Modell wurde 1875 als Smith & Wessons Antwort auf Colts klassische Peacemaker-Serie entwickelt und war ein schwerkalibriger, hochwertiger Dienstrevolver mit großer Durchschlagskraft, der es sowohl gestattete, daß Schüsse in einem Durchgang abgegeben wurden als auch daß bei jedem Schuß neu gespannt wurde. Er verfügte über ein verbessertes Trommelschloß und warf die leeren Patronen in dem Moment aus, da der Schuß abgegeben wurde. Er war zwar nicht ganz so wirkungsvoll wie der Colt, hätte aber wohl eine bessere Aufnahme verdient, als ihm tatsächlich zuteil wurde. Doch da sich das Militär damit begnügte, den Colt beizubehalten, bei dem für jeden Schuß neu gespannt werden mußte und der Zivilmarkt vom Hartford-Konzern beherrscht wurde …

Ja. Ganz recht. Das ist etwa so, als widme man in

einem Reiseführer den Eintrag über Florenz ausschließlich der städtischen Müllkippe: sachlich richtig, aber irgendwie am Wesentlichen vorbei.

Welches darin besteht, daß der Scholfield die einzige bisher erfundene Feuerwaffe ist, deren IQ sie dazu berechtigen würde, in den Klub der Superhirne aufgenommen zu werden. Von wegen pfiffige Raketen – können Sie alles vergessen; im Vergleich zum Scholfield sind pfiffige Raketen wie Dick und Doof. Der einzige Grund, warum Scholfield-Revolver nicht alle hochkarätigen Schachmeisterschaften dominieren, besteht darin, daß sie die Figuren nur von Feld zu Feld rücken könnten, indem sie auf sie schießen.

Verwirrt? Stimmt hier irgend etwas nicht? Sie finden die Vorstellung, eine Waffe sei cleverer als Sie, nicht akzeptabel? Dann denken Sie doch mal nach. Waffen sind zum Kämpfen da, aber wenn es zum Kampf kommt, dann sind es nicht die *Waffen,* die verletzt werden, richtig?

Claudia.

Bisher haben wir sie nur in ihrer Eigenschaft als herausragendste, energischste, draufgängerischste Literaturagentin des Universums kennengelernt, eine weiß Gott bedeutsame Rolle, aber in Wirklichkeit nur eine Nebentätigkeit, die ihrem Hauptbetätigungsfeld untergeordnet ist.

Claudia hat eine Produktionsfirma, die A. C. Productions. Bisher ist dort zwar noch nichts produziert worden, aber dasselbe gilt für 99,997 Prozent aller Produktionsfirmen auf der ganzen Welt.

Sie hat auch ein Besitztum, möglicherweise das sensationellste Besitztum im ganzen Kosmos. Sie wartet nur auf den richtigen Zeitpunkt und die richtigen Leute.

Der Zeitpunkt ist gekommen. Die Leute sind da.

Los geht's.

»Hallo allerseits«, sagte Claudia. Sie lächelte. Wenn Agenten lächeln, gehen kluge Menschen in Deckung oder chartern ein schnelles Flugzeug, aber dies hier war ein *besonderes* Lächeln. Ihr Gesicht sah aus wie ein Schwarzes Loch, in dem gerade ein Stern verschwand.

Regalian blickte sie an. »Dich kenne ich doch, oder?« fragte er. Sie nickte.

»Jedermann kennt mich«, antwortete sie. »Oh, einen Augenblick mal bitte.«

Sie bückte sich und hob etwas vom Fußboden auf. Es war der Scholfield. Sie zog den Hahn mit dem Daumen zurück und richtete die Waffe auf Regalians Kopf.

»Hey …«

»Später«, sagte sie. »Meine Zeit ist knapp. Also dann hört mal alle genau zu. Ich nehme an, ihr möchtet gern wissen, warum ich euch hierhergeholt habe.«

Skinner nickte langsam und bedächtig, während sein Blick auf den Revolver geheftet war. Irgend etwas am Verhalten der Waffe gefiel ihm nicht. Er mußte es schließlich wissen; wenn man sechsunddreißig Jahre lang mit einer geschwätzigen Handfeuerwaffe zusammengelebt hat, kennt man alle ihre Launen und Mucken. Der Scholfield war …

… verliebt?

Ach, du grüne Neune. Vermutlich lag es an der herrischen Art und Weise, mit der sie ihn vom Boden aufgenommen und den Hahn zurückgezogen hatte. Endlich, so vermeinte er die Waffe sagen zu hören, endlich habe ich eine verwandte Seele gefunden, eine größenwahnsinnige Psychopathin mit sicherem Auge und schweißigen Handflächen. Skinner sog nachdenklich den Atem ein.

»Also es wäre wahrscheinlich ganz hilfreich«, sagte er, »wenn wir damit anfangen könnten, *wie* du uns hierhergeholt hast. Das heißt, wenn es dir nichts ausmacht.«

»Klar können wir das.« Skinners Vermutung war

richtig gewesen. Auch wenn ihre Zeit knapp sein mochte, gehörte Claudia nicht zu den Frauen, die sich die Chance entgehen lassen, näher auf ihre eigene Cleverneß einzugehen. »Ich habe die Rechte gekauft.«

»Was? Für Agatha Christie? Und Sherlock Holmes?«

»Nein.« Claudias Lächeln wurde so breit, daß der zum Untergang verurteilte Stern zur Supernova wurde. »Für euch.«

»Wie bitte …«

»Ihr stammt aus der Literatur, richtig? Ihr alle seid fiktive Figuren. Also habe ich die Rechte gekauft. Ihr gehört mir.«

»Wir können nicht dir gehören!« fauchte Jane. »Wir sind Menschen.«

»Na und? Ich habe die Menschenrechte gekauft. Klar, ich weiß, daß sie angeblich unveräußerlich sind, aber alles hat seinen Preis.« Sie lächelte. »Jedenfalls in diesem Geschäft. Und das heißt«, fuhr sie fort, während sie die Richtung der Waffe um etwa einen Inch veränderte, so daß Jane direkt in die Mündung blickte, »ich kann mit euch machen, was ich will. Dazu gehört auch, daß ich den Schluß ändern kann. Das ist eine Drohung.«

Jane, die gerade im Begriff gewesen war, einen Wortschwall vom Stapel zu lassen, beschloß, es jetzt gerade nicht zu tun.

»Jedenfalls«, fuhr Claudia fort, »brauchte ich euch dann bloß noch alle zusammenzubringen. Das war nicht schwer. Regalian hier hat es mir sogar sehr leicht gemacht, indem er diese Bombe zusammengebastelt hat. Ich brauche bloß euch beide in die Welt von Agatha Christie zu bugsieren und dich bei Chandler reinzuschieben. Er da war bereits in der Welt von Sherlock Holmes. Und Max hatte ich losgeschickt, um Regalian aus der Wirklichkeit zurückzuholen, aber die Mühe hätte ich mir sparen können, da er das ganz allein zuwege gebracht hat.«

Regalian war ein wenig ins Zittern geraten. »Max?«

»Der Kopfgeldjäger. Tut mir leid, wenn er euch lästig gefallen ist.«

»Max?«

Claudia zuckte die Achseln. »So heißt er nun mal. Wo ist er übrigens abgeblieben? Hat ihn jemand von euch gesehen?«

»Ich habe ihn aus dem Fenster da geworfen«, erwiderte Regalian. »Aber ich nehme an, er hat's überstanden. Es ist offenbar ziemlich schwer, ihm etwas anzuhaben.«

Wie aufs Stichwort hinkte der Kopfgeldjäger, das linke Bein nachziehend, durch die Tür.

»Hei, Max.«

»Hallo, Partner.«

Claudia runzelte die Stirn. »Max, mein Guter«, seufzte sie, »ich weiß, du hast ziemlich lange als Undercover-Agent gearbeitet, aber ich hoffe trotzdem, daß du dich der einheimischen Sprechweise nicht völlig angepaßt hast.«

»Sechsunddreißig Jahre sind 'ne lausig lange Zeit. Da gewöhnt man sich verflucht viel an.«

»Max, bitte bemüh dich um eine etwas gepflegtere Ausdrucksweise, und wenn du das nicht kannst, dann begnüg dich damit, stillzuschweigen und Leute umzubringen, wenn ich's dir sage. Sechsunddreißig Jahre«, fügte sie mit Nachdruck hinzu. »Das ist eine ganz schön lange Zeit, nicht wahr?«

Hamlet, der die letzten Minuten mit dem Versuch zugebracht hatte, herauszufinden, wer wer war und was hier vor sich ging, fiel ihr ins Wort. »Momentchen mal«, sagte er. »Willst du damit etwa sagen, daß *du* es warst ...?«

»Ah!« Claudia lächelte ebenso strahlend wie ironisch. »Das leise Klimpern, das Sie eben gehört haben, meine Damen und Herren, war der Groschen, der endlich gefallen ist, ein Beweis, daß die Schwerkraft am Ende immer siegt. Also dann, haben wir es alle begriffen und sind auf dem laufenden? Dann fange ich jetzt an.«

»Momentchen mal.« Diesmal war es Titania, die sprach. »Ich verstehe das immer noch nicht ganz. Was merkwürdig ist, weil ich mich mit unsinnigem Geplapper eigentlich recht gut auskenne. Freilich hilft es, wenn man es mit kraftvoller, vernünftig klingender Betonung von sich gibt. *Wozu* brauchst du uns denn?«

Claudia holte tief Luft. Ihr Gesichtsausdruck ließ darauf schließen, daß ihr Vorrat an Geduld bis zum Nullpunkt erschöpft war. »Wenn ihr mich auch mal zu Wort kommen ließet«, sagte sie, »verrate ich es euch. Ich habe einen Plan.«

»Und?«

»Und dafür brauche ich euch. Offen gestanden wart ihr nicht meine erste Wahl, aber Costner hatte zuviel zu tun. Redford war ganz scharf darauf, aber dann kam irgend etwas dazwischen, die Leute von der Streisand machten dauernd Schwierigkeiten, und Connery war einfach zu teuer … Ihr werdet genügen.«

»Wo*für?*« Titania ließ nicht locker.

»Es gibt da ein süßes kleines Besitztum, für das ich die Rechte habe.«

»Und das wäre?«

Claudia hörte auf zu lächeln und blickte ernst, geradezu messianisch drein. Sie sah aus wie eine Mischung aus Jesus Christus und Richard Attenborough, der gerade einen Preis erhält.

»Das Ende der Welt«, sagte sie.

Einige Zeit später.

»Schwarze Johannisbeere«, nuschelte Regalian mit vollem Mund. Er spuckte einen Klumpen Hanffasern aus und widmete sich wieder seiner Aufgabe.

»Ich kapier's immer noch nicht«, sagte Titania. »Ich meine, wenn diese gräßliche Frau uns für ihren *Plan* braucht, warum bringt sie uns dann hierher …«

»Wo immer *hier* ist«, warf Jane mit säuerlicher Miene ein. Ihr Knebel hatte nach Pfefferminz geschmeckt, und sie haßte Pfefferminz. »Niemand hat es für nötig gehalten, uns mitzuteilen, wo wir sind. Das ist so schlimm, wie mit dem Zug zu fahren.«

»... und läßt uns hier zurück? Das ergibt doch keinen Sinn. Und dann dieser ganze Quatsch mit den Rechten, die sie für das Ende der Welt hat.«

Regalian kaute. So wie er die Sache sah, hatte er nur ein Paar Kiefer. Er konnte es entweder dazu benutzen, etwas zu erklären, oder er konnte es dazu b-enutzen, ein dickes, zähes, nach schwarzer Johannisbeere schmeckendes Seil durchzukauen. Er wußte genau, wo sie waren, und er konnte sich denken, warum sie hier waren. Zu gegebener Zeit müßte er es den anderen erklären und ihre Reaktionen über sich ergehen lassen. Im Moment bedauerte er vor allem, daß das Seil nicht dicker war.

Was Jane betraf, so spuckte sie ein paarmal aus, um wenigstens einen Teil des widerlichen Geschmacks aus dem Mund zu bekommen, und ertappte sich dabei, wie sie Regalian ansah.

Ihren Helden.

Gute Güte.

In all der Aufregung, die es mit sich gebracht hatte, sich zu materialisieren und mit Schußwaffen bedroht zu werden und dann von einer ihr völlig unbegreiflichen Macht hierhertransportiert zu werden (wo immer *hier* sein mochte), war es irgendwie ihrer Aufmerksamkeit entgangen, daß sie sich hier plötzlich ihrer Figur gegenüberbefand. Ihrem Helden, der wohl so etwas wie ihr Kind war, bloß daß sie in *Die blutigen Klingen von Shimmaroon* sein Alter auf sechsunddreißig festgesetzt hatte.

Sie hielt inne, um nachzudenken. Die immer wiederkehrende Zahl sechsunddreißig; wenn es irgendeine Wechselbeziehung zwischen Realität und Fiktion gab, dann war Regalian in dem Jahr geboren, in dem Skinner verschwunden war. Meine Güte, dachte sie. Mumpitz, erwiderte sie.

Ihr Held. Ihrem Hirn entsprungenes Fleisch, ihrer Phantasie entstammendes Blut – in Anbetracht ihres Talents, Figuren zu gestalten, grenzte es an ein Wunder, daß er geradeaus gehen konnte, ohne hinzufallen oder ständig irgendwo anzustoßen, und dennoch, da war er: groß, kräftig, klug, einfallsreich, attraktiv, mutig, mit einem Seil gefesselt … Das habe ich gemacht, dachte sie bei sich, mit meinem kleinen Computer. Oder vielleicht doch nicht?

Mein Traummann? Die Erfüllung meiner Wünsche? Als ich dich gemacht habe, wollte ich da wirklich, daß du mit einem Seil bei mir zum Fenster einsteigst und mich auf die Burg von Flangorien entführst, weit jenseits der Zwillingsmeere von Ghar? Also, mal ehrlich.

Aber du bist nicht der, den ich gemeint habe. Ich habe versucht, dich zum Liebhaber meiner Träume zu machen, aber so bist du nicht geworden. Ich habe versucht, dich zu dem Mann zu machen, der ich gern wäre, wenn ich ein Mann wäre, aber auch in der Hinsicht hast du nicht gespurt. Und ich glaube nicht, daß ich Unmögliches verlangt habe; ich habe nicht darauf bestanden, daß du zu Hause bleibst und deine Hausaufgaben machst, und ich habe nicht versucht, dich zum Medizinstudium zu zwingen. Als ich ein kleines Mädchen war, die Wände anstarrte und vor mich hinträumte, fing ich an, ein Buch zu schreiben, nur zu meinem eigenen Vergnügen, und in dem Buch kamst du vor. Vielleicht lag es einfach daran, daß du damals auch jung warst, doch als mir schließlich der zwölfte Verleger, dem ich mein Exposé und die Probekapitel zugeschickt hatte, antwortete und mir einen Vertrag anbot, was ein seltener Glücksfall war …

Jane blickte weg. Ihr fiel alles wieder ein.

Das Buch gefällt uns, hatte es in dem Brief geheißen.

Wir glauben, daß es das gewisse Etwas hat. Uns gefällt diese Phantasiewelt mit ihren Königreichen und den Schlachten und dem Drachen und den Zauberern und Magiern und den Prinzessinnen und den seit langem verschollenen, als Schweinehirten verkleideten Prinzen und dem Talisman von Jarg und den Neun Kreisen des Seins und dem Totenschädel des Khong, der sich auf dem Cover großartig machen wird (wenn die Sache gut läuft, können wir vielleicht auch T-Shirts in Produktion gehen lassen, möglicherweise sogar Schlüsselanhänger). Aber den Helden müssen Sie ändern. Der Held ist völlig daneben, so leid es uns tut.

Kein Problem. Kann ich machen. Wollen Sie sehen, wie schnell ich den Helden ändern kann? Warten Sie einen Moment, bin gleich wieder da.

Und so habe ich dich geändert, mein Held. Ich habe dich *gründlich* geändert. Ich glaube, etwa zu der Zeit habe ich dich auch verloren, habe ich aufgehört, deine Stimme in meinem Kopf zu hören, während meine Finger auf die Tastatur einschlugen. Egal; ich konnte sie mir vorstellen, was fast dasselbe ist, wenn auch nicht ganz. Und jetzt, nach zehn Büchern, begegnen wir uns, und ich erkenne dich zunächst gar nicht. Meine Güte, bist du groß geworden. Der Bart steht dir. Du hast abgenommen. Und wer hat dir denn eingeredet, bei deiner Gesichtsfarbe könntest du Grün tragen?

Mein Held. Ich weiß nicht, was ich sagen soll.

»Gott«, sagte Regalian und spuckte aus, »wie ich schwarze Johannisbeere *hasse.*«

Das muß ich mir merken, dachte Jane bei sich. Und dann fiel ihr auf, daß er bisher nicht das geringste Interesse an ihr gezeigt hatte (vielleicht hatte er ja seine Gefühle sehr gut unter Kontrolle, aber das war eher unwahrscheinlich). Ich hätte gedacht – Mensch, ich bin praktisch der *Gott* dieses Kerls. Ich habe dich *erschaffen,* Freundchen.

Aber nicht nach meinem Bilde.

Richtig. Na und? Wenn es Gott am Tag minus eins wider Erwarten gelungen wäre, auf ein Exposé und zehn Probekapitel hin einen Vertrag zu bekommen, und man Ihm gesagt hätte, Gott, wir finden es wunderbar, aber laß dieses ganze moralinsaure Zeug weg, hätte Er dann nicht dasselbe getan? Am Anfang war das Wort, und über Worte ließ sich verhandeln. Das ist immer noch so.

»Jane«, pflegte meine Mutter zu sagen, »Jane, wann wirst du endlich erwachsen und machst etwas aus deinem Leben?« Hey, Mutti, dein Wunsch ist in Erfüllung gegangen. Ich gebe ja zu, daß das, was ich aus meinem Leben mache, ein reiner Schlamassel ist, aber du hast nie gesagt, was du eigentlich unter *etwas* verstehst. Alles deine Schuld.

Vielleicht gehört er gar nicht mir. Vielleicht gehört er meinem Lektor und der Presseabteilung und den Marketingleuten und der Graphikabteilung und den Verlagsvertretern und den Buchhandlungen und vielleicht sogar den gottverdammten Lesern, aber nicht mir. Vielleicht, mein Held, gehörst du dir selbst. In dem Fall kannst du dich selbst schreiben.

Spielt das alles eine Rolle? Du bist hier, und hier bist du *real*, vermutlich wesentlich realer als ich. Macht das uns beide zu Freunden, zu Freunden der Literatur?

»Jane?«

Mein Gott, er redet mit mir. Sie riß sich zusammen und versuchte, nicht rot zu werden oder ihn anzustarren; verdammt noch mal, ich lehne es ab, mich gegenüber irgend jemanden wie eine Sechzehnjährige aufzuführen. »Ja?«

»Schon immer«, sagte Regalian und sah sie dabei an, »wollte ich dich etwas fragen. Vielleicht sollten wir die Gelegenheit nutzen.«

»Okay.« Jane nickte und schaffte es, daß ihre Stimme fest blieb. »Schieß los.«

»Auf Seite 746 des vierten Bandes von *Die Wünschel-*

klingen von Pondara«, sagte Regalian, »gibt es ein Erdbeben, erinnerst du dich? Ich komme aus dem brennenden Tempel, okay, sechzehn blutdürstige Thargs sind hinter mir her, die von dem wahnsinnigen Magier heraufbeschworene Flutwelle ist im Begriff, die ganze Innenstadt von T'zpoom zu zerstören und unzählige Opfer zu fordern, die Prinzessin wird von dem abscheulichen Lord Sna'haz und seinen zwölf widerwärtigen Kumpanen in der Burgruine gefangengehalten, und was läßt du mich in dem Moment tun? Na?«

»Ich … ich kann mich nicht erinnern.«

»Du kannst dich nicht erinnern«, wiederholte Regalian mit gefährlich ruhiger Stimme. »Na prima. Dann gestatte mir, deinem Gedächtnis auf die Sprünge zu helfen. Du läßt mich mitten auf dem Marktplatz unvermittelt stehenbleiben, während um mich herum große Brocken Mauerwerk durch die Luft fliegen, Dachbalken herunterstürzen und mich ganz knapp verfehlen – siehst du diese Narbe auf meiner Nase? Daran bist du schuld. Und dann muß ich mich auf eine umgefallene Säule setzen und sechs Seiten lang meine Beziehung zu meinen Eltern analysieren. Warum hast du das gemacht?«

Die Zeit stand still, und nichts geschah, außer daß Janes Gesicht immer mehr an einen hochkarätigen Sonnenuntergang erinnerte (oder, wenn Sie dieses Bild vorziehen, an eine Tomate). Schließlich antwortete sie.

»Das war ich nicht.«

»Wie bitte?«

»Das war ich nicht. Das war mein Lektor. Er hat gesagt, du brauchst mehr Tiefe und Motivation. Und die habe ich dir dann, äh, gegeben.«

»Mitten in einem gottverfluchten Erdbeben?« Regalian starrte sie mit offenem Mund an. »Du dußlige Kuh, dabei hätte ich umkommen können. Um mich herum starben Menschen; die hätte ich retten können. Und du läßt mich endlose Selbstbetrachtungen anstellen, weil

dir irgendein Typ gesagt hat, ich müßte ein abgerundetes, mehrdimensionales menschliches Wesen sein? Das ist doch wohl ...«

»Es tut mir wirklich leid«, wimmerte Jane. »Aber ich war drei Wochen im Rückstand, und woanders konnte ich die Sache nicht einfügen, und ...«

Regalian sah sie so finster an, daß sie verstummte. »Das ist ja noch nicht alles«, fuhr er fort. »Wie kommst du dazu, solche Sachen über meine Mutter zu sagen? Du kennst meine Mutter doch gar nicht. Wie kannst du da ...?«

»Aber du hast doch gar keine Mutter«, jammerte Jane. »*Ich* habe dich erschaffen. Du mußt doch einsehen, daß ...«

»Was redest du denn da für einen Quatsch, Weib? Glaubst du vielleicht, der Storch hat mich gebracht? Auweia, du bist ja noch schlimmer, als ich gedacht habe.« Er schaute weg, als dächte er über etwas nach. »Ich bin wirklich ein Glückspilz! Unzählige Autoren gibt es auf der ganzen Welt, die unzählige Bücher geschrieben haben, und ich muß ausgerechnet in deine geraten.«

Er biß wütend in das Seil, und Jane empfand einen Moment lang Schadenfreude darüber, daß es nach schwarzer Johannisbeere schmeckte. Verglichen mit der Undankbarkeit literarischer Figuren, dachte sie bei sich, sind Schlangenzähne ungefähr so scharf und spitz wie Verkehrspoller.

Skinner, der dem Gespräch belustigt grinsend zugehört hatte, räusperte sich. »Hey«, sagte er.

»Ja? Was willst *du* denn?«

»Wie lange brauchst du noch mit diesen gottverdammten Seilen?« fragte Skinner. »Wir müssen hier raus.«

Regalian lachte. In seinem Lachen war etwa soviel Humor wie Fleisch in einem Hamburger. »Darüber würde ich mir an deiner Stelle keine Sorgen machen.

Selbst wenn wir alle diese Scheißstricke los sind, kommen wir hier nicht raus. Ich glaube, die Seile und die Knebel waren nur für den Fall gedacht, daß uns nach einem Snack zumute sein sollte.«

»Woher weißt du denn das?«

Regalian lächelte matt. »Weil ich schon mal hier war«, antwortete er. »Und dies ist ein Ort, den man nicht wieder vergißt, das kannst du mir glauben.«

»Du warst schon mal hier?« Jane blickte ihn verwirrt an. »Wie kann denn das sein? So etwas habe ich nie geschrieben.«

»Wir sind hier in keinem Buch«, erwiderte Regalian. »Jedenfalls in keinem bestimmten Buch. Wir sind in Unmengen von Büchern. Vermutlich ist dies hier sogar die größte Konzentration von Literatur, die es in der ganzen Dimension gibt. Wenn man hier eine Weile drin gewesen ist, dann *freut* man sich richtig, beim Ende der Welt dabeisein zu können, das könnt ihr mir glauben. So hat sie sich das wahrscheinlich auch gedacht«, fügte er wehmütig hinzu.

Titania rümpfte die Nase. »Na schön, Herr Neunmalklug«, murmelte sie. »Also wo ...?«

»Darauf wollte ich gerade zu sprechen kommen. Willkommen im Makulaturraum, meine Damen und Herren.«

Laßt alle Hoffnung fahren, ihr, die ihr eintretet.

Lauschen Sie.

Hören Sie genau hin. Hören Sie es? Gut. Wenn Sie eine Weile zugehört haben, wird Ihnen klar, wie leicht es passieren könnte, daß dieses Geräusch das ganze Universum erfüllt.

Kritzelkritzelkratzkratztipptipptipptipp.

Das ist das Geräusch, das Leute machen, die Romane schreiben (als ob Sie das nicht wüßten). In jeder Straße in jeder Stadt in jedem Land auf jedem Kontinent auf jedem Planeten in jedem Sonnensystem in jeder Galaxis in jedem der unzähligen alternativen Universen gibt es mindestens einen Möchtegernromancier, der heute nacht auf Wortjagd ist. Da ist der Ungestüme, der Ernsthafte, der Tieftraurige, der Hoffnungsvolle, der Hoffnungslose, der göttlich Inspirierte und der grausam Enttäuschte, der Talentierte und der Untalentierte – gibt es in der ganzen Schöpfung wohl irgendeinen Menschen, der insgeheim, im tiefsten Innern seines Herzens, nicht glaubt, daß er das Zeug zu mindestens einem Megabestseller hat, einem Knüller, der wie ein achtzigtausend Worte langer Bandwurm in ihm schlummert und darauf brennt, ans Tageslicht zu kriechen? Abenteuererzählungen, Geschichten von wahrer Liebe, Thriller und Gruselromane mit Kettensägen und Galgen, Schmutz, Speichel und Sägemehl, sexuelle Verwirrungen in Wanne-Eickel und JetSet-Affären in Monte Carlo, Marsianer und Monster, Holzpantinen, Umhängetücher und Kopfsteinpflaster, unzählige unterschiedliche Versionen des Heiligen Grals (in der Fachwelt läuft das Ganze unter der Bezeichnung *Geschichten vom magischen Pott*), jede erdenkliche Variante zu jedem Thema, und keine davon absichtlich zu kurz geraten. Hier ist ein Beamter in Cheltenham, der von verschollenem Nazi-Gold träumt, da ein mit Bewußtsein ausgestattetes Silikonisotop aus einem teetassenförmigen Sternennebel, das sich sorgfältig seine eigene bizarre Version des universellen Tolkien-Derivats ausdenkt. Der Sessel, in dem Sie gerade sitzen, hat wahrscheinlich die ersten dreihundert Seiten seines großen Möbelromans hinter seinen Kissen versteckt. Soviel Aktivität, soviel Blut, Tränen, Mühe und Schweiß... Du liebe Zeit, soviel unverdünnte Inspiration und unbeschnittenes Talent – und 99,9999999999999999999 Prozent davon nutzlos und umsonst.

Jeder Verlag hat einen Keller, ein Lagerhaus oder einen nicht mehr benutzten Atombunker, wo die unverlangt eingesandten Manuskripte landen. Man nennt diese Einrichtung Makulaturraum, und im Vergleich dazu wirkt ein Friedhof wie ein Vergnügungspark. Die Leute, die auf dem Friedhof liegen, haben zumindest gelebt, auch wenn sie vielleicht ein äußerst scheußliches oder sehr kurzes Leben hatten. Was sich im Makulaturraum befindet, war nie lebendig. Kann man sich einen schrecklicheren Ort vorstellen? Sie können es? Dann brauchen Sie sofort ärztliche Hilfe.

Und in jedem Roman, der im Makulaturraum liegt, Figuren, imaginäre Männer und Frauen, rosafarbene Kaninchen und knuddelige Bären, Trolle, Holzmöbel und mit Bewußtsein ausgestattete Silikonisotope, die alle willkürlich ins Leben gerufen worden sind und die man dort verrotten läßt. Und Sie sind sicher entzückt, wenn Sie hören, daß ihre Anzahl die der in der Wirklichkeit vorhandenen Lebewesen und Dinge um ein Vielfaches übertrifft. Mag sein, daß sie dort vor sich hinbrüten. Durchaus möglich, daß sie Groll und Verdruß empfinden. Die Wände des Makulaturraums sind aus gutem Grund sehr dick.

»Ja«, fuhr Regalian fort, »ich war schon mal hier. *Sie* hat mich hierhergeschickt. Ich hatte Glück, denn ich war nur achtzehn Monate hier. Die anderen …« Seine Stimme erstarb, und er saß anderthalb Minuten lang schweigend da und starrte vor sich hin. »Darf ich euch beiden einen guten Rat geben?« fragte er schließlich. »Was immer ihr tut, verratet *keinem* der Insassen hier, daß ihr Ihr-wißt-schon-was seid.«

»Daß wir was sind?«

»Es fängt mit A an«, zischte Regalian, »und reimt sich auf Ohren, Mohren und Sporen. Leute, die diesen Beruf ausüben, sind hier unten nicht sonderlich beliebt. Ihr würdet etwa so lange überleben wie ein Warzenschwein in einem Becken voller Piranhas.«

»Ah«, erwiderte Skinner. »Verstehe, was du meinst. Danke für die Warnung.«

»Autoren?«

»Halt die Klappe.« Regalian holte tief Luft und nahm die restlichen Stränge des Seils in Angriff. Von Zeit zu Zeit hielt er inne, um zu würgen und auszuspucken. Seinem Gesichtsausdruck nach zu urteilen, schmeckte nicht einmal selbstgebackener Kuchen, den man auf Gemeindebasaren kaufte, derart schlecht.

»Ach so«, sagte Hamlet. »Ich glaube, jetzt verstehe ich das Ganze. Wenn sie Agentin ist …«

Titania nickte. »… würden sie ihr bis ans Ende der Welt folgen. Nur um der Hoffnung willen, eine Chance zu bekommen, täten sie alles. Und es muß …«

»… Milliarden von ihnen geben«, ergänzte Regalian. »Und alle lechzen nach Blut. Das Inferno wäre nicht mehr aufzuhalten. Man bräuchte ihnen bloß eine Möglichkeit zu zeigen, um die Grenze zur Realität zu überschreiten …«

»So wie wir es gemacht haben …«

Regalian spuckte einen Mundvoll Hanf aus und zerrte an den Seilen, die nachgaben. Er fiel nach vorn, rappelte sich hoch und begann damit, den Boden nach einem scharfkantigen Stein abzusuchen. »Ich persönlich«, sagte er, »wäre geneigt, von hier zu verschwinden, wenn es überhaupt möglich ist. Hat irgend jemand Vorschläge zu machen?«

Ein langes, betretenes Schweigen trat ein. Inzwischen sägte Regalian mit seinem scharfen Stein Seile durch. Nach einer Weile räusperte sich Skinner. Er wußte nicht so recht, wie er zum Sprecher der Gruppe geworden war; er wußte bloß, daß er es war. Da ihm entsprechende Erfahrungen ebenso fehlten wie eine diesbezügliche Berufsausbildung und da er auch nie das *Handbuch für Klassensprecher, Festredner und Kommunalpolitiker* gelesen hatte, holte er tief Luft und legte einfach los.

»Sieh mal«, sagte er, »nichts für ungut, aber …« Nachdem er wie mit Neonreklame und einer dreimonatigen Werbekampagne auf die Tatsache aufmerksam gemacht hatte, daß er im Begriff war, etwas Beleidigendes zu sagen, verstummte er. Regalian kam ihm entgegen und redete für ihn weiter.

»Ich bin der Held«, soufflierte er. »Warum setze ich meinen Arsch nicht in Bewegung, um etwas zu unternehmen? Richtig?«

»Mmja.« Skinner nickte. »Ich meine, damit will ich nicht sagen, daß du bisher nichts getan hast. Du hast eine Menge getan.«

»Freut mich, daß dir das aufgefallen ist.«

»Aber ...« Skinner holte erneut tief Luft. »Mensch, wir befinden uns schließlich in *deiner* Dimension. Ich bin seit sechsunddreißig Jahren hier und habe keinen Schimmer, nach welchen Prinzipien hier alles vor sich geht. *Sie* ist zu nichts zu gebrauchen. *Er* ist zu nichts zu gebrauchen ...«

»Entschuldigung«, warf Titania mit eisiger Stimme ein. »Welche *Sie* meinst du damit?«

»So daß nur du übrigbleibst. Außerdem«, fügte Skinner hinzu, um seiner Argumentation mehr Nachdruck zu verleihen, »ist da noch dieses verrückte Weibsbild, das den Planeten in die Luft sprengen will. Ich meine, wenn es nicht in den Aufgabenbereich eines Helden fällt, sie daran zu hindern, was dann?«

Regalian nickte. »Hab schon kapiert«, sagte er. »Das Problem ist nur, daß ich absolut keinen Plan habe. Gewöhnlich fällt mir immer was ein. Diesmal nicht.« Er setzte sich und stützte den Kopf in die Hände. »Ein ziemlich seltsames Gefühl, um die Wahrheit zu sagen«, fuhr er fort. »Wenn man ein Held ist, erwartet man es irgendwie, daß einem schlagartig etwas einfällt oder daß man genau zur rechten Zeit einen tollen Einfall hat, weißt du. Wenn das plötzlich ausbleibt, ist man ...« Er machte eine unbestimmte Geste mit den Händen. »... verwirrt. Das ist so, als blicke man zufällig nach unten und stelle fest, daß einem jemand die Hose geklaut hat, während man sie anhatte. Jedenfalls ist es so, daß ich nicht weiß, was ich tun soll. Daher die Bitte um Vorschläge.«

»Ich weiß, was wir tun können«, sagte Titania.

»Ich meine«, fuhr Regalian fort, »es muß doch etwas geben, das man tun kann. *Irgend etwas* gibt es immer, ganz gleich, wie hirnrissig es sein mag. Wenn mich meine jahrelangen Erfahrungen in der Heroismusbranche etwas gelehrt haben, dann dies: Je beknackter der Plan, desto wahrscheinlicher ist es, daß man Erfolg damit hat. Aber verdammt noch mal, mir fällt noch nicht mal was *Vernünftiges* ein. Gleich werde ich deswegen einen Komplex bekommen.«

»Ich weiß, was wir …«

Skinner rieb sich das Kinn. »Vielleicht ist der Einfall schon da, und du erkennst ihn bloß nicht«, sagte er. »Ich weiß noch, als ich damals die große Szene in *Der singende Kaktus* geschrieben habe …«

»Ich habe gesagt, ich weiß, was wir …«

»Ruhig!« Skinner drehte sich um und sah Titania finster an. »Wie soll der arme Teufel sich denn konzentrieren, wenn du dauernd dazwischenquatschst? Du weißt ja gar nicht …«

»Doch, tu ich«, fauchte Titania, »das ist ja der springende Punkt. Aber ihr hört mir ja nicht zu.«

Regalian blickte auf. »Irgendwie logisch«, sagte er. »Ich meine, es muß ja, mit Verlaub gesagt, irgendeinen Grund geben, warum sie mit dabei ist. Ich dachte, sie sei das romantische Element, aber ich glaube, da habe ich mich geirrt. Ich bin mir hundertprozentig sicher, daß sie nicht als komischer Kontrast gedacht ist, und es gibt weder Gepäck zu tragen noch Wäsche zu waschen, also …«

»Hey!« Titania sah ihn wütend an. »Nun hör sich das einer an!«

»Ich dachte, wir sollen uns anhören, was du zu sagen hast.«

Skinner zuckte die Achseln. »Hat sich wohl anders besonnen«, sagte er.

»Das Vorrecht der Frauen«, fügte Hamlet hinzu.

»Hey!«

»Jetzt ist sie beleidigt.«

»Frauen sind überempfindlich, das weiß man ja.«

»Deswegen sind sie wahrscheinlich auch so unzuverlässig.«

»Im Gegensatz zu uns.«

»Genau.«

»HEY!«

»Ich hasse es, wenn sie so kreischen«, murmelte Hamlet. »Das ist so würdelos.«

»Wir sollten uns lieber anhören, was sie zu sagen hat, glaube ich.«

»Können wir machen. Sonst bricht sie noch in Tränen aus.«

»Tränen sind ja nicht so schlimm, aber wenn sie mit den Füßen trampeln …«

»WÜRDET IHR DREI WITZFIGUREN ENDLICH MAL DIE KLAPPE HALTEN!« schlug Titania vor. »Und du«, herrschte sie Skinner an, »du müßtest es eigentlich besser wissen. Die beiden da, Captain Machismo und Mister Geh-in-ein-Kloster-aber-stopf-mir-erst-die-Socken, sind Helden, die können nichts dafür. Aber für dein Verhalten gibt es keine Entschuldigung.«

Skinner grinste. »Ich bin ein Kind meiner Zeit«, sagte er, »ganz stark von den fünfziger Jahren geprägt. Wo ich herkomme, kümmern sich Frauen um den Haushalt und springen auf den Stuhl, wenn sie eine Maus sehen.«

»Du hattest recht«, flüsterte Hamlet. »Sie ist kein romantisches Element.«

»Dann ist das ja in Ordnung.«

»Wem sagst du das?« entgegnete Skinner. »Das hat mir große Sorgen bereitet. Entschuldigung, hast du eben etwas gesagt?«

»Momentchen mal«, warf Jane ein. »Da stimmt doch was nicht. Dieses krasse Macho-Gequatsche kommt ein bißchen plötzlich, finde ich. Wo kommt denn das alles her?«

»Das liegt an diesem beschissenen Ort«, stöhnte Regalian. Er vermied es bewußt, irgend jemanden anzusehen. »An diesen gräßlichen Büchern, von denen wir umgeben sind und die bewirken, daß wir wieder in typische Verhaltensweisen zurückfallen. Je länger wir hierbleiben, desto klischeehafter werden wir. Deshalb ist es so wichtig, daß wir schnell hier rauskommen. Wenn wir noch länger hierbleiben, sind wir am Ende bloß noch zweidimensionale Pappfiguren. Ich bitte um Verzeihung für das Männergequatsche«, sagte er, indem er sich wieder Titania zuwandte. »Du wolltest etwas vorschlagen.«

Titania hatte die Zusammenhänge begriffen und nickte. »Wenn man es recht bedenkt, ist es eigentlich ganz einfach. Wir brauchen nur eine Nachricht auf die andere Seite zu schicken. In die Wirklichkeit. Und jemanden ausfindig zu machen, der uns hier *herausschreiben* kann.«

Jane zog eine Augenbraue hoch. »Könntest du das wiederholen?« fragte sie.

»Damit bist du gemeint«, entgegnete Titania. »Denk doch mal nach. Du arbeitest gerade an einem Buch, richtig?«

Jane nickte. »Das hoffnungslos überfällig ist«, murmelte sie traurig. »Ablieferungstermin gestern – so in der Art. Wenn ich je wieder hier rauskomme, steht mir großer Ärger bevor.«

»Großartig!« Titania klatschte vor Freude in die Hände. »Wenn du also ein fertiges Manuskript ablieferst, wird es sofort weitergeleitet und geht in Druck?«

Jane zuckte die Achseln. »Denke schon. Aber wie soll uns das weiterhelfen?«

»Ganz einfach.« Titania schritt erregt auf und ab. »Du mußt jemand anderen dazu bringen, das Buch für dich zu schreiben, mit uns als Figuren darin. Das ist so einfach, als würden wir hier rausgebeamt.«

»Ja, aber wer …?«

Plötzlich fing Regalian an zu grinsen. »Gute Idee«, sagte er. »Für eine Frau«, fügte er hinzu. Gerechterweise muß man sagen, daß er versuchte, sich diese Bemerkung zu verkneifen, es aber nicht schaffte. »Aber laßt uns die Sache schnell durchziehen, ja? Sonst sage ich noch etwas, das ich wirklich bereue.«

»Ja«, sagte Jane langsam und laut, »aber wer soll denn das machen?«

»Ganz einfach«, antwortete Regalian. »Ein Ghostwriter.«

Regalians Worte hatten eine Menge für sich, weil nämlich Schriftsteller nie sterben.

Oh, sicher, eines Tages hören sie auf zu trinken und rühren sich überhaupt nicht mehr, und nach einer Weile fangen sie an, ein bißchen zu müffeln, und werden ganz weich und matschig, und wenn man nichts dagegen unternimmt, schreibt einem das Gesundheitsamt rotzfreche Briefe, doch das ändert nichts an der Tatsache, daß Schriftsteller sich einer gewissen, wenn auch nicht sehr klar definierten Unsterblichkeit erfreuen. Solange ihre Bücher Bestand haben, haben auch sie Bestand.

Sie sind sozusagen tot und lebendig. Oder, wenn man so will, untot.

Sie merken schon, worauf das Ganze hinausläuft …

Vorsichtig drückte Dracula den Deckel hoch und spähte hinaus.

Gott, murmelte er vor sich hin, wie ich die Realität *hasse.* Es ist kalt, der Satin im Sarg fühlt sich an wie Sandpapier, und gräßliche Leute aus Yorkshire gucken einem in die Behausung und starren einen an, als wäre man ein *Freak* … An solch einem Ort möchte man nicht mal begraben sein.

Genau.

Und wie *entwürdigend* das Ganze gewesen war. Erst hatte man ihn in seinen Sarg zurückgestopft, ohne daß er schnell mal an einem weichen weißen Hals hätte knabbern können, dann war er stundenlang mit der Frachtpost (so hieß das wohl) unterwegs gewesen und durch die Gegend geschaukelt worden, um schließlich irgendwo abgestellt zu werden. Weiß Gott, wo. Ein weniger ausgeglichener Typ wäre da ziemlich ärgerlich geworden.

Dracula hatte es sich jedoch zur Gewohnheit gemacht, seinen Zorn nie das Licht des Tages erblicken zu lassen (aus naheliegenden Gründen ließ er eigentlich nie etwas von sich das Licht des Tages erblicken). Deshalb hatte er tief Luft geholt, an etwas Angenehmes gedacht, geschnuppert, ob Sonnenlicht in der Nähe war (alles in Ordnung) und die Schrauben aus dem Holz herausgedacht. Und da war er nun, ein bißchen lädiert, ein wenig mitgenommen, aber ansonsten unversehrt und somit bereit, seinem anstrengenden nächtlichen Tagewerk nachzugehen. Er schob den Deckel zur Seite und kletterte hinaus, wobei er mit seinem Umhang an einem Splitter hängenblieb.

Da er noch nie in einer Sortierstelle der Post gewesen war, hatte er keine Ahnung, was das für ein Ort war. Er wußte bloß, daß er *unheimlich* wirkte. Am ehesten erinnerte er ihn noch an die Krypta unter der Burgkapelle im guten alten Transsilvanien. In Krypten fühlte er sich zu Hause; das waren kühle, dunkle Orte, wo man die Beine hochlegen konnte und wo es eine reiche Auswahl an Lunchpaketen gab. Doch dieser Ort war anders. Er strahlte eine Bosheit aus, die sich seinem Begriffsvermögen entzog und von der er eine Gänsehaut bekam.

Nun reiß dich mal zusammen, sagte er zu sich, und sei nicht so kopfhängerisch. Laß uns lieber aktiv werden und zusehen, ob wir etwas Nützliches finden, zum Beispiel eine Tür oder ein Fenster.

Und so begann seine Irrtour durch das Gebäude. Er ging an den Brieffächern vorbei, den Paketregalen, der Abteilung für Einschreibesendungen …

Dem Schrank für unzustellbare Briefe …

Sein Blick fiel auf ein Schild mit der Aufschrift:

GRAF VLAD DRACUL
Bis zur Abholung aufbewahren

Er runzelte die Stirn. Das Verfahren war ihm nicht völlig fremd. In Anbetracht seiner Angewohnheit, sich für längere Zeiten schlafen zu legen, pflegte er selbst oft kurze Mitteilungen zu hinterlassen – die Urkunden für die Burg sind im Safe, der Schlüssel für die Hintertür hängt in der Spülküche am Haken, der Müll wird mittwochs abgeholt, Dinge dieser Art – und bei Rechtsanwälten oder Bankdirektoren zu hinterlegen, versehen mit dem Vermerk *Erst in fünfzig Jahren öffnen.* Vermutlich war das einer dieser Briefe. Vielleicht teilte er ihm – wenn er Glück hatte – mit, was er hier machte und wie er wieder nach Hause kommen konnte. Er schob einen Finger unter die Klappe des Umschlags und riß ihn auf.

Lieber Graf Dracula,

ob Sie mir wohl helfen könnten? Mein Name ist Jane Armitage, und ich bin Schriftstellerin. Das Ganze ist eine lange Geschichte, praktisch eine Trilogie, aber Tatsache ist, daß ich in der Literatur festsitze und Sie in der Wirklichkeit. Wenn Sie mir helfen, kann ich vielleicht auch etwas für Sie tun. Was halten Sie davon?

»Nicht so schnell«, murmelte Jane.

Titania runzelte die Stirn. »Entschuldigung«, sagte sie. »Wie weit bist du gekommen?«

»Bis *davon.* Aber bevor du weiterdiktierst – ich versteh das immer noch nicht ganz«, fuhr Jane fort.

»Woher weißt du denn, daß Dracula dort ist, und wie lassen wir ihm diesen Brief zukommen? Das scheint mir alles ein bißchen verrückt.«

»Denk an die allgemeine Verfasserschaftstheorie«, warf Regalian ein.

»Ach, die«, murmelte Jane gereizt. »Na, red ruhig weiter.«

»Die Sache ist völlig logisch«, sagte Regalian. »Wir benutzen das Tote Buchstaben-System. Da gibt es von hier nach dort eine direkte Verbindung.«

Jane kratzte sich hinter dem Ohr am Kopf und dachte nach. Die Ähnlichkeit zwischen Briefen, die niemand wollte, und Büchern, die nie jemand lesen würde, leuchtete ihr durchaus ein; mehr Logik war vielleicht gar nicht erforderlich. Sie wollte auch gar keine Einwände erheben, aber …

»Und Dracula?« sagte sie. »Das ist doch wohl ziemlich spekulativ.«

»Tja«, erwiderte Regalian, »mag sein, daß wir da ein bißchen mit unserem Glück jonglieren, das will ich gern zugeben. Wir verlassen uns da ganz auf das System der Ab- und Auftritte.«

»Das System des Ausgleichs«, erläuterte Titania.

»Ganz recht«, bestätigte Regalian. »Als du in die Literatur übergewechselt bist, ist dieser Kopfgeldjäger – Max heißt er doch, oder? – rausgeschmissen worden, oder er wollte raus, das eine oder das andere. Doch da er mit mir zurückgekommen ist, heißt das, daß jemand anders ins wirkliche Leben katapultiert worden sein muß.« Er machte eine Pause, als sei er sich plötzlich des Fehlers in seiner Argumentation bewußt geworden. »Das Schlüsselwort ist, glaube ich, *Leben.* Betrachte die Sache doch mal so: Wenn man von Hamlets großer Frage, Sein oder Nichtsein, ausgeht, muß man bei Dracula ganz entschieden sagen *Keine Ahnung.*«

»Er ist ein Wechselwähler«, ergänzte Titania. »Eine ambivalente Erscheinung.«

Regalian nickte. »Sehr treffend ausgedrückt. Ambivalent. Deshalb kann man mit einiger Sicherheit annehmen, daß es in Ermangelung von Figuren, die sich freiwillig in die Wirklichkeit katapultieren lassen, wahrscheinlich Dracula erwischen wird, wenn die Preßpatrouille ihre Runde macht. Das läßt sich anhand von allerlei cleveren Berechnungen nachweisen, die Titania dir vorführen kann, falls du an besonders hartnäckiger Schlaflosigkeit leidest, aber ich glaube, das Wesentliche habe ich gesagt. Ich habe«, fügte er hinzu, »in meinem Leben schon verrücktere Argumente gehört, falls dir das irgendwie weiterhilft. Außerdem gibt es auch noch die allgemeine Heroismustheorie, die besagt, je beknackter der Plan …«

Jane rümpfte die Nase. »Das ist ganz offenkundig reine Zeitverschwendung«, sagte sie. »Das hat überhaupt keinen …«

»Hey!« Titania trampelte mit den Füßen, was sie im gleichen Moment bereute. »Halt die Klappe und schreib, was ich dir diktiere.«

Nachdem er den Brief zweimal durchgelesen hatte, legte Dracula ihn auf den Bürotisch, runzelte die Stirn und dachte nach.

Das Ganze hörte sich okay an. Das tun natürlich sehr viele Dinge. »Flitzen Sie doch eben mal da rüber und erobern Sie diese Kanonen, seien Sie so gut«, hörte sich für den Kommandeur der Leichten Kavallerie wahrscheinlich auch ganz akzeptabel an. So ist es nun mal mit der dreigesichtigen Göttin des Lebens in ihrem Aspekt als *Komplettes Miststück*: Man weiß erst, ob etwas klappt, wenn man es ausprobiert. Aber trotzdem hörte sich das Ganze okay an.

Die Aufgabe: sich zu einer bestimmten Adresse zu begeben (keine große Sache für jemanden, der wie eine Fledermaus mit Dieselmotor fliegen kann – außerdem war es nur etwa hundert Meilen entfernt, kaum weit genug, um während des Fluges einen Film zu zeigen); sich Zugang zur Wohnung zu verschaffen, was für den Grafen ebenfalls ein Kinderspiel war; sich vor eine Tastatur zu setzen und ein paar tausend Worte zu tippen – und das war nun ein wirklich erstaunlicher Zufall, denn obwohl er es nie irgend jemandem gegenüber erwähnt hatte, war er immer der Ansicht gewesen, daß er es eines Tages, wenn der Zeitpunkt günstig war und er nicht allzu viel anderes zu tun hatte, fertigbringen würde, sich hinzusetzen und einen absolut phantastischen Roman zu schreiben, denn *so* schwer kann das ja wohl nicht sein, oder?

Danach brauchte er offenbar bloß noch das fertige Typoskript in einen Umschlag zu stecken und an die im Brief angegebene Adresse zu schicken, und schon hatte er sich die BELOHNUNG verdient. Worin die BELOHNUNG bestand, wurde im Brief nicht gesagt, aber es lag auf der Hand, daß sie aller Wahrscheinlichkeit nach rot, flüssig und vollgestopft mit Blutkörperchen sein würde. Von angeheirateten Verwandten unterscheiden sich Vampire dadurch, daß es äußerst einfach ist, ein passendes Geschenk für sie zu finden. Na dann prost, murmelte Dracula vor sich hin, als er im Fenster der Sortierstelle stand und seinen Umhang ausbreitete.

Blut – nicht für Geld, aber für gute Worte, könnte man sagen.

Jane lehnte sich zurück, faltete das Blatt Papier ordentlich zusammen und sah, wie es verschwand.

»Du glaubst, er fällt darauf herein?« fragte Skinner. »Möchte ich bezweifeln. Mag ja sein, daß er nicht allzu helle ist ...«

»Diese Aristokraten sind alle dekadent«, sagte Titania verächtlich, »und haben den Intelligenzquotienten einer Küchenschabe.«

»Hey«, protestierte Hamlet, »das will ich aber nicht gehört haben.«

»Ein typisches Beispiel«, sagte Titania grinsend. »Auch wenn du gerade mal nicht ausgeflippt bist, bringst du es bestenfalls fertig, einen mittelgroßen Raubvogel von einem Tischlerwerkzeug zu unterscheiden. Zu mehr reicht's nämlich nicht im Oberstübchen. Achtung, Einstein, hier kommt Hamlet.«

Jane runzelte die Stirn. »Hört auf, ihr beiden«, befahl sie. »Die Frage ist doch ...«

»... können wir uns darauf verlassen, daß der Kreuzritter mit dem schwarzen Umhang dußlig genug ist, um auf den Trick hereinzufallen?« ergänzte Skinner. »Und wenn er tatsächlich so dämlich ist, wird er dann der Aufgabe gewachsen sein?«

»Genau«, sagte Jane und nickte verständig. Sie dachte an die scheußliche Klemme, in die sie sich beim Kampf zwischen Regalian und Gordian in der Arena von Perimadeia geschrieben hatte. Der Mist, den sie beim Plot gebaut hatte, war vom Feinsten; da kam man nicht mehr raus. Wenn Dracula es schaffte, eine Lösung zu finden, würde das an ein Wunder grenzen. Und sehr, sehr demütigend sein.

»Aber so problematisch dürfte das gar nicht sein«, fuhr Skinner fort. »Ich habe immer wieder die Beobachtung gemacht, daß Leute, die davon leben, anderen das Blut auszusaugen, äußerst tüchtig sind.«

Titania rümpfte die Nase. »Das hört sich so an, als läge dir ein Witz über das Finanzamt auf der Zunge«, sagte sie. »Ich an deiner Stelle würde ihn lieber runterschlucken.«

»Blas mir doch den Schuh auf.«

Regalian ging der Gedanke durch den Kopf, daß die Frage, ob Skinner und Titania das romantische Element darstellten, die geringste seiner zahlreichen Sorgen war. Es sah ganz und gar nicht danach aus, als ob sich hier eine Romanze abzeichnete. Viel eher hörte es sich so an, als seien sie bereits verheiratet. Er beschloß, die Anwesenden zur Ordnung zu rufen.

»Nun«, sagte er, »das ist alles, was wir im Moment tun können. Wenn es funktioniert, werden wir es bald erfahren.«

»Tatsächlich?« Jane legte die Stirn in Falten. »Er muß doch das ganze letzte Viertel eines Buches schreiben, nicht wahr? Dazu braucht man, na, etwa ...«

Regalian schüttelte den Kopf. »Die zeitlichen Maßstäbe sind hier anders«, entgegnete er. »Das müßtest du eigentlich wissen, denn du hast doch schon Manuskripte an Verlage geschickt. Nach meiner Schätzung müßte jetzt sogar jeden Augenblick ...«

Dracula lehnte sich in Janes Stuhl zurück und grinste, wobei er sich mit seinen Fangzähnen in die Lippe schnitt. Das schien er jedoch nicht zu bemerken. Er war wie in Trance.

Er hatte recht gehabt. Es war nicht schwierig. Obwohl er praktisch zum Anfang hatte zurückgehen müssen, um die ersten drei Abschnitte neu zu schreiben, waren ihm die Worte beim Tippen nur so aus den Fingern geflossen. Es war fast, als hätten die Figuren ein eigenes Leben.

Er warf rasch einen Blick zum Fenster und sah die ersten verräterischen rosafarbenen Lichtflecken. Die Morgendämmerung war unterwegs, Zeit für ihn, sich unter das Bett zurückzuziehen. Schade. Er brannte darauf, das Ganze noch einmal von Anfang an durchzulesen. Junge, Junge, welch ein Buch!

Während er sich genüßlich zwischen den Staubflocken, einzelnen Pantoffeln, toten Käfern und anderen Objekten ausstreckte, die im Raum zwischen Bett und Fußboden heimisch sind, stellte er sich – erneut – die Frage, warum er dies nicht schon früher versucht hatte. Seltsam, daß die Leute immer so taten, als sei am Romanschreiben etwas Geheimnisvolles. Es war doch so einfach, wie von einem Kaminsims zu fallen.

Er hatte sogar schon einen Titel: *In den Fangzähnen der Erinnerung*. Gefiel ihm gut. Fand er schick.

Wie er wußte, lag das Problem von Romanerstlingen in ihrem Hang dazu, notdürftig verschleierte Autobiographien zu sein. Er hatte beschlossen, dies unter allen Umständen zu vermeiden, und sein Held, ein großer, schlanker, gutaussehender junger Transsilvanier mit einem Faible für frischgezapftes Blut und einer Flügelspannweite von sieben Fuß, ähnelte ihm daher so wenig, wie es nur möglich war. Um nur ein Beispiel zu nennen: Brad, sein Held, pfählte seine Feinde mit Pfählen aus Birkenholz, während er selbst immer Hickoryholz benutzte.

Die anderen Figuren – Regalian, Jane, Skinner, Titania, Hamlet – hatten sich irgendwie aus eigenem Antrieb davongemacht, aber das war gar nicht schlecht, denn es gestattete ihm, sich voll und ganz auf Brad zu konzentrieren, auf seine komplexe Persönlichkeit, seinen phantastischen Geschmack in puncto Kleidung, seinen lebhaften Esprit, seinen Erfolg bei Frauen. Am liebsten hätte er sofort mit der Fortsetzung des Romans angefangen, solange er noch in der richtigen Stimmung war. Auch dafür hatte er schon einen Arbeitstitel gefunden: *Der nächste, bitte! Sprechstunden eines Vampirs*. War vielleicht noch verbesserungsbedürftig, aber die allgemeine Richtung stimmte.

Und dann, fiel ihm ein, konnte er sich die BELOHNUNG holen.

Obwohl ihm das irgendwie nicht fair vorkam; schließlich hatte ihm das Ganze riesigen Spaß gemacht. Doch so geht es nun mal zu im Leben eines Schriftstellers. Sechs Monate lang ist man trunken vor Wonne, während man sein Buch schreibt, den Rest des Jahres ist man eifrig damit befaßt, den grenzenlosen Reichtum auszugeben. Es ist schließlich eine allgemein bekannte Tatsache, daß es dem Durchschnittsschriftsteller, wenn ein Dschinn aus der Lampe käme, die er gerade putzt, und ihn aufforderte, drei Wünsche zu äußern, extrem schwerfallen würde, auch nur einen zu nennen.

Doch wenn er es recht bedachte, war er ausgesprochen hungrig. Ein zarter Biß in einen weichen Hals wäre jetzt nicht verkehrt.

Stichwort BELOHNUNG, wenn's gefällig ist …

ZWÖLFTES KAPITEL

Laut allgemeiner Verfasserschaftstheorie«, antwortete Regalian.

Jane blickte finster. »Der Ausdruck geht mir allmählich auf die Nerven«, sagte sie. »An welches extrem selbstverständliche Dogma dachtest du denn insbesondere?«

»Dogma«, wiederholte Regalian nachdenklich. »Das ist ein interessantes Wort.«

»Leiden Sie auch an einem Dogma?« warf Titania ein. »Dann empfehlen wir Ihnen …«

»Halt bloß den Rand. Vor allem dürfen wir nicht vergessen«, sagte Regalian, »daß dieses Buch Draculas erster Roman sein wird, richtig?«

»Vermutlich.«

»Oh, ganz ohne Zweifel. Und genau da kommt die allgemeine Verfasserschaftstheorie ins Spiel. Du mußt bedenken, daß …«

Der Boden unter ihnen verschwand.

Zunächst bemerkte das keiner von ihnen. Innerhalb des Makulaturraums sind alle Flächen derart nichtssagend, daß sie sich selbst zu annullieren scheinen. *Trostlos* ist das richtige Wort dafür. Schließlich ist dieser Ort kaum mehr als eine Art Arbeitsamt, wenn auch eines, wo die Aussichtslosigkeit besonders groß ist und wo nicht einmal so getan wird, als gäbe es dort Möbel oder Wände. Und selbst im gottverlassensten Arbeitsamt in – sagen wir mal – Merseyside findet man immer eine menschliche Note: eine gerahmte Photographie von Frau und Kindern, die auf jemandes Schreibtisch steht, eine an ein Schwarzes Brett geheftete Urlaubspostkarte eines Kollegen, eine graublättrige, von Zigaretten versengte Avocadopflanze, die in irgendeiner Ecke vor sich hinkümmert. Im Makulaturraum gibt es nichts dergleichen. Als der Fußboden plötzlich durchsichtig wurde und sich auflöste, rief deshalb niemand spontan *Mein Gott!* oder *Sieh doch mal!* Erst als sie durch den offensichtlich leeren Raum fielen und die altbekannte Zweiunddreißig-Fuß-pro-Sekunde-Routine einsetzte, schenkten sie dem Ganzen Beachtung.

»Was zum …?«

»Oh, prima, es hat geklappt.«

»Um Gottes willen, wir werden alle …«

»Du mußt bedenken«, fuhr Regalian unbekümmert fort, während eine unendlich große Menge von überhaupt nichts an ihnen vorbeizischte, »daß jeder Romanerstling ausnahmslos den Autor zum Helden hat. Was bedeutet …«

»Aaaaaaah!«

»… daß sich unser Freund mit den spitzen Zähnen nicht nur in der Wirklichkeit befinden wird, sondern auch in der Literatur. Und ebenda«, fügte Regalian leise in sich hineinlachend hinzu, »lassen wir ihm seine Belohnung zukommen. O ja«, sagte er mit einem gewissen Maß an Genugtuung, »das wird ein ausgesprochenes Vergnügen sein. Jemand, an dem er sich wirklich festbeißen kann.«

Paul McCartney geht heutzutage nur noch selten bei Marks & Spencer einkaufen. Es ist eine Ewigkeit her, seit Sean Connery in eine Bar gegangen ist, um in aller Ruhe etwas zu trinken und sich ein bißchen zu entspannen. Aus ungefähr den gleichen Gründen schickte

Claudia Max in den Makulaturraum hinunter, um nach den Gefangenen zu sehen. Von einer hysterischen Menge bedrängt zu werden, kann ja so zermürbend sein.

Er landete – der Makulaturraum hat keine Türen, aus demselben Grund, weshalb ein Unterseeboot keine Blumenkästen hat – ein klein wenig vom Zielort entfernt, nicht in dem unbewohnten Außenbezirk, wo man die Gefangenen untergebracht hatte, sondern mehr im Zentrum, was bedauerlich war. Kurz bevor er sich wieder aufgerappelt hatte, kam eine Horde umherstreifender Figuren – ausgemergelte Erscheinungen, denen die Augen aus dem Kopf quollen und die Zunge aus dem Mund hing – auf ihn zugeschlichen. Er identifizierte sie als Heldinnen unveröffentlichter, ländlich-sittlicher historischer Romanzen, ganz aus naiver Unschuld und züchtigen, hochgeschlossenen Baumwollkleidern bestehend, doch das war weiter nicht problematisch, schließlich hatte er jetzt seine beiden Waffen dabei, und nachdem er fünf oder sechs von ihnen erschossen hatte, zogen sie sich zurück und nahmen ihre Toten mit. Danach hielten sie sich von ihm fern, obwohl sie ihm in respektvoller Entfernung folgten, denn er konnte das leise Tappen ihrer Füße hören. Er geriet vorübergehend in eine recht ungemütliche Lage, als eine kleine Gruppe ausgehungerter, wahnsinnig gewordener Flüchtlinge aus den Danielle Steel-Vervielfältigungsretorten versuchte, über ihn herzufallen; selbst die Kugel aus einem Fünfundvierziger vermag es nicht unbedingt, eine Joan Collins-Version aufzuhalten, die eine Hausfrau aus Redditch sich ausgedacht und die drei Jahre nichts gegessen hat. Max war froh, daß er daran gedacht hatte, sein Bowiemesser mitzunehmen. Um den Science Fiction-Bereich machte er jedoch einen weiten Bogen. Bei den vielen Waffen, die man da brauchte, hätte er nicht mehr aufrecht gehen können.

Schließlich erreichte er unversehrt sein Ziel. Er überprüfte seine Waffen, die beide geladen waren. Das Messer steckte griffbereit im Stiefel. Dann nahm er den wiegenden Gang eines Revolverhelden an.

»Hallo«, sagte er und blieb verdutzt stehen.

Niemand da.

Durchgekaute Seile und mehr ausgespuckte Knebel, als man gebraucht hätte, um einen Politiker zum Schweigen zu bringen, wiesen darauf hin, daß sie vor kurzem noch hier gewesen waren. Und jetzt waren sie weg. Das war alles.

Waren sie befreit worden? Wohl kaum. Von literarischen Figuren aufgefressen? Schon wahrscheinlicher, aber wo waren dann die Knochen geblieben? Selbst die plüschigen Kätzchen aus der Kinderabteilung hätten ein paar Knöchelchen übriggelassen, und sei es auch nur für später. Hatte jemand sie als Geiseln genommen? Könnte sein. Ungehalten schnalzte er mit der Zunge. Das letzte Mal, als dieser Ort als Behelfsgefängnis benutzt worden war, war er gezwungen gewesen, eine Spezialkampftruppe einzusetzen, um Superman aus den Händen fundamentalistischer Hobbits zu befreien. Da Maschinengewehrmunition zwanzig Dollar pro Kiste kostete, zweifelte er daran, daß sein Budget ausreichen würde, um eine solche Aktion erneut in Szene zu setzen.

»Diese gottverfluchten, vertrackten literarischen Figuren«, murmelte er vor sich hin.

Was immer geschehen sein mochte, es brachte nichts, hier herumzuhängen. *Sie* mußte informiert werden. Der Gedanke entsetzte ihn, aber er hatte keine andere Wahl. Es war etwa so, als sei man die Verlobte Heinrichs des Achten, die sich die Sitzordnung für das Hochzeitsfrühstück ansieht und feststellt, daß der Präsident der Henkergenossenschaft wieder mal ganz oben am Tisch sitzt.

Gerade als er im Begriff war, sich wieder nach oben

beamen zu lassen, bemerkte er aus den Augenwinkeln, daß da jemand im Halbdunkel herumlungerte. Das war an sich nichts Ungewöhnliches, denn im Makulaturraum lungert so mancher herum. Sehr viele Möglichkeiten zur Freizeitgestaltung gibt es dort ja nicht. Hier indes handelte es sich um ein Herumlungern, mit dem der Betreffende auf sich aufmerksam machen wollte.

»Hallo«, sagte Max.

Der Herumlungerer schlurfte einige Schritte näher, blieb zögernd wie eine hungrige streunende Katze stehen und flitzte wieder in die Dunkelheit zurück. Max seufzte. Wenn er nichts dagegen unternahm, konnte das die ganze Nacht so weitergehen. Es gab zwei Möglichkeiten. Die eine sah so aus, daß er zwischen sich und der scheuen, wilden Kreatur im Dunkeln ein Band des Vertrauens herstellte. Er entschied sich für die andere.

»He, du da«, sagte er, während er seinen Revolver zog und den Hahn mit dem Daumen spannte. »Komm raus da, sonst puste ich dir den Kopf weg.«

Der Herumlungerer zitterte ein wenig, dann kroch er auf Händen und Knien auf ihn zu. Max identifizierte ihn als *Komischen Sachsen*, ein ziemlich aus der Mode gekommenes Rollenfach, was darauf schließen ließ, daß er schon sehr, sehr lange hier war.

»Se wärn entschuldchen, mei Gudster«, nuschelte die Kreatur, »aber ich hab mer gesacht, ei verbibsch habsch mer gesacht, das is doch de rechte Hand von der Chefin, gelle?«

Max schauderte ein wenig. Es war ewig lange her, seit jemand eine solche Figur geschrieben hatte. Es wäre eine gute Tat, das arme Wesen von seinen Leiden zu erlösen.

Trotzdem antwortete er: »Ganz recht, Fremder.«

Die Kreatur schlurfte näher, bis er den irren Glanz in ihren Augen sehen konnte. Die vielen Jahre, die sie damit zugebracht hatte, ausschließlich sich selbst zuzuhören, hatten schon vor langem zu totaler Gehirnerweichung geführt. Vor Mitleid drückte Max den Finger stärker gegen den Abzug; sein Professionalismus hielt ihn zurück.

»Un wenn 'ch Ihnen nu verrade, wo die Neuangömmlinge sich hingemacht ham«, fuhr das Fossil fort, »würden Se denn wohl so liebenswürdch sein und bei der Chefin 'n gudes Wort für 'nen armen alten Gomiger einlechen, der schon seit der Zeit hier is, als wer in Dräsden noch 'n Geenich hadden?« Dann fing das Wesen an zu husten und zu schniefen. Max war leicht übel.

»Kann ich machen«, zwang er sich zu sagen. »Schätze, die Frau ist immer auf der Suche nach …« Er schloß die Augen. »… vielversprechenden jungen Talenten. Warum erzählst du mir nicht einfach alles, was du weißt?«

Die Kreatur erstattete Bericht. Max hörte zu und nickte gelegentlich, während das Übersetzungssystem in seinem Gehirn auf Hochtouren lief. Als die Erzählung schließlich mit Müh und Not ihr kaum verständliches Ende erreicht hatte, nickte er erneut.

»Danke, Partner«, sagte er, »sehr freundlich von dir.« Er warf einen Blick nach unten, und gerade als eine neue Welle des Abscheus im Begriff war, ihn zu durchströmen, schlüpfte ein Gedanke zum Katzentürchen seines Gehirns herein. »Sag mal«, erkundigte er sich, »kannst du auch berlinern?«

»Na det is vielleicht 'ne Frare, Männeken«, schwatzte die Kreatur. »Ick bin doch im tiefsten Wedding jeborn. Hörn Se det denn nich'? Und bairisch kann i a, host mi? Und schwäbisch, ha no …«

»Schon gut«, warf Max rasch ein. Es war zwar schon längere Zeit her, daß er etwas gegessen hatte, aber er wollte nicht, daß die Reste aus seinem Verdauungstrakt auf seinen Schuhen landete. »Wir suchen schon lange nach jemandem, der berlinern kann. Im *Hauptmann von Köpenick* gibt es nämlich eine freie Stelle. Interessiert? Wenn ja«, fügte er schnell hinzu, »brauchst du bloß zu nicken.«

Die Kreatur nickte.

»Okay«, sagte Max, als der Transportstrahl ihn erfaßte. »Wir geben dir dann Bescheid.«

Sechs Särge …

»Hallo?« rief Regalian. »Ist da jemand?« Er gab es auf und versuchte statt dessen nachzudenken, und zwar logisch. Wenn er sich, wie er vermutete, in einem Sarg befand, dann folgte daraus, daß sie vermutlich in einer Krypta waren. Wenn das der Fall war, dann war außer ihnen aller Wahrscheinlichkeit nach niemand weiter in der Krypta, und wenn doch, dann bezweifelte er, daß es ihm gefiele, sich von einem dieser anderen aus seinem hübschen sicheren Kasten helfen zu lassen.

Denk nach … Ihm fiel plötzlich ein, daß er wußte, wie man aus einem Sarg gelangt. Man konzentriert sich einfach, dann drehen sich die Schrauben, mit denen der Deckel festgemacht ist, von selbst. Er versuchte es, und einen Moment später hörte er von weitem ein leises Klirren, als fielen kleine Metallobjekte auf einen Steinfußboden. Er hob die Arme und drückte gegen den Deckel, der nachgab. Er setzte sich auf.

Meine Güte, dachte er, von der ganzen Anstrengung bin ich richtig durstig geworden. Ich gäbe viel darum, wenn ich jetzt ein großes Glas eisgekühltes AB negativ …

Was?

Automatisch schnellte seine Hand zum Hals, wo er wie erwartet eine kleine empfindliche Stelle, vermutlich einen Bluterguß, und zwei winzige Einstiche entdeckte.

Na *toll.* Genau das, was mir noch gefehlt hat.

Ein weiterer Deckel fiel zu Boden, Skinner setzte sich auf und massierte den Hals. Er machte ein Gesicht, als wäre ihm gerade versehentlich der Steuerbescheid für IBM zugestellt worden.

»Du auch, hm?« fragte Regalian. »Es stimmt, was man über Vampire sagt; sie vermehren sich nach dem Schneeballprinzip.«

Skinner fluchte bloß. Kurz darauf tauchte Hamlet aus seinem Sarg auf. Seine Zähne waren bereits gewachsen, wie Regalian bedrückt feststellte. Diese gräßlichen, großen spitzen Dinger konnten zum Problem werden, aber was sollte man machen? Korken auf die Spitzen stecken?

»He, Mädels!« rief er. »Nun macht schon, wir haben nicht den ganzen Tag Zeit.«

Und in der Tat fielen zwei weitere Sargdeckel zu Boden, und Jane und Titania erschienen. Beide rieben sich den Hals und brachten auf nonverbale Weise eine Fülle von Gedanken zum Ausdruck. Es läßt sich mit einiger Sicherheit behaupten, daß jeder dieser Gedanken, wäre er ausgesprochen worden, mit den Worten begonnen hätte: *Wenn ich diesen kleinen Dreckskerl je zwischen die Finger bekomme ...* Ja, genau. Sie müßten sich hinten anstellen, das war alles.

Er stutzte. Er zählte. *Sechs* Särge. Dann erinnerte er sich. Er rieb sich die Hände und gab Laute von sich, die auf boshafte Genugtuung schließen ließen.

»Ich weiß, daß du da drin bist«, sagte er. »Raus mit dir.«

»Nee, nee«, sagte eine Stimme aus dem Innern des sechsten Sarges.

»Du weigerst dich?«

»Ja.«

»Na schön. Skinner, gib mir den Hammer. Titania, reich mir mal einen dieser zugespitzten Pfähle herüber. Ja, der aus Eiche ist prima. Hamlet, hol schnell die Silberkugeln ...«

Daraufhin war das inzwischen allen vertraute Geräusch auf Steinfliesen fallender Schrauben zu hören, dem das Knarren eines sich hebenden Sargdeckels folgte. Ein bleiches, gespenstisch wirkendes Gesicht spähte hinter dem Deckel hervor.

»Ihr miesen Betrüger!« sagte das Gesicht. »Ihr habt ja gar keine Pfähle.«

Die Reflexe, über die er als Held verfügte, ermöglichten es Regalian, den Sargdeckel zu packen und ihn Draculas Händen zu entreißen, bevor dieser eine Schnecke imitieren konnte. »Würdest du uns das mal erklären?« schrie der Held, indem er mit der freien Hand auf seinen Hals zeigte. »Und laß dir eins gesagt sein, bevor du irgendwelche unpassenden Bemerkungen machst: Ich mag zwar nicht imstande sein, dich mit bloßen Händen umzubringen, aber es wird mir ein Vergnügen sein, es mit all meinen Kräften zu versuchen, auch wenn es mir schließlich nicht gelingt.«

»Okay, okay«, wimmerte der Vampir, »hab schon verstanden. Aber ich kann alles erklären.«

»Na fein«, knurrte Jane. »Er kann alles erklären. Dann ist die Sache ja in Ordnung.«

»Das ist alles zu eurem eigenen Besten«, jammerte der Vampir. »Ehrlich. Ich hätte gedacht, daß ihr da schon von selbst drauf gekommen seid.«

»Zu unserem eigenen Besten?«

»So ist es.«

»In sonnenlichtscheuende, spiegelbildlose Ich-nehme-ein-Glas-Blutorangensaft-aber-mit-wenig-Orange-*Vampire* verwandelt zu werden, ist zu unserem eigenen Besten, ja?«

»Ja.«

Regalian stand einen Moment lang da, das Kinn in die Hand gestützt, und dachte nach. »Weißt du was?« fragte er schließlich.

»Na?«

»Der einzige Grund, warum allgemein angenommen

wird, man könne einen Vampir nicht töten, indem man ihm den Kopf in den Arsch schiebt, ist die Tatsache, daß es noch niemand ausprobiert hat. Was meint ihr, Jungs?«

Skinner nickte heftig. »Untersuchen wir es doch«, schlug er vor. »Ich liebe wissenschaftliche Untersuchungen. Die Leute sagen immer, ich hätte Professor oder so was werden sollen.«

»Nun hört doch mal zu!« kreischte der Vampir.

»Wie meinen?«

»Es geht um Vampire, richtig? Und die sind untot. Können nur mit zugespitzten Pfählen oder mit Silberkugeln getötet werden.«

»So sagt man.«

»Und ihr seid jetzt Vampire, richtig? Denkt mal drüber nach.«

»Das tue ich lieber nicht.«

»Bitte«, sagte der Vampir mit Nachdruck. »Ich will euch doch bloß helfen. Ich meine, ihr seid doch nun mal auf der Flucht vor Claudia, und ihr gräßlicher Handlanger Max ist euch dicht auf den Fersen. Ich hatte gehofft, daß ihr mir dankbar seid.«

Regalian runzelte die Stirn. »Woher weißt du denn das?« fragte er mit ruhiger Stimme.

Der Vampir grinste schwach. »Weil sie direkt hinter euch stehen«, erklärte er.

»Klar«, entgegnete Regalian höhnisch. »Hast du keinen neueren Trick auf Lager?«

»Aber selbstverständlich«, sagte eine weibliche Stimme. Regalian fuhr herum und blickte direkt in den Lauf des Scholfield, der so nahe vor seinem Gesicht war, daß er die Spitzen der Patronen in der Trommel erkannte. Sie waren nicht mattschwarz wie Blei oder orangefarben und glänzend wie bei einer Kupferverkleidung, sondern eher weiß und glänzend. »Obwohl eigentlich Max dafür zuständig ist. Max, greif mal in die Trickkiste.«

Titania gab einen drohenden Laut von sich. »Das wird dir nicht gelingen«, sagte sie. »Wir sind dreimal so viele wie ihr.«

Claudia lächelte. »Mein liebes Mädchen«, erwiderte sie, »ich gebe ja zu, daß ihr ein halbes Dutzend seid, aber hast du schon mal darüber nachgedacht, was der Ausdruck *sechsschüssiger Revolver* bedeutet?«

Titania zuckte die Achseln. »Selbst wenn er einen von uns erwischt«, entgegnete sie, »bleiben immer noch fünf übrig.«

»Also, das schlüge ich mir an deiner Stelle aus dem Kopf.« Skinner, der äußerst verlegen wirkte, drängte sich nach vorn. »In *Sie ritten für Texas* habe ich ihn auf eine Entfernung von fünfundzwanzig Yard in einer Sekunde drei Fliegen von einem Kuhfladen schießen lassen. Er ist ein guter Schütze.«

»Was hatte ihm der Kuhfladen denn zuleide getan?« fragte Titania interessiert.

Resigniert hob Regalian die Hände pro forma ein wenig in die Höhe und ließ sie wieder sinken. »Okay«, sagte er, »das reicht. Und was passiert jetzt? Müssen wir wieder zurück an diesen gräßlichen Ort?«

Claudia schüttelte den Kopf. »Ihr habt Glück«, antwortete sie fröhlich. »Es ist Zeit, daß wir uns an die Arbeit machen.«

Jane legte die Stirn in Falten. »Entschuldigung«, sagte sie zu Claudia, »aber du willst die Welt doch nicht etwa *im Ernst* zerstören, oder?«

»Ich bin mir noch nicht ganz sicher«, antwortete Claudia, während sie versuchte, einen Fussel von ihrer Manschette zu entfernen. »Vielleicht lasse ich den Ernst auch weg und entscheide mich für die frivole Version. Für einen klamaukigen Weltuntergang«, sagte sie nachdenklich. »Ein Remake von *Dr. Strangelove* – etwas in der Art. Ich weiß es noch nicht, aber du hast mich da auf etwas gebracht. Ich liebe es, mit kreativen Menschen zu tun zu haben.«

Während der ganzen Zeit hatte Dracula mit einer Miene, die sowohl ehrfürchtige Scheu als auch Hunger ausdrückte, auf Claudias Hals gestarrt; es war ein Gesichtsausdruck, wie man ihn bei einem kleinen Jungen erwarten könnte, der einen Nachmittag lang auf einen Süßwarenladen aufpassen soll. Während Claudia sich mit Janes Frage befaßte, stieß Regalian ihn grob in die Rippen.

»Dein Pendant in der Wirklichkeit«, sagte er. »Ich hab ihm eine Belohnung versprochen, wenn er uns hilft.«

»Wie? Oh, tatsächlich. Ja.«

»Ich hab mir gedacht«, fuhr Regalian fort, »wenn ich dich bezahle, ist das das gleiche, wie ihn zu bezahlen. Einverstanden?«

»Hm? Oh, klar.«

»Na dann los!«

»Was? Wie?«

»Die Belohnung.«

»Welche Belohnung? Wo denn?«

Regalians einer Mundwinkel verzog sich zur Andeutung eines Lächelns. »Du blickst gerade darauf«, sagte er. »Zugegebenermaßen ist die Ware nicht in Zellophan verpackt und hat auch kein Verfallsdatum, sondern du mußt sie sozusagen selbst pflücken, aber das macht dir sicher nichts aus. Ich meine, du hast dabei die absolute Frischegarantie, die man bei den Sachen, die man im Laden kauft, nie hat.«

In dem Moment fuhr Max herum und richtete die Mündung des Scholfield auf die Stelle, an der Regalians Augenbrauen zusammenliefen. »Darf ich mitlachen, Partner?« fragte er.

Regalian starrte den Revolver an, und dabei sah er etwas.

Meinte er etwas zu sehen. Sicher hatte er sich getäuscht. Nein, da war es wieder.

Der Revolver hatte ihm zugezwinkert.

Na schön, lassen Sie es mich fachmännisch ausdrücken. Der Revolver hatte seine Trommel so gedreht, daß die Öffnung einer Geschoßkammer hinter dem senkrechten Teil des Rahmens verschwand, und daraufhin die Trommel wieder in die Ausgangsposition gebracht. Was dasselbe in Grün ist.

Deshalb warf sich Regalian mit einem Hechtsprung auf den Boden, machte eine Rolle und griff nach Max' Füßen, um ihn zu Boden zu reißen und ihm die Waffe abzunehmen. Während er dies tat, hörte er Max fluchen, sah aus den Augenwinkeln, wie der Revolver seinen Bewegungen folgte, sah, wie Max abdrückte …

Klick. Und noch mal: *klick, klick.*

Am äußersten Rand seines Blickfeldes nahm er gerade noch wahr, wie Dracula sich mit offenem Mund auf Claudia stürzte. Gerade als er Max bei den Knöcheln gepackt hatte, hörte er von weitem, wie Dracula einen mehr als heftigen Schlag mit einem Aktenkoffer abbekam. Egal; er mußte sich auf seine eigene Aufgabe konzentrieren. Sollten sich die anderen fünf um Claudia kümmern.

Im nachhinein betrachtet, war das ein wenig so, als würde Amerika erklären, es würde sich um Martinique kümmern und es Monaco und Lichtenstein überlassen, sich mit China, Rußland, Japan und dem aus tausend Schlachtkreuzern bestehenden Kampfverband auseinanderzusetzen, der gerade vom Mars gekommen ist. Zu dem Zeitpunkt kam es ihm jedoch ganz vernünftig vor, und außerdem war er zu sehr damit beschäftigt, Max den Scholfield zu entreißen und ihn mit dem Griff halb totzuschlagen, als sich allzu viele Gedanken darüber zu machen, wie die anderen zurechtkamen. Erst als er wieder aufrecht stand und die Waffe dorthin richtete, wo Claudia zuletzt gewesen war, wurde ihm klar, daß irgend etwas nicht ganz mit seinem Schlachtplan übereinstimmte.

»Wo ist sie denn hin?« stieß er hervor.

Jane, die noch aufrecht stand, zuckte die Achseln. Dann fiel auch sie um und schlummerte friedlich ein. Ganz automatisch schnupperte Regalian.

Die Wirkung der Minigratisprobe, die er eingeatmet hatte, reichte fast aus, ihn umzuwerfen, doch er schaffte es, in halbwegs bewußtem Zustand einige Schritte zurückzuwanken und sich auf einen leeren Sarg zu setzen, bis ihm nicht mehr schwindlig war und sein Blick wieder klar wurde. *Wie blöde!* Daß er daran nicht gedacht hatte. Dieser altvertraute, süßliche, schwere Geruch.

Thomas Hardy-Essenz, die einen garantiert einschläfert, in nur einer Sekunde. Vermutlich hatte sie das Zeug in einer Spraydose in ihrer Jackentasche. *Keß,* aus dem Hause d'Urberville oder irgendeine andere Marke.

Er stand wieder auf, wobei er leicht hin und her schwankte (die Symptome waren ihm bekannt – Adjektivvergiftung), und verwünschte seine eigene Dummheit. Die Folge war, daß sie hatte entwischen können, um irgendwo Verstärkung zu holen, vielleicht sogar den Bleistift des Lektors. Ein unangenehmer Gedanke: für immer und ewig wieder im Makulaturraum zu sein, ohne Hoffnung auf ein Entkommen.

Max, der zu seinen Füßen lag, zuckte ein wenig und stöhnte. Verdammt noch mal, selbst das hatte er nicht ordnungsgemäß gemacht. Sein Daumen lag zwar auf dem Hahn des Scholfield, doch er brachte es nicht fertig, zu spannen und zu feuern ...

»Warum denn nicht?«

»Weil ich ein Held bin, du blutdürstiges Objekt«, seufzte er.

»Ich könnte versehentlich losgehen«, antwortete der Scholfield, hilfreich wie immer. »Denk bloß mal daran, wie sehr deine Hand zittert, nachdem du dieses ekelhafte Zeug eingeatmet hast. Ein tragischer Unfall, ausgleichende Gerechtigkeit ...«

Regalian senkte die Hand, bis die Waffe in Richtung Fußboden zeigte. »Das ist nett von dir«, sagte er, »aber lieber nicht. Außerdem hast du die Regeln für heute schon genug gebeugt. Drei Fehlzündungen hintereinander?«

Der Scholfield wackelte mit der Trommel, was ein Achselzucken ausdrücken sollte. »Der Ermessensspielraum einer Handfeuerwaffe«, erwiderte er. »Hat dir übrigens das Zwinkern gefallen? Habe ewig gebraucht, um auszutüfteln, wie man das macht.«

»Das war klasse«, antwortete Regalian. »Ich schulde dir einen Gefallen. Was aber nicht heißt, daß ich dir gestatte, wehrlose Gegner umzulegen. Heb dir das für später auf, wenn ich Claudia erwischt habe.«

»Das wirst du nicht«, sagte der Scholfield verdrossen. »Das kannst du mir ruhig glauben. Gewöhnlich habe ich ja nichts gegen Psychopathen, aber in ihrem Fall mache ich eine Ausnahme. Im Vergleich zu ihr war der gute alte Wild Bill der Gandhi des Wilden Westens.«

Regalian schnitt eine Grimasse und setzte sich wieder, wobei er sorgfältig darauf achtete, daß die Waffe in eine unverfängliche Richtung zeigte. »Du meinst also«, sagte er, »daß ich sie nicht verfolgen soll. Was soll ich dann tun?«

»Strategische Ratschläge darfst du von mir nicht erwarten«, entgegnete der Revolver. »Ich bin ausschließlich für taktische Dinge zuständig. Ich schlage allerdings vor, den Mistgeier da zu fesseln, bevor er wieder zu sich kommt. Vorausgesetzt, daß du nach wie vor nicht willst, daß ich ihn ...«

»Richtig.«

»Schade. Na gut. Obwohl es in einer Krypta nicht allzu viele Seile gibt. Am besten, du schmeißt ihn in einen Sarg und schraubst den Deckel zu.«

Was Regalian auch tat. Dann setzte er sich vorsichtshalber noch auf den Sarg. Heute wollte er einfach keine Risiken mehr eingehen.

»Die anderen sind wahrscheinlich noch ein paar Stunden lang k. o.«, fuhr der Revolver fort. »Aber betrachte die Sache doch mal von der positiven Seite: Es hätte auch Henry James sein können.«

Regalian nickte. »Das hätte sich verdammt lange hingezogen«, sagte er zustimmend. »Aber wenn ich bloß hier herumsitze, bis sie aufwachen ...«

»... ist das gefährlich, weil Claudia schon lange vorher wieder hier sein wird, zusammen mit ihren Schlägern«, ergänzte der Scholfield. »Ein ziemliches Problem, das ist mir klar. Und diesmal wird sie alles Nötige dabeihaben. Hölzerne Pfähle, große Hämmer ...«

»Genau.« Regalian stützte das Kinn in die Hände. »Vor nicht allzu langer Zeit war ich der Ansicht, es sei schon schlimm genug, mich mit Trollen und Kobolden und ausgeflippten Zauberern herumzuschlagen. Ich hatte ja keine Ahnung, wie paradiesisch das war.«

»Außerdem hattest du die Garantie, daß du gewinnst«, sagte der Revolver mitfühlend. »Oh, sicher, ich weiß, daß es kein Zuckerlecken war, wenn du dich herumprügeln mußtest, aber zumindest wußtest du, daß das Ergebnis von vornherein feststand. Jetzt ist das ein bißchen anders, wie?«

»Das kannst du laut sagen. Fast so schlimm, wie im wirklichen Leben zu sein, finde ich.«

Der Revolver dachte nach. »Das Öl ist hier besser«, sagte er nach einer Weile. »Die Auswahl an Munition ist größer. Man rostet nicht so schnell. Ansonsten sind die Unterschiede gar nicht so groß. Eigentlich bin ich enttäuscht. Ich hätte erwartet, daß es auf dieser Seite vergnüglicher zugeht.«

»Aber jetzt weißt du es besser.«

»Klar.«

In der hinteren Ecke der Krypta huschte etwas durch die Dunkelheit, doch Regalian achtete nicht darauf. Ganz gleich, welches namenlose Wesen das sein mochte, es tat ihm nichts zuleide und mußte sich seinen Lebensunterhalt verdienen wie jeder andere auch. In *Die Gedankenspeere von S'nagharz* hatte Regalian sich ziemlich lange in Krypten und ihrer Umgebung aufgehalten, und praktisch das Schlimmste, was einem dort passieren konnte – vorausgesetzt, daß die Türen nicht klemmten –, war die Tatsache, daß man sich entsetzlich langweilte.

»Tja«, sagte er schließlich und bemühte sich, die Lethargie abzuschütteln, die heimlich, still und leise seinen Enthusiasmus zu klauen versuchte, »es ist wohl besser, wenn ich zumindest so tue, als würde ich aktiv. Wie wäre es denn, wenn ich versuchte, diese Nappsülzen irgendwo in Sicherheit zu bringen?«

»Keine schlechte Idee«, stimmte der Scholfield ihm zu, »und das könnte sogar einfacher sein, als du glaubst. Weil das hier nämlich eine Krypta ist und sie jetzt alle qualifizierte Vampire sind.«

»Und?«

»Und bei Vampiren«, fuhr der Scholfield fort, »ist es nicht unbedingt erforderlich, ein LifeSupport-System zu haben. Anders ausgedrückt: Man kann einen Regenwurm nicht umbringen, indem man ihn lebendig begräbt.«

Regalian blickte hoch. »Gutes Argument«, sagte er. »Wenn es also eine Möglichkeit gäbe, diese Krypta unzugänglich zu machen ...«

»Geh raus und bring den unterirdischen Gang, der zur Krypta führt, zum Einsturz«, schlug der Revolver vor. »Das klassische Edgar Allan Poe-Gambit. Um deiner Frage zuvorzukommen: Mit einigen wohlgezielten Schüssen in die Decke des Tunnels wäre das leicht zu schaffen.«

»Dadurch wären sie vor Claudia in Sicherheit, und sie könnte ihr grusliges Weltuntergangsszenario nicht in Gang setzen.«

»Zumindest eine Zeitlang«, antwortete der Revolver.

»Einige läppische Tonnen Gestein werden sie allerdings nicht länger als ein paar Stunden aufhalten.«

Regalian nickte. »Es sei denn, sie ist damit beschäftigt, Jagd auf mich zu machen. Das würde ihre Kräfte aufspalten, und wir gewönnen dadurch vielleicht ein bißchen Zeit.«

Luft entwich aus dem Lauf des Revolvers, was so etwas wie einen Seufzer vortäuschte. »Es könnte klappen«, sagte er. »Nicht daß du die Qual der Wahl hättest, was realisierbare Möglichkeiten angeht. Trotzdem bin ich immer der Ansicht, daß es sich nur dann lohnt, Zeit zu gewinnen, wenn sie steuerfrei ist. Ich meine, was hat man denn sonst davon?«

»Was? Wie?«

»Ach, vergiß es«, erwiderte der Scholfield ungehalten. »Sam Johnson hatte Boswell, und ich habe dich. Na ja. Komm, laß uns eine Tunneldecke erschießen.«

Dracula – der real existierende Dracula, nicht sein fiktionaler Klon – stand auf, kratzte sich am Ohr und setzte sich wieder.

Junge, Junge, war das ein *Spaß.* Nicht einfach bloß Spaß, sondern ein *wirklicher* Spaß. Vielleicht hatte es etwas damit zu tun, daß er selbst zum erstenmal wirklich existierte. Wie auch immer, jedenfalls war es hundertmal vergnüglicher, vor einem Bildschirm zu sitzen und auf einer Tastatur zu klimpern, als durch Fenster zu fliegen und in Frauenhälse zu beißen.

Andererseits war er durstig. Extrem durstig sogar. Was er jetzt brauchte, war ein anständiger Drink. Hey, dachte er bei sich, jetzt denke ich ja auch schon wie ein richtiger Schriftsteller.

Den Kühlschrank und die Gefriertruhe hatte er bereits durchsucht; in der ganzen Wohnung gab es nicht das kleinste Tröpfchen Blut. Er seufzte und überlegte hin und her. Einerseits hatte er schon eine großartige Idee für die Eingangsszene der Romanfortsetzung.

Andererseits wäre er nicht in der Verfassung, irgend etwas zu schreiben, ohne vorher einen kräftigen Schluck von dem guten alten roten Gesöff genommen zu haben. Die Muse mußte sich noch ein klein wenig gedulden.

Widerwillig stand er wieder auf, schaltete den Computer ab und öffnete das Fenster. Die kühle Nachtluft wehte ihm entgegen, und plötzlich erinnerte er sich an das prickelnde Gefühl, den Wind unter sich zu spüren, und die Ekstase schnellen Fliegens. Er hob die Arme, grinste, wobei seine Zähne im Sternenlicht aufblitzten, und sprang.

Kurz darauf landete er in einem Blumenbeet.

Schorf und Grind, murmelte er vor sich hin, ich habe es ein bißchen zu lange hinausgezögert. Ohne den roten Sprit kann ich nicht fliegen. Bedauerlich. Dann muß ich eben laufen.

Nachdem er vielleicht eine halbe Stunde durch die menschenleeren Straßen gelaufen war, merkte er plötzlich auf. Er roch junges weibliches Blut, nicht mehr als fünfzig Yard entfernt; gute Ware mit hoher Oktanzahl und genug davon, um ihn eine ganze Weile bei Kräften zu halten. Während er beiläufig überlegte, welche junge Dame zu dieser unchristlichen Zeit wohl allein unterwegs sein mochte, folgte er seinem Instinkt, bog um eine Ecke und erstarrte wie eine Katze, die sich an eine Taube heranpirscht. Donnerwetter!

Schulterlanges blondes Haar, wohlgeformte Beine, geschmeidiger Hüftschwung – alle Signale waren positiv. Sie war ein so auffälliges Ziel, als hätte man ihr die Worte *70 cl – Bitte werfen Sie die leere Dose nicht auf die Straße* zwischen die Schulterblätter tätowiert. Dracula funktionierte sein Grinsen in ein Zähnefletschen um, hob die Arme, sprang …

»Haben wir dich endlich!«

… und schlug mit dem Kinn auf den Bürgersteig, als sich mindestens zwei außerordentlich schwere Körper auf ihn warfen, die ihm mitteilten, daß er verhaftet sei, das Recht habe, die Aussage zu verweigern …

Ausgelaugt und erschöpft, wie er war, verfügte er trotzdem noch über genug übermenschliche Kraft, um Polizisten wie Tennisbälle durch die Gegend schleudern zu können. Der ersten beiden entledigte er sich, indem er sie über die Schulter warf. Dann griff er sich einen dritten und schmetterte ihn durch eine Schaufensterscheibe. Gerade als er mit dem vierten ein Experiment anstellen wollte, um herauszufinden, ob die Köpfe von Polizisten sich wie Flaschenverschlüsse abdrehen ließen, kam die junge Dame auf ihn zu, warf ihm einen unfreundlichen Blick zu und trat ihn in einen Teil seiner Anatomie, der, obwohl er untot und – sah man von zugespitzten Pfählen und Silberkugeln einmal ab – unverwundbar war, gegen kräftige Tritte mit der Schuhspitze dennoch nicht ganz gefeit war. Das demoralisierte ihn dermaßen, daß er sich, statt sich auf sie zu stürzen und ihr in einem Zug das ganze Blut aus den Adern zu saugen, damit begnügte, den Bullen, den er gerade festhielt, fallen zu lassen und so schnell wie möglich davonzuwanken, wobei er sich immer noch vor Schmerzen krümmte.

Das war immer noch schnell genug. Zehn Minuten später, nachdem er sich vergewissert hatte, daß er seine Verfolger abgeschüttelt hatte, setzte er sich auf eine niedrige Mauer, um zu verschnaufen und eine Weile leise vor sich hinzufluchen. Dann, als er sich besser fühlte, stand er auf, holte tief Luft und überquerte die Straße, um …

Es ist unwichtig, das Ziel zu nennen, weil er nie dort ankam. Ein Auto, das mit enormer Geschwindigkeit um die Ecke bog, versetzte ihm im Vorüberfahren einen heftigen Stoß, so daß er wie ein mit voller Kraft geschlagener Kricketball durch die Luft geschleudert wurde, bis eine Mauer seinen Flug hemmte.

Er stöhnte. In der Ferne hörte er das Zuschlagen von

Autotüren und andere pittoreske Hintergrundgeräusche. Jemand rief *Holt schnell einen Krankenwagen.* Dann traf der Strahl einer Taschenlampe ihn ins Gesicht. Jemand fragte: »Bist du okay, Kumpel?« oder etwas Ähnliches. Er versuchte, zu knurren und die Zähne zu fletschen, um die Leute zu verscheuchen, brachte es aber lediglich fertig, schwach zu stöhnen. Gerade als er es noch einmal versuchen wollte, fiel er in Ohnmacht.

Als er wieder zu sich kam, meinte er in irgendeinem Fahrzeug zu sein, das sich mit großer Geschwindigkeit bewegte. Über ihn gebeugt stand ein Mann in einer blauen Uniform, und links neben ihm ein süßes kleines Ding mit einer weißen Uniform und einem wirklich sensationellen Hals. Dracula versuchte, sich aufzusetzen, stieß dabei aber auf technische Schwierigkeiten.

»Er muß eine verteufelt große Menge Blut verloren haben«, sagte der Mann. »Nottransfusion?«

»Wir kennen seine Blutgruppe nicht«, antwortete das Mädchen. »Oh, Moment mal, er kommt wieder zu sich.« Sie beugte sich über ihn, bis ihr Hals nur wenige Inch von seinem Gesicht entfernt war, doch diese paar Inches trennten ihn ebenso wirksam von seiner Beute, wie die große Fensterscheibe eines Restaurants die Leute, die drinnen sitzen und essen, von den Leuten trennt, die draußen stehen und die Nase gegen das Glas pressen. »Hei«, sagte sie. »Welche Blutgruppe haben Sie?«

»Hä?«

»Wir wollen Ihnen Blut geben«, sagte das Mädchen. »Welche Gruppe?«

Damit ist der Fall klar, dachte Dracula bei sich. Ich bin im Himmel. Oder vielleicht auch in Walhalla.

»Oh, ich nehme das, wovon Sie gerade am meisten dahaben«, krächzte er. »Ein Liter vom offenen Roten reicht eigentlich völlig, es sei denn, Sie können was ganz Besonderes empfehlen.«

Die junge Frau starrte ihn an, zuckte mit den Schultern

und drehte sich ihrem Kollegen zu. »Gehirnerschütterung«, sagte sie. »Ich werde ihm ein Beruhigungsmittel spritzen, und du machst schnell einen Test. Fertig?«

Es hatte keinen Sinn, sich gegen die Spritze zu sträuben; dazu war er viel zu schwach und ausgelaugt, und außerdem war es ja wohl leicht absurd, an Widerstand zu denken, wenn man sich auf weichen Kissen rekeln und bei einer hinreißenden Blondine was zu trinken bestellen konnte. Mit einem zufriedenen Seufzer legte Graf Dracula sich zurück, schloß die Augen und dachte an Transsilvanien.

»Es war in keiner Weise nötig«, murmelte Regalian, »außer Rand und Band zu geraten.«

Hätte er ein Faible für Wortspiele gehabt, dann hätte er jetzt ewig darauf herumreiten können, daß die Darbietung ein durchschlagender Erfolg gewesen war. Statt dessen hustete er einen Teil des Staubs aus, den er eingeatmet hatte, und suchte zwischen den Gesteinsbrocken nach dem Scholfield.

»Gründliche Arbeit, was?« fragte der Revolver.

»Kann man wohl sagen«, entgegnete Regalian. »Sehr gründliche sogar. Bist du okay?«

»Mir fehlt nichts, was ein ölgetränkter Lappen nicht in Ordnung bringen könnte«, sagte die Waffe vergnügt. »Na los, komm, es gibt noch was zu tun. Nebenbei bemerkt habe ich noch zwei Schuß übrig.«

»Schön für dich. Wo dieser Tunnel wohl hinführt? Was meinst du?«

»Du brauchst ihn bloß entlangzugehen, um es herauszufinden.«

Sie waren noch nicht mehr als hundert Yard vorangekommen, als Regalian plötzlich stehenblieb. »Lausch doch mal!« zischte er.

»Na und? Hast du noch nie verstohlene Schritte gehört?«

»Sie kommen in unsere Richtung.« Regalian blickte

den Weg zurück, den er eben gekommen war. Verstecke sind in einem langen geraden Tunnel Mangelware. »Mist«, fügte er hinzu. »Was jetzt?«

»Ich hätte gedacht, daß das ziemlich naheliegend ist«, antwortete der Scholfield sarkastisch. »Für den Fall, daß du nicht dazu gekommen bist, die Gebrauchsanweisung zu lesen: Du feuerst mich ab, indem du auf den gemeinhin als Abzug bezeichneten Hebel drückst, der sich direkt hinter der Spitze deines rechten Zeigefingers befindet.«

Regalian wollte gerade entgegnen, daß er sich in einem stockfinsteren Tunnel auf keinen Fall auf eine Schießerei mit unbekannten Gegnern einlassen werde, als ein schwacher Lichtschein, der von einer Taschenlampe stammen mochte, seine Aufmerksamkeit erregte. Den Bruchteil einer Sekunde später bog vor ihm eine kleine, häßliche, kräftig gebaute Gestalt um die Ecke und hob eine Laterne …

»Du hast ihn erschossen!« sagte der Scholfield voller Bewunderung. »Aber ich dachte, du wolltest …«

»Hab's mir anders überlegt«, erwiderte Regalian, während er über den inzwischen verschiedenen Kobold trat und die Laterne aufhob. »Wenn es sich nur um Kobolde handelt, lasse ich es drauf ankommen. In *Das Meer der Ringe* habe ich diese Misttypen eimerweise abserviert.« Er stopfte sich den Revolver in den Gürtel und nahm den schweren schwarzen Krummsäbel des Kobolds an sich. »Es wäre gut für mein Selbstwertgefühl, wieder mal anständig mit dem Schwert zu kämpfen.«

»Dazu hast du jetzt Gelegenheit«, murmelte der Scholfield, als sich eine weitere gedrungene, bedrohliche Gestalt wie eine zweibeinige Spinne um die Ecke schob. Es gab ein scheppherndes Geräusch, als falle ein ganzer Kasten voller Besteck aus einem Fenster im vierten Stock, und der Kobold drapierte sich fein säuberlich über den Körper seines Kollegen. »Sieh dich bloß mit diesem Ding vor«, fügte der Revolver hinzu, als Regalian versuchte, mit dem Krummsäbel zur Übung einen Schlag aus dem Handgelenk auszuführen. »Wenn du nicht aufpaßt, könntest du jemandem das Auge damit ausstechen.«

»Früher hätte ich das geschafft«, erwiderte Regalian wehmütig. »Aber momentan bleibe ich wohl besser bei den orthodoxen Sachen; brauche erst noch ein bißchen mehr Übung.«

Im Lauf der nächsten zwanzig Minuten hatte er soviel Übung, wie er sich nur wünschen konnte.

»Das«, ächzte er, während er einen heftigen Schlag gegen sein Bein parierte, dem er einen zeitlich wunderbar abgepaßten Hieb gegen die Kehle seines Gegners folgen ließ, »ist richtiges Heldentum. Kein unwürdiges ...« Elegant schlug er einen Säbel zur Seite und landete einen erfolgreichen Gegenstoß; fünf waren erledigt, blieben noch zwei. »... Umhergerenne, bei dem man sich dauernd irgendwo versteckt. O nein. *Rums!* und *klatsch!* muß es machen, darum geht's beim Heldentum. So zum Beispiel«, fügte er hinzu, während er herumfuhr und mit beiden Händen einen Schlag gegen den Wangenschutz am Helm eines Kobolds ausführte. »Ey, du mieser kleiner Dreckskerl, komm sofort zurück!«

»Bist du fertig?«

»Scheint so. Hast du das gesehen? Der letzte ist abgehauen. Das dürfen sie eigentlich nicht.«

»Ist doch wurscht. Los, schnapp dir die Laterne und laß uns von hier verschwinden, bevor dich der Drang überkommt, Lederkluft anzulegen.«

»Ich verstehe überhaupt nicht, was diese bevormundende Haltung soll«, murrte Regalian, während er sich, über Koboldleichen tretend, seinen Weg bahnte. »Daß du ganz wild auf passiven Widerstand und freundliche Überredung bist, ist mir bis jetzt noch nicht aufgefallen. Sag bloß nicht, du seist eifersüchtig auf einen Koboldsäbel.«

»Hör auf zu spinnen, du Knalltüte«, knurrte der Scholfield verächtlich. »Aber falls es dir entfallen sein sollte, darf ich dich vielleicht daran erinnern, daß der Zweck der Übung eigentlich nicht darin besteht, Kobolde abzumurksen. Was wir vorhaben ... Holla«, fügte er hinzu, »wir bekommen Gesellschaft.«

Regalian grinste. »Prima«, sagte er. »Fing gerade an, mich ein bißchen einsam zu fühlen.«

»Nicht diese Art von Gesellschaft«, zischte der Scholfield. »Gesellschaft im Sinne von *kleiner als eine Brigade, aber größer als eine Abteilung* hab ich gemeint.«

»Oh. Diese Art von Gesellschaft.«

»Ja.«

In der Tat wurde das Getrampel eisenbeschlagener Koboldstiefel allmählich unangenehm laut. »Sie kommen in unsere Richtung«, flüsterte Regalian. »Ein ziemliches Problem, was?«

»Jawollo.«

»Ich meine, laß uns doch mal einen Moment realistisch sein. Mit so vielen Kobolden werde ich nicht fertig.«

»Stimmt.«

»Hast du was vorzuschlagen? Und sag bloß nicht, ich soll weglaufen, weil ich bei den vielen Leichen, die hier herumliegen, schon nach ein paar Schritten auf die Nase fallen würde.«

»Richtig.« Der Revolver machte eine Pause. »Was bleibt also als einziges übrig?«

»Wie meinen?«

»Du kannst nicht nach vorn«, sagte der Scholfield mit übertriebener Geduld, »und nicht zurück. Nach oben oder nach unten auch nicht. Bleibt also nur eines übrig ...«

»Was denn?«

»Seitwärts, du trübe Tasse.«

»Na prima, aber vielleicht ist dir auch schon aufgefallen, daß die Wände sehr solide sind. Ich meine, es ist ja nicht so, daß alle naselang ein Türchen in der …«

Er hielt inne. Unter seiner linken Hand spürte er Holz. Vorsichtig hob er die Laterne. »Hey, sieh mal. Eine Tür.«

»Ach *so* nennt man die Dinger. Ich wußte doch, daß das Wort mit T anfängt.«

Die Schritte kamen immer näher, wurden eiliger, hatten fast die Ecke des Tunnelgangs erreicht. Rasch streckte Regalian die Hand aus, packte den Türgriff, drückte ihn nach unten und …

»Kruzitürken, sie ist abgeschlossen.«

Der Scholfield gab einen Laut von sich, der verriet, wie aufgebracht er war. »Liegt es da nicht nahe, etwas ganz Bestimmtes zu tun?«

Regalian zuckte die Achseln. »Weglaufen? Kapitulieren? Bei den Nachbarn fragen, ob sie einen Reserveschlüssel haben?«

»Du mußt das Schloß abschießen, du Plattkopp.«

Regalian runzelte die Stirn. »Das sagst du so, du Wunderwerk der Technik, aber wie soll ich denn …«

»Himmel, Arsch und Zwirn – sei so gut und paß auf deine Füße auf, du Blödmann …«

PENG!

»Na schön«, sagte Claudia in ihr Handy, »du kannst den Alleinvertrieb für Mauritius *und* die Caymans-Inseln haben *und* die Vermarktungsrechte für Plüschtiere *und* zehn Jahre lang das Alleinverkaufsrecht für den kombinierten Radioweckertoaster *Die vier Reiter der Apokalypse* (eingetragenes Warenzeichen). Bist du *jetzt* zufrieden?«

Das Telefon versicherte ihr, daß dies der Fall sei und daß es ein Vergnügen gewesen sei, mit ihr Geschäfte zu machen, und wie wäre es denn, wenn sie bald einmal zusammen Mittag essen gingen. Dann wechselte es völlig das Thema und fragte, ob sie zufällig wisse, welchen Hebel man im Cockpit einer Raumfähre der Kawaguchiya Schwerindustrie betätigen müsse, um die Türen zu schließen.

»Den dritten blauen von links in der zweiten Reihe von oben«, antwortete Claudia, »nur beim Modell GT 1001 ist es anders. Wieso?«

»Ach, nur so aus Neugier«, erwiderte das Telefon. »Ciao.«

»Bis dann, Lin.« Claudia zuckte mit den Achseln und schob die Antenne wieder in das Gerät. »Max?«

»Hallo, Partner.«

Sie spähte am Strahl ihrer Taschenlampe entlang, bis sie ihn ausfindig gemacht hatte. Er saß im Schneidersitz auf dem Fußboden und schob Patronen in die Geschoßkammer seiner Winchester '74. »Max«, sagte sie, »wie stehen die Dinge?«

Der Kopfgeldjäger schnalzte mit der Zunge. »Glaube, die elenden Stinktiere sind alle in der Krypta und haben den Tunnel zum Einsturz gebracht. Nur dieser gottverdammte Held nicht. Der ist irgendwo im Tunnel und verdrischt Kobolde.«

»Verstehe. Und hast du vor, etwas dagegen zu unternehmen?«

Max grinste und lud das Gewehr durch. »Denke schon«, sagte er und zog eine Patrone aus dem Gürtel, die er so hochhielt, daß das Licht auf die Spitze fiel. »Massives Silber«, erklärte er.

»Ah, gut. Na dann halt dich mal ran, ja? Und sieh zu, daß sie unversehrt bleiben«, fügte sie hinzu und gestattete ihrer schleppenden Sprechweise, sich wie eine Klapperschlange auf einer Gesundheitsfarm zu dehnen. »Über den Helden und Hamlet mache ich mir keine allzu großen Sorgen, aber Skinner und die Armitage will ich in einem Stück zurückhaben. Verstanden?«

»Alles klar.«

Er stand auf, wischte sich den Staub von der Hose,

nahm sein Gewehr an sich und stolzierte mit klirrenden Sporen den Tunnel hinunter. Sobald er außer Sicht war, zog Claudia wieder ihr Handy hervor und gab eine sehr kurze Nummer ein.

»Ja, hallo. Wie? Nein, es ist dringend. Paß mal auf, es ist mir völlig schnurz, daß heute Sonntag ist. Ich muß Ihn sprechen, und zwar *jetzt*, kapiert? Wie? Oh, na schön, dann sag Ihm, Er soll mich anrufen, sobald Er zurück ist. Ja. Tschüs.«

Sie machte ein finsteres Gesicht. Das war das Problem bei diesen sogenannten kreativen Typen. Absolut unprofessionell waren die. Sie tippte eine andere Nummer ein. Ein kleiner Hinweis: Es war die gleiche Nummer wie die, die man wählen würde, um die Feuerwehr, die Polizei oder einen Krankenwagen zu rufen, nur verkehrt herum.

»Nick? Ja, ich bin's. Hör mal, mit dem, ähm, anderen Spielteilnehmer ist nichts Gescheites anzufangen, und das reicht mir jetzt. Worauf ich hinauswill: Wenn du den gleichen Preis bieten kannst, wie Er, gehört der Vertrag dir. Wie bald? Früher geht es nicht? Na gut, das muß eben reichen. Ja, bis dann. Mach's gut.«

Nun ja, überlegte Claudia, zumindest habe ich jetzt ein genaues Datum, auch wenn das bedeutet, das Ganze um weitere achtundvierzig Stunden zu verschieben. Gerade genug Zeit, dachte sie (denn sie liebte es, das Positive einer Sache hervorzuheben), um alle Sweatshirts ändern zu lassen und in den Handel zu bringen. Sie wählte eine dritte Nummer.

»George? Ja. Hör zu. Das Logo. Ich möchte, daß du es schnellstens änderst. Es soll nicht mehr heißen *Das Ende der Welt ist nahe*, sondern *Am Mittwoch geht die Welt unter*. Alles klar? Prima. Tschüs.«

Sie steckte das Handy weg und lächelte.

Die Show konnte beginnen.

DREIZEHNTES KAPITEL

Auszug aus *Die Vernichtung der Welt als Hobby und Beruf*, S. 176:

Die Konsequenzen, die ein konventioneller Weltuntergang für die Umwelt hätte, haben in den letzten Jahren zu zahlreichen Debatten und Diskussionen in ökologischen Kreisen geführt. Die Aussicht, den Weltraum durch große Mengen radioaktiver Trümmer zu verunreinigen, ist für jeden angehenden Erdkiller, der auch nur eine Spur von ökologischem Bewußtsein hat, in keiner Weise akzeptabel; daher die heftigen Bemühungen, eine umweltfreundliche Alternative, die sogenannte ›verantwortungsbewußte Apokalypse‹, zu entwickeln.

Das einzige brauchbare Modell, das bisher entwickelt worden ist, stammt von Claudia Van Sittaert, der berühmten Theater- und Literaturagentin, und wurde von ihr vor kurzem auf einem Kongreß in Catastrophica vorgestellt. Die Van Sittaert-Alternative sieht vor, die globale Vernichtung zu erreichen, indem man die raumzeitliche Membran zerstört, die die Welt der Literatur von der Wirklichkeit trennt. Die Logik, die dem Ganzen zugrundeliegt, ist denkbar einfach: Nur was real ist, kann existieren, und wenn die Wirklichkeit in einem solchen Ausmaß mit fiktionalen Elementen verdünnt wird, daß es nicht mehr möglich ist, Tatsachen von Fiktivem zu unterscheiden, wird die Existenz selbst aller Wahrscheinlichkeit nach unwiderruflich kompromittiert. Kurzum, die Welt wäre nicht mehr real genug, um weiterzuexistieren, und würde ganz einfach aufhören zu bestehen.

Die praktische Durchführbarkeit des Vorschlags ist erfreulich simpel. Das Gleichgewicht zwischen Fiktion und Realität wird von einem elementaren Gesetz reguliert: Jedem Auftritt muß ein Abtritt folgen. Würde eine reale Person in die Welt der Literatur versetzt und dann plötzlich wieder in die Wirklichkeit zurückgeschickt, ohne daß es zum ausgleichenden Transfer einer anderen realen Person in die Welt der Literatur kommt, würde dies dazu führen, daß die Membran reißt und auf diese Weise ein Loch entsteht, durch das die Bewohner beider Dimensionen ungehindert von einer Seite auf die andere gelangen könnten. Ist dieses Schlupfloch erst einmal da, wird es zwangsläufig auch benutzt werden, was dann zum Zusammenbruch der Realität und dem gewünschten Effekt führt.

Mrs. Van Sittaert gibt an, zu dieser radikal neuen Methode sei sie durch eine beiläufige Bemerkung inspiriert worden, die ein gewisser Hamlet, Prinz von Dänemark, gemacht habe. Mrs. Van Sittaert zufolge fiel ihr die komplette Theorie in genau dem Moment ein, als ihr klar wurde, daß ›Sein oder Nichtsein‹ gar keine Fangfrage war, wie sie immer angenommen hatte.

»Ich dachte, du wolltest das Schloß abschießen.«

»Ja und?«

»Was du gerade abgeschossen hast«, sagte Regalian langsam, »war die Türklinke.«

»Oh.«

Regalian stieß einen abgrundtiefen Seufzer aus. Dann setzte er sich und lehnte sich mit dem Rücken gegen die Tunnelwand. In Kürze würde er bis zu den Knien in Kobolden stehen; keine angenehme Aussicht, soweit er Kobolde kannte, was in größerem Maße der Fall war, als er gewünscht hätte, wenn er bei der Sache irgendein Mitspracherecht gehabt hätte, was nicht der

Fall war. Wenn er es recht bedachte, hatte Mitspracherecht in seinem Leben, soweit er zurückdenken konnte, immer durch Abwesenheit geglänzt, und zwar genau bis zu dem Moment, da Jane ihn von der Leine gelassen und in dieses vertrackte Abenteuer geschickt hatte. War es ein Zufall, so fragte er sich, daß er, seit er sein eigener Herr war, aus einem Schlamassel in den nächsten geriet, daß die Katastrophen, die ihm widerfuhren, geradezu anzustehen schienen? Wahrscheinlich nicht. Der Gedanke, daß er mit der Regelung seines Lebens noch weniger zurechtkam als Jane, die ein nettes Mädel, deren Verstand jedoch ungefähr so hell war wie die Treppenbeleuchtung in einem billigen Hotel, heiterte ihn nicht sonderlich auf. Ganz im Gegenteil.

Ich wünschte, ich wäre wieder zu Hause in der Fantasywelt, dachte er unwillkürlich. Zunächst einmal waren die Kobolde in der Fantasywelt von besserer Qualität. Aber was noch wichtiger war: Es mochten einem noch so viele von den kleinen Mistkerlen zusetzen, man wußte immer ganz genau, daß man spielend mit ihnen fertig wurde. Gewiß, man mußte sie tüchtig beuteln, und wenn man nicht aufpaßte, waren sie durchaus imstande, einen ganz gemein in den Knöchel zu beißen, aber zumindest wußte man, daß am Ende alles wieder ins Lot käme, weil man der Held war. Im Moment bin ich zwar immer noch der Held, aber Garantien gibt es nicht.

Denk …

Aber ich bin immer noch in der Welt der Literatur und bin immer noch ich. Wenn ich nicht mehr der Held wäre, widerführe mir dies alles nicht; dann würde irgendein anderes armes Schwein in diesem Scheißtunnel kauern und darauf warten, daß die Kobolde aufkreuzen. Und wenn ich immer noch ein Held bin, dann …

»Hallo, Partner.«

Verdutzt blickte Regalian auf. »Du?«

»Sieht so aus.«

»Ich habe eigentlich Kobolde erwartet.«

Max gönnte sich ein lässiges Lächeln. Eigentlich versuchte er ja, den Verbrauch einzuschränken, aber die Situation schien den Luxus zu rechtfertigen. »Die werden gleich hier sein. Schätze, ich habe längere Beine, das ist alles.« Er hob das Gewehr in Hüfthöhe. »Aber die brauche ich sowieso nicht«, fügte er hinzu. »Hoch mit dir, Partner. Eine Dame möchte sich mit dir unterhalten.«

Regalian betrachtete die Mündung des Gewehrs, erinnerte sich an die Position des Schlosses an der Tür hinter ihm und stellte schnell einige ballistische Berechnungen an. »Blas mir doch den Schuh auf«, knurrte er.

»Wie bitte?«

»Verpiß dich«, erläuterte Regalian. »Zieh Leine. Hau endlich ab.«

»Schätze, du hast mich nicht richtig verstanden. Hoch mit dir – falls du Wert darauf legst, noch ein Weilchen am Leben zu bleiben.«

Da er das Institut zur Ausbildung literarischer Figuren besucht hatte, war Regalian in der Lage, höhnisch zu lächeln. Was er auch tat. »Rutsch mir doch den Buckel runter. Na los, erschieß mich.«

»Wie du willst, Freundchen.« Max zuckte die Achseln und drückte ab. Kurz bevor der Schuß losging, warf Regalian sich nach vorn und machte eine Rolle. Die Kugel aus Max' Gewehr pfiff ihm ganz knapp über den Kopf hinweg, traf die Tür und zerschmetterte das Schloß. Die Tür knarrte und öffnete sich langsam nach innen.

»Scheißeee«, rief Max empört, doch bevor er nachladen konnte, rammte Regalian ihm den Kopf in den Bauch und schleuderte ihn durch den Tunnel. Dann hechtete er wie ein amerikanischer Footballspieler durch die offene Tür, schlug auf dem Boden auf, fluchte, trat die Tür mit dem Fuß zu und hielt nach etwas Ausschau, womit er sie verkeilen konnte. Rein zufällig lehnte eine Eisenbahnschwelle von genau der richtigen Länge griffbereit an der Wand. Er packte sie, klemmte sie gegen die Tür und lauschte. Er hoffte sehr, daß Max versuchen würde, die Tür mit der Schulter einzurennen. Dann war Getrappel zu hören, etwas knallte gegen die Tür, und ein Schmerzensschrei ertönte. Regalian lächelte zufrieden.

»Dir ist ja hoffentlich klar«, sagte der Scholfield, »daß sie diese Tür im Nu aufkriegen, sobald die Kobolde da sind.«

»Ach, halt die Klappe.«

»Ich verbitte mir diesen Ton. Ich möchte wetten, daß König Artus mit Excalibur nie so geredet hat.«

»Excalibur ist in einen See geschmissen worden«, erwiderte Regalian. »Denk mal darüber nach.«

»Wenn du solche fiesen Sachen sagst«, antwortete der Scholfield mit eisiger Stimme, »werde ich dir von jetzt an nicht mehr helfen.«

»Na prima.«

Regalian rappelte sich auf und blickte umher, was aber nicht viel brachte, weil es stockdunkel war und er überhaupt nichts sah. Trotzdem. Mit kühnem Mut und was dergleichen Müll mehr ist. Er ging los.

Man verliert jegliches Zeitgefühl, wenn man sich in völliger Dunkelheit fortbewegt. Es mochten also zwanzig Minuten oder auch zwei Stunden vergangen sein, als er um eine Ecke bog und sich wieder im Hellen befand. Sobald seine Augen sich an den grellen Schein gewöhnt hatten, stellte er fest, daß er vor einer riesigen Stahltür stand, die an die Tür eines Safes oder einer Luftschleuse erinnerte. Sie hatte eine Zuhaltevorrichtung und eines dieser Dinger, die wie ein Schiffssteuer en miniature aussehen. Außerdem hatte sie ein Schild, auf dem stand:

EINTRITT VERBOTEN
AUSSER BEI DIENSTLICHEN ANGELEGENHEITEN

Bitte verlassen Sie die Welt der Literatur so,
wie Sie sie vorzufinden wünschen

Ein schwacher Windzug kitzelte sein Ohr. Er blieb regBlos stehen und lauschte. Etwas oder jemand hastete den Tunnel hinter ihm entlang. Wer wohl? Das ließ sich auch ohne Kaffeesatz erraten. Er streckte die Hand aus und drehte das Steuerrad herum, bis es einrastete. Fehlanzeige. Zweifellos mußte man die Kombination kennen, und die kannte er nicht.

»Revolver!«

»Mit dir rede ich nicht mehr.«

»Revolver«, wiederholte er, »du kannst mir glauben, daß ich mich unter normalen Umständen lieber an Händen und Füßen fesseln und die Niagarafälle runterwerfen ließe, um in einem Kessel mit kochender Scheiße und voller Piranhas zu landen, als dich um Hilfe zu bitten. Klar?«

»Ich rede nach wie vor nicht mit dir.«

»Andererseits«, fuhr Regalian fort, »bist du ein mechanisches Gerät. Du hast Bestandteile, die sich drehen, *klick* machen, einrasten und dergleichen. Das ist bei dieser Tür auch der Fall. Wenn es so etwas wie eine Gewerkschaft für mechanische Dinge mit Ruckzuckschnappmechanismus gibt, der du und diese Tür angehören, ob du dann wohl mit deiner Genossin hier kurz reden könntest, damit sie uns reinläßt? Ich wäre dir sehr dankbar.«

Pause. »Wärst du?«

»Ja.«

»Wär ja mal was ganz Neues.«

»In der Tat.«

»Na schön, weil du's bist. Zieh mich und halt meine Mündung gegen die Tür.«

Regalian tat, wie ihm geheißen. Der Revolver bewegte sich in seiner Hand und klopfte dreimal an die Tür, worauf eine kleine Klappe aufging und eine Stimme sagte: »Ja, bitte?«

»Eilzustellung«, sagte der Revolver. »Brauche Ihre Unterschrift.«

»Sofort«, antwortete die Stimme. Die Klappe schloß sich, das Klirren von Schlüsseln, Ketten und Riegeln war zu hören, und die Tür öffnete sich.

»Ein Kinderspiel, wenn man weiß, wie's geht«, murmelte der Revolver leise vor sich hin, als Regalian ihn blitzschnell auf das Auge des Mannes an der Tür richtete. Kurz darauf war Regalian durch die Tür, die sich mit einem Knall hinter ihm schloß.

»Ich bitte um Vergebung«, sagte Regalian, »aber da sind diese Kobolde, weißt du, und …«

»Ey«, sagte der Mann, ein untersetztes, rundliches, kahlköpfiges Individuum in einem braunen Arbeitskittel, aus dessen Reverstasche Bleistifte und eine Schublehre ragten. »Was machst du denn hier drinnen? Das ist nicht erlaubt.«

»Tut mir leid, aber es handelt sich um einen Notfall. Diese Kobolde sind nämlich …«

Der Mann starrte ihn an. »Du bist aus der Belletristik, stimmt's? Leute wie du dürfen hier nicht rein. Verschwinde!«

Regalian bewegte vielsagend den Revolver hin und her. »Oder?«

»Oder«, antwortete der Mann, »steck das gräßliche Ding weg, komm mit und trink eine Tasse Tee mit mir. Das Wasser hat gerade gekocht.«

»Ah«, sagte Regalian. »Danke.«

»Diese Sprüche muß ich nämlich vom Stapel lassen«, erläuterte der Mann, während er voranging. »Wenn mich dann jemand fragt, kann ich sagen, ich hätte dich zum Abhauen aufgefordert, aber du hättest mich mit einem Revolver bedroht. Wenn du mich mit einem

Revolver bedrohst, ist alles in Ordnung. Ich hätte dir auch einen leihen können.«

»Verstehe.« Regalian blickte umher. »Wo bin ich denn hier gelandet?« fragte er.

»Im Sachbuchbereich«, erwiderte der Mann. »Hier warst du sicher noch nie. Ist ein anderes Ressort.«

Es war eine Werkstatt, und sie erinnerte Regalian ganz stark an die diversen Magierhöhlen, die er im Lauf der Trilogie aufgesucht hatte: Überall standen halbvolle Teetassen herum, der Fußboden war mit ölverschmierten Lappen und Zigarettenstummeln übersät, an der Wand hing ein Pirelli-Kalender, in irgendeiner Ecke dudelte ein ältliches Transistorradio vor sich hin – alles ganz so, wie er es von dort kannte. Nur die Hardware war anders, wenn auch nicht völlig anders. Da waren Drehbänke, Fräsen unterschiedlichsten Typs, Drillbohrer, Hobelmaschinen, Schleifmaschinen dieser und jener Art, Vorlegewellen und Unmengen anderer mythisch-magischer Apparaturen, die es nur in den entlegensten Bereichen der Phantasie gibt. An diesem Ort hätte man mit den nötigen Materialien wahrscheinlich die Welt erschaffen können. Vermutlich hätte man dazu nur fünf Tage gebraucht – vier, wenn man das Telefon abgestellt und den Papierkram sich selbst überlassen hätte.

»Mit Zucker?« fragte der Mann.

»Ja, bitte«, antwortete Regalian. Der Mann schaufelte aus einer großen Blechbüchse zwei Eßlöffel voll in die Tasse, fischte den Teebeutel heraus und goß aus einer schmierigen Flasche Milch dazu.

»So, bitteschön«, sagte der Mann. »Setz dich doch. Bin gleich wieder da.«

Er schlurfte zu einer der riesigen Maschinen hinüber, knipste einen Schalter an und drehte ein kleines Rad herum. Ein Summen und Surren wie von stählernen Bienen ertönte, und glitzernder Metallstaub flog in die Luft. »Mist«, knurrte der Mann. »Falsche Einstellung. Jetzt muß ich alles noch mal machen.«

»Ich lenke dich ab«, sagte Regalian. »Tut mir wirklich leid.«

Der Mann schüttelte den Kopf. »Freu mich über deine Gesellschaft, Kumpel«, erwiderte er, ohne aufzusehen. Er drehte mit einem T-förmigen großen Schraubenschlüssel die Spannvorrichtung auf, zog den undefinierbaren Gegenstand heraus, an dem er gearbeitet hatte, und warf ihn in einen Kübel unter der Bank. »In der Regel bekomme ich hier keinen Besuch«, fuhr er fort. »Ist im Sachbuchbereich nicht üblich. Von Rechts wegen dürfte ich selbst auch nicht hier sein. Weil angeblich alles vollautomatisiert ist.« Er lachte. »Na, das kennt man ja, wie?«

Regalian nickte unverbindlich. »Entschuldige, wenn ich das frage«, sagte er, »aber wie bin ich eigentlich hierhergekommen?«

»Das mußt du doch selbst wissen, Kumpel«, entgegnete der Mann. »Das darfst du mich nicht fragen.«

»Aber ich hätte nicht gedacht, daß es möglich ist«, fuhr Regalian fort. »Ich meine, das Gleichgewicht der Natur, die allgemeine Verfasserschaftstheorie ...«

Der Mann zuckte die Achseln. »Bücher sind nun mal Bücher, vermutlich deshalb«, erwiderte er. »Es ist ja nicht so, als seist du in die – wie heißt sie noch mal – Wirklichkeit geraten. Es ist bloß so, daß hier bei mir die Dinge, die in den Büchern stehen, angeblich wahr sind.«

»Nur angeblich?«

Der Mann zuckte erneut die Achseln. »Kommt ganz drauf an, was man unter *wahr* versteht«, antwortete er. »Hängt alles davon ab, wie man die Fehlergrenze definiert.«

»Die Fehlergrenze?«

»Die zulässige Abweichung«, erklärte der Mann, während er ein neues Metallstück einspannte. »Darf zum Beispiel etwas nicht mehr als ein Tausendstel Inch von der Wahrheit abweichen? Zehn Tausendstel? Noch weniger? Das macht viel aus, das kannst du mir glauben. Ich, ich bin Perfektionist. Bei mir muß alles haargenau stimmen, bevor es die Werkstatt verläßt. Bei den meisten Dingen im Sachbuchbereich muß man allerdings nicht so präzise sein. Im Bereich Geschichte zum Beispiel oder Politik kann man sich so ziemlich alles erlauben. Bei Naturwissenschaft und Technik ist das allerdings was anderes. Da muß man vorsichtig sein, sonst könnte der ganze Planet in die Luft fliegen.« Er schaltete die Maschine an; *summ, summ, pritzel, pritzel.* »Und deswegen wird man auf Leute wie mich nie verzichten können«, fügte er hinzu. »Es muß jemand da sein, der dafür sorgt, daß nichts schiefgeht, richtig?«

»Leuchtet mir ein«, antwortete Regalian. »Das ist von äußerster Wichtigkeit.« Er trank von seinem Tee, und da er ein Held war, brachte er es fertig, ihn hinunterzuschlucken. »Ähm, gibt es hier vielleicht noch eine andere Tür?«

»Leider nicht«, erwiderte der Mann, der gerade etwas mit einem Mikrometer maß. Es war so klein, daß Regalian es kaum sehen konnte. »Weil das alles hier eine raumzeitliche Anomalie ist. Es existiert gar nicht«, erläuterte er. »In einer raumzeitlichen Anomalie gibt es keine Hintertür. Eine Vordertür eigentlich auch nicht«, setzte er hinzu, während er ein Staubkörnchen wegblies, »aber es ist verdammt lästig, keine Eingangstür zu haben, deshalb habe ich eines Nachmittags in aller Heimlichkeit einen Durchbruch gemacht, was die Dösköppe immer noch nicht mitbekommen haben. Es hat auch sein Gutes, wenn man nicht existiert: Den größten Teil der Zeit wird man in Ruhe gelassen.«

»Klar. Wenn ich also von hier weg möchte ...«

»Das kannst du nicht. Schon mal deswegen nicht, weil man einen Ort nicht verlassen kann, den man gar nicht aufgesucht hat.«

»Ich verstehe«, sagte Regalian. »Ich sitze also hier fest, ja?«

»Das tätest du«, erwiderte der Mann, »wenn du existieren würdest. Aber das ist nicht der Fall.«

»Tatsächlich nicht?«

»Nicht seit du hier reingekommen bist. Weil hier drinnen nichts existieren kann.«

»Weil dieser Ort nicht existiert?«

»Du kommst langsam dahinter, mein Sohn. In der Kiste neben deinem linken Fuß müßte eigentlich ein Feinchromhahn liegen. Könntest du mal so lieb sein?«

Regalian nahm die Kiste auf und trug sie zum Arbeitsplatz des Mannes hinüber. »Entschuldige die dumme Frage«, sagte er, »aber wenn dieser Ort nicht existiert, wieso bist du dann hier?«

»Irgendein armes Schwein muß schließlich hier sein«, entgegnete der andere, »um dafür zu sorgen, daß die Maschinen nicht verrückt spielen. Um sich um die kniffligen Sachen zu kümmern. Dies hier zum Beispiel«, sagte er und zeigte auf etwas. »Eine Gleichung ist das. Für ein Mathe-Buch. Die muß genau stimmen, sonst wäre die ganze Chose im Eimer. Wenn du mir eine Maschine zeigen kannst, die das fertigbringt, zeige ich dir eine halbe Tonne Schaukelpferdscheiße.«

»Was er damit sagen will ...«, warf der Scholfield ein.

»Ey, wer hat da eben gesprochen?«

»Mein Revolver«, antwortete Regalian verlegen. »Er kann reden. Mir wäre es lieber, er könnte es nicht, aber er kann es.«

»Gib ihn kurz mal her.«

»Hey, Moment mal, was soll denn ...?«

»Wahrhaftig«, sagte der Mann. »Er kann reden. Und ein hübsches Stück ist er auch. Gut gearbeitet. Damals verstanden die Leute eben was davon.«

Als er den Revolver wieder an sich nahm, kostete es Regalian einige Überwindung, ihn anzusehen. Revolver können natürlich nicht affektiert grinsen oder so selbstgefällig dreinblicken, daß einem der Tee hochkommt. Sprechen können sie übrigens auch nicht.

»Ich wollte sagen«, fuhr der Scholfield fort, »daß nichts von alldem existiert, weil es im Sachbuchbereich keine imaginären Figuren gibt, aber da sich jemand um alles kümmern muß, beugen sie die Regeln ein wenig.«

»Oh«, sagte Regalian. »Dann existiert er also doch.«

»Nein, natürlich nicht. Er existiert nicht, die Werkstatt existiert nicht, nichts davon existiert. Das Ganze ist nur zufällig da, das ist alles. Das Universum drückt ein Auge zu.«

»Weil sie, wenn sie hier zumachen würden«, pflichtete der Mann ihm bei und nickte, »bis zum Hals in der Kacke säßen. Und das ist gut«, fügte er hinzu, »denn es bedeutet, ich kann tun, was ich will, und wenn sie versuchen, mich daran zu hindern, sage ich ihnen, sie können mich mal. Sie können mir nichts anhaben.«

»Verstehe.« Regalian lehnte sich zurück, um das alles zu verdauen. »Es ist also unmöglich, hier rauszukommen.«

»Genau.«

»Aber da es denen völlig schnuppe ist …«

»Ich wußte, daß du schließlich darauf kämst«, grinste der Mann. »Schnuppe ist es ihnen zwar nicht, aber sie können nichts dagegen machen.«

»Obwohl es also unmöglich ist«, fuhr Regalian fort, »diese Tür da zu öffnen und bequemerweise genau da rauszukommen, wo ich sein möchte …«

»Tu mir erst noch einen Gefallen und setz den Kessel auf«, erwiderte der Mann. »Wenn du wieder mal vorbeikommst, kannst du mich gern besuchen.«

Regalian war schon bis zur Tür gegangen und hatte die Hand auf der Klinke, als er plötzlich stehenblieb, einen Augenblick nachdachte und sich umdrehte. »Noch eine letzte Sache«, sagte er.

»Hm?«

»Naturwissenschaft und Technik. Vermutlich weißt du alles darüber.«

Ohne aufzublicken, zeigte der Mann auf eine große Teekiste, die in einer Ecke stand. Sie war bis zum Rand mit seltsamen kleinen Gerätschaften gefüllt und trug ein Schild mit der Aufschrift:

BITTE NICHT STÜRZEN
NATURWISSENSCHAFT UND TECHNIK

»Is alles da drin«, erklärte der Mann. »Bedien dich.«

Regalian schüttelte den Kopf. »Ich wüßte, ehrlich gesagt, nichts damit anzufangen«, erwiderte er. »Ich wollte dich eigentlich fragen, ob du mir etwas erklären könntest.«

»Werd mir Mühe geben.«

»Danke.« Regalian setzte sich auf die Kante einer riesigen Maschine und verschränkte die Arme. »Es handelt sich um das Ende der Welt«, sagte er.

»Was ist damit?«

»Wie geht es vor sich? Und was kann man tun, um es zu verhindern?«

Der Mann hörte mit seiner momentanen Beschäftigung auf, schaltete den Strom ab und wischte sich die Hände an den Hosenbeinen ab. Er zeigte ein Verhalten, das sich schwer beschreiben läßt – vor allem dann, wenn einem nur schäbiges postmodernistisches Vokabular zur Verfügung steht –, eine Art freudiger Ehrfurcht, als hätte er gerade den Messias erblickt und sich daran erinnert, daß dieser ihm zwanzig Pfund schuldete.

»Ach«, sagte der Mann, »du bist also einer von denen.«

Zur allgemeinen Weltuntergangstheorie.

Nehmen wir einmal an, das Ende der Welt sei gekommen. Erdbeben erschüttern die Oberfläche des Planeten und machen den Völkern der Erde, die versuchen, sich im definitiv letzten aller Kriege gegenseitig auszurotten, das Leben schwer – zweifellos kompliziert es eine ohnehin schwierige Unternehmung wie diese noch zusätzlich, wenn die Erde sich plötzlich auftut und das feindliche Bataillon verschluckt, das man als Vorbereitung auf die Große Offensive den ganzen Tag lang beballert hat –, während es in den oberen Schichten der Atmosphäre von Raumfähren wimmelt, mit denen Angehörige der politischen Klasse nach Alpha Centauri zu entkommen versuchen, bevor die Währung im Laderaum völlig wertlos wird. Die Vier Reiter der Apokalypse (eingetragenes Warenzeichen) ziehen durch die Welt und versuchen, eine Hufschmiede ausfindig zu machen, die geöffnet hat. Der Antichrist schreitet durch die verwüsteten Straßen, weicht niedergehenden Bomben aus und verkauft Lotterielose.

Kennt man schon. Ein alter Hut. *Gähn.* Was gibt's denn auf dem anderen Sender?

Aber auf diese Weise geht die Welt *nicht* unter.

Sondern folgendermaßen …

Als der Antichrist die Kuppe des Berges in der Nähe von Jerusalem erreicht hatte, zügelte er sein Pferd und wartete, daß die Vier Reiter der Apokalypse ihn einholten.

»Du hast gut lachen«, murrte der Erste Reiter, der eigentlich eine Reiterin war. »In all den Jahren, in denen du dich in Wildwestromanen herumgedrückt hast, hast du ja zweifellos gelernt, wie man diese Mistviecher reitet. Aber ich versuche immer noch herauszufinden, was nun wirklich oben und unten ist.«

»Herrgott noch mal«, murmelte der Antichrist leise, »das ist doch nicht schwierig. Du brauchst nur auf der gottverdammten Kreatur sitzenzubleiben und mußt dich mit den Knien festhalten.«

»Das ist deine Vorstellung von nicht schwierig, *ja?«*

»Nun«, erwiderte der Antichrist, »die anderen drei scheinen ganz gut zurechtzukommen.«

»Klar«, fauchte die Reiterin. »Ist ja auch kein Wunder. Hamlet ist ein Prinz und hat vermutlich schon an Parforcejagden teilgenommen und Polo gespielt, als er noch in den Windeln lag. Regalian ist ein Held, wurde also praktisch im Sattel geboren. Und Titania, nun, soviel ich weiß, hat sie ein Faible für pferdeartige Vierbeiner, so daß ...«

»Das will ich nicht gehört haben.«

»Hört mal zu, Leute!« knurrte der Antichrist und versuchte, seine Autorität geltend zu machen. »Es tut mir leid, die Diskussionsrunde auflösen zu müssen, aber wir haben ein Programm, an das wir uns halten müssen. Also, wo habe ich denn jetzt diesen Zettel?«

»Welchen Zettel?«

»Sie hat mir alles aufgeschrieben«, antwortete der Antichrist, während er in den Taschen seines tiefschwarzen Gewands herumwühlte. »Ah, da ist er ja. Zuerst manifestieren wir uns.«

»Ich glaube, das haben wir bereits getan.«

»Meinst du? Okay, dann können wir diesen Punkt abhaken. Bleiben noch neun Punkte übrig. Als nächstes, steht hier, müssen wir alle Staaten der Erde heimsuchen, um Tod und ...«

»Alle Staaten der Erde?«

»So steht es hier.«

»Ach, du dickes Ei«, seufzte der Vierte Reiter. »Meinem Taschenatlas zufolge gibt es insgesamt achtundsiebzig Staaten, neunundsiebzig, wenn man den Vatikan mitzählt. Und das war vor der Auflösung der Sowjetunion, so daß also ...«

»Alle Staaten der Erde«, wiederholte der Antichrist. »Sonst klappt es nicht. Mensch, was der Papst kann, können wir auch. Und je früher wir anfangen ...«

»Momentchen mal«, fiel ihm die Erste Reiterin ins Wort. »Sicher hat niemand daran gedacht, irgendwelche Vorbereitungen zu treffen; du weißt schon, Hotelreservierungen, Tickets für Fähren und dergleichen. Man kann nicht einfach so in der Welt herumgondeln.«

»Nun hör sich das einer an«, sagte die Zweite Reiterin.

»Wo bleiben deine Spontaneität, dein Sinn für Abenteuer? Ich bin dafür, daß wir einfach alles so nehmen, wie es kommt, und wenn wir ab und zu mal am Strand oder unter einer Hecke schlafen müssen – na und? Davon geht die Welt nicht ...«

»Heimsuchung aller Staaten der Erde«, rekapitulierte der Dritte Reiter. »Okay. Und was kommt danach?«

Der Antichrist blickte auf den Zettel in seiner Knochenhand. »Tod und Verwüstung müssen wir bringen, steht hier. Weiß irgend jemand, wie wir das anstellen sollen?«

Der Dritte Reiter seufzte. »Hat sie dir das denn nicht gesagt?«

»Tja, eigentlich nicht.«

»Und es ist dir nicht in den Sinn gekommen, sie zu fragen?«

»Na, du warst ja schließlich auch dabei. Warum hast du denn nicht gefragt?«

»Hey«, warf die Zweite Reiterin ein, »hört auf, ihr zwei. Ich nehme an, wir werden schon merken, was wir zu tun haben, wenn es soweit ist. Vermutlich werden wir es ganz instinktiv wissen. Ich meine, wir sind schließlich die Vorboten der globalen Vernichtung. Wahrscheinlich erwartet man uns schon.«

»Was, du meinst, mit Blaskapellen, über die Straße gespannten Spruchbändern und dergleichen? Darauf würde ich mich an deiner Stelle nicht allzusehr spitzen, denn ...«

»Ich glaube«, sagte der Dritte Reiter, »daß wir gar nichts zu tun brauchen. Unsere Anwesenheit allein wird genügen. Die Verletzung physikalischer Gesetze. Der Bruch im Kontinuum von Fiktion und Realität. Überall, wo wir hinkommen, wird die Welt aufhören, real zu sein, und zu einer Geschichte werden. Und«, fuhr er fort, wobei seine Stimme ein wenig brüchig wurde, »wenn alles zu einer Geschichte geworden und nichts mehr real ist, ist der Ofen aus. Wenn es niemanden mehr gibt, der die Geschichte liest, hat die Geschichte auch keinen Bestand.«

»Wie im Makulaturraum«, sagte die Zweite Reiterin nachdenklich. »Keine sonderlich angenehme Vorstellung.«

Der Antichrist zuckte die Achseln. »Tja«, erwiderte er.

»Oh«, machte Regalian.

Der Mann nickte. »Wird mir natürlich nichts ausmachen«, erklärte er, »weil ich sowieso nicht existiere. Dann wird es nur noch mich und diesen ganzen Sachbuchbereich hier geben, die Naturwissenschaften und Mathe und was dergleichen Dinge mehr sind. Erinnert alles an Plato.«

Regalian runzelte die Stirn. »Der liegt doch noch jenseits vom Neptun, oder? Ich habe immer gedacht, der sei unbewohnt.«

»Du meinst Pluto, du Schwachkopf. Plato gehört zur Philosophie, wo alles Stoffliche und Vergängliche ausgeschieden werden und nur die ewigen Wahrheiten in ihrer reinen spirituellen Essenz übrigbleiben. So wie hier«, fügte er mit einer weit ausholenden Geste hinzu, die die Maschinen, die Werkbänke, die Teekisten und die sorgfältig mit Schildchen versehenen Plastikmülltonnen voll glänzender Metallteile umschloß. »Der ganze Krempel. Wird kotzlangweilig werden, da geb ich dir Brief und Siegel.«

Regalian nickte. »Ebendeshalb brauche ich ja Hilfe«, sagte er. »Um dafür zu sorgen, daß es nicht passiert.«

»Was, du meinst, du willst das Ende der Welt verhindern?«

»Hm.«

Der Mann grinste. »Das ist unmöglich«, sagte er.

Regalian grinste ebenfalls. »Gott, wie es mich erleichtert, daß du das sagst.«

Krachend fiel die Kryptatür nach innen. Der aufwölkende Staub legte sich.

»Okay«, sagte der Anführer der Kobolde, indem er der Gruft den Rücken zudrehte. »Das hätten wir also. Für alles übrige brauchst du mich und meine Jungs ja nicht mehr, so daß wir uns wieder auf den Weg …«

»Nein«, sagte Claudia. »Ihr bleibt hier.«

»O Scheiße«, jammerte der Kobold. »Verlang bitte nicht von uns, daß wir da reingehn.«

Amüsiert und verdutzt sah Claudia ihn an. »Warum denn nicht?« fragte sie.

»Na ja.« Der Kobold trat unruhig von einem Bein aufs andere. »Es ist bloß – also wir mögen Krypten nicht. Die sind so unheimlich.«

»Nun reiß dich mal zusammen, du albernes Kerlchen. Was könnte euch da drinnen groß bedrohen?«

... Worauf sich fünf Särge gleichzeitig öffneten, deren Deckel unisono zu Boden fielen, und fünf gräßliche, gespenstische Gestalten aus der Dunkelheit auftauchten ...

»*Kreisch!*« machte der Kobold zur Erläuterung, indem er auf die Erscheinungen zeigte. »Gege...«

»Das sind keine Gespenster«, seufzte Claudia, »nur Vampire. Ehrlich!«

»*Kreisch!* Vava...«

»Na, dann haut ab«, fuhr Claudia ihn an. »Mir soll's egal sein. Aber kommt bloß nicht auf den Gedanken, mir eine Rechnung zu schicken.«

Das Getrappel zahlreicher eisenbeschlagener Stiefel war zu hören. Dann trat Stille ein, die nur vom *Schrapp-schrapp* des Gewehrs gestört wurde, das Max gerade mit einer Silberkugel lud.

»Nun, da sind wir ja alle beisammen«, sagte Claudia munter. »Oder zumindest fast alle.« Sie runzelte die Stirn, doch dann zuckte sie mit den Achseln. »Wir können nicht noch mehr Zeit vertrödeln. Dann müssen wir eben mit drei Reitern auskommen. Jane, du kannst Hungersnot und Tod in einer Doppelrolle spielen. Allerdings, wenn ich es recht bedenke«, fügte sie hinzu, während sie Jane von oben bis unten musterte, »Hungersnot wohl doch nicht, das nähme dir niemand ab. Mach lieber Pest und Tod. Fertig?«

»Nein.«

Claudia ließ einen kurzen Monolog über Starlets

vom Stapel, die durch ihr gottverdammtes Primadonnengehabe den ganzen Betrieb aufhalten. Dann sagte sie: »Max.«

»Hallo, Partner.«

»Sei so lieb und erschieß sie.«

»Mach ich«, antwortete er und tat, wie ihm geheißen.

Während der Rauch sich verzog und die Echos der Schüsse verklangen, dachte Jane bei sich: *Komisch. Hierzulande ist der Tod offensichtlich nicht rundum tödlich.* Sie setzte sich auf und betastete instinktiv ihre Mundwinkel. Die großen spitzen Zähne waren total verschwunden.

»Alles erledigt«, sagte Claudia fröhlich. »Mehr war nicht erforderlich, so erstaunlich es euch vorkommen mag. Seht euch um. Oder noch besser: Atmet mal durch.«

Als die Ex-Vampire das taten, würgte es sie. Es roch *entsetzlich.* Claudia nickte.

»Willkommen in der Wirklichkeit«, sagte sie.

Der Stationsarzt bückte sich, um einen Blick auf die Fieberkurve am Fuß des Bettes zu werfen. Dann richtete er sich wieder auf und zauberte ein breites, professionelles Lächeln in sein Gesicht.

»Also, Mr. ... Oje, wie es scheint, wissen wir gar nicht, wie Sie heißen.«

»Smith«, erwiderte Dracula. »Vlad Smith.«

»Ah ja.« Der Stationsarzt kritzelte etwas in ein Notizbuch und setzte sich neben das Bett des Grafen. »Also, Mr. Smith, ich habe mir Ihre Fallgeschichte angesehen und muß gestehen, daß ich vor einem Rätsel stehe.«

»Ja, was? Ich meine, ach was? Wieso das?«

Die Stirn des Stationsarztes furchte sich einen Moment lang, als hätte sich ein streunender Gedanke von hinten an ihn herangeschlichen und ihm mit einem

Ziegelstein eins übergezogen. »Ich muß sagen«, fuhr er fort, »Ihr Fall ist… nun, ich muß gestehen, daß ich so etwas noch nicht erlebt habe. Sehen Sie, wir pumpen Sie mit Blut voll und können einfach nicht feststellen, wo es bleibt.«

»Tatsächlich.«

Der Stationsarzt nickte. »Sechsundzwanzig Gallonen von dem Zeug haben wir Ihnen im Lauf der letzten zehn Tage verabreicht, und unseren Ultraschalluntersuchungen zufolge ist es einfach verschwunden. Als hätten Sie sozusagen hohle Beine. Sehr eigenartig.« Er machte eine Pause. »Äh, wie fühlen Sie sich denn? Ganz subjektiv sozusagen?«

»Oh, prima.«

»Wahrhaftig? Das ist sehr …«

»Abgesehen von den Schmerzen natürlich«, fügte Dracula rasch hinzu. »Die sind wirklich furchtbar. Aua. Aua aua.«

Der Stationsarzt blickte ihn über den Rand seiner Brille an. »Wo genau tut es Ihnen denn weh?«

»Oh, überall. Am ganzen Körper. Es ist unerträglich, Doktor, wirklich unerträglich.«

Die Infusionsflasche, die über seinem Kopf hing, gab einen Rülpser von sich, als die letzten Tropfen herausflossen. Der Stationsarzt winkte eine Schwester heran, die eine neue Flasche anbrachte. »Nun«, sagte der Arzt, »ich fürchte, wir müssen Sie vorläufig noch hierbehalten. Bis Ihr Zustand sich stabilisiert, meine ich.«

»Aha«, antwortete der Graf. »Und was genau heißt das?«

Der Stationsarzt lächelte schwach. »Bis wir es schaffen, Blut in Sie hineinzupumpen, das im Körper bleibt, würde ich sagen«, erwiderte er. »Diese Schmerzen. Sind Sie sicher, daß sie überall sind?«

»Hundertprozentig«, entgegnete Dracula. »Ooh. Aua. Ooh.«

»Tja, in dem Fall …«

Plötzlich setzte sich Dracula kerzengerade im Bett auf und riß sich die Infusionskanüle aus dem Arm. Ein stinkwütender Ausdruck huschte ihm über das Gesicht, und er preßte die Hand gegen das Herz, wo sich ein klebriger roter Fleck ausbreitete.

»Schorf und Grind«, murmelte er und fiel auf die Kissen zurück.

Der Stationsarzt beugte sich über ihn, nahm die Hand weg, sah das Einschußloch, blickte zum Oberlicht hoch und duckte sich. »Schwester!« schrie er.

»Ja, Doktor?«

»Jemand schießt auf die Patienten.«

»Ja, Doktor.«

»Den hier scheint es geheilt zu haben.«

»Ja, Doktor.«

»Nun ja, gewissermaßen. Er ist nämlich tot.«

Claudia schaute umher.

»Wo ist denn euer Freund abgeblieben?« fragte sie. »Der Typ mit dem Umhang und den langen Zähnen.«

Skinner blickte auf den Haufen leerer Kleidungsstücke, und ihn schauderte. »Ich glaube«, sagte er, »er war wirklich ein Vampir, falls du verstehst, was ich meine. Dracula hieß er.« Dann fiel der Groschen, und Skinner sah erstaunt auf. »Wir sind tatsächlich in der Wirklichkeit«, stellte er fest. »Deshalb ist er *tatsächlich* gestorben. Meine Güte!«

»Hab ich doch gesagt«, erwiderte Claudia. »Warum glauben mir die Leute denn nie, was ich ihnen sage?«

»Meine Güte!« wiederholte Skinner mit leiser Stimme. »Ich bin wieder zu Hause.«

»Das bist du in der Tat. Und du auch, Jane. Gehört alles zum Service.« Claudia warf einen Blick auf ihre Armbanduhr. »Und jetzt weiter im Text, wenn es euch nichts ausmacht. Ich möchte es mal so ausdrücken: Wenn ihr denkt, wir hätten alle Zeit der Welt, habt ihr falsch gedacht. Auf die Plätze, bitte!«

Etwas Heißes und Feuchtes blies Skinner ins Ohr. Er fuhr herum. Es war ein Pferd.

»Müssen wir wirklich?« stöhnte er. »Ich bekomm davon immer Ausschlag, auf der ganzen Innenseite der Beine. Ginge es denn mit einem Buick nicht genausogut?«

»Nein.«

Tatsächlich standen da vier Pferde, das eine fahl, die anderen tiefschwarz. Jane suchte in ihren Taschen nach einem Stückchen Zucker und überlegte, ob man an ihrem Tier, wenn sie höflich darum bäte, wohl einen Sicherheitsgurt anbringen könnte.

»Fertig?« fragte Claudia.

Und dann stürzte die Wand ein.

»Paß auf, wo du hintrittst«, sagte der Mann und schloß die Tür hinter ihm. Regalian nickte. Dann merkte er, daß er nach vorn fiel …

… in die verdammte Krypta, die zu verlassen er sich solche Mühe gegeben hatte. So ein Pech aber auch!

Allerdings schien die Krypta jetzt voller Pferde zu sein. Und Claudia war auch da. Ebenso Max, der mit diesem vermaledeiten Gewehr auf ihn zielte. Er ging hinter einem Pferd in Deckung, und die Kugel prallte von der Wand hinter ihm ab, die jetzt natürlich ein Torbogen war.

»Wie in drei Teufels Namen …?« schrie Claudia, und das zumindest klang vielversprechend. Er hörte, wie Max sein Gewehr durchlud, und warf einen Blick über die Schulter, in die Richtung, aus der er gerade gekommen war …

Offensichtlich war er aus der Wüste gekommen.

Aus Arizona, um genau zu sein.

Das war zwar nur eine Vermutung, doch die Felsformationen, die baumartigen riesigen Kakteen, der Sand, die brennende Sonne – alles wies darauf hin. Arizona, Neumexiko, irgendeine dieser Gegenden. Vielleicht auch Nevada. Die Geographie der Wirklichkeit war nicht seine starke Seite.

Der *Wirklichkeit …*

»Na großartig«, murmelte er und rannte davon.

»Steh da nicht so rum«, kreischte Claudia. »Lauf ihm nach.«

»Klar doch.«

»Und vorher«, fügte sie hinzu, »fesselst du noch diese Trantüten.«

»Mach ich sofort.«

»Oder nein, laß es lieber.« Wie benommen warf Claudia einen finsteren Blick durch das Loch in der Kryptawand. Es war sehr, sehr lange her, seit sie dieses Gefühl zuletzt gehabt hatte, das Gefühl, nicht zu wissen, was sie als nächstes tun sollte. Man konnte ihr den Boden unter den Füßen wegziehen – sie würde trotzdem einen Weg finden, damit fertig zu werden. Aber daß ihr plötzlich die Entschlußkraft fehlte – das war unerträglich.

Dann lächelte sie. Kein Grund zur Beunruhigung.

»Laß ihn laufen«, sagte sie. »Der entkommt uns nicht. Max, sorg einfach nur dafür, daß die hier sich anständig betragen und nicht wegrennen.«

»Aber der andere«, wandte Max ein und zeigte mit seinem Gewehr auf den Torbogen. »Du willst ihn doch nicht einfach …«

Claudia zuckte die Achseln. »Warum denn nicht? Eine fiktionale Figur, die auf die Wirklichkeit losgelassen worden ist. Genau das, was der Doktor verordnet hat. Laß ihn laufen, so weit er mag.«

Max dachte kurz nach und grinste. »Verstehe genau, was du meinst«, erwiderte er. »Soll er doch die Arbeit für uns machen, so in der Art.«

»Richtig. Können wir bitte noch zwei Pferde haben? Eins für dich und eins für Jane. Ich glaube, sie muß sich damit begnügen, nur die Pest darzustellen.«

»Na sicher, aber ich dachte ...«

Claudia ergriff die Zügel des fahlen Pferdes und schwang sich behende in den Sattel. »Piepegal«, sagte sie. »Es ist meine Show. Warum sollte ich da nicht auch mitspielen?«

Nachdem er festgestellt hatte, daß er noch am Leben war und keine größeren Schäden davongetragen hatte als ein normales Luftpostpaket, rappelte Regalian sich auf und blickte umher.

»How.«

Er stöhnte. Um sich herum sah er Federn, Hosen aus Wildleder und die glänzenden Spitzen frischpolierter Pfeile. Die schmerzhafte Beule an seinem Hinterkopf hatte vermutlich etwas mit dem Felsbrocken zu tun, der gerade, als er durch die enge Felsschlucht gegangen war, den Abhang heruntergerollt kam.

»Mit primitiven rassischen Klischeevorstellungen will ich nichts zu tun haben«, verkündete er genervt. »Kein Ureinwohner Amerikas hat je *How* gesagt, und wenn, dann nur Touristen gegenüber. Ich bin aber kein Tourist, ich bin geschäftlich hier. Also ...«

Der sieben Fuß große blumentopffarbene Riese, der vor ihm aufragte, hatte keinen erkennbaren Gesichtsausdruck. Er hätte eine Statue sein können, doch dann fing er an zu sprechen.

»How«, wiederholte er. »Ich Feurige Ferse vom Stamm der Schleppfußindianer. Du kämpfen mit mir, sonst du kommen in Ameisenhaufen.«

»Momentchen mal«, knurrte Regalian. »Ich denke, wir sind hier in der Wirklichkeit, verflucht noch mal.« Ihm kam ein unangenehmer Gedanke. »Oder seid ihr etwa ...?«

»Wir kommen aus Loch in Fels«, sagte der Indianer und zeigte dabei in die Richtung, aus der Regalian gerade gekommen war. »Wir kommen aus Literatur, wo nicht viel besser als hier. In Literatur wir Kobolde.

Primitive rassische Klischeevorstellungen nicht so schlimm wie ständig Prügel, von denen wir die Schnauze voll. Also, du jetzt kämpfen – oder wollen kommen in Ameisenhaufen? Uns egal.«

»Ganz, wie ihr wollt«, antwortete Regalian, während seine Hand zum Griff des Scholfield schnellte. Der Kreis der Krieger teilte sich. Etwas in ihrem Verhalten ließ darauf schließen, daß sie zwar zweifellos tapfer, aber nicht lebensmüde waren. Er zog den Revolver.

»Psst!«

»Was denn?«

»Dämpf deine Stimme«, zischte der Scholfield. »Es ist mir sehr peinlich, dir das mitteilen zu müssen, aber ich bin leer. Keine Patronen mehr übrig. Mit der letzten hast du die Türklinke abgeschossen, erinnerst du dich?«

Regalian schloß die Augen. »Danke«, sagte er. »Vielen herzlichen Dank. Daran werde ich mich ganz sicher erinnern, solange ich – nun, ich mag ein Gedächtnis wie'n Sieb haben, aber daran werde ich mich wohl erinnern. Tausend Dank.«

Feurige Ferse sah ihn stirnrunzelnd an. »Warum reden Bleichgesicht mit offensichtlich leerer Handfeuerwaffe?« fragte er. »Laß uns anfangen mit Show. Wir kämpfen mit Messern.«

»Mit Messern?«

»Klar. Du haben bessere Idee?«

»Jede Menge.«

»Schön für dich. Wir kämpfen trotzdem mit Messern.« Ein Bowiemesser sauste durch die Luft und bohrte sich vor Regalians Füßen in den Sand. Mit erkennbarem Widerwillen bückte er sich und hob es auf.

Schweigen lag über der Menge. Niemand kaufte Popcorn. Niemand verkaufte Popcorn. Der Himmel war blau statt grün, aber ansonsten: alles wie gehabt. Bloß daß man im wirklichen Leben stirbt, wenn man getötet wird.

Er warf einen Blick auf das Messer, mit dem man ihn ausgestattet hatte, und verglich es mit dem Hackmesser in der Hand seines Gegners. Vielleicht bildete er es sich ja nur ein, doch soviel er sehen konnte, war seine Waffe kleiner, zerbrechlicher und eigentlich nur dazu geeignet, Briefe zu öffnen, vorzugsweise Luftpostbriefe. Er hatte den Eindruck, daß Fairneß für diese Figuren ein Fremdwort war und daß sie ihr Fremdwörterbuch gerade nicht dabei hatten.

»Entschuldigung«, sagte er, »dürfte ich, bevor wir anfangen, kurz mit dem Schiedsrichter sprechen?«

»Ich Schiedsrichter«, antwortete etwas, das Regalian bisher für einen Totempfahl gehalten hatte. In Wirklichkeit war es ein sehr großer Mann. »Ich Bissiger Biber vom Stamm der Plattschwanzindianer. Was du wollen?«

Regalian blickte zum Bissigen Biber hoch, bis er sich schmerzhaft den Hals verrenkte und beschloß, es sein zu lassen. Diesen Typ als Schiedsrichter zu haben, war nach seinem Dafürhalten in etwa so, als arbeite ein Kleptomane als Kaufhausdetektiv. Was soll ich denn jetzt machen? fragte er sich. Nun, du könntest zum Beispiel kämpfen. Welch hervorragender Vorschlag. Ja, ich glaube, das werde ich tun.

Während er noch hin und her überlegte, zischte das Messer von Feuriger Ferse an seiner Kinnlade vorbei, ein Beweis dafür, daß einem ein Bowiemesser in der Hand eines sieben Fuß großen psychotischen Kriegers immer noch die sauberste und glatteste Rasur verschafft, ungeachtet all dessen, was von modernen Hightech-Elektrorasierern behauptet wird. Regalian wich ruckartig zur Seite, trat zurück und verschränkte die Arme.

»Entschuldigung«, sagte er.

Den Bruchteil einer Sekunde später mußte er erneut eine rasche Bewegung machen, wodurch er sich dummerweise um die Chance brachte, an einem Vincent van Gogh-Ähnlichkeitswettbewerb teilnehmen zu können. Als der Irre ihm gegenüber sein Gleichgewicht wiedererlangte und sich auf den nächsten Stoß vorbereitete, beobachtete er jedoch, daß die ersten Zweifel keimten. Er konzentrierte sich.

»Entschuldigung«, sagte er, »aber könntest du wohl warten, bis der Schiedsrichter das Zeichen gibt?«

»Hä?«

»Damit der Kampf beginnen kann«, erklärte er, während er anmutig nach links auswich, um einem Messerhieb zu entgehen, mit dem man einen Elefanten hätte enthaupten können. »Obwohl die Sache eigentlich klar ist …«

Feurige Ferse blieb wie angewurzelt stehen. Seine Hand, die das Messer hielt, hing schlaff herunter. »Was du meinen damit?« knurrte er.

Regalian ließ langsam das Messer fallen. »Du hast verloren«, sagte er. »Tut mir leid.«

»Was du sagen, ich verloren?« fragte der Krieger wütend. »Ich nicht verloren. Ich noch am Leben. Du halten still, ich es beweisen.«

»Tut mir leid, wenn ich so pingelig bin«, sagte Regalian und schüttelte den Kopf, »aber du hast das Match verloren. Regel siebzehn: Ausführung eines Schlages, Hiebes oder Stoßes, bevor der Schiedsrichter das Zeichen gibt.« Er zog ein Buch aus der Tasche (bei dem es sich um sein englisch-elfisches Handwörterbuch handelte, doch das Risiko schien ihm gering) und warf es dem Krieger vor die Füße. »Sieh selbst nach, wenn du mir nicht glaubst.«

Einen Augenblick lang sah Feurige Ferse so aus, als würde er explodieren. Dann drehte er sich langsam um und starrte den Schiedsrichter an.

»He, du«, brüllte er, »was das bedeutet? Ich unbesiegter Champion. Jetzt ich verliere Match. Ich dir reiß die Lunge heraus und stopf dir ins Maul.«

Einen Moment später war ein wirklich guter Kampf

im Gange. Es hatte zwar niemand das Zeichen gegeben (wie Regalian sich selbst gegenüber argumentierte, während er unbemerkt auf das Geländer zurannte, an dem die Pferde festgebunden waren), doch das spielte wahrscheinlich keine Rolle, da es sich um keinen Meisterschaftskampf handelte, sondern nur – *klatsch, klatsch, kreisch!* – um ein Freundschaftsmatch.

VIERZEHNTES KAPITEL

Wir befinden uns in der Main Street. Sie haben sie schon x-mal gesehen. Sie könnten mit verbundenen Augen eine Karte davon zeichnen.

Da ist der *Lucky Strike Saloon*: Pendeltüren, der blecherne Klang eines Pianolas, das *Dixie* spielt, rauhe Stimmen, die darauf schließen lassen, daß die Cowboys nach sechs Wochen Viehtrieb den Staub runterspülen. Gleich daneben die Gemischtwarenhandlung, geführt von einem ängstlichen Schweden, der mit Sicherheit weiß, daß in Kürze irgendein Mistkerl im Poncho hereinkommen, seinen gesamten Vorrat an Dynamit auf einen Wagen packen und wieder gehen wird, ohne zu bezahlen. Angrenzend an die Gemischtwarenhandlung das Friseurgeschäft, das gleichzeitig als Bestattungsinstitut fungiert und von einem großen, hageren, ältlichen Trottel geführt wird, der eine Drahtgestellbrille à la John Lennon trägt und viel kichert. Genau im Süden der Straße befinden sich der Mietstall, die Schmiede, die Zahnarztpraxis (Inh. J. Holliday; garantiert schmerzlose Extraktionen; GESCHLOSSEN) und die Bank, die wundersamerweise geöffnet hat, da sie gerade einmal nicht überfallen wird. Auf der anderen Straßenseite haben wir das Büro des Sheriffs (Inh. W^{tt} Earp; GESCHLOSSEN), den *Silver Dollar Saloon* (siehe dazu unter *Lucky Strike Saloon*), das Wells Fargo-Büro, das Textiliengeschäft (für *Textilien* lies *leichtentzündliches Material,* wie irgendein Depp mit Petroleumlampe unweigerlich demonstrieren wird, bevor der Abspann kommt) und noch ein oder zwei andere Etablissements, die für die Handlung unwesentlich sind und deshalb namenlos bleiben. Die Main Street: ein Schauplatz des ganzen menschlichen Lebens, auch wenn das Leben hier häufig nicht sehr lang ist.

Eingehüllt in eine Staubwolke, donnern sechs Reiter in die Stadt, machen vor dem *Lucky Strike Saloon* halt und binden ihre Pferde am Geländer fest. Binnen kurzem sind sie auf der vorderen Veranda allein. Der Main Street steht Ärger bevor, der sich pünktlich wie immer eingestellt hat. In dieser Stadt kann man die Uhr nach dem Ärger stellen, den es dort gibt.

»Wo …?« begann Skinner, als Max ihm auf die Schulter tippte und auf das Schild zeigte, das sich über dem Eingang der Bank befand:

BANK VON CHICOPEE FALLS

Skinners Unterkiefer klappte herunter, als hätte ihm irgendein Scherzbold die Sehnen durchgeschnitten. Er starrte auf das Schild, unfähig, etwas zu sagen.

»Willkommen zu Hause«, sagte Claudia. »Natürlich bist du ein bißchen zu früh dran. In etwas über dreißig Jahren oder so …«

»In sechsunddreißig«, verbesserte Max.

»In sechsunddreißig Jahren wirst du geboren. Ja, ich weiß«, sagte sie, bevor Skinner ihr ins Wort fallen konnte. »Das letzte Mal wurdest du in Chicago geboren. Nun, diesmal wirst du eben hier geboren. Oder vielmehr: Du wirst es nicht, weil die Welt bald untergeht, aber mach dir deswegen keine Sorgen. Du bist zu Hause, das ist die Hauptsache.«

Skinner nickte. »Da drüben steht mein Haus«, sagte er. »Seht mal, wo dransteht Inh. W^tt^ Earp, GESCHLOS-

SEN. Hey, ich wußte gar nicht, daß da früher das Büro des Sheriffs drin war.«

»Man lernt jeden Tag etwas Neues dazu«, entgegnete Claudia fröhlich. »In Anbetracht der Umstände dürfte das zwar ziemlich nutzlos sein, aber das ist die richtige Einstellung. Gratuliere zum erfolgreich ausgeführten Auftrag, Jane.«

Jane starrte sie an. »Wie meinen?«

»Deine Aufgabe«, erwiderte Claudia. »Deine Mission, unseren rundlichen Freund hier zu retten und in die Wirklichkeit zurückzubringen. Ich hatte natürlich rundum Vertrauen zu dir.«

»Ich ...« Skinner wollte etwas sagen, doch ihm fiel nichts ein. Er war *zu Hause,* verdammt noch mal; doch die Frage nagte immer noch an ihm, um welches Zuhause es sich dabei handelte. Gewiß, es war Chicopee Falls, das letzte Nest von Iowa, sein reales Zuhause, doch es sah aufs erschreckendste so aus wie die gräßlichen Orte, in denen und in deren Umgebung er sich in den letzten sechsunddreißig Jahren ängstlich und unruhevoll herumgedrückt hatte. Und an schlimmsten war die Tatsache, daß er sie nicht mehr auseinanderhalten konnte. Und dennoch *war* er zu Hause; das Ganze ließ sich mit der Heimkehr eines Mannes vergleichen, der unversehrt aus dem Krieg nach Hause kommt und feststellen muß, daß die Häuser in seiner Straße von einer Bombe dem Erdboden gleichgemacht oder abgerissen worden sind, um dem Fortschritt Platz zu machen, oder daß man sie einfach anders angestrichen und an junge und dynamische Aufsteiger verkauft hat. Kaum kehrt man seinem Zuhause länger als eine Minute den Rücken, da verändert es sich. »Mensch«, sagte er. »Wie schön, wieder hier zu sein.«

»Entschuldigung«, warf Hamlet ein.

»Pardon, daß wir dich die ganze Zeit vernachlässigt haben«, sagte Claudia mit süßlichem Lächeln.

»Wie ich sehe«, fuhr Hamlet fort, »stehen wir vor einem Saloon.«

»Ganz recht.«

Hamlet nickte. »Dann werde ich jetzt etwas trinken gehen«, sagte er.

»Welch großartige Idee«, erwiderte Claudia. »Du wirst es mir nachsehen, wenn ich dir dabei keine Gesellschaft leiste, aber ich habe noch ein paar andere Dinge zu erledigen. Los, komm, Max.«

Als sie schon halb die Stufen hinunter waren, rief Titania: »Entschuldigung.«

»Ja?«

»Heißt das, daß wir keine Gefangenen mehr sind?«

Claudia zuckte die Achseln. »Das könnt ihr sehen, wie ihr wollt. Ich brauche euch jedenfalls nicht mehr. An eurer Stelle genösse ich den Rest des Lebens. Ciao.«

Allein auf der Veranda stehend, beobachtete Titania, wie sie wegritten. Aus dem Saloon hörte sie Hamlets Stimme; er fragte, was die anderen trinken wollten; das Pianola spielte immer noch *Dixie;* Jane erkundigte sich, wo die Damentoilette sei. Es gibt keinen Grund, dachte sie bei sich, nicht hineinzugehen und mich zu ihnen zu gesellen. Aber auch keinen, es zu tun.

Es gab keinen Grund …

Seit sie in diese absonderlichen Ereignisse verwickelt war, wartete sie auf den Grund, den Ach-so-darum-ging-es-Grund, die Antwort auf die Frage *Warum gerade ich?* Und jetzt war die Welt im Begriff unterzugehen – genaugenommen tat sie es bereits –, und sie wußte die Antwort immer noch nicht. Ein sehr guter Grund dafür, eine Antwort nicht zu wissen, besteht darin, daß es keine gibt.

Ein hoch mit Baumstämmen beladener Wagen, dem drei kleine Kinder und ein Hund hinterherrannten, rollte vorbei. Sie wartete darauf, daß er für die Story bedeutsam wurde. Das tat er nicht. Er rollte einfach weiter.

Willkommen in der Wirklichkeit.

In der Wirklichkeit gibt es kein Plot. Wenn in der Tagesschau über eine Bombenexplosion oder eine Schießerei mit tödlichem Ausgang berichtet wird, wenn Panzer gezeigt werden, die durch eine trümmerübersäte Straße rattern, sieht man immer einen kleinen, unauffällig gekleideten und respektabel wirkenden Mann, der gelassen am Rand des Bildes steht und *wegschaut*. In der Literatur könnte es ihn nicht geben. Jeder ist irgendwie beteiligt. Jeder hat seinen Auftritt und seinen Abtritt.

Ich bin in der Wirklichkeit und habe daran nicht teil. Oh, sie war keinesfalls naiv. Bestimmte Geschichten waren ihr zu Ohren gekommen, Geschichten über unschuldige Mädchen vom Lande, jung und leicht beeinflußbar, die man auf die Schnelle an Land zieht, damit sie als romantische Elemente fungieren, weil der Lektor den Autor darauf aufmerksam gemacht hat, daß sein Personal nur aus Männern besteht, und die dann heimlich, still und leise vergessen und am Ende des zwölften Kapitels fallengelassen werden. So geht es zu in der Literatur. Man wird schäbig behandelt, und zum Schluß bekommt man einen Tritt. In der Wirklichkeit ...

Literarische Figuren neigen nicht allzusehr zur Introspektion, es sei denn, derlei gehört zu ihrer Aufgabe. Keine literarische Figur hat je um drei Uhr morgens über einer Theke gehangen und gestöhnt: »Wie kommt es bloß, daß ich mein Leben so versaut habe?« Und zwar aus dem einfachen Grund, weil im Universum von Poesie und Prosa keine Figur jemals ihr Leben versaut hat. Dafür sind die Autoren da.

Trotzdem fragte sich Titania: Warum gerade ich? Wollen mal darüber nachdenken.

Na schön. Also, wer ist Titania? Nun, das ist dieses tolle, hinreißende Mädel aus der Oberschicht, das sich in einen drolligen, fetten, ältlichen Typen aus der Arbeiterklasse verknallt, der künstlich große Ohren hat. Der Ausdruck *Stichwortgeber* fällt einem hier unweigerlich ein. Großartig. *Dies ist Ihr Leben* und so weiter.

So weit, so verständlich; denn Skinner ist (a) drollig, fett, ältlich und Amerikaner (was in puncto Eignung der Zugehörigkeit zur Arbeiterklasse entspricht) und (b) das unfreiwillige Spielzeug eines boshaften Geschicks, das nolens volens in eine fremde Dimension versetzt wurde, in eine Situation, die mit einem Werk der dramatischen Dichtkunst im Zusammenhang steht. Ein mieser Streich, den man da einem Mädel gespielt hatte, wenn auch logisch. Würde zumindest erklären, warum es gerade mich erwischt hat statt – sagen wir mal – Modesty Blaise oder Anna Karenina. Aber …

Aber dazu war es ja gar nicht gekommen. Nichts hatte darauf hingewiesen, daß sie sich in den bedauernswerten Trottel verlieben mußte. Sie war einfach bloß mitgegangen. Diese Jane war die Heldin und sie lediglich das Reservegirl gewesen.

In der Wirklichkeit durchaus plausibel; in der Literatur unmöglich.

Also?

Sie blickte auf. Hinter dem Geländer der Veranda grinste sie ein Gesicht an.

»Schlimm treffen wir bei Mondenlicht, du stolze Titania!« sagte das Gesicht. Die Stimme klang merkwürdig, wie die eines Schauspielers.

Mensch, fiel ihr ein, das ist ja mein Stichwort. Und noch bevor sie die Stelle in ihrer Erinnerung fand, noch bevor ihre Zunge sich in Bewegung setzte …

»Wie? Oberon ist hier, der Eifersücht'ge? Elfen, schlüpft von hinnen, denn ich verschwor sein Bett und sein Gespräch. Hey, was zum …?«

Bei der nächsten Zeile (»Vermeßne, halt!« Diese Stelle hatte sie immer besonders gehaßt; trat sie vielleicht in einem Schönheitswettbewerb auf und mußte sich vermessen lassen?) erschien das Gesicht wieder, aber irgend etwas daran war nicht ganz, nicht völlig …

Das war nicht Oberon. Das war natürlich eine ziemlich pauschale Feststellung, weil Oberon selten an zwei Tagen hintereinander gleich aussah, aus dem einfachen Grund, weil er jeweils so aussah wie der, der ihn gerade spielte. Jeder kann Oberon sein – der Postbote, der Milchmann, der hochnäsige Angestellte der Bausparkasse –, vorausgesetzt, er ist Mitglied einer Laienspielgruppe und wartet, bis er an die Reihe kommt. Um Oberon zu sein, muß man lediglich Oberons Text sprechen, wie dieser Mann hier es tat.

Aber trotzdem war dieser Mann nicht Oberon, sondern ein anderer.

Sie hatte das Gefühl, daß er auf den Namen Max hörte.

Nach sieben Glas Whisky stellte Skinner plötzlich fest, daß er merkwürdig müde war.

»Ich glaube«, gähnte er, »ich lege mich ein bißchen hin. Natürlich nur, wenn ihr mich ein Viertelstündchen entbehren könnt.«

Jane, die, seit sie den Saloon betreten hatten, weder mit ihm noch mit sonst jemandem gesprochen hatte, nickte zustimmend. Hamlet, der mit fünf brutal aussehenden Männern, die enorme Hüte trugen, Poker spielte, blickte gar nicht auf. Titania war irgendwohin verschwunden. So sieht anscheinend der Weltuntergang aus.

Er schlenderte auf die Veranda, die leer war, und setzte sich in einen Schaukelstuhl. Jemand hatte eine Flasche Whisky und ein Glas zurückgelassen, und von da, wo er saß, hatte er einen guten Blick auf die Main Street, was nach Skinners Dafürhalten wahrscheinlich durchaus schlaffördernd war. Nach einer Weile nickte sein Kopf …

… und hallte von seltsamen Worten wider, Worten,

die laut ausgesprochen werden wollten. Erschrocken erwachte Skinner. Niemand weiter da. Die Main Street. Whisky. Vermutlich gepanschter Whisky, was erklärte, warum er Stimmen halluziniert hatte. Dieser ekelhafte Whisky. Er würde seinen Rausch ausschlafen, um dann beim Aufwachen wieder fit, fröhlich und geistig klar zu sein.

Die Worte kehrten zurück, lauerten knapp außerhalb seines Blickfeldes, schlichen sich an ihn heran. Kurz bevor er erneut einschlummerte, stürzten sie sich auf ihn.

Kurz vorher, wohlgemerkt, nicht danach.

»Ich durchschaue ihre finsteren Absichten«, murmelte Skinner vor sich hin (während ein winziger Teil seines Gehirns sich sozusagen an die Türklinke klammerte und kreischte: *Paß auf, du Depp, gleich haben sie dich!*). »Sie wollen mich zum Narren halten, wollen mir, wenn's geht, Angst einjagen. Aber ich werde mich nicht von der Stelle rühren, was immer sie auch anstellen mögen. Ich werde … *Skinner, du verrückter Kerl, verschwinde sofort von hier, sonst steckst du bis zum Hals in der Tinte …* hierbleiben und ihnen was husten …«

Er hob den Kopf und bemerkte erst jetzt, daß im gegenüberstehenden Schaukelstuhl ein schlafendes Mädchen saß. Sofort war sein Kopf voller Stimmen. Da gab es eine rauhe, grobe Stimme, die heiser das elisabethanische Äquivalent von *Ey, das is' ja 'n steiler Zahn* murmelte. Da gab es eine hohe amerikanische Stimme, die sagte: *Nein, du Knalltüte, das ist Titania, die kennst du doch, verpiß dich von hier, gleich wird etwas Schreckliches …* Und da gab es eine unartikulierte, iahende Stimme, die ihm zu suggerieren versuchte, daß er sich nichts sehnlicher wünschte als einen hübschen warmen Stall, frisches Stroh und eine Mohrrübe.

Das Mädchen setzte sich auf. Ihre Blicke begegneten sich. Den Bruchteil einer Sekunde lang hatten sie beide wie durch Telepathie den gleichen Gedanken: *Ach, du Scheiße!*

»Weckt mich von meinem Blumenbett' ein Engel?« murmelte das Mädchen.

Die fünfundneunzig Prozent von Skinners Gehirn, die sich selbständig gemacht hatten, riefen ihm zu: *Dein Stichwort!* Doch er achtete nicht darauf. Langsam führte er die Hände zum Kopf und befühlte seine Ohren.

Eingehüllt in eine Staubwolke, donnert ein Reiter in die Stadt, macht vor dem Mietstall halt und blickt zur Uhr hoch.

Fünf Minuten vor zwölf. Zwölf Uhr mittags.

»Mist«, brummte Regalian leise vor sich hin. Er zügelte sein Pferd und schaute umher. Dann fiel sein Blick auf zwei bekannte Gesichter.

»Hallo, Partner.«

»Hallöchen.«

Einen Augenblick lang erwog er, wegzureiten oder mit dem Pferd direkt auf sie zuzuhalten, um sie niederzureiten. Zwecklos. Statt dessen sprang er vom Pferd und band es am Geländer fest. Sollten sie ruhig kommen.

»Du bist spät dran«, sagte Claudia. »Aber wir haben es auch ohne dich geschafft.«

»Geschafft …?« Regalian hielt den Atem an. »Aber wir sind doch …«

»In der Wirklichkeit.« Claudia lächelte übers ganze Gesicht. »Und auch in der Literatur.« Sie blickte zur Uhr hoch und lächelte. »Du kommst gerade rechtzeitig.«

»Zum Kampf?«

»Zur Vermählung.«

Irgend etwas klopfte lautstark an die Tür von Regalians Gehirn und verlangte, eingelassen zu werden, doch er achtete nicht darauf. »Aber der Showdown«, sagte er. »Sicherlich …« Er hielt inne. »Claudia«, fuhr er fort, »*was* führst du eigentlich im Schilde, du bösartiges Weibsbild?«

Claudia versuchte, gekränkt dreinzublicken, doch dazu war ihr selbstgefälliges Lächeln zu stark. »Überhaupt nichts«, entgegnete sie. »Deine Freunde können gehen, wohin sie wollen. Jederzeit.«

»Aber ...« Er machte ein finsteres Gesicht. »Was für eine Vermählung?«

Claudia schüttelte den Kopf. Regalian bemerkte, daß Max aus irgendeinem Grund verschwunden war. *Ich muß Claudia töten! Jetzt könnte ich es tun, jetzt wäre der rechte Augenblick ...*

»Weißt du, was für ein Tag heute ist?« fragte sie.

»Wie?«

»Das Datum. In der Realzeit.«

»Nein. Warum?«

Claudias Lächeln wurde so breit, daß man den Eindruck hatte, ihre Mundwinkel träfen im Nacken aufeinander. »Heute ist der einundzwanzigste Juni«, sagte sie. »Mittsommertag. Tja, habe noch einiges zu erledigen. Nicht böse sein, nein?«

»Du *Miststück!*«

Janes Kopf sank auf die verschränkten Arme. Trotz des Rauchs, des Lärms und der blechernen Pianolaklänge (es wurde immer noch *Dixie* gespielt) war sie müde. Sie schlief ein.

Hamlet lehnte sich auf dem Stuhl zurück, während um ihn herum das Pokerspiel geräuschvoll weiterging. Die Spieler ächzten und stöhnten und bewegten sich wie Roboter, wie mechanische Spielzeuge. Aus dem gegenwärtigen Spiel war er schon vor längerer Zeit ausgeschieden. Seine Lider waren schwer. Seine Augen schlossen sich. Leise standen die anderen Spieler auf und gingen. Der Saloon war leer.

Abgesehen von einer verschwommenen, fast durchsichtigen Gestalt, die wie eine riesige Eintagsfliege wirkte und inmitten des Zigarrenrauchs schwebte. Aus einer Falte seines schimmernden Gewandes zog der

Mann eine kleine purpurrote Blume und machte sich daran, sie direkt über den Augenlidern der schlafenden Frau auszupressen, als träufele man Zitrone auf Scampi. Kurz darauf wiederholte er das Ganze bei dem schlafenden Mann.

Er lachte boshaft in sich hinein: *Har-har-har!* Überzeugend bringt man das nur fertig, wenn man mindestens drei Semester an der Akademie zur Ausbildung von Schurken, Bösewichten und Fieslingen studiert hat. Man muß dafür die richtige Atemtechnik haben und natürlich unendlich viel üben.

In gewisser Weise konnte man diese flüchtige, ephemere Gestalt als Fee bezeichnen, so wie man ja auch Hitler theoretisch als Staatsmann bezeichnen kann; immerhin war er ein Mann, und in verschiedenen Stadien seiner Karriere gehörte ihm eine ganze Menge Staaten. Diese Fee hier ist jedoch etwas Besonderes. Müßte sie als Zahnwehfee fungieren, hätte sie die ganze Zeit über eine große rostige Extraktionszange bei sich.

Es steht zu vermuten, daß sie auf den Namen Max hört.

Die Uhr tickte weiter. Eine Minute vor zwölf.

Zwölf Uhr mittags oder zwölf Uhr nachts.

Jane erwachte.

Sie konnte sich nicht erinnern, eingeschlafen zu sein, aber jedenfalls fühlte sie sich jetzt besser. Dann fiel ihr alles ein. Und siehe da! Die Welt war noch nicht untergegangen. Sie öffnete die Augen.

Autsch!

Rasch schloß sie sie wieder und rieb sie. Seife!

Als sie sie wieder ohne Gefahr öffnen konnte, stellte sie fest, daß sie direkt in die Augen von …

»Hallo«, sagte sie.

»Hallo«, erwiderte Hamlet.

In Janes Kopf gab es noch einen verborgenen kleinen Bereich, der nach der Verabreichung der Liebestropfen nicht von veilchenduftendem, rosafarbenem Kitsch und Schmalz überschwemmt worden war. Es war der Bereich, den sie benutzte, um zu schriftstellern.

So ist das nun mal bei Schriftstellern, selbst bei kotzerbärmlichen wie Jane. Im tiefsten Innern ihres Kopfes gibt es diese winzige verborgene Kammer, wo alles nach völlig anderen Regeln funktioniert und die Dinge aus einer völlig anderen Perspektive betrachtet werden. Diese Kammer ist so etwas wie ein Botschaftsgebäude; unabhängig vom Standort ist sie ein Stückchen Anderswo – souveränes Territorium mit eigener Jurisdiktion. Und wie eine Botschaft ist sie der letzte sichere Ort, an den man sich flüchten kann, wenn die Situation draußen brenzlig wird.

Nachdem sie sich verbarrikadiert und das mentale Gegenstück zu einem Stuhl unter die Türklinke geklemmt hatte, holte die reale Jane tief Luft und berief eine Mitarbeiterversammlung ein.

Oje. Wieder mal verliebt. So eine Pest.

Hirn, befahl sie, verschaff dir Zugriff auf das Gedächtnis, Stichwort *Frühere Liebesbeziehungen*, und analysiere das Ganze.

Suche läuft.

Nun?

Willst du das wirklich alles hören?

Ja.

Du hast zu bestimmen. Soll ich sie in chronologischer Reihenfolge aufzählen oder nach dem Ausmaß, in dem du dich lächerlich gemacht hast, oder alphabetisch oder was?

In chronologischer Reihenfolge reicht.

Suche läuft. Nun, wenn wir fürs erste Teddybären und Musiklehrer beiseite lassen, geht es mit Kevin los. Erinnerst du dich an Kevin?

Jane erschauderte. Laß uns Kevin überspringen, ja?

Gute Idee. Damit kommen wir zu Damian. Groß. Mager.

Bedauerlicher Zustand der Haut. Schrieb Gedichte über kaputte Maschinen und die Trostlosigkeit des Lebens. Wird eine weitere Analyse gewünscht?

Den nächsten, bitte.

Wenn wir Damian im Schnellauf durchgehen, kommen wir zu Malcolm. Weltverdrossen, zynisch, draufgängerisch; gab vor, einen Schwindsuchtshusten à la Franz Kafka zu haben, der aber in Wirklichkeit daher kam, daß er französische Zigaretten rauchte; arbeitete in der Pastetenfabrik am unteren Ende des Gough Whitlam Boulevards. Hatte ein seltsames und eigentlich ziemlich ekliges halbmondförmiges Muttermal auf seinem …

Den nächsten, bitte.

Meinst du, das bringt wirklich etwas? Wäre es nicht sinnvoller, wenn du ein paar Bettlaken zusammenknoten und zum linken Ohr hinausklettern würdest?

Den nächsten, bitte.

Wenn du darauf bestehst. Ach, du dickes Ei, Stuart. Könnten wir Stuart wohl auslassen, denn wenn du dich hier drinnen übergibst, bin ich derjenige, der mit dem Gestank leben muß.

Weitere Details, bitte.

Suche läuft. Stuart, fünf Fuß vier groß, Gewicht vierzehn Stone; seine feste Absicht, jede neue Erfahrung mindestens einmal zu machen, führte schließlich dazu, daß er, warte mal, neunzehnhundertneunundsiebzig ein Bad nahm, im März, um genau zu sein. Besaß einen schmuddeligen Toyota, der etwa sieben Jahre älter war als er selbst und auf dessen Rücksitz man immer mit absoluter Sicherheit die Überreste des Hamburgers vom vorhergehenden Tag finden konnte, gewöhnlich in äußerst unpassenden Momenten. Wohl der Tiefpunkt deines bisherigen Liebeslebens, obwohl diese Dinge naturgemäß subjektiv sind. Reicht das? Dir ist hoffentlich klar, daß wir noch nicht einmal mit deiner Teenagerzeit fertig sind.

Es reichte nicht, so daß die Aufzählung fortgesetzt wurde …

(Und außerhalb jenes kleinen, sicheren Ortes blickte der Rest ihrer Person tief in Hamlets sanfte, schneckenbauchfarbene Augen und seufzte, während im Orchestergraben die Phantomgeiger ihre Asbesthandschuhe anzogen, um ihre Finger vor der glühenden Hitze der gepeinigten Saiten zu schützen ...)

Das sind alle?

Gott sei Dank. Es sei denn, ER soll auch mit aufgenommen werden. Du weißt schon, Mister Etwas-ist-faul-im-Staate-Dänemark-oder-vielleicht-ist-es-auch-nur-Zeit-meine-Socken-zu-wechseln ...

Nein, jetzt nicht. Danke. Sitzung beendet.

Logout-Vorgang abgeschlossen. Ciao, und viel Glück.

Wie sie vermutet hatte; und die Datei bestätigte es. Unmöglich und unfähig mochte sie bei ihrer Wahl verwandter Seelen durchaus gewesen sein, aber immer konsequent. Es ließ sich ein ganz bestimmtes Schema erkennen (stellen Sie sich, um eine ungefähre Vorstellung zu bekommen, das Gehirn eines Ameisenigels vor, das mit dem Datenverarbeitungsprogramm eines Computers verbunden ist), in das Hamlet einfach nicht hineinpaßte.

Ein ganz linkes Ding. Irgend jemand hat mich da hineinmanövriert.

Na, wer wohl?

Und, so erkannte die real existierende Jane, als sie Hamlet tief in die Augen blickte, ich kann nichts dagegen tun, verflixt noch mal.

Hilfe! Zu Hilfe!

Mein Held ...

Es war nicht bloß pure Gemeinheit, die dahintersteckte. Es ging nicht nur darum, daß ein bösartiges Gemüt seinen Spaß daran hatte, die Spielsteine hin und her zu bewegen.

Ein erdichteter junger Mann lernt ein real existierendes Mädchen kennen; ein real existierender junger

Mann lernt ein erdichtetes Mädchen kennen. Sie verlieben sich ineinander.

Literarische Fiktion, vermischt mit Wirklichkeit, Wirklichkeit, vermischt mit Fiktion.

So und nicht anders geht die Welt unter.

Zeigt die öffentliche Uhr der Stadt eine Minute vor zwölf? Und wird es bald zum Showdown kommen?

Doch die Uhr zeigt auch am Ende des *Sommernachtstraums* eine Minute vor zwölf, kurz bevor Theseus seine *Die Mitternacht rief zwölf mit eh'rner Zunge*-Rede vom Stapel läßt, jene poetische und im Kontext höchst sinistre Version von *Bitte bestellen Sie Ihre letzten Drinks, gleich ist Polizeistunde.* Dann endet das Spiel, und das glückliche Danach beginnt.

Ein glückliches Ende – ein äußerst subjektiver Ausdruck. Glücklich für wen? Ein Ende wovon?

Selbst jetzt noch, in der neunundfünfzigsten Minute der zwölften Stunde, sagte etwas im entlegensten Hinterstübchen von Skinners Kopf: *Nein, tu ich nicht. Und Titania auch nicht, sie kehrt zu Oberon zurück, um für alle Zeiten glücklich und … Und vor allem: So bin ich nicht. Nicht* wie? *Kann mich nicht erinnern. Ich bin einfach nicht so, das ist alles.*

Der Himmel sieht aus wie ein Buntglasfenster und zeigt die verschiedenartigsten Schattierungen von Hell- und Dunkelblau. Die Luft ist erfüllt von jenem schweren, süßen, frischen Duft, wie ihn nur die Mitternacht der Mittsommernacht aufzuweisen hat. Der Widerstand in Skinners Gehirn flackert noch einmal kurz auf und erlischt dann. Ein albernes Grinsen läuft ihm übers Gesicht wie eine Sahnetorte, mit der Gott nach ihm geworfen hat.

Das Einsatzzeichen für Theseus, der vermutlich auf den Namen Max hört. Er öffnet den Mund …

»Du Miststück!« brüllte Regalian und rannte los.

Wohin, war ihm nicht ganz klar, ob in die Literatur oder in die Wirklichkeit, die jetzt alle eine große glückliche ... Schweratmend blieb er stehen. Weglaufen hatte keinen Sinn. Er war in der Main Street.

Was hatte der Mann gesagt?

Du brauchst nur zu kämpfen und zu verlieren, mein Sohn. Das weißt du doch. Zu kämpfen und zu verlieren.

Er blickte auf und sah sich Max gegenüber. Die Uhr begann zwölf zu schlagen.

Max, in Schwarz und mit zwei Revolvern am Gürtel, ähnelte Jack Palance mehr, als Mr. Palance es je hätte tun können, selbst wenn er extra Unterricht genommen hätte.

Die Steppenlilien schwankten hin und her und knickten um. In weiter Ferne schlug die Pendeltür des Saloon im Wind. Eine Glocke läutete. Im Hintergrund blieben die Hochzeiter stehen, um zuzusehen; ansonsten war die Straße menschenleer, wie es die Main Street in einer solchen Situation immer ist.

Du brauchst nur zu kämpfen und zu verlieren.

Jawoll! Stell die Wirklichkeit wieder her, indem der Held vom Schurken getötet wird. Keine Chance.

»Okay, Fremder«, sagte Max gedehnt. »Diese Stadt ist für uns beide nicht groß genug.«

Laut allgemeiner Verfasserschaftstheorie gewinnt der Held immer. Er hat keine andere Wahl.

Es gibt Zeiten, da dies verdammt ärgerlich sein kann.

»Oh, da bin ich mir gar nicht so sicher«, antwortete Regalian. »Ich will dir was sagen, du kannst den ganzen oberen Teil haben, von der Bank bis zur Gemischtwarenhandlung und zur Pferdetränke, und ich gebe sogar noch den großen freien Platz hinter der Schmiede dazu. Wenn du wolltest, könntest du da eine ganze Fabrikanlage bauen.«

Max gab keine Antwort. An der rechten Hand trug er einen hautengen schwarzen Lederhandschuh. Die Hand schwebte anderthalb Inch über dem Perlmuttgriff seines Peacemaker. Er grinste.

Die Erkenntnis traf Regalian wie ein Schnellzug, der eine auf den Schienen stehende Kuh erwischt: Er wird ziehen, und ich werde schneller sein und ihn töten. Und das wird bedeuten, die Literatur hat gewonnen, und es wird keine Wirklichkeit mehr geben, nie mehr. Selbst wenn er es schafft, mich zu erschießen, nutzt das nichts, denn ich bin immer noch ein Vampir und kann nicht sterben. Obwohl es dazu nicht kommen wird. Natürlich nicht, denn ich bin der Held. Und der Held zieht immer schneller. Immer.

Aus der Richtung des oberen Saloonbalkons hörte er das knirschende Klicken eines Winchester-Gewehrs, das gespannt wurde. Klar, dachte er bei sich, der Heckenschütze, derjenige, der immer erschossen wird und durch das Balsaholzgeländer fällt. Bloß daß er nicht hier ist, um mich zu töten, sondern zur Unterstützung, falls ich danebenschieße …

Aber ich kann nicht danebenschießen.

Ich *kann* es nicht, verflucht noch mal. Wenn ich mich um hundertachtzig Grad drehe und in die Luft schieße, wird die Kugel ihm auf den Kopf fallen und ihn töten. Wenn ich es irgendwie schaffe, überhaupt nicht zu schießen, wird er danebenschießen, und seine Kugel wird von einem Wagenrad abprallen, zu ihm zurückkommen und ihn direkt zwischen den Augen treffen.

So geht die Welt unter: nicht mit einem Wimmern, sondern mit einem lauten Knall.

Und dann …

… griff Max nach seinem Revolver. Doch bevor er den Hahn gespannt, bevor er den Peacemaker überhaupt aus dem Halfter gezogen hatte, war der Scholfield schon aus dem Halfter und gespannt und auf sein Herz gerichtet und …

Regalian konnte überhaupt nichts dagegen tun. Er spürte, wie sein Finger gegen den Abzug drückte, der Abzugsstollen glitt zurück (Max hatte inzwischen seine Waffe gezogen und hatte den Daumen auf dem Hahn; zu spät, zu spät, zu spät), und der Hahn schlug nach vorn.

Der Scholfield räusperte sich.

Er hatte zwar nur ein Wort zu sagen, aber das war einfach Spitze. Wenn der Film vorbei war, würde sich jeder nur noch an das Wort erinnern.

»Klick«, sagte er.

Die Kugel aus Max' Revolver – Sterlingsilber, von neunundneunzigkommaneunprozentiger Reinheit – traf Regalian mitten ins Herz. Er zuckte zusammen, plumpste wie ein Sack Kartoffeln zu Boden und blieb reglos liegen.

Max schrie auf, drehte sich um und hob den Revolver, um ihn auf den eigenen Kopf zu richten und sich ins Ohr zu schießen. Er drückte ab, doch die Kugel verfehlte ihr Ziel und traf statt dessen Skinner, der auf dem Balkon des Saloons stand. *Splitter!* sagte das Balsaholzgeländer. *Plumps!* antwortete Skinners schwerer Körper.

Entsetzt wollte Max zurückweichen, doch wohin hätte er fliehen sollen? Er warf die Waffe weg. Sie schlug auf dem Boden auf, die Erschütterung des Aufpralls übertrug sich auf den Hahn, ein Schuß knallte; die Kugel prallte von einem Wagenrad ab, verfehlte ganz knapp Hamlets Kopf, prallte von dem blechernen Schild über einem Laden ab, zerschmetterte das Fenster des Saloons und traf das Pianola, das unverzüglich *Du bist die Rose von Tennessee* zu spielen begann.

Mit einem gräßlichen *Puff!* ging die Bombe in Hamlets Brust hoch.

Max wimmerte und starrte auf seine rechte Hand.

Der schwarze Handschuh war verschwunden. Er warf einen Blick nach oben. Die Krempe seines Hutes war jetzt weiß.

»Nein!« kreischte er. »Bitte nicht!«

Er sank auf die Knie, und Jane, die gemächlich auf den Zug zuschritt, der am Ende der Straße stand und wie ein zufriedener Pfeifenraucher behaglich vor sich hinqualmte, trat über ihn hinweg, ohne nach unten zu blicken.

Hamlet erwachte.

Er saß an einem Tisch. Auf jeder Seite von ihm befand sich ein Kind; zu seiner Rechten ein etwa zwölfjähriger Junge, zu seiner Linken ein sechs Jahre altes Mädchen mit Zöpfen und Sommersprossen wie ein stockfleckiger Spiegel. Vor ihm stand ein leerer Teller. Auf den Tellern der anderen lagen trist aussehende, graue Fleischscheiben und halb zerkochtes Gemüse.

»Warum bekommt Hamlet denn nichts?« fragte das Mädchen.

Die abgespannt wirkende Frau auf der anderen Seite des Tisches, bei der es sich offensichtlich um Mutti handelte, stieß einen leisen Herr-gib-mir-Kraft-Seufzer aus.

»Hamlet ist nicht hungrig, Liebling«, sagte sie.

»Ich glaube aber, daß Hamlet sehr hungrig ist«, erwiderte das Mädchen. »Ich glaube, Hamlet sollte auch etwas bekommen.«

»Also, eigentlich ...«, murmelte Hamlet, doch dann hielt er inne. Ihm kam plötzlich der Gedanke, daß er unsichtbar war.

Nur für das Mädchen möglicherweise nicht, das sich zur Seite drehte und ihn lange ernsthaft anblickte. »Meinst du nicht auch?« fragte sie.

»Also, eigentlich«, antwortete Hamlet, »bin ich nicht sonderlich hungrig, aber trotzdem vielen Dank. Hör mal, siehst du mich wirklich?«

»Natürlich sehe ich dich«, erwiderte das Mädchen.

»Sarah«, sagte Mutti, »ich glaube, für heute reicht es mit Hamlet. Also, iß dein leckeres Abendbrot, und dann kannst du fernsehen.«

»Sehen die anderen mich auch?«

»Natürlich nicht«, sagte das Mädchen. »Dazu sind sie viel zu doof.«

Der mürrisch aussehende, kahlköpfige Mann, bei dem es sich unverkennbar um Vati handelte, schnalzte mit der Zunge und sah Mutti finster an. »Ich hab's dir ja gleich gesagt«, meinte er. »Ich hab zu dir gesagt: Ermuntere das Kind nicht auch noch, sonst nimmt das überhand.«

»Ich glaube, Hamlet ist gerade zu Bett gegangen«, sagte Mutti laut. »Wenn du möchtest, kannst du ihm später gute Nacht sagen.«

Das Mädchen schüttelte den Kopf. »Hamlet ist nicht zu Bett gegangen, nicht wahr, Hamlet? Er sagt, er hätte jetzt gern zu essen – und zum Nachtisch Eis.«

»Das ist sehr freundlich von dir, aber ich möchte wirklich nichts.«

»Wenn du noch einen Mucks von dir gibst, Mädel«, knurrte Vati, »gehst du sofort auf dein Zimmer. Verstanden?«

»Sie ist verrückt«, teilte der Junge niemand im besonderen mit. »Mein Lehrer sagt, Leute, die mit Leuten sprechen, die gar nicht da sind, sind verrückt und sollten eingesperrt werden, weil sie sonst zu Serienmördern werden und dauernd Leute erstechen.«

»Mutti, Kieron ist wieder gemein zu mir, sag ihm, er soll aufhören.«

»Kieron …«

»Zentrales Besetzungsbüro? Hallo? Ist da jemand? Hören Sie mal, was, zum Teufel …«

»Mutti, Kieron hat Hamlet geärgert, und jetzt weint er. Schick Kieron auf sein Zimmer, Mutti.«

Ja, hallo? Was gibt's denn jetzt wieder?

»Was zum Geier soll das hier?« knurrte Hamlet. »Und wie komme ich hier raus?«

Manche Leute sind nie zufrieden.

»Ich glaube, Sarah sollte auf ihr Zimmer gehen«, sagte Kieron, während er Soße in die Schlucht zwischen dem Kartoffelbreiberg und dem Kohlsumpf goß. »Schließlich ist sie diejenige, die verrückt geworden ist und angefangen hat, mit Leuten zu sprechen, die gar nicht da sind.«

»Was soll denn das heißen?«

Es soll heißen, wir haben Ihnen einen wirklich guten Job besorgt, und …

»Einen wirklich guten Job? Der imaginäre Freund eines nervtötenden Görs zu sein, nennen Sie einen wirklich guten Job? Sie ticken wohl nicht richtig.«

Was anderes haben wir im Moment nicht anzubieten. Entweder das – oder eine kleine Nebenrolle in einem Mister Blobby-Cartoon. Sie haben die Wahl.

»Kieron, laß Sarah zufrieden. O Gott, sieh mal, was du angerichtet hast. Hol schnell einen Lappen.«

»Mutti, Kieron hat Hamlet Soße auf den Ärmel gegossen. Das ist fies, Mutti.«

»Haben Sie gesagt, ein Mister Blobby-Cartoon?«

Ja.

»Wenn ich es mir recht überlege«, sagte Hamlet langsam, »und die Sache sozusagen ganzheitlich betrachte … also die Figur scheint mir durchaus ausbaufähig zu sein. Sicher, das Publikum ist nicht sehr groß, aber ausbaufähig ist das Ganze auf jeden Fall. Ich nehme die Rolle.«

In Ordnung. Ciao.

»Kieron? *Kieron!*«

»Mutti, Hamlet ist so weiß im Gesicht. Glaubst du, er muß kotzen?«

Titania erwachte.

Weckt mich von meinem Blumenbett' ein Engel? Das war, wie sie erkannte, ihre Stimme. Und der Mann, der vor ihr stand, nach Essig und Schweiß stank und außerdem einen stechenden Geruch verströmte, der von Jute stammen mochte, hatte eine lange behaarte Schnauze und enorme Ohren. Ah ja, die Maloche ging wieder los.

Aber was zum Teufel, fragte sie sich, sollte das denn?

(Und im Hinterzimmer des Zentralen Besetzungsbüros *wandte Julie sich an Christine und stellte genau die gleiche Frage.*

Christine zögerte. Sie konnte jetzt erklären, daß man, da man die Metaphorik der Zettel/Titania-Szenenfolge, die nach siebenhundertfünfzigtausend Aufführungen allmählich ein klein wenig fade wurde, aufpeppen und die strukturelle Anlage kontrastiver gestalten wollte, zu dem Schluß gekommen war, daß es recht drollig wäre, Titania etwas ganz Ähnliches zuteil werden zu lassen wie Zettel in all den Jahren, allerdings in noch stärkerem Maße; daß es zweifellos einen ungeheuer positiven Effekt auf ihre zukünftige Interpretation der Rolle hätte, wenn sie genau wußte, wie blöde man sich vorkommt, wenn man in eine göttliche Komödie gerät und durch die aristotelische Mangel gedreht wird; daß es sich um eine Kombination von Urlaub, Schulungskurs und latente Fähigkeiten erschließendem Rollenspielszenario handelte. Sie konnte die Frage aber auch mehr oder weniger außer acht lassen.

»Keine Ahnung«, sagte sie deshalb. »Wahrscheinlich sind irgendwo Staubflocken in die Terminals geraten.«

»So was Blödes.«

»Ja.«)

Der Scholfield erwachte.

Die Decke hatte sich, wie er feststellte, in Glas verwandelt, und der Boden bestand aus grünem Fries. Und jemand hatte ihm einen Zettel an den Abzugsbügel gebunden, auf dem stand: *$ 10. Kaum benuzd. Nur ain Vohrbesizer.*

»Wo bin ich?« murmelte er.

»In Hogans Eisenwaren- und Feinkostgeschäft«, antwortete ein ziemlich mitgenommen aussehendes Remington-Gewehr. »Main Street. Dodge City. Abteilung für Altwaren, pardon, Waren mit Vorbesitzer, Hauptschaukasten. Wo kommst du denn plötzlich her? Als ich das letzte Mal hingesehen habe, lag da, wo du jetzt liegst, ein schäbiger alter Webley, bei dem der Drehzapfen der Trommel kaputt war.«

»Das verbitte ich mir.«

»Oh, er ist also noch da. Achte nicht weiter auf ihn, er ist Engländer, die sind alle ein bißchen eingebildet.«

»Ich bin einfach irgendwie hierhergelangt«, murmelte der Scholfield nachdenklich. »Stehen wir denn hier zum Verkauf oder was?«

Das Gewehr kicherte leise. »Könnte man so sagen«, erwiderte es. »Aber eher sind wir so was wie ein Sonderangebot. Demnächst wird uns der alte Hogan sicher gratis dazugeben, wenn jemand eins von den farbechten Hemden mit hohem Baumwollgehalt kauft.«

»Keine Nachfrage«, fügte ein vernickelter Navycolt hinzu, der in der Ecke des Schaukastens lag. »Ist 'ne ruhige Stadt hier.«

»Dodge City!«

»Das letzte Nest der ganzen gottverdammten Galaxis«, seufzte das Gewehr. »Wenn die Leute nicht gerade in der Kirche hocken, sitzen sie zu Hause und sticken. Keine Indianer. Es kümmert die Leute einen Dreck, wenn man bei lebendigem Leibe verrostet.«

Mühsam bewegte der Scholfield seinen Lauf um ein Dreißigtausendstel Inch nach links, bis er in der Lage war, das Datum auf der *Dodge City Tribune* zu erkennen, die jemand auf dem Schaukasten liegengelassen hatte. 15. Juni 1883.

Großartig, murmelte der Scholfield vor sich hin, einfach großartig. Dank meines fixen Verstands, meines Einfallsreichtums und meiner phantasievollen Auslegung der Regeln heroischer Fantasy gibt es ein Happy-End. Alle anderen haben wahrscheinlich zur Belohnung irgendwo einen absolut wunderbaren neuen Job bekommen, und was habe ich bekommen? Ich lande im staubigen Schaukasten eines Trödlers in einer, Zitat, ruhigen Stadt, Zitatende. Liegt vermutlich daran, daß ich eine Waffe bin. Es kommt ihnen gar nicht in den Sinn, daß eine Waffe vielleicht auch Gefühle hat. Wenn ihr uns fallen laßt, zerbrechen wir dann nicht? Wenn ihr uns auseinandernehmt, fliegen unsere Sprungfedern dann nicht durchs Zimmer und verschwinden für immer hinter dem Sofa? Hat nicht eine Waffe Schrauben, Zapfen, Trommelschloßbolzen …?

Just in diesem Augenblick ertönte die Glocke über der Ladentür, und ein großer Mann mit wettergegerbtem Gesicht, langem schwarzen Haar und buschigem Schnurrbart stolzierte über die Türschwelle. Der Ladenbesitzer sah von seinen Geschäftsbüchern auf und zauberte sich ein Speziallächeln, Marke Einzelhändler, ins Gesicht.

»Einen schönen guten Tag«, säuselte er. »Mr. Hickock, nicht wahr? Haben Sie sich denn schon im alten Pfarrhaus eingelebt?«

»Hab ich. Bestens sogar«, antwortete der Fremde. »Hören Sie, ich würde gern eine Pistole kaufen. Haben Sie da was?«

Der Scholfield hielt den Atem an …

Skinner erwachte.

Als erstes bemerkte er, daß sein Kaffee eiskalt geworden war. Als zweites das kaputte Fenster.

»Die verfluchten Gören«, murmelte er.

Was er nicht bemerkte, war die Tatsache, daß in seinem Schreibtischschubfach kein Scholfield-Revolver lag, hauptsächlich deswegen, weil er, wie die Dinge jetzt standen, gar nicht erwartete, daß dort einer lag. Er hatte nie einen Scholfield besessen. Feuerwaffen jeder

Art machten ihn nervös, was einer der Gründe dafür war, daß er schon vor Jahren das Schreiben von Cowboygeschichten aufgegeben hatte und jetzt nur noch erbauliche Geschichten für unsere Kleinen schrieb, die eine hohe Plüschige-Häschen-Quote pro Seite hatten und in denen weder Sex noch Gewalt vorkamen.

Damit verdiente man auch mehr.

Seine Ellbogen ruhten auf der Tastatur seiner treuen Remington-Schreibmaschine, und er stellte stirnrunzelnd fest, daß die Maschine, als er auf ihr eingeschlafen war, das Wort *oghurqwoieh* getippt hatte, womit seine kleinen Leser bestimmt nichts anfangen konnten. Die meisten von ihnen hatten schließlich schon Schwierigkeiten mit Wörtern wie *Pferd* und *Kuh.* Er griff nach dem Schreibmaschinenradierer.

Und dann fiel ihm sein Traum ein. Bizarr ist gar kein Ausdruck, dachte er bei sich, als er ihn hatte Revue passieren lassen. Ein absolut irrer Traum; und ein winziger Teil von ihm, der sich noch nicht ganz an die Vorstellung gewöhnt hatte, daß jedes Buch von A. Skinner in den ersten beiden Abschnitten mindestens fünf plüschige Tiere aufweisen mußte, schlug ihm zaghaft vor, das Ganze vielleicht niederzuschreiben, solange die Erinnerung noch frisch war, und es für irgend etwas zu verwenden. Gott allein wußte, was; irgend etwas eben.

Ja, ganz recht. Ein Traum, in dem er in ein seltsames, schreckliches Land gereist war, wo die Figuren in Büchern alle lebendig geworden waren; in dem er eine kurze, aber außerordentlich lehrreiche Liaison mit der Königin des Elfenreichs gehabt hatte, bevor er von ausgeflippten Revolverhelden durch die Gegend gejagt wurde, und … Verflixt, da war noch mehr, aber die Erinnerung sickerte weg wie Tinte aus einem kaputten Füllfederhalter. Jetzt war gar nichts mehr davon da. Schade.

Er war hungrig. Er hätte einen großen Teller Brennnesseln verputzen können …

Brennesseln?

Heu?

Mohrrüben?

Er schüttelte den Kopf, radierte den Rest von *oghurqwoieh* aus und rief den Glaser an.

Jane erwachte.

Es war das dritte Mal in dieser Woche, daß sie vor dem Bildschirm eingeschlafen war, und diesmal war ihre Stirn auf die Tastatur gesunken und hatte auf dem Bildschirm eine drei Inch lange Reihe von Sternchen erscheinen lassen. Sie löschte sie und ließ den Blick nach oben wandern, um festzustellen, wie weit sie gekommen war.

Ah ja. Der Teil, wo Regalian getötet wird.

Sie stutzte und runzelte die Stirn. Momentchen mal, dachte sie, er ist doch der Held. Was fällt dir denn …?

Ihre Finger glitten über die Tasten. Das war an sich ein ungewöhnliches Ereignis, da Jane beim Tippen von jeher Anhängerin des Zweifingersuchsystems gewesen war; immer wenn sie blindzuschreiben versuchte, war am Schluß die Anzahl von Gratiskonsonanten in den getippten Wörtern größer als die Zahl der Kerne in einer Wassermelone. Ohne die Produktion in irgendeiner Weise zu verlangsamen, warf sie einen Blick auf den Bildschirm, um festzustellen, was, zum Teufel, sie da vom Stapel ließ.

»Aber warum?« fragte Jane. »Warum muß es so zu Ende gehen, nachdem wir uns doch gerade endlich gefunden haben?«

Ein schwaches Lächeln huschte über das schmerzverzerrte Gesicht des Helden. »Selbst die Liebe«, sagte er, »ist nicht imstande, die Kluft zwischen den Dimensionen zu überbrücken …«

»Das darf doch wohl nicht wahr sein«, seufzte Jane und drückte auf die Löschtaste. Ohne Erfolg. Ihre linke Hand tippte immer noch. Sie konnte sie nicht dazu bringen, aufzuhören.

»Als ich Max erschossen habe«, fuhr Regalian fort, der jetzt nur noch stoßweise und unter Schmerzen zu atmen vermochte …

Also, Moment mal. Er hat Max doch gar nicht erschossen, das war umgekehrt. Glaube ich. Und wer, zum Teufel, ist dieser Max überhaupt?

»… habe ich alles wieder ins rechte Lot gebracht. Nicht so, wie es gewesen wäre, wenn Skinner ihn damals nicht im Spiegel erschossen hätte, weil das gar nicht erst hätte passieren können, wenn alles in Ordnung gewesen wäre. Ich …« Er verstummte, weil ein furchtbarer Hustenanfall seinen gequälten Körper schüttelte.

»Bitte nicht«, sagte Jane. »Du kannst nicht von mir verlangen, daß ich *gequälter Körper* schreibe, wer immer du auch sein magst, das ist einfach nicht fair.«

»Vielleicht sollte Skinner dieses Buch nicht schreiben«, sagte Jane. »Würde das nicht alles erklären?«

Regalian schüttelte den Kopf. »Ich glaube nicht, daß man den wirklichen Grund je herausfinden wird«, erwiderte er. »Ich weiß lediglich, daß wir in die Wirklichkeit zurückgelangt sind, aber daß sie sich verändert hat. Die Dinge sind nicht mehr so, wie sie waren, doch aus irgendeinem Grund weiß ich, daß sie so sind, wie sie sein sollten. Und das schließt meinen Tod und die Tatsache mit ein, daß wir zwei nie …«

»Scht!« warf Jane leise ein. »Sag jetzt nichts mehr. Lieg einfach still. Ich werde …«

»Hey«, protestierte Jane laut, »hör auf mit dem Schmus, Schwester. Ich möchte jetzt wissen, was geschehen ist.«

Sie hielt den Atem an, als Regalian erschauderte und die Augen schloß. Sein Gesicht war bleich vor Schmerz. »Nein«, sagte sie, »du darfst nicht sterben. Nicht jetzt. Nicht auf diese Weise.«

»Es muß sein«, antwortete Regalian mit schwacher Stimme. »Nicht um unsretwillen, sondern um aller anderen willen. Ohne daß jemand sein Leben opfert, kann es keine

Jane, bist du das, warum läßt du mich diesen ganzen schwülstigen Quatsch sagen, eine Rede auf dem Sterbebett zu halten ist ja wohl das letzte …«

»Regalian!« Verzweifelt drückte sie seinen Kopf an ihren Busen, aber es war zu spät. Er war tot.

»Regalian!« murmelte sie mit tränenerstickter Stimme. »Mein Held!«

Jane lehnte sich auf dem Stuhl zurück und setzte sich auf die Hände. Den Bruchteil einer Sekunde lang hatte sie fast geglaubt …

Nein, zum Teufel damit. Zu wenig Schlaf, zuviel starker Kaffee. Sie drückte auf die Sperr-, dann auf die Löschtaste. Ohne Erfolg.

Zu allem Überfluß war die Garantie für das verdammte Ding gerade abgelaufen.

Mit einem Seufzer streckte sie die Hand aus, zog die Diskette aus dem Gerät und schaltete den Computer ab. Der Bildschirm wurde dunkel …

… aber nur einen Augenblick lang. Dann erschienen Buchstaben darauf, hartnäckige Biester, weil sie sie sogar sah, wenn sie die Augen schloß.

MACH DIR KEINE GEDANKEN, IN ETWA ZEHN MINUTEN WIRST DU ALLES VERGESSEN HABEN. TUT MIR LEID, DAS GANZE, DU WIRST DIR EINEN NEUEN HELDEN SUCHEN MÜSSEN. WAS VERMUTLICH GANZ GUT IST. MEIN VERHALTEN WAR EINFACH ZU VORHERSEHBAR GEWORDEN.

FALLS ES DICH INTERESSIERT: SKINNER IST UNVERSEHRT WIEDER NACH HAUSE GELANGT. UNTER DEM NEUEN REGIME SCHREIBT ER RÜHRSELIGE SACHEN ÜBER HILDI HASE UND ELSI EICHHORN. DAS KANN ER BESSER ALS COWBOYGESCHICHTEN, ABER TROTZDEM GLAUBE ICH NICHT, DASS ER AUF DEM KAMINSIMS SCHON MAL PLATZ FÜR DEN PULITZERPREIS SCHAFFEN SOLLTE.

WAS GIBT ES SONST NOCH? ACH JA, MIT HAMLET HAT ES EIN SCHLIMMES ENDE GENOMMEN. DAS

HEISST, ER SITZT SOZUSAGEN FÜR IMMER IN DER WIRKLICHKEIT FEST, BLOSS DASS ER ZU IRGENDEINEM KÖRPERLOSEN DINGSBUMS GEWORDEN IST. ÜBRIGENS IST DAS EINE GUTE, DAUERHAFTE TÄTIGKEIT, DENN BEI EINER SPEZIES, DIE SO DEPRIMIEREND ABERGLÄUBISCH IST WIE DEINE, SIND GESPENSTER UND DERGLEICHEN IMMER GEFRAGT. HAMLET WIRD JETZT VON MICKY MAUS GESPIELT. GENAUGENOMMEN WIRD IM MOMENT DAS GANZE SCHEISSSTÜCK NEU BESETZT. WIE ICH GEHÖRT HABE, HABEN TOM UND JERRY DIE ROLLEN VON ROSENKRANZ UND GÜLDENSTERN BEKOMMEN, UND DER GEIST WIRD JETZT VON MR. MAGOO GESPIELT. IM VERGLEICH ZU FRÜHER WAHRSCHEINLICH EINE VERBESSERUNG.

HEY, JANE, ES HAT GROSSEN SPASS GEMACHT, ABER LASS ES UNS NICHT WIEDER TUN, OKAY?

MACH'S GUT. TSCHÜS.

Der Bildschirm wurde dunkel.

Jane begann zu schnarchen.

Regalian erwachte.

Es war kalt und dunkel. Nur der nachleuchtende grüne Himmel spendete ein wenig Licht. Er war allein.

»Verstehe«, sagte er laut. »Alles klar. Dankbarkeit habe ich sowieso nicht erwartet, deshalb bin ich auch nicht enttäuscht. Ein Souvenir wäre nett gewesen, ein bedrucktes T-Shirt oder so was, aber was soll's.«

Seine Stimme klang seltsam hohl, fast künstlich, oder zumindest als käme sie von weither. Unter seinen Füßen war Sand. Er sah nach, ob er geeignete Schuhe trug. Tat er. Gut.

Er versuchte sich zu erinnern, doch als letztes vermochte er sich nur Claudias von Wut und Haß zur Karikatur verzerrtes Gesicht zurückzurufen, das schrie: »Du Mistkerl, in unserem Metier wirst du nie wieder Arbeit bekommen!« Na prima. Niemand mag Klugscheißer, und man ist immer nur so gut wie sein letzter Job. Wer braucht schon einen Helden, der vergißt, vor dem letzten Showdown seine Waffe nachzuladen?

Und für literarische Figuren gibt es ohnehin kein Happy-End, weil ganz am Schluß, nach dem Showdown, nachdem der Held die Heldin in die Arme geschlossen hat und die Hintergrundmusik zum Crescendo angeschwollen ist, die Lichter ausgehen, um kurz darauf wieder anzugehen: Jeder schminkt sich ab und bringt sein Kostüm in die Requisitenkammer zurück und geht nach Hause, um darauf zu warten, daß das Telefon klingelt und man ihm einen neuen Job anbietet. Und recht häufig geschieht das nicht. Und dann landet man hier. Sitzt fest. Für immer.

»Entschuldigung.«

Er blickte nach unten. Direkt unter seinem linken Fuß, mit dem er gerade hatte auftreten wollen, befand sich ein kleiner brauner Skorpion. Er geriet heftig ins Wanken und taumelte zur Seite.

»Entschuldigung, aber bist du Regalian?«

Regalian blickte erstaunt drein. »Leider«, antwortete er. »Oder jedenfalls war ich es. Das Ganze ist ein bißchen kompliziert.«

Der Skorpion wackelte mit dem Schwanz. »Ich wollte dir nur sagen«, fuhr er fort, »wie gut mir dein letztes Buch gefallen hat. Also eigentlich nicht das letzte, das fand ich nicht so besonders, das davor meine ich. Das hat mir wirklich gut gefallen.«

»Donnerwetter. Ähm. Danke.«

»Besonders die Szene«, plapperte der Skorpion weiter, »in der du gegen die sechs Gespensterkrieger kämpfst, die da, als der schurkische Großwesir gerade seine Teekanne ausgegossen hat, aus dem Boden schnellen. Das fand ich wirklich großartig, wie du hinter dem Stein in Deckung gegangen und dann hervorgesprungen bist und ihnen eins auf den Kopf gegeben hast.«

»Hab ich das? O ja, klar. Nun, äh, ja. Vielen Dank. Freut mich, daß es dir gefallen hat.«

»Und was mir auch gut gefallen hat«, fuhr der Skorpion fort, »ist die Szene in einem späteren Kapitel, wo du in dem brennenden Tempel eingeschlossen bist und dich am Glockenseil durch das Buntglasfenster schwingst, um das Mädchen gerade noch rechtzeitig vor den erbarmungslosen Wüstennomaden zu retten. Die Stelle fand ich auch ganz, ganz toll.«

»Aber das war ich nicht«, sagte Regalian. »Das war eigentlich der, äh, Schurke, und er hat sie auch nicht gerettet, sondern eher entführt ...«

»Oh.« Der Skorpion zuckte leicht zusammen. »Jedenfalls war es ganz toll.«

»Prima.«

»Und dann wollte ich dich auch noch etwas fragen«, sagte der Skorpion. »Das macht dir doch nichts aus, oder?«

»Nein, nein, frag ruhig.«

»Danke.« Der Skorpion wackelte mit den Vorderbeinen. »Ich wüßte gern, wo du eigentlich deine Einfälle herbekommst? Ich meine, setzst du dich einfach hin und denkst dir das Ganze aus, oder kommen sie dir einfach so? Weil ...«

»Damit habe ich eigentlich nichts zu tun«, sagte Regalian freundlich. »Das ist Sache der Autorin. Sie denkt sich alles aus, und ich mache es dann bloß.«

»Tatsächlich?«

»Ja.«

»Oh. Und wer ist sie?«

Regalian unterdrückte einen Seufzer. »Sie heißt Jane Armitage«, sagte er. »Sie ist eigentlich schrecklich nett. Ich habe sie kennengelernt und ...«

»Also in Wirklichkeit hat sie sich alle diese Sachen ausgedacht?«

»Ja.«

»Oh. Na, jedenfalls war es schön, dich kennenzulernen. Ähm, würdest du mir wohl bitte noch den Panzer signieren? Für Jonathan.«

»Klar.« Regalian suchte in seiner Tasche herum, fand einen Kugelschreiber und beugte sich nach unten. Gleich nachdem er seinen Namen geschrieben hatte, stach ihn der Skorpion.

»Vielen Dank«, sagte der Skorpion. »Tja, ich muß schnell weiter. Tschüs.«

Regalian versuchte, der dahinhuschenden kleinen Gestalt nachzuwinken, als sie zwischen den Sanddünen verschwand, doch da er auf dem Gesicht lag und vom Hals abwärts gelähmt war, schaffte er es nicht so recht.

Dann starb er.

Diesmal war es bei weitem nicht so schlimm, denn als er erwachte, befand er sich nicht mehr in der Wüste. Er saß auf einem Pferd, trug ein Buckskinhemd und Cowboystiefel und ritt in angenehmem Trott durch eine grüne Landschaft.

»Hei«, sagte eine Stimme an seiner Seite.

»Laß mich raten«, entgegnete er, ohne nach unten zu blicken. »Du bist ein Scholfield-Modell von Smith & Wesson, und früher hast du …«

»Bitte keine Beleidigungen«, erwiderte die Stimme, und Regalian bemerkte, daß es eine weibliche Stimme war, die recht sanft und angenehm klang. »Ich bin ein Colt. Ein *richtiger* Cowboy-Revolver, kein effekthascherischer Schund. Mein Name ist Cindy.«

»Das ist aber ein ungewöhnlicher Name für einen Revolver, wie?«

»Ich bin ja auch nur zur Schau da. Schließlich sind wir in einem *Musical.* Übrigens, warum singst du eigentlich nicht?«

»Sollte ich das tun?«

»Ja. *Oh, welch ein schöner Morgen.* Hast du schon vergessen, wie das geht? Ich werde es dir vorsummen.«

Regalian fiel fast vom Pferd. »*Oklahoma!*« rief er aus.

»Nein«, sagte die Waffe, »das kommt später, jetzt ist erst *Oh, welch ein schöner Morgen* dran.« Sie machte eine Pause. »Momentchen mal«, sagte sie. »Du bist doch nicht der Typ, der die Sache gewöhnlich macht, nicht wahr?«

Regalian grinste. Nun, warum nicht? Held ist schließlich Held.

»Kommt ganz drauf an«, erwiderte er.